BESTSELLER

[!]

Biblioteca
DANIELLE STEEL

El fantasma

Traducción de
Matuca Fernándoz dc Villavicencio

⊔ DeBOLS!LLO

Steel, Danielle
    El fantasma.- 1ª. ed. - Buenos Aires : Debolsillo,
2004.
    352 p. ; 19x13 cm.

    Traducción de: Matuca Fernández De Villavicencio

    ISBN 987-1138-41-5

    1. Narrativa Estadounidense I. Título
    CDD 813

Título original: *The Ghost*
Diseño de la portada: método, comunicación y diseño, s. l.
Ilustración de la portada: Castillo de Lude, construido en 1457
por Jean de Daillon

Primera edición en la Argentina: marzo de 2004

© 1997, Danielle Steel
© 1999, Plaza & Janés Editores, S. A.
   Travessera de Gràcia, 47-49. 08021 Barcelona
© Matuca Fernández de Villavicencio, por la traducción

Impreso en la Argentina

ISBN: 987-1138-41-5
Queda hecho el depósito que previene la ley 11.723.

Fotocomposición: Lozano Faisano, S. L.

www. edsudamericana.com.ar

1

El trayecto en taxi de Londres a Heathrow se le estaba haciendo interminable bajo la lluvia de ese día de noviembre. El cielo estaba tan negro que parecía la hora del crepúsculo, y Charlie Waterston apenas distinguía a través de la ventanilla los lugares conocidos que iba dejando atrás. Y cuando recostó la cabeza en el asiento y cerró los ojos, se sintió tan desconsolado como la lluvia que caía afuera.

Le costaba creer que todo hubiera terminado. Una década en Londres clausurada, acabada, dejada súbitamente atrás. Aún le resultaba difícil creer que hubiese ocurrido. Todo había sido tan perfecto al principio. El comienzo de una vida, de una carrera, de diez años de ilusiones y felicidad en Londres. Y de pronto, a los cuarenta y dos años, tenía la sensación de que lo bueno ya se había acabado. Ahora se hallaba en el largo y lento descenso de la montaña. Durante todo ese año había sentido que su vida se desmoronaba lenta y progresivamente, con un realismo que todavía le sorprendía.

Cuando el taxi se detuvo al fin en el aeropuerto, el conductor se volvió y le miró con una ceja enarcada.

—¿Vuelve a Estados Unidos, señor?

Charlie vaciló una fracción de segundo y luego asintió con la cabeza. Sí, volvía a Estados Unidos después de diez años en Londres, nueve de ellos con Carole. Todo había terminado. En cuestión de segundos.

—Sí —dijo, aunque parecía que hablara otra persona, pero eso el conductor no podía saberlo.

El taxista sólo veía a un hombre vestido con un elegante traje de diseño inglés y una gabardina Burberry. Portaba un paraguas caro y un maletín que contenía contratos y documentos. Sin embargo, no tenía aspecto de inglés. Parecía lo que era: un atractivo norteamericano que había vivido en Europa muchos años. Ésta era ahora su casa, y le inquietaba la idea de marcharse. No se imaginaba viviendo de nuevo en Nueva York. Pero le habían obligado a ello, y en el momento idóneo. No tenía sentido quedarse en Londres, no sin Carole.

Al pensar en ella sintió como si una roca le aplastara el corazón. Bajó del taxi y dio una propina al portero para que le llevara el equipaje. Sólo portaba dos bolsas de mano. El resto estaba en el depósito.

Facturó el equipaje y fue a sentarse al salón de primera clase. Se alegró de no encontrar a nadie conocido. Faltaba bastante para el embarque, pero se había traído trabajo y estuvo ocupado hasta que anunciaron el vuelo. Esperó, como era su costumbre, y fue el último pasajero en subir al avión. Las azafatas repararon en su pelo moreno y sus ojos cálidos cuando le indicaron su asiento y le cogieron el abrigo. Charlie era alto, de piernas largas y atléticas e indudablemente guapo. Para colmo, no llevaba anillo de casado, detalle que la pasajera sentada al otro lado del pasillo y la azafata que le cogió el abrigo no pasaron por alto. Pero él nunca se daba cuenta. Se hundió en el asiento de la ventanilla y contempló la lluvia que cubría la pista. Era imposible no pensar en lo ocurrido, imposible no repasar los hechos una y otra vez, como si buscara la juntura donde se había iniciado la gotera, el lugar donde la sangre vital de su relación había empezado a escurrirse sin que ellos lo notaran.

Todavía no daba crédito. ¿Cómo había podido estar tan ciego? ¿Cómo no se había dado cuenta? ¿Cómo pudo creer que eran tremendamente felices cuando ella se le estaba escurriendo de las manos? ¿La relación había cambiado de repente o nunca fue lo que él creía que era? Convencido de que eran felices, siguió creyéndolo hasta el final... hasta el pasado año... hasta que ella se lo dijo... hasta Simon. Se sentía como un idiota. Menudo imbécil había sido, volando de Tokio a Milán y diseñando edificios de oficinas mientras Carole representaba a sus clientes de la firma de abogados por toda Europa. Trabajaban mucho, eso era todo. Cada uno tenía su vida. Eran planetas en órbitas diferentes. Pero cuando estaban juntos ninguno dudaba de que su relación era perfecta, de que tenían justamente lo que querían. Hasta la propia Carole estaba sorprendida de lo que había hecho, pero lo peor era que no parecía dispuesta a deshacerlo. Lo había intentado, pero al final comprendió que no podía.

La azafata le ofreció una copa antes de despegar, pero Charlie rehusó. Luego le entregó la carta, unos auriculares y la lista de películas, nada de lo cual atrajo su atención. Sólo quería pensar, intentar comprender. Creía que esta vez, si reflexionaba lo suficiente, encontraría la respuesta. A veces sentía ganas de gritar, de golpear una pared, de sacudir a alguien. ¿Por qué le estaba ocurriendo eso? ¿Por qué había aparecido ese gilipollas y destruido cuanto él y Carole compartían? Pero hasta Charlie sabía que no era culpa de Simon, así que sólo quedaba por culpar a Carole y a sí mismo. A veces se preguntaba por qué le parecía tan importante buscar culpables. Tenía que ser culpa de alguien, y últimamente le había dado por culparse a sí mismo. Probablemente hizo algo que indujo a Carole a fijarse en otro. Ella dijo que todo había empezado hacía más de un año, en París, mientras trabajaba con Simon en un caso.

Simon St. James era el socio más antiguo de la firma de abogados. A ella le gustaba trabajar con él. A veces se burlaba de Simon, hablaba de lo inteligente que era y de su terrible comportamiento con las mujeres. Tenía tres ex esposas y varios hijos. Era elegante, guapo y encantador. Y también tenía sesenta y un años, y ella treinta y nueve. Carole era tres años menor que Charlie, veintidós años menor que Simon. De nada servía recordarle que podía ser su padre. Ella lo sabía, era una chica lista. Comprendía que era una locura y el daño que estaba haciendo a Charlie. Eso era lo peor para ella. No quería herir a nadie. Simplemente había ocurrido.

Cuando Carole y Charlie se conocieron, ella tenía veintinueve años, era muy guapa, increíblemente brillante y tenía un trabajo estupendo en una firma de abogados de Wall Street. Salieron juntos durante un año antes de que a Charlie le trasladaran a Londres para dirigir la sucursal británica de la firma de arquitectos Whittaker and Jones, pero la relación no era seria. Dejó Nueva York, donde había trabajado para la firma durante dos años, y lo hizo encantado.

Ella fue a verle a Londres sin intención de quedarse. Pero se enamoró de la ciudad, y luego de él. En Londres todo era diferente, más romántico. Carole empezó a volar a Londres cada fin de semana que tenía libre. Los dos lo consideraban una vida ideal. Esquiaban en Davos, Gtaas y St. Moritz. Carole había asistido a un colegio de Suiza cuando su padre trabajaba en Francia y tenía amigos por toda Europa. Se sentía como en casa. Hablaba alemán y francés con fluidez, encajó perfectamente en la vida social de Londres y Charlie la adoraba. Tras seis meses de idas y venidas, ella encontró un trabajo en la sede londinense de una firma de abogados estadounidense. Compraron una vieja casa en Chelsea y empezaron a vivir juntos. Se sentían felices, llenos de entusiasmo. Al principio pasaban casi todas las noches bailando en el Annabel's y descubriendo restaurantes maravillosos, tiendas de antigüedades y clubes nocturnos pequeños y apartados. Era el paraíso.

La casa que habían comprado estaba destrozada y tardaron cerca de un año en restaurarla. Y el resultado fue espectacular, una obra de amor, y la decoraron y amueblaron primorosamente. Salían en coche por el campo en busca de puertas y objetos antiguos, y cuando se cansaron de viajar por Inglaterra empezaron a pasar fines de semana en París. Llevaban una vida de ensueño, y entremedio de sus numerosos viajes de trabajo consiguieron casarse y pasar una luna de miel en Marruecos, en un palacio que Charlie había alquilado para ella. Todo cuanto hacían era atractivo, divertido y excitante. Eran la clase de gente que todos querían conocer y frecuentar. Ofrecían grandes fiestas, hacían cosas divertidas y conocían a la gente más interesante de la ciudad. Allá donde iban, todos disfrutaban de su presencia. Y a Charlie le gustaba estar con ella más que ninguna otra cosa en el mundo. Estaba loco por Carole. Era alta, delgada y rubia, poseía unas piernas perfectas y un cuerpo que parecía esculpido en mármol blanco. Tenía una risa melodiosa y una voz que lo hacía estremecer. Era una voz profunda, sexy, y diez años después el cuerpo todavía le temblaba cuando pronunciaba su nombre.

Era la vida dorada de dos carreras, dos personas inteligentes, interesantes y triunfadoras. Lo único que no tenían, o no querían o no necesitaban, eran hijos. Habían hablado de ello muchas veces, pero nunca parecía el momento adecuado. Carole tenía demasiados clientes importantes y, además, tremendamente exigentes. Para ella eran como sus hijos. Y a Charlie no le importaba. Si bien le atraía la idea de tener una hijita que se pareciera a Carole, estaba demasiado loco por su mujer para querer compartirla. Lo cierto era que tampoco habían decidido no tener hijos, simplemente no los habían tenido. Y durante los últimos cinco años cada vez hablaban menos del tema. Pero ahora Charlie lamentaba que, fallecidos sus padres, Carole constituyera su única familia. No tenía primos, ni abuelos, ni tíos, ni hermanos. Sólo tenía a Carole y la vida que compartían. Ella lo era todo para él, y ahora comprendía que de forma excesiva. Charlie no hubiera cambiado nada de su vida en común. Por lo que a él se refería, la vida que habían construido juntos era perfecta. Jamás se aburría con Carole, nunca se cansaba de ella, raras veces discutían. A ninguno parecía importarle el hecho de que el otro viajara con frecuencia. Si acaso, el regreso a casa hacía más excitante la relación. A Charlie le encantaba volver de un viaje y encontrar a Carole tumbada en el sofá de la sala leyendo un libro o, mejor aún, tumbada frente al fuego, dormitando. Las más de las veces seguía en el trabajo cuando él llegaba de Bruselas, Milán, Tokio o dondequiera que hubiese estado. Pero cuando Carole estaba en casa, era toda suya. En eso era estupenda. Nunca le hacía sentir que su trabajo era más importante que él. Y si lo era, si tenía un caso importante o un cliente difícil, procuraba que él no lo notara. Ella le hacía sentir como si el mundo girara a su alrededor… y así fue durante nueve exquisitos años, y de repente dejó de serlo. Charlie sentía que su vida había terminado.

Y a medida que se acercaba inexorablemente a Nueva York, Charlie no pudo evitar retroceder de nuevo al pasado. La aventura había comenzado exactamente quince meses atrás, en agosto. Eso dijo Carole cuando finalmente se lo contó todo. Siempre había sido sincera con él. Sincera, honesta, leal. Charlie no tenía nada que reprocharle, salvo el hecho de que se hubiera desenamorado de él. Ella y Simon habían trabajado juntos en París durante seis semanas. Era un caso importante, cargado de tensión, y Charlie se encontraba en una fase delicada de una importante negociación con unos clientes nuevos de Hong Kong. Estuvo viajando a esa ciudad casi cada semana durante tres meses, y la dureza de la situación casi le volvió loco. Apenas tenía un minuto para estar con su mujer, lo cual era raro en él. Carole, no obstante, estuvo de acuerdo en que eso no era excusa para justificar lo que había hecho. Pero no fue su ausencia lo que lo estropeó todo, explicó Carole... sino, sencillamente, el tiempo y el destino... y Simon, un hombre extraordinario. Estaba enamorada de él. Le había hecho perder la cabeza y sabía que obraba mal, pero insistía en que no podía evitarlo. Al principio intentó refrenar sus sentimientos, pero al final comprendió que no podía. Había admirado a Simon durante demasiado tiempo, le gustaba demasiado, y descubrieron que tenían mucho en común. Tal como había ocurrido con Charlie al principio, cuando todo resultaba emocionante y divertido. ¿Cuándo empezó a dejar de serlo?, le preguntó Charlie, desesperado, una tarde lluviosa mientras paseaban por el Soho. Todavía lo pasaban bien juntos, insistió. Las cosas seguían siendo como antes. Intentó convencerla, pero Carole se limitó a mirarle y a negar levemente con la cabeza. Ya no se divertían, dijo entre lágrimas, ya no era como antes. Tenían vidas diferentes, necesidades diferentes, pasaban demasiado tiempo con otra gente. Y Carole opinaba que en ciertos aspectos no habían madurado, pero Charlie no lo entendía. Y si bien habían pasado mucho tiempo separados a causa de los viajes, ella quería estar con Simon día tras día, pues él la cuidaba de formas que Charlie ignoraba. ¿Cómo?, preguntó él con voz suplicante, y ella intentó explicárselo, pero no pudo. No era solamente lo que Simon hacía, tenía que ver con el complicado mundo de los sueños, de las necesidades y los sentimientos. Eran esos pequeños e inexplicables detalles que te hacen amar a alguien aun cuando desearías no hacerlo. Y cuando dijo eso, ambos rompieron a llorar.

Carole se dijo que su aventura con Simon sería pasajera cuando finalmente se entregó a él. No será más que un mero desliz temporal, se prometió. Era la primera vez que tenía una aventura y no quería que ésta deshiciera su matrimonio. De regreso a Londres, trató de dejarlo con Simon. Él le dijo que lo entendía perfectamente. No era la primera vez que tenía un idilio y confesó que había sido infiel a sus esposas en varias ocasiones. No se enorgullecía de ello, explicó, pero conocía bien el mundo de las traiciones y los deslices. En ese momento estaba libre, pero comprendía los sentimientos de culpa de Carole y de compromiso para con su marido. Sin embargo, ninguno de los dos podía prever lo mucho que iban a echarse de menos cuando regresaran a sus respectivos hogares. Ya no soportaban estar separados. Empezaron a salir del trabajo por las tardes para ir al piso de Simon, a veces con la única intención de hablar para que Carole pudiera desahogar sus sentimientos, y ella se dio cuenta de que lo que más le gustaba de Simon era su infinita comprensión, la atención que le dedicaba, lo mucho que la amaba. Estaba dispuesto a hacer lo que fuera para estar con ella, aunque ello significara dejar de ser amantes para ser sólo amigos. Ella intentó alejarse de él, pero le fue imposible. Charlie se hallaba de viaje la mayor parte del tiempo, Carole estaba sola y Simon estaba allí, suspirando por ella. Hasta ese momento no se dio cuenta de lo sola que se sentía, de las numerosas ausencias de Charlie y de lo mucho que significaba para ella estar con Simon. El contacto físico comenzó de nuevo dos meses después del intento de ruptura. Y a partir de ahí la vida de Carole y Simon fue un largo engaño. Se veían casi cada día después del trabajo y fingían que trabajaban juntos los fines de semana. Simon se quedaba en la ciudad siempre que podía para estar con ella, y cuando Charlie se hallaba de viaje, pasaban el fin de semana en la casa que Simon tenía en Berkshire. Ella sabía que aquello estaba mal, pero se sentía como poseída. No podía detenerse.

Ese año, cuando se acercaba Navidad, la relación entre Carole y Charlie era muy tensa. Charlie tenía problemas con un solar en Milán y un trato en Tokio se había ido al garete, y simplemente nunca estaba en casa. Y cuando estaba, se sentía afectado por la diferencia horaria, agotado o de mal humor. Y aunque no quería, las más de las veces se desquitaba con Carole cuando la veía, que no era a menudo. Siempre se encontraba volando a un lugar u otro para resolver algún problema. Y era en épocas como ésa cuando se alegraban de no tener hijos y cuando ella se daba cuenta de lo diferentes que eran sus mundos. Ya no tenían tiempo para hablar, para estar juntos, para compartir sus sentimientos. Él tenía su trabajo y ella el suyo, y entremedio algunas noches al mes en la misma cama y una retahíla de fiestas y cenas a las que acudir. Y un día, Carole se preguntó qué habían construido, qué habían hecho, qué compartían realmente. ¿Acaso era todo una ilusión? Ya no podía responder fácilmente a la pregunta de si amaba a Charlie o no. Y durante todo ese tiempo Charlie seguía tan absorto en su trabajo y sus problemas que no tenía la menor sospecha de lo que estaba ocurriendo. No tenía ni idea de que Carole se había ido alejando de él desde el verano. Pasó la noche de fin de año solo en Hong Kong, y Carole la pasó en Annabel's con Simon. Y Charlie estaba tan ocupado con sus negociaciones que olvidó telefonearla.

La crisis estalló en febrero, cuando Charlie llegó inesperadamente de Roma y descubrió que Carole se había ido fuera el fin de semana. Esta vez no le había dicho nada, ni siquiera que se iba con unos amigos, y el domingo por la noche, cuando la vio entrar en casa, sintió un desagradable escalofrío. Estaba radiante, bella, relajada, como cuando se pasaban el fin de semana en la cama haciendo el amor. ¿Pero quién tenía tiempo para eso ahora? Ambos trabajaban mucho. Esa noche Charlie hizo algún comentario al respecto, pero en realidad no estaba preocupado. En algún lugar de su cerebro se había disparado la alarma, pero el resto de su mente seguía dormido.

Fue Carole quien, al final, decidió confesarlo todo. Sabía que, a nivel inconsciente, algo había alertado a Charlie, así que una noche se lo dijo. Él la escuchó sentado, mirándola fijamente con lágrimas en los ojos. Ella se lo contó todo. Llevaban juntos cinco meses, con una breve interrupción al volver de París, cuando Carole intentó dejar de ver a Simon y se dio cuenta de que no podía.

—No sé qué otra cosa decir, Charlie, salvo que creía que debías saberlo. No podemos seguir así toda la vida —dijo suavemente, con una voz ronca que Charlie encontró más sexy que nunca.

—¿Qué piensas hacer? —preguntó mientras se decía que debía actuar de forma civilizada, que esas cosas ocurrían.

No obstante, lo único que sabía en ese momento era lo mucho que le dolía y lo mucho que todavía amaba a Carole. Le sorprendía que el dolor de averiguar que se acostaba con otro pudiera ser tan incisivo. Pero lo que realmente quería saber era si amaba a Simon o si sólo se trataba de una aventura pasajera.

—¿Estás enamorada de él? —dijo mientras las palabras resonaban en su cabeza, su corazón y su estómago.

¿Qué haría si ella le dejaba?, se preguntó. Ni siquiera era capaz de imaginarlo, y justamente por eso podía perdonarle cualquier cosa, y pensaba hacerlo. No quería perderla.

—Creo que sí —dijo ella al fin. Siempre había sido tremendamente sincera con Charlie. Por eso se lo había dicho. Ni en una situación como ésa quería dejar de serlo—. Cuando estoy con él, me siento segura… pero también te quiero a ti… siempre te querré.

En la vida de Carole nunca había existido nadie como Charlie… ni como Simon. Los quería a los dos, a su manera. Pero sabía que tenía que elegir. Podrían haber seguido así mucho tiempo, la gente lo hacía, pero ella no podía. Había sucedido y ahora tenía que afrontarlo. Y también Charlie. Simon quería casarse con ella, pero Carole sabía que antes de plantearse esa posibilidad debía solucionar las cosas con Charlie. Simon también comprendía eso y le aseguró que estaba dispuesto a esperar toda la vida.

—Hablas como si fueras a dejarme —dijo Charlie con lágrimas en los ojos. Luego la abrazó y lloraron juntos—. ¿Cómo ha podido ocurrirnos esto a nosotros? —le preguntaba una y otra vez.

Parecía imposible, impensable. ¿Cómo podía Carole hacerle eso? Y sin embargo lo había hecho, y por la forma en que ella le miraba supo que no estaba dispuesta a renunciar a Simon. Intentó ser razonable, pero al final tuvo que pedirle que dejara de verle. Quería acudir con ella a un asesor matrimonial. Quería hacer cuanto fuera necesario para arreglar las cosas.

Carole hizo todo lo posible por salvar la relación. Aceptó visitar a un asesor matrimonial e incluso dejó de ver a Simon dos semanas enteras. Pero al final se estaba volviendo loca y supo que no podía renunciar a él por completo. Los problemas entre ella y Charlie empeoraron de repente. Discutían constantemente. Las peleas que no habían tenido antes florecieron como los árboles en primavera y reñían cada vez que se veían. Charlie estaba furioso con ella, quería matar a alguien, preferiblemente a Simon. Y ella reconoció lo infeliz que había sido por haber estado sola tanto tiempo. Para Carole, ella y Charlie no eran más que buenos amigos y compañeros de casa compatibles. Charlie no la cuidaba como Simon. Dijo que era un inmaduro y lo llamó egoísta. Se quejó de que cuando llegaba a casa de un viaje estaba demasiado cansado para pensar en ella, o para hablar, hasta que se iban a la cama y él quería hacer el amor. Pero ésa era su forma de establecer contacto, explicó Charlie, demostraba más sus sentimientos que las palabras. Pero en realidad sólo demostraba la diferencia que existía entre los hombres y las mujeres. Los reproches mutuos eran cada vez más amargos, y Carole lo dejó de piedra cuando le dijo al asesor matrimonial que para ella su matrimonio siempre había girado en torno a Charlie, y que Simon era el primer hombre que conocía al que le importaban sus sentimientos. Charlie no daba crédito a sus oídos.

Para entonces Carole volvía a acostarse con Simon, pero Charlie no lo sabía, y en pocas semanas la relación se convirtió en una maraña de engaños, discusiones y reproches. En marzo, cuando Charlie viajó a Berlín, ella recogió sus cosas y se mudó a casa de Simon. Se lo comunicó por teléfono, y él se quedó llorando en la habitación del hotel. Carole le dijo que no quería seguir viviendo de ese modo. Era demasiado doloroso y tenso para todos.

—No me gusta lo que nos estamos haciendo —dijo ella entre lágrimas cuando le telefoneó—. Odio en lo que me he convertido contigo. Odio lo que soy, lo que hago y lo que digo. Y estoy empezando a odiarte a ti... Charlie, tenemos que dejarlo. No puedo seguir. —Por no mencionar que era incapaz de ejercer coherentemente la abogacía mientras hacía malabarismos para intentar arreglar tan enrarecida situación.

—¿Por qué no? —espetó él. La rabia empezaba a dominarle y Carole sabía que tenía derecho a estar enfadado—. Otros matrimonios sobreviven cuando uno de los cónyuges tiene una aventura. ¿Por qué no el nuestro? —Estaba suplicando clemencia.

Hubo un largo silencio.

—Charlie, no quiero seguir —dijo ella al fin, y Charlie comprendió que hablaba en serio.

Y ése fue el final. Por la razón que fuera, para Carole la relación había terminado. Se había enamorado de otro hombre y desenamorado de Charlie. A lo mejor no había una razón concreta ni un culpable. A fin de cuentas los seres humanos tenían emociones impredecibles. Simplemente había ocurrido, y lo quisiera o no Charlie, Carole le había dejado por Simon.

Durante los meses que siguieron, Charlie vivió a caballo entre la desesperación y la rabia. Le costaba concentrarse en su trabajo. Dejó de ver a sus amigos. A veces se pasaba noches enteras sentado en casa pensando en Carole. Permanecía a oscuras, hambriento, cansado, incapaz de asimilar lo ocurrido. Seguía confiando en que la aventura con Simon terminara, que ella se cansara de él, que decidiera que era demasiado viejo, demasiado tranquilo o incluso un charlatán engreído. Rezaba por que así fuera, pero rezaba en vano. Ella y Simon parecían muy felices. De tanto en tanto Charlie veía su fotografía en algún periódico o revista, y lo odiaba. A veces creía que el dolor de echarla tanto de menos acabaría con él. La soledad era abrumadora. Y cuando ya no podía soportarla, llamaba a Carole. Lo peor era que ella siempre sonaba igual de cálida, sensual, sexy. A veces imaginaba que Carole volvía, que simplemente estaba de viaje. Pero se engañaba. Ella se había ido, probablemente para siempre.

La casa aparecía descuidada, abandonada. Carole se había llevado todas sus cosas y nada era ya lo mismo. Charlie tenía la sensación de que cuanto había querido, sido o soñado estaba ahora hecho añicos. A sus pies sólo había fragmentos y ya no tenía nada por lo que preocuparse o en que creer.

La gente del trabajo lo notó. Charlie estaba triste,

cansado y flaco. Se irritaba por nada y discutía por todo. Ya no telefoneaba a sus amigos y rechazaba todas las invitaciones. Estaba seguro de que a estas alturas Simon los había hechizado a todos. Además, no quería oír hablar de Simon y Carole, no quería saber a qué se dedicaban ni responder a preguntas bien intencionadas. Sin embargo, no podía dejar de leer sobre ellos en los periódicos, sobre las fiestas a las que asistían y los fines de semana que pasaban en el campo. Simon St. James tenía una intensa vida social. A Carole siempre le había gustado asistir a fiestas, pero nunca tanto como ahora. Constituía una parte importante de su vida con Simon. Charlie apenas podía pensar en otra cosa, por mucho que lo intentara.

El verano fue una tortura para él. Sabía que Simon poseía una casa de campo en el sur de Francia, entre Beaulieu y St.-Jean-Cap-Ferrat, porque la había visitado con Carole. También poseía un yate bastante grande en el puerto y Charlie no dejaba de imaginarse a Carole a bordo. A veces soñaba que Carole se ahogaba, y luego se preguntaba con remordimiento si tales pesadillas significaban que deseaba que así fuera. Volvió al asesor matrimonial para hablar del asunto. Pero ya no había nada que decir. Cuando llegó septiembre, Charlie Waterston tenía un aspecto horrible y se sentía aún peor.

Para entonces Carole le había llamado para decirle que iba a solicitar el divorcio, y Charlie se odió cuando le preguntó si aún vivía con Simon. Conocía la respuesta de antemano, e imaginó la expresión de Carole y la forma en que ladeaba la cabeza cuando contestó con tristeza:

—Sabes que sí, Charlie.

Carole odiaba herirle. Nunca deseó hacerle una cosa así. Simplemente había ocurrido sin que ella pudiera evitarlo. Pero jamás había sido tan feliz como con Simon. Nunca había aspirado a una vida así, pero había descubierto que le encantaba. Habían pasado agosto en la casa de Francia, y Carole comprobó con sorpresa que le agradaban todos los amigos de Simon. Y él hacía cuanto estaba en su mano por complacerla. La llamaba el amor de su vida, la mujer de sus sueños, y Carole descubrió en él una vulnerabilidad y una ternura que no había visto antes. Estaba profundamente enamorada de él, pero no le contó nada de eso a Charlie. Una vez más se daba cuenta de lo vacía que había sido su relación con él. Habían sido dos egocéntricos que caminaban codo con codo sin apenas tocarse y, desde luego, sin encontrarse. Y ninguno de los dos se había dado cuenta. Ella lo comprendía ahora, pero sabía que Charlie aún no lo veía. Carole deseaba que fuera feliz, que encontrara a otra mujer, pero él no parecía intentarlo siquiera.

—¿Vas a casarte con él?

A Charlie se le cortaba la respiración cada vez que le hacía esa clase de preguntas, pero a pesar de lo mucho que se odiaba por hacerlas, no podía evitarlo.

—No lo sé, Charlie, no hablamos de esas cosas. —Era mentira. Simon estaba deseando casarse con ella, pero eso por ahora no era asunto de Charlie—. Lo importante ahora no es eso. Primero tenemos que arreglar las cosas entre tú y yo. —Finalmente había obligado a Charlie a contratar a un abogado, pero él apenas le llamaba—. Cuando dispongas de tiempo dividiremos las cosas.

Charlie sintió náuseas al oír eso.

—¿Por qué no nos damos otra oportunidad? —preguntó, detestando la debilidad de su propia voz, pero amaba tanto a Carole que la idea de perderla le volvía loco. ¿Y por qué tenían que «dividir las cosas»? ¿Qué le importaba a él la vajilla, el sofá, las sábanas? La quería a ella. Quería todo aquello que habían compartido. Quería recuperar su vida en común. Seguía sin entender lo que Carole decía—. ¿Y si tuviéramos un hijo?

Supuso que Simon era demasiado viejo para considerar esa posibilidad. Era imposible que con sesenta y un años, tres esposas y varios hijos deseara tener un niño con Carole. Era lo único que Charlie podía ofrecerle y Simon no.

Hubo un largo silencio y Carole cerró los ojos mientras reunía el valor para contestar. No quería tener un hijo con Charlie. No quería tener un hijo con nadie. Nunca lo había querido. Tenía su trabajo. Y ahora tenía a Simon. Un hijo era lo último que deseaba. Sólo quería el divorcio para que ambos pudieran seguir adelante con sus vidas sin hacerse más daño. No era mucho pedir.

—Charlie, es demasiado tarde. Además, nunca quisimos hijos.

—Puede que estuviéramos equivocados. Quizá las cosas serían ahora diferentes si los hubiéramos tenido. Quizá era el pilar que nos faltaba.

—Sólo habría complicado las cosas. Los niños no mantienen unidos a los padres, sólo hacen que la separación sea más difícil.

—¿Piensas tener un hijo con él?

Su voz volvía a sonar desesperada. Charlie siempre acababa haciendo el papel del pobre patán que ruega a la bella princesa que vuelva con él, y se despreciaba por ello. Pero no sabía qué otra cosa decir, y estaba dispuesto a lo que fuera si ella aceptaba dejar a Simon y volver con él.

Pero cuando Carole respondió, advirtió exasperación en su voz.

—No, no pienso tener un hijo con él. Estoy intentando tener una vida propia y junto a Simon. Y no deseo arruinarte la existencia más de lo necesario. Charlie, ¿por qué no te das por vencido? Algo ocurrió entre nosotros. No estoy segura de qué, pero a veces las cosas ocurren así. Es como cuando alguien muere. No puedes discutirlo. No puedes cambiarlo. No puedes retrasar el reloj o devolverle la vida. Nuestra relación murió. O por lo menos por mi parte. Ahora tienes que seguir tu vida sin mí.

—No puedo. —Casi se ahogó al decirlo, y ella sabía que hablaba en serio. Había tropezado con él la semana anterior y tenía un aspecto horrible. Parecía agotado y estaba pálido. No obstante, Carole todavía lo encontraba sumamente atractivo. Charlie era un hombre muy guapo, y pese a su sufrimiento seguía resultando sumamente seductor—. No puedo vivir sin ti, Carole.

—Sí puedes, Charlie. Tienes que hacerlo.

—¿Por qué?

No se le ocurría ninguna razón para seguir viviendo. La mujer que amaba le había dejado. Estaba harto de su trabajo. Quería estar siempre solo. Hasta la casa que tanto amaba había dejado de tener vida. Pero no quería venderla. Guardaba en ella demasiados recuerdos con Carole. Ella estaba enredada en cada hilo de su vida. No podía imaginarse libre de Carole y aún menos deseando liberarse de ella. Cuanto deseaba era lo que había tenido con Carole y ya no podía tenerlo, ahora pertenecía a Simon. A ese cabrón.

—Charlie, eres demasiado joven para reaccionar de ese modo. Tienes cuarenta y dos años y toda una vida por delante. Posees un gran trabajo y un talento extraordinario. Conocerás a otra mujer y a lo mejor hasta tendréis hijos.

Era una conversación extraña, pero Carole no sabía cómo dejar a Charlie, aunque era consciente de que estas conversaciones irritaban a Simon. Él opinaba que debían dividir los bienes, divorciarse y seguir adelante. Ambos eran lo bastante jóvenes para tener una vida feliz con otra persona. En su opinión, Charlie era un mal perdedor y estaba presionando a Carole innecesariamente; la situación no le gustaba.

—Esas cosas nos ocurren a todos en algún momento, o por lo menos a casi todos. Mis dos primeras esposas me dejaron y te aseguro que no me pasé el año tendido en el suelo berreando. Es un niño consentido —dijo irritado.

Carole trató de no volver a hablar de Charlie con Simon. Ella tenía sus propios remordimientos y conflictos con los que luchar. No quería volver con Charlie, pero tampoco quería dejarle sangrando en la cuneta. Sabía que lo había arrollado, pero no sabía cómo mejorar la situación ni alejarse de él con suavidad. Lo había intentado y quería facilitarle las cosas, pero Charlie se negaba a renunciar a ella, y cada vez que hablaban Carole tenía la sensación de que se estaba ahogando y de que, si no lo impedía, ella se ahogaría con él. Tenía que alejarse de Charlie como fuera, por su propia supervivencia.

Y a finales de septiembre hicieron el reparto. Simon tenía asuntos familiares que atender en el norte de Inglaterra y Carole pasó un fin de semana atroz recorriendo la casa con Charlie. Él quería comentar cada objeto, no porque deseara impedir que ella se lo quedara, sino para intentar convencerla de que dejara a Simon. Fue una pesadilla para los dos, y Carole odiaba lo que tenía que oír tanto como Charlie se odiaba por decirlo. No se reconocía a sí mismo. Pero se negaba a que ella le abandonara sin más, pues aún tenía la esperanza de que cambiara de parecer. Pero Carole no iba a cambiar de parecer.

El domingo por la tarde Charlie se disculpó antes de que Carole se marchara. Le sonrió tristemente en la puerta. Ambos tenían un aspecto horrible.

—Siento haberme comportado como un gilipollas todo el fin de semana. No sé qué me pasa. Cada vez que te veo o que hablo contigo me vuelvo loco. —Era la conducta más normal que había tenido desde que iniciaran el inventario el sábado por la mañana.

—No te preocupes... Sé que no es fácil para ti.

Pero tampoco lo era para ella y no estaba segura de que él lo entendiera. Y Charlie no lo entendía. Por lo que a él se refería, ella le había abandonado. Era su decisión. Y tenía a Simon. Se había arrojado a los brazos de otro hombre y nunca estaba sola, nunca le faltaba consuelo. Charlie no tenía nada. Había perdido cuanto quería.

—Es una situación horrible —dijo él, mirándola a los ojos—. Para todos. Sólo espero que no lamentes lo que estás haciendo.

—Yo también —respondió Carole.

Le besó en la mejilla y le dijo que se cuidara, y luego se alejó en el Jaguar de Simon. Charlie la vio partir mientras trataba de convencerse de que al final ella volvería. Pero cuando entró en casa y vio las cosas de Carole apiladas por todas partes, y la vajilla sobre la mesa del comedor, ya no pudo engañarse más. Cerró la puerta y miró alrededor. Luego se sentó en una silla y rompió a llorar. No podía creer que la echara tanto de menos. Hasta un fin de semana juntos dividiéndose las cosas era mejor que nada.

Cuando por fin dejó de llorar ya había anochecido y, curiosamente, se sentía mejor. Ya no podía engañarse. Ya no podía huir de la verdad. Carole se había ido. Y él estaba dejando que se llevara casi todo. Era lo único que podía darle ya.

En octubre las cosas empeoraron para Charlie. El hombre que dirigía las oficinas de Nueva York de su firma de arquitectos sufrió un ataque de corazón, el socio que podía sustituirle anunció que dejaba la compañía para abrir su propio despacho en Los Ángeles y los dos socios más antiguos de la empresa, Bill Jones y Arthur Whittaker, viajaron a Londres para pedir a Charlie que regresara a Nueva York para tomar el mando. Era justamente lo único que Charlie no quería.

Desde que vino a Londres diez años atrás supo que ya no querría volver a trabajar en Nueva York, y había pasado una década trabajando felizmente en Europa. Charlie encontraba los diseños extranjeros mucho más interesantes, especialmente los de Italia y Francia. También disfrutaba con sus incursiones por Asia, y tenía toda la intención de permanecer en Europa.

—No puedo —dijo cuando se lo propusieron.

Pero ambos socios estaban decididos a ser tenaces. Necesitaban que Charlie dirigiera el despacho de Nueva York.

—¿Por qué no? —preguntaron. Él no quería decirles simplemente que no quería, pero así era—. Aunque luego desees volver, no hay razón para que no puedas trabajar en Nueva York uno o dos años. Actualmente se están llevando a cabo muchos proyectos interesantes en Estados Unidos. Puede que incluso acabes prefiriendo aquello.

Charlie no quería decirles que perdían el tiempo con él, y ellos no querían decirle que ahora que su esposa le había dejado, no tenía motivos para rechazar la oferta. A diferencia de los demás candidatos, él no estaba atado a nadie y podía ir adonde quisiera. No tenía esposa ni hijos, ni lazos familiares. No había ninguna razón para que no pudiera alquilar su casa durante uno o dos años e ir a Nueva York a dirigir la compañía, por lo menos hasta que encontraran a un sustituto. Pero la idea no le atraía en absoluto.

—Es muy importante para nosotros, Charlie. Eres nuestra única opción.

Él lo sabía. Se hallaban en un apuro. El director de la sucursal de Chicago no podía moverse. Su mujer tenía cáncer de mama y la estaban tratando con quimioterapia, de modo que no podían pedirle que se trasladara. Y nadie de la oficina de Nueva York estaba capacitado para tomar el mando. Charlie era la elección más obvia, y él intuía que su situación profesional cambiaría si no aceptaba.

—Nos gustaría que lo meditaras —insistieron, y él comprendió horrorizado lo que ello significaba.

Se sentía como si un tren de alta velocidad estuviera a punto de arrollarlo. No daba crédito a lo que estaba ocurriendo y no sabía qué decir. Deseó llamar a Carole para comentarle el asunto, pero se abstuvo.

Le costaba creer que en unos meses hubiese perdido a su esposa y le estuviesen obligando a dejar la vida en Europa que tanto amaba. Todo parecía estar cambiando y pasó dos semanas angustiosas reflexionando sobre la oferta. Los socios regresaron a Nueva York y Charlie les dijo que pronto les daría una respuesta. Pero por mucho que meditaba, no daba con la forma de escurrir el bulto.

Ni siquiera podía decirles que su esposa no quería que se fuera. Sabían que la decisión sólo dependía de él. A mediados de mes comprendió que no tenía elección: tenía que aceptar. Nunca le perdonarían que no lo hiciera. Intentó acordar un período de seis meses y ellos le dijeron que intentarían encontrar a alguien para entonces, pero le puntualizaron que probablemente necesitarían un año o incluso más. No era fácil dar con arquitectos de talla con la trayectoria de diseño adecuada. Sustituirían a Charlie en Londres por Dick Barnes, su subordinado. Era un buen hombre y Charlie estaba seguro de que haría un buen trabajo. De hecho constituía un motivo de preocupación, pues Dick Barnes llevaba mucho tiempo detrás del puesto y ésta podía ser su oportunidad para conseguirlo definitivamente. Poseía un gran talento y casi tanta experiencia como Charlie, y éste temía que una vez Barnes hubiese dirigido satisfactoriamente el despacho de Londres durante un año, no le dejaran volver. Y lo último que deseaba era verse atrapado en Nueva York. Al final firmó un contrato de un año. Y sin apenas percatarse, sintió que su vida en Londres terminaba y se preparó para mudarse a Nueva York. Los socios habían insistido en que llegara antes de la festividad de Acción de Gracias. Carole le telefoneó cuando se enteró de la noticia por una amiga común cuyo marido trabajaba para Charlie. Le felicitó por el nuevo cargo, aunque le sorprendía que estuviese dispuesto a dejar Londres.

—No es exactamente un ascenso —dijo él, todavía decaído pero contento de que Carole le llamase. Había sido un mal año y apenas recordaba ya los tiempos felices. Desde que ella se marchó tenía la sensación de que cada día le ocurría algo terrible—. Lo último que deseaba era volver a trabajar en Nueva York —suspiró.

Odiaba la idea de dejar Londres y Carole lo sabía. Sabía lo mucho que su vida allí significaba para él y lo feliz que había sido en Londres. Por eso le había telefoneado. Pese a todo lo ocurrido, quería animarle, aunque sabía que Simon no habría aprobado la llamada. Simon hablaba regularmente con dos de sus ex esposas, pero ellas se habían casado varias veces después de abandonarle y no se aferraban a él como Charlie se aferraba a Carole.

—Puede que el cambio te siente bien —dijo con ternura—. Un año no es toda la vida.

—A mí me lo parece —respondió, clavando la mirada en la ventana de su despacho y viendo en su mente la imagen de Carole.

Era condenadamente hermosa y deseable, pero empezaba a desear que no lo fuera. Le iba a resultar extraño estar lejos de ella. Ya no podría esperar encontrarse con ella. Ahora siempre existía la posibilidad de encontrársela en un restaurante, en una tienda o saliendo de Harrod's. Pero esa posibilidad ya no existiría cuando se fuera de Londres.

—No entiendo cómo he podido meterme en este lío —dijo, pensando en Nueva York.

—No tenías elección.

—Es cierto.

Ya no tenía elección con respecto a nada, ni a ella ni a Nueva York. Y entonces Carole le preguntó qué pensaba hacer con la casa. Legalmente la mitad era suya, pero no le importaba que él la habitara. No necesitaba el dinero y desde luego no pensaba vivir en ella con Simon. No había razón para que no pudieran conservarla por el momento.

—Había pensado en alquilarla —dijo Charlie, y ella estuvo de acuerdo.

Pero dos días más tarde Carole volvió a telefonearle. Había estado dando vueltas al asunto y lo había hablado con Simon, aunque esto último no se lo dijo a Charlie. No le importaba que Charlie viviera en la casa, pero no quería inquilinos que la destrozaran y la devaluaran. Dadas las circunstancias, prefería venderla y pidió a Charlie que la dejara en manos de una agencia inmobiliaria antes de abandonar Londres.

Charlie sintió que perdía otro buen amigo. Amaba su casa, ambos la amaban. Pero ya no le quedaban energías para discutir con Carole y estaba empezando a comprender que no tenía sentido aferrarse a la casa. El pasado se había ido y era mejor que la casa se fuera con él. Estuvo varios días pensándolo y finalmente la puso en venta. Y para sorpresa de ambos, se vendió en menos de diez días y a buen precio. Eso, no obstante, apenas fue un consuelo para Charlie.

Para cuando subió al avión, el trato estaba cerrado, la casa ya no les pertenecía y todo lo que poseía estaba guardado en un almacén. Carole había pasado por la casa la semana antes para verla por última vez y despedirse de Charlie. Como era de esperar, fue un encuentro cargado de dolor por parte de él y de culpa por parte de ella, y de reproches tácitos que cargaban el aire.

Carole no sabía bien qué decir cuando recorrió las

habitaciones recordando pequeños detalles o momentos divertidos de su vida juntos. Finalmente llegó al dormitorio. Se quedó de pie, mirando por la ventana, con lágrimas en los ojos. El jardín estaba desnudo, los árboles deshojados, y no oyó entrar a Charlie. Éste se quedó mirándola, perdido en sus propios recuerdos, y cuando ella se volvió para marcharse, se sobresaltó.

—Voy a echar de menos esta casa —dijo enjugándose las lágrimas, y él asintió.

Esta vez ya no lloraba. Había sufrido demasiado, había perdido demasiado. Se sintió casi insensible cuando ella se acercó lentamente a él.

—Voy a echarte de menos —susurró Charlie.

—Yo también —respondió ella con voz queda, y luego le rodeó con sus brazos.

Charlie la abrazó durante un largo rato, deseando que nada de eso hubiese ocurrido. En su opinión, si no fuera por Simon todavía estarían viviendo aquí, tan atareados como siempre, cada uno en lo suyo, pero felices de volver a casa junto al otro. Y de haber seguido juntos, él habría podido rechazar la oferta de Nueva York. El trabajo de Carole en Europa era demasiado importante para poder pedir un traslado.

—Lo siento, Charlie —fue cuanto dijo ella mientras él se preguntaba cómo era posible que diez años de su vida se hubiesen esfumado de ese modo.

Lo había perdido todo: su esposa, su casa e incluso su residencia en Europa. Era como si el reloj hubiese dado marcha atrás y ahora tuviese que empezar de nuevo. Como si, tras llegar a lo alto de un tobogán, hubiese tropezado y caído de nuevo al suelo. Había algo terriblemente grotesco en todo aquello.

Salieron de la casa cogidos de la mano y luego ella subió al coche y se marchó. Era sábado y había prometido a Simon reunirse con él en Berkshire. Charlie no se molestó esta vez en preguntarle si era feliz. Estaba claro que su vida se hallaba totalmente ligada a la de Simon. Sólo había tardado nueve meses en comprenderlo. Y cada segundo había sido una tortura para ambos.

Envió sus cosas a un depósito y sus últimos días en Londres los pasó en el hotel Claridge, a costa de la compañía. Hubo una cena muy agradable en el Savoy para celebrar su partida. A ella asistieron todos los compañeros de la oficina y algunos clientes importantes. Otros amigos quisieron invitarle a cenar antes de que se fuera, pero Charlie dijo que estaba demasiado ocupado atando cabos en el trabajo. Apenas los había visto desde que Carole le dejara. Le resultaba demasiado doloroso dar explicaciones. Prefería marcharse de Londres en silencio.

Y antes de abandonar la oficina por última vez, Dick Barnes le soltó un cortés discurso sobre lo mucho que desearía volver a verle, aunque Charlie sabía que mentía. Estaba claro que deseaba que se quedara en Nueva York para siempre y le dejara la sucursal de Londres. Y Charlie no le culpaba. No culpaba a nadie, ni siquiera a Carole. La noche antes de su partida la llamó para despedirse, pero no la encontró y decidió que era mejor así. No tenían nada más que decirse, salvo lo mucho que lo sentían. Lo único que él quería de ella era una explicación de por qué había ocurrido. Todavía no lo entendía. Carole era mucho más reflexiva que él. Pero ella tenía a Simon. Charlie no tenía a nadie que le diera consuelo.

El día de su partida, cuando despertó, llovía a cántaros. Se quedó en la cama del hotel durante un buen rato, reflexionando sobre lo que le estaba ocurriendo, a dónde iba y por qué. Sentía una fuerte presión en el pecho y por unos instantes pensó en echarlo todo a rodar, dejar la firma, intentar recuperar la casa y quedarse en Londres. Era una locura, pero la idea le atrajo mientras, tumbado en la cama, escuchaba el sonido de la lluvia y se daba ánimos para levantarse y meterse en la ducha. Tenía que estar en el aeropuerto a las once para el vuelo de la una. La mañana iba a hacérsele interminable. Y mientras seguía en la cama pensando en ello tuvo que contenerse para no llamar a Carole. Tomó una larga ducha caliente, se puso un traje oscuro, una camisa blanca y una corbata de Hermès, y a las diez en punto estaba en la entrada del hotel esperando un taxi, aspirando el aire de Londres por última vez, oyendo el ruido del tráfico, alzando la vista a los edificios que tan bien conocía. Casi se sentía como cuando se marchó de casa por primera vez. Aún no podía creer que se iba y todavía esperaba que alguien le detuviera antes de que fuera demasiado tarde. Deseaba que Carole apareciera corriendo por la calle, le arrojara los brazos al cuello y le dijera que todo había sido un mal sueño.

Pero el taxi llegó y el portero miró a Charlie expectante con la puerta abierta. No tenía más remedio que subir y marchar al aeropuerto. Carole no iba a venir. Nunca lo haría. Nunca volvería con él, ahora lo sabía. Ella pertenecía a Simon.

Atravesó la ciudad con el corazón contrito, observando cómo la gente iba y venía en sus tareas cotidianas bajo una lluvia implacable. Esa lluvia heladora de noviembre. Era el típico invierno inglés. En menos de una hora llegaron a Heathrow. Ya no podía echarse atrás.

—¿Le gustaría beber algo, señor Waterston? ¿Champán? ¿Una copa de vino? —preguntó la azafata cuando Charlie despertó de su ensimismamiento. Llevaban en el aire una hora y había dejado de llover.

—No, gracias —contestó con un aspecto menos sombrío que al principio.

Todas las azafatas habían advertido que se sentía muy desdichado. No aceptó ninguna bebida y dejó los auriculares sin usar en el asiento contiguo. Volvió de nuevo la cabeza hacia la ventanilla, y cuando pasaron con la cena dormía.

—Me pregunto qué le habrá pasado —susurró una azafata a su compañera en la cocina—. Está hecho polvo.

—Probablemente lleve varias noches dándole el salto a su mujer —opinó una de las mujeres con una sonrisita.

—¿Qué te hace pensar que está casado? —preguntó la azafata que le había ofrecido champán.

—Tiene una marca en el dedo corazón de la mano izquierda y no lleva el anillo. Eso demuestra que ha estado engañando a su mujer.

—A lo mejor es viudo —sugirió animadamente otra, y sus dos compañeras gimotearon.

—Creedme, seguro que es otro ejecutivo hastiado que engaña a su mujer.

La azafata de mayor edad sonrió maliciosamente y se dirigió a la sección de primera clase con fruta, queso y helados. Se detuvo junto a Charlie pero, como dormía profundamente, siguió andando. Su compañera no iba desencaminada. Charlie se había quitado el anillo de casado la noche anterior. Lo había tenido en la mano durante un rato mientras recordaba el día que ella se lo había puesto. Había pasado mucho tiempo... diez años en Londres, nueve de ellos con Carole. Y ahora, mientras volaba hacia Nueva York, sabía que todo había terminado. No obstante, todavía guardaba el anillo en el bolsillo. Y mientras dormía, soñó que estaba con Carole. Ella reía y le hablaba, pero cada vez que él intentaba besarla se apartaba. Charlie no entendía por qué e intentaba atraerla de nuevo hacia sí. Entonces vio que un hombre les observaba desde lejos y llamaba a Carole con señas. En ese momento Carole se le escurría de las manos y se dirigía hacia él... El intruso era Simon, y se estaba riendo.

2

Aterrizaron en el aeropuerto Kennedy con un golpe severo y Charlie despertó sobresaltado. Había dormido varias horas, agotado por las actividades y emociones de los últimos días, o semanas... o meses... Había vivido un infierno. En Nueva York apenas eran las tres de la tarde, y cuando la azafata más bonita de la tripulación le tendió el abrigo, Charlie sonrió y ella lamentó que no hubiese despertado antes.

—¿Regresará a Londres con nosotros, señor Waterston? —Había supuesto por su aspecto que vivía en Europa, y ella estaba destinada en Londres, como sus compañeras.

—Por desgracia no. —Sonrió. Le hubiera gustado poder volver—. Me quedo en Nueva York —dijo, como si a ella le importara.

Pero a nadie le importaba. La azafata asintió con la cabeza y se alejó mientras Charlie se ponía la gabardina y cogía su maletín.

Tras un lento desembarco, fue a recoger su equipaje y salió de la terminal. Subió a un taxi, sorprendido por el frío. Apenas estaban en noviembre pero el aire era glacial. Para entonces ya eran las cuatro e iba camino del estudio que la firma le había conseguido mientras buscaba un apartamento. El estudio se hallaba en la Cincuenta y cuatro, entre Lexington y la Tercera, y aunque pequeño, era céntrico.

—¿De dónde viene? —preguntó el taxista mientras mordisqueaba un puro y se medía con una limusina y otros dos taxis.

Estuvo a punto de chocar con un camión, y luego se sumergió en el tráfico de los viernes por la tarde. Al menos, pensó Charlie, éste le era familiar.

—De Londres —respondió cuando pasaban por Queens. No había ninguna entrada bonita a la ciudad.

—¿Cuánto tiempo ha estado?

El taxista charlaba amigablemente mientras sorteaba los coches, pero cuando estuvieron cerca de la ciudad y el tráfico empezó a taponar la carretera, la carrera perdió emoción.

—Diez años —dijo Charlie sin pensar, y el taxista le miró por el retrovisor.

—Caray. ¿Ha venido de visita?

—He venido a quedarme —explicó Charlie, y de repente se sintió agotado.

Para él eran las nueve y media de la noche y los barrios que iban dejando atrás eran deprimentes. La entrada a Londres no era mucho mejor, pero por lo menos era su hogar. Nueva York no lo era. Había vivido allí siete años tras licenciarse en arquitectura en la Universidad de Yale, pero había crecido en Boston.

—No hay nada como Nueva York —aseguró el taxista con una sonrisa, y señaló con el puro la vista que se extendía al otro lado del parabrisas.

Estaban cruzando el puente y la línea de los rascacielos era impresionante a la hora del crepúsculo, pero ni siquiera el Empire State consiguió animar a Charlie, e hizo el resto del trayecto en silencio.

Cuando llegaron a la Cincuenta y cuatro con la Tercera, pagó al taxista, bajó del coche y se presentó al portero. Le esperaban. La firma había dejado unas llaves para él y Charlie se alegraba de tener un lugar donde vivir, pero cuando vio el estudio se le cayó el alma a los pies. Todo en la compacta habitación era de formica o plástico. Había un largo mostrador blanco con puntitos dorados y dos taburetes forrados en poliéster, un sofá cama, algunos muebles baratos, unas sillas de plástico de un verde apagado y hasta unas plantas también de plástico en las que Charlie reparó nada más encender la luz. La contemplación de tanta fealdad le dejó sin respiración. Hasta dónde había caído, se dijo. Sin esposa, sin casa, sin nada propio. El estudio parecía una habitación barata de hotel, y eso le recordó lo que había perdido durante ese año. El infierno por el que había pasado no había derivado en nada positivo. Sólo era capaz de pensar en las pérdidas.

Dejó las maletas en el suelo y suspiró. Luego se quitó el abrigo y lo dejó en la única mesa. Por lo menos tendría una buena motivación para ponerse a buscar apartamento de inmediato. Cogió una cerveza de la nevera y se sentó en el sofá mientras pensaba en el hotel Claridge y en su casa de Londres. Y durante un instante de locura quiso llamar a Carole… «No te imaginas lo horrible que es este estudio…» ¿Por qué siempre pensaba en contarle las cosas que le resultaban divertidas, tristes o sorprendentes? Ésta, probablemente, reunía las tres características. Permaneció sentado, sintiéndose agotado, tratando de no ver la vacuidad del apartamento. De las paredes colgaban fotografías de atardeceres y de un oso panda, y cuando fue a inspeccionar el cuarto de baño, comprobó que no era más grande que un armario. Pero estaba demasiado cansado para quitarse siquiera la ropa y darse una ducha. Se quedó en el sofá, mirando al vacío, y luego se recostó y cerró los ojos. Trató de no pensar en nada, de no recordar de dónde venía. Permaneció así mucho tiempo y al final abrió el sofá. Para cuando dieron las nueve ya dormía. Ni siquiera se había molestado en cenar.

Al día siguiente, cuando despertó, el sol entraba por las ventanas. Eran las diez, pero su reloj marcaba las tres. Todavía no había cambiado la hora. Bostezó y se levantó. La habitación tenía un aspecto desastroso con la cama deshecha en el centro. Era como vivir en una caja de zapatos. En la nevera había refrescos, café y cerveza, pero nada de comer, así que se duchó, se puso unos tejanos y un jersey grueso y a las doce salió a la calle. Hacía un día precioso, soleado, y un frío que pelaba. Comió un emparedado en una charcutería de la Tercera Avenida y echó a andar lentamente hacia la parte alta mientras miraba los escaparates y observaba lo diferente que era la gente de aquí en comparación con la de Londres. Nueva York era única, y él recordó que en cierta época la amó. Fue allí donde él y Carole se conocieron, donde él empezó su carrera, donde obtuvo su primer éxito como arquitecto, y sin embargo no tenía el menor deseo de instalarse en ella. Le gustaba venir de visita, mas no podía imaginarse viviendo de nuevo allí. Pero para bien o para mal, eso iba a hacer, y esa misma tarde compró el *New York Times* y fue a ver dos apartamentos. Ambos le parecieron feos, caros y demasiado pequeños. Con todo, peor era donde vivía ahora, pensó cuando regresó al estudio a las seis. Sentarse en aquella habitación diminuta le deprimía terriblemente. La odiaba, pero el cambio de horario aún le tenía agotado y ni siquiera se molestó en salir a cenar. En lugar de eso, se puso a trabajar en algunos papeles que la firma le había enviado sobre proyectos que se estaban llevando a cabo en Nueva York. Y al día siguiente, aunque era domingo, fue a la oficina.

El apartamento quedaba a cuatro manzanas y media del trabajo. Probablemente por eso lo habían alquilado. Al principio le ofrecieron un hotel, pero él dijo que prefería un apartamento.

El despacho ocupaba un hermoso espacio en la planta quincuagésima de la Cincuenta y uno con Park.

Cuando entró en la recepción se quedó contemplando el panorama y luego se paseó por las maquetas. Iba a resultar interesante trabajar allí otra vez. Después de tantos años las cosas le parecían diferentes. Pero nadie le había preparado para las diferencias con que iba a toparse el lunes por la mañana.

Se había despertado a las cuatro y había esperado varias horas trabajando en diversos asuntos. Todavía vivía en el horario de Londres y, por otra parte, estaba inquieto por empezar a trabajar. Pero una vez en la oficina no tardó en captar cierta tensión en el ambiente. No hubiera puesto la mano en el fuego, pero tenía la impresión de que los arquitectos estaban continuamente poniéndose la zancadilla. No había el menor espíritu de equipo. Los arquitectos formaban un colectivo de individuos que competían entre sí. Pero lo que más sorprendió a Charlie fue el trabajo que hacían. Se suponía que eran buenos arquitectos, y tenía la sensación de que trabajaban duro, pero sus proyectos eran mucho menos avanzados que los que producían en la sucursal de Europa, algo que no había notado durante sus breves viajes a Nueva York porque siempre había estado concentrado en el trabajo del que era responsable en Londres. Aquí los proyectos parecían menos interesantes.

Los socios principales, Bill Jones y Arthur Whittaker, se hallaban en las oficinas e hicieron las presentaciones. El personal se mostró cauto pero amable. Se les había hablado de Charlie y le estaban esperando. Charlie había trabajado con dos de los arquitectos más antiguos cuando vivía en Nueva York, pero se sorprendió de lo poco que habían avanzado. Se habían contentado con hacer siempre el mismo trabajo. Su asombro fue en aumento mientras iba de escritorio en escritorio, de arquitecto en arquitecto, y se dio cuenta de que los jóvenes aprendices estaban aún más reprimidos que la gente para la que trabajaban.

—¿Qué está pasando aquí? —preguntó Charlie mientras almorzaba con dos colegas. Habían encargado la comida y Charlie les había invitado a almorzar en su despacho, una amplia habitación esquinera con paredes de madera y una vista espectacular que alcanzaba el East River—. Tengo la sensación de que la gente no tiene iniciativa. Los proyectos son bastante conservadores. ¿Por qué? —Los arquitectos se miraron pero no respondieron—. Venga ya, seamos claros. Hace quince años aquí se hacían cosas más interesantes. Este despacho parece haber ido hacia atrás en lugar de hacia adelante.

Un colega rió. El otro, en cambio, parecía nervioso. Pero por lo menos el primero, Ben Chow, tuvo el coraje de responder con franqueza, que era lo que Charlie quería. Si tenía que dirigir la firma con eficacia, necesitaba información.

—Nos tienen controlados —explicó Chow—. Esto no es Europa. Los peces gordos están aquí y no nos dejan solos ni un minuto. Como bien sabes, son ultraconservadores y no quieren correr riesgos. Para ellos los viejos métodos son los mejores. Y dudo que les importe lo que se haga en Europa. Quieren el mismo tipo de trabajo que se ha hecho siempre. Aseguran que ésa es la razón de nuestro éxito. Creen que Europa es un lugar excéntrico, un mal necesario para el negocio.

Y era gracias a esa creencia que Charlie había gozado de tanta libertad durante sus diez años en Londres. Allí las cosas eran muy diferentes.

—¿Hablas en serio? —Charlie les miró atónito mientras Chow asentía con la cabeza y su compañero parecía cada vez más preocupado. Si alguien había oído lo que acababan de decir, tendrían problemas.

—Por eso todos los aprendices acaban por irse —prosiguió Ben—. Hacen su papel durante un tiempo y luego se van a I. M. Pei, KPF, Richard Meyer u otras firmas que les dejan exhibir sus trabajos. Aquí es imposible abrirse camino —protestó. Charlie le escuchaba con interés—. Pronto lo comprobarás, a menos que te dejen cambiar las cosas. Pero lo más probable es que intenten controlarte.

Charlie sonrió. No había ido hasta allí ni trabajado tan duramente para hacer o aprobar edificios en serie. Nadie podía obligarle a ello.

Sin embargo, pronto comprendió que eso era justamente lo que se esperaba de él. Se lo dejaron bien claro desde el principio. Le habían traído a Nueva York para que hiciera de administrador, no para cambiar el mundo, y no tenían interés en el trabajo que había hecho en Europa. Lo conocían muy bien, y le aseguraron que Europa era un mercado muy diferente. Los arquitectos del despacho de Nueva York hacían lo que se esperaba de ellos y aquello por lo que eran famosos. Charlie escuchó boquiabierto y a las dos semanas de su llegada empezó a enloquecer. Se sentía engañado y desperdiciado. No había ido a Nueva York para eso. Le exhibían ante los clientes más importantes, pero sólo como fachada. Querían su experiencia en vender ideas de las que no estaba orgulloso. Cada vez que intentaba modificar un proyecto, aunque sólo fuera superficialmente, los socios irrumpían en su despacho para explicarle «el clima del mercado neoyorquino».

—Para serte franco —dijo finalmente Charlie a Arthur Whittaker durante un almuerzo en el University Club—, el clima del que tanto hablas empieza a exasperarme.

—Te entiendo —dijo Arthur, tratando de mostrarse comprensivo. No querían hacer enfadar a Charlie. Le necesitaban en Nueva York, pues no tenían a nadie más a quien recurrir—. Pero tienes que ser paciente. Nueva York es nuestro mercado más importante.

No lo era y ambos lo sabían. Pero era donde el negocio había empezado, donde los jefes vivían, y estaba claro que pensaban hacer las cosas a su manera.

—Me temo que no estoy de acuerdo contigo —dijo Charlie con educación—. Junto con Japón, Europa lleva años siendo la sucursal que más factura, aunque sus proyectos no son tan grandes ni tan conocidos como los de aquí. Pero en muchos sentidos son más rentables y, además, más interesantes. Me gustaría dar a la oficina de Nueva York ese aire europeo.

Charlie advirtió que el socio buscaba una respuesta diplomática, pues no le gustaba lo que estaba oyendo. El único misterio para Charlie era por qué se empeñaban en mantener el despacho de Nueva York tan aburrido. Se habían quedado totalmente anticuados.

—Vale la pena tenerlo en cuenta, Charles —empezó a decir Whittaker, y acto seguido se embarcó en un largo discurso sobre el hecho de que Charlie había perdido todo contacto con el mercado americano, pero ellos se encargarían de ponerle al día lo antes posible.

De hecho, ya le habían organizado una breve gira por los principales proyectos en marcha. Tenían media docena de construcciones importantes repartidas por todo el país, y una semana después Charlie fue a visitarlas con el avión de la compañía. Pero tropezó con las viejas ideas de siempre, diseños que habían sido novedosos quince años atrás y explotados hasta la saciedad. No daba crédito a sus ojos. Mientras él había estado trabajando en Taipei, Milán y Hong Kong haciendo cosas increíbles para la firma, en Nueva York se habían quedado dormidos y oponían resistencia a todos los esfuerzos de Charlie por despertarles y cambiar las cosas. Ya le habían dejado bien claro cuando llegó, tras oír lo que él tenía que decir, que lo último que querían eran cambios. Y después de eso, Charlie no supo bien cómo hacer su trabajo. Lo único que los socios parecían querer de él era que dirigiera la compañía con la boca cerrada. Se sentía como un monitor en una guardería. Los compañeros se peleaban porque estaban hastiados y frustrados. La situación era desesperada y cuando llegó el día de Acción de Gracias, Charlie estaba totalmente hundido. Odiaba su trabajo y le preocupaba tanto su situación que había olvidado hacer planes para ese día. Sus jefes le habían llamado un día antes para invitarle a pasarlo con ellos, pero a Charlie le incomodaba su presencia, así que se excusó. Al final se quedó en su estudio viendo la tele, encargó una pizza y se la comió en el mostrador de formica. La situación era tan deprimente que hasta resultaba cómica. Él y Carole solían celebrar el día de Acción de Gracias cocinando un pavo e invitando a gente a cenar; sus amigos ingleses lo veían como una excentricidad y una excusa para reunirse. Charlie no dejaba de preguntarse si Carole había celebrado ese año el día de Acción de Gracias con Simon. Trató de no pensar en ello y pasó el resto del fin de semana en el trabajo. Todavía estaba ojeando fotografías, archivos y cianotipos y leyendo el historial de algunos proyectos. Pero el estilo era siempre el mismo. A veces se preguntaba si habían utilizado los mismos cianotipos. Cuando el fin de semana tocó a su fin estaba convencido de algo que hasta ahora sólo había temido: que odiaba todo lo que hacían. Y no tenía ni idea de cómo plantearlo.

El lunes, cuando volvió al trabajo, cayó en la cuenta de que no había buscado apartamento en todo el fin de semana. Y mientras miraba a los compañeros que todavía parecían inquietos con su presencia, se preguntó si sería un presagio. La mitad de ellos todavía lo trataba con suspicacia, mientras la otra mitad lo consideraba un excéntrico. Entretanto, los socios se pasaban el día intentando desacreditarle o controlarle.

—Y bien, ¿qué piensas? —le preguntó Ben Chow.

Ben era un inteligente joven de treinta años. Había

estudiado en Harvard y Charlie valoraba no sólo su trabajo sino también su franqueza.

—¿Sinceramente? —Charlie lo miró a los ojos y comprendió que nunca le traicionaría. Era un alivio poder sincerarse con alguien teniendo en cuenta la aspereza que reinaba en la oficina—. No estoy seguro de entender lo que pasa aquí. Me sorprende la uniformidad de los proyectos. Se diría que a la gente le incomoda proponer una idea original o pensar por sí misma. Se respira una indiferencia que casi da miedo. El comportamiento del personal también me inquieta, sobre todo la forma en que se critican unos a otros. La mayoría de las veces no sé qué decir. Está claro que no es un despacho constructivo y feliz.

Ben Chow rió y se recostó en su asiento.

—Me temo que has dado en el clavo, amigo. Nos limitamos a reciclar proyectos que probablemente se remontan a tu primera época en esta firma.

Era una verdad indiscutible. No habían hecho nada original en los últimos diez años, y lo más asombroso era que nadie de Europa se había dado cuenta.

—Pero ¿por qué? ¿A qué le tienen tanto miedo?

—Al progreso, supongo. Al cambio. Están utilizando fórmulas que han funcionado durante años. Quieren jugar sobre seguro. Quince años atrás ganaron muchos premios, pero en un momento dado se les terminaron las agallas. Ya no queda nadie con cojones por aquí. Los proyectos interesantes se hacen en Europa. —Hizo un saludo militar y ambos sonrieron.

Era un alivio para los dos poder hablar. Ben Chow detestaba su trabajo tanto como Charlie detestaba ser el responsable del mismo.

—Pero ¿por qué no os dejan hacerlos aquí? —preguntó Charlie, todavía perplejo.

—Porque éste es su territorio —explicó Ben sin rodeos, y Charlie sabía que tenía razón.

Los dos propietarios de la firma sólo dejaban que se hiciera exactamente lo que ellos querían. Y en su opinión el trabajo de Charlie era una aberración que sólo funcionaba en Oriente y Europa.

—¿Por qué sigues aquí? —le preguntó Charlie—. Carece de interés para tu carrera y a estas alturas ya no aporta nada a tu currículum.

—Lo sé, pero todavía tienen un nombre que llama la atención. La mayoría de la gente aún no se ha dado cuenta de lo que está pasando. Probablemente tarden cinco años en descubrirlo y entonces todo habrá terminado. Quiero volver a Hong Kong, pero primero quiero pasar otro año aquí.

A Charlie la idea le pareció sensata y asintió.

—¿Y tú? —Ben había comentado a varios amigos que no creía que Charlie durara más de seis meses. Estaba demasiado avanzado y era demasiado creativo para perder el tiempo reciclando basura.

—Acordaron devolverme a Londres dentro de un año. —Pero temía que Dick Barnes se negara a renunciar a su nuevo puesto, y eso podría suponer un grave problema.

—Yo no pondría la mano en el fuego —opinó Ben—. Si les gusta tu estilo, intentarán mantenerte aquí para siempre.

—No lo soportaría —dijo Charlie casi en un susurro.

Era muy diferente de lo que había hecho en Europa. Pero podía concederles un año. Había dado su palabra y estaba dispuesto a cumplirla. El lunes por la mañana, sin embargo, se embarcó en una discusión con Bill y Arthur sobre una complicada construcción que estaban llevando a cabo en Chicago. La discusión derivó en un debate que duró una semana y puso en duda la integridad y la ética de todos. Y Charlie se negó a ceder. Todo el personal se vio implicado en el debate, que dividió la oficina en facciones. El viernes las cosas volvieron a su cauce, la gente se calmó y se hicieron concesiones, pero para Charlie las cuestiones más importantes no se resolvieron a su plena satisfacción. Al cabo de unos días estalló un conflicto similar sobre un proyecto en Fénix. Se discutió sobre su diseño y la importancia de avanzar en lugar de vender los conceptos de siempre a clientes inexpertos. Estaban levantando en Fénix un edificio casi idéntico a uno que habían construido en Houston, pero el cliente lo ignoraba.

—¿Qué está pasando aquí? —vociferó Charlie a los dos socios en una reunión que mantuvieron a puerta cerrada en su despacho una semana antes de Navidad. Había nevado durante los últimos cinco días y tres de sus arquitectos estaban atrapados en sus casas, lo cual aumentaba la tensión. Pero la batalla de Fénix había comenzado temprano por la mañana—. ¿Qué estamos haciendo exactamente? No vendemos ningún proyecto original. Ni siquiera estamos vendiendo ideas. Nos hemos convertido en contratistas. ¿Acaso no lo veis?

Los socios se ofendieron y recordaron a Charlie que trabajaba en uno de los despachos de arquitectura más respetados del país.

—¿Entonces por qué no nos comportamos como tales y volvemos a vender ideas en lugar de esta bazofia? No puedo permitir que hagáis esto —dijo Charlie.

Los socios se miraron, pero Charlie estaba de espaldas, contemplando la nieve por la ventana.

Se sentía frustrado por lo que estaban haciendo y humillado por lo que estaban vendiendo. Había sido un año horrible para él, y cuando se volvió hacia los socios, se sorprendió de que se lo recordaran. Ambos lo habían hablado y estaban intentando salvar una situación muy delicada.

—Sabemos que has pasado una mala época... oímos lo de tu mujer... debió de ser muy duro —dijo uno con cautela—. Y volver a Nueva York después de pasar diez años en Europa tampoco te habrá sido fácil. Quizá nos equivocamos al pedirte que te incorporaras al trabajo nada más llegar, sin darte un respiro. A lo mejor necesitas tiempo para adaptarte... ¿Qué tal unas pequeñas vacaciones? Podrías supervisar un proyecto que tenemos en Palm Beach. De hecho, podrías quedarte allí una temporada, hasta un mes si quieres.

—¿Un mes en Florida? ¿Es una forma educada de deshaceros de mí? ¿Por qué no me despedís sin más?

Lo cierto era que también habían considerado esa posibilidad, pero teniendo en cuenta el éxito de Charlie en el extranjero y el contrato que había firmado, resultaba muy embarazoso despedirle, y probablemente muy caro. Si Charlie fracasaba en Nueva York, la imagen de la firma se vería perjudicada. Además, querían evitar la posibilidad de pleitos o escándalos. Charlie era muy respetado en la profesión, y su despido generaría comentarios y controversias que ya a la larga podrían ser negativos para la firma. Una temporada en Florida le calmaría y les daría la oportunidad de estudiar otras opciones. Necesitaban tiempo para hablar con sus abogados.

—¿Despedirte? —rieron al unísono—. ¡Qué cosas dices, Charles!

Mas Charlie adivinaba sus intenciones sólo con mirarles. Sabía que su envío a Florida constituía una estratagema para quitarle de en medio. Y también sabía que no sólo no era feliz en Nueva York, sino que estaba poniendo a los socios muy nerviosos. Durante sus años en el extranjero, Charles había conseguido representar todo aquello que los socios detestaban. Era demasiado vanguardista para la oficina de Nueva York, y con las prisas de cubrir el puesto habían pasado por alto ese detalle.

—¿Por qué no me devolvéis a Londres? —preguntó esperanzado.

Lo cierto era que no podían. Habían firmado un

contrato con Dick Barnes donde le garantizaban el puesto de Charlie durante cinco años. El hombre se había presentado con un abogado increíblemente astuto. El contrato, no obstante, se había redactado en el mayor de los secretos y Charlie ignoraba su contenido.

—Sería más feliz allí y sospecho que a vosotros también os alegraría mi partida —dijo, y sonrió a sus dos jefes.

No eran malas personas, pero no tenían el menor olfato estético y les faltaba coraje. Estaban cansados y eso se reflejaba en todo lo que hacían. Dirigían un estado policial para mantener las cosas como ellos querían.

—Te necesitamos aquí —explicaron, y Charlie los veía cada vez más como un par de siameses—. Debemos procurar solucionar esta difícil situación.

Pero ellos tampoco parecían contentos. Era evidente que desesperaban por encontrar una solución.

—¿Por qué? ¿Por qué hemos de hacer algo que no queremos hacer? —dijo de repente Charlie, presa de una extraña oleada de libertad.

Había perdido lo único que quería cuando Carole le dejó. No tenía esposa, ni familia, ni casa, y sus cosas estaban guardadas en un almacén. Lo único que tenía era su trabajo, y lo detestaba. ¿Qué sentido tenía quedarse? No se le ocurriría ningún motivo para permanecer en la firma salvo el contrato. Pero quizá un buen abogado podría rescindirlo. Y mientras los socios hablaban, le asaltó una idea y se sintió súbitamente liberado. No tenía por qué estar ahí. De hecho, si se tomaba un período sabático, puede que los socios hasta se alegraran de no tener que pagarle.

—Tal vez debería simplemente marcharme —dijo sin mostrar la menor emoción.

Pero a los socios les preocupaba perderle mucho más que a él dejarles. No tenían a nadie para dirigir la firma y ellos no querían hacerlo.

—Quizá unas vacaciones —dijeron con cautela, atentos a su reacción.

Pero Charlie parecía más feliz de lo que había estado en las últimas siete semanas. Era justamente lo que había pensado. Ahora comprendía lo único que necesitaba saber: que no les pertenecía, que podía irse cuando quisiera. Y de repente dejó de importarle lo que pudiera pasar. Aunque dejara la compañía definitivamente, no había razón para no volver a Londres.

—Creo que unas vacaciones es una buena idea —dijo con una sonrisa, casi mareado de la emoción. Se sentía como si flotara libremente en el aire, sin trabas, sin ataduras, como en la caída libre—. Pero si queréis despedirme, podéis hacerlo —dijo casi con indiferencia, y los socios se estremecieron.

Con el contrato que habían firmado, si le despedían tendrían que pagarle el salario de dos años o arriesgarse a que Charlie les demandara.

—¿Qué tal unos meses? Con sueldo, claro. —A esas alturas estaban dispuestos a pagar lo que fuera con tal de evitar las constantes discusiones. Charlie les estaba volviendo locos—. Date tiempo para decidir lo que quieres hacer. Puede que después de pensarlo con detenimiento decidas que no estamos tan equivocados. —Si estuviera dispuesto a jugar de acuerdo con las reglas por ellos impuestas, podrían convivir con él. Pero por ahora, por lo menos para Charlie, esa posibilidad quedaba descartada—. Puedes tomarte hasta seis meses si quieres. Volveremos a hablar cuando regreses.

A fin de cuentas era un buen arquitecto y le necesitaban, pero no si pensaba ir contracorriente y desafiar cada decisión que tomaban sobre cada edificio. Pero Charlie tenía la impresión de que no estaban siendo totalmente sinceros con él, y empezó a preguntarse si realmente pensaban devolverle a Londres. Siempre podía regresar por su cuenta, desde luego. Pero antes de eso, y ya que se hallaba en Estados Unidos, podría pasar un mes visitando otras ciudades, quizá Filadelfia y Boston.

—Me gustaría volver a Londres —dijo—. No creo que me encuentre a gusto en el despacho de Nueva York ni dentro de seis meses ni después de unas largas vacaciones. —No quería engañarles—. El ambiente aquí es muy diferente. Puedo quedarme un tiempo si me necesitáis, pero me temo que mi presencia es contraproducente.

—También hemos pensado en eso —respondió un socio, aliviado.

En opinión de ellos, Charlie se había convertido en un renegado y un inadaptado. Llevaba demasiado tiempo trabajando independientemente y había obtenido demasiadas ideas europeas para reajustar su forma de pensar.

Charlie no descartaba la posibilidad de acabar trabajando para la firma por lo menos durante una temporada. Tal vez después de seis meses de permiso se sentiría preparado para enfrentarse otra vez a Nueva York. Pero en el fondo lo dudaba. El ambiente le violentaba demasiado y no podía hacer el trabajo por el que era conocido. Seis meses, no obstante, darían a los socios tiempo suficiente para pensar y decidir dónde colocarle.

Por otro lado, Charlie se preguntaba si sus jefes no tendrían razón. Habían insinuado que estaba alterado y agotado a causa de sus problemas con Carole. Quizá fuera cierto que necesitaba un tiempo para reponerse. Unas largas vacaciones era la mayor locura que había hecho en su vida. Apenas utilizaba las vacaciones anuales que le correspondían. No había tomado un período de descanso importante desde la universidad porque no había querido. Pero dada la situación actual, la idea le atraía mucho. Pese a su contrato con la firma, debía irse de la oficina de Nueva York si no quería volverse loco.

—¿Adónde irás? —le preguntó un socio con genuina preocupación. Pese a lo decepcionante que había resultado su vuelta, le tenían aprecio.

—No lo sé —respondió Charlie, tratando de saborear lo incierto de su situación en lugar de dejarse atemorizar por ello. Nada le retenía en Nueva York. Pero nada le retenía en Londres tampoco. Y no quería correr el riesgo de encontrarse con Carole y Simon. Era más fácil permanecer en Estados Unidos una temporada—. A lo mejor me voy a Boston.

Había crecido en Boston, pero ya no le quedaba ningún pariente en la región. Sus padres habían muerto y la gente que conocía pertenecía a su época de la infancia y hacía siglos que no la veía, y tampoco tenía ganas de verla. Sobre todo ahora, con un pie fuera del trabajo y una triste historia que contar sobre Carole.

Barajó la idea de esquiar un par de semanas en Vermont, viajar una temporada y regresar a Londres antes de tomar una decisión definitiva. No había hecho planes para las vacaciones navideñas. Todavía le quedaba bastante dinero en el banco después del divorcio, y con su salario podía permitirse vivir bien por el momento. Puede que, una vez en Londres, fuera a esquiar a Suiza o Francia. De repente cayó en la cuenta de que ya no tenía casa en esa ciudad. No tenía casa en ningún lugar. Pero fuera lo que fuese lo que decidiera hacer, sabía que resultaría más sugestivo que morir poco a poco en el despacho de Nueva York.

—Manténte en contacto —dijo uno de los socios cuando Charlie rodeó el escritorio para estrecharles la mano.

Estaban muy satisfechos con el resultado de la reunión. Al principio habían temido que Charlie les diese serios problemas. De acuerdo con su contrato, podría haber insistido en quedarse y las peleas no habrían tenido fin.

—Os llamaré para decidir qué hacemos cuando el permiso termine.

Habían acordado un período de seis meses, y aunque Charlie aún no sabía qué hacer con él, estaba decidido a aprovecharlo y disfrutarlo. Pero se preguntaba si sería capaz de volver a trabajar con ellos. En Nueva York desde luego que no, y presentía que, pese al acuerdo de devolverle a Londres después de un año, algo se lo impedía. Tenía la sensación de que le estaban tomando el pelo, y no iba mal encaminado, aunque él no lo sabía. Dick Barnes ocupaba ahora su puesto con un título ligeramente diferente, y los socios de la firma le tenían mucho aprecio. Era mucho más tratable y fácil de convencer que Charlie.

Mientras recogía las cosas de su mesa no pudo evitar preguntarse si alguna vez volvería a Whittaker y Jones, independientemente del puesto o la ciudad. Empezaba a tener serias dudas al respecto.

Esa tarde se despidió de todo el mundo. Sus cosas le habían cabido en el maletín. Había devuelto todos los archivos y ya no tenía nada en lo que trabajar, nada que llevarse para leer, ni plazos, ni proyectos, ni cianotipos que estudiar. Estaba libre. Y el único que lamentó su partida fue Ben Chow, que le despidió con una amplia sonrisa.

—¿Cómo has podido tener tanta suerte? —dijo en voz baja, y ambos se echaron a reír.

Charlie se sentía casi eufórico cuando dio las gracias a los socios y dejó la oficina sin saber si acabaría dejando el trabajo, si le despedirían o si sólo se trataba de unas largas vacaciones. Pero el resultado, por primera vez en su vida, no le preocupaba. Sabía que de haberse quedado le habrían destruido creativamente.

—¿Y ahora qué? —se preguntó mientras se dirigía al estudio.

Había dicho a los socios que lo dejaría por la mañana. La nieve y el aire helado le azotaban la cara, embriagándole. ¿Qué iba a hacer ahora? ¿Adónde iría? ¿Realmente quería esquiar o prefería volver a Londres? Si elegía lo segundo, ¿qué haría luego? Faltaba una semana para Navidad y sabía que si pasaba esas fechas en Londres se desesperaría pensando en Carole. Querría verla o, por lo menos, llamarla. Querría comprarle un regalo y luego reunirse con ella para dárselo. Sólo la idea ponía el tiovivo del dolor en marcha. En cierto modo, era más fácil no estar en Londres.

No pudo evitar pensar que eran las primeras Navidades que pasaban separados en diez años. Carole incluso había volado a Londres para pasar con él esas fechas antes de casarse. Pero este año no. Este año ella estaría con Simon.

La idea de ir a esquiar le atraía, así que en cuanto llegó al apartamento telefoneó para alquilar un coche para el día siguiente. Le sorprendió encontrar uno disponible, pues por estas fechas mucha gente alquilaba coches para visitar a sus parientes y cargar los regalos. Lo contrató por una semana y solicitó mapas de Vermont, New Hampshire y Massachusetts, e imaginó que podría alquilar los esquís en la estación. Se sentía como un niño recién fugado de casa. Acababa de echar su carrera por la ventana y ni siquiera estaba seguro de que le importara. Era una locura. Se preguntó si finalmente había perdido la cabeza a causa de la tensión de todo ese año, y se le ocurrió llamar a sus amigos de Londres para contarles lo que había hecho, pero había perdido el contacto con casi todos ellos. No había querido compartir su dolor con nadie y se había hartado de las preguntas y los chismorreos. Se había hartado incluso de la compasión, y al final le fue más fácil estar solo. Además, supuso que la mayoría veían con frecuencia a Carole y Simon y no quería que le hablaran de ellos. Se preguntó qué diría Carole si supiera que había dejado la firma durante varios meses o quizá para siempre. Probablemente se quedaría boquiabierta, pensó, si bien lo bueno de su situación actual era que no tenía que dar explicaciones a nadie.

Hizo el equipaje esa noche, ordenó el apartamento, tiró algunas cosas que había en la nevera y a las ocho de la mañana ya estaba listo para partir. Cogió un taxi hasta la tienda de alquiler de coches. Por el camino contempló las luces de Navidad que iluminaban los escaparates. Ahora se alegraba de salir de la ciudad. Le habría resultado muy duro escuchar a sus colegas de la oficina hablar sobre sus planes navideños, sobre sus esposas, sus familias e hijos. Él no tenía a nadie. Ni siquiera tenía un trabajo. Un año atrás era un hombre con esposa, casa, trabajo y cuanto entrañaba un matrimonio de diez años. Y de repente lo había perdido todo. Tenía un coche alquilado, dos bolsas de mano y un puñado de mapas de Nueva Inglaterra.

—El coche tiene neumáticos especiales para la nieve —le explicó el hombre de la oficina de alquiler de coches—, pero le aconsejo que ponga las cadenas si se dirige al norte. Yo diría que a partir de Connecticut. —Charlie le agradeció el consejo—. ¿Navidades en Nueva Inglaterra? —El hombre sonrió y Charlie asintió.

—Creo que iré a esquiar.

—Este año hay mucha nieve. Vaya con cuidado y no se rompa nada. —Deseó feliz Navidad a Charlie y se alejó.

Charlie le había preguntado si podía devolver el vehículo en Boston. Tenía planeado esquiar unos días, dejar el coche en Boston y volar desde allí a Londres. No tenía sentido regresar a Nueva York, al menos por el momento. Quizá dentro de seis meses. O quizá nunca.

Cruzó la ciudad. Era un buen vehículo y tendría sitio de sobras para guardar los esquís. Por el momento sólo llevaba las dos bolsas y las cadenas. Vestía unos tejanos, un jersey grueso y un anorak. Sonrió cuando encendió la calefacción. Luego conectó la radio y empezó a cantar.

Se detuvo a comprar una taza de café y una tarta de manzana antes de tomar la autopista. Estudió el mapa y luego puso en marcha el coche. Ignoraba a dónde se dirigía exactamente. Hacia el norte, había dicho al hombre. A Connecticut, y luego Massachusetts, quizá Vermont... Vermont podría ser el lugar idóneo para pasar las Navidades. Podría esquiar durante todas las fiestas. La gente estaría de buen humor. Y entretanto sólo tenía que conducir, mantener la vista en la carretera, vigilar la nieve y tratar de no mirar atrás. Ahora comprendía mejor que nunca que no había nada por lo que volver ni nada que llevarse consigo.

Canturreaba suavemente cuando dejó atrás la ciudad y sonrió con la mirada al frente. Todo lo que tenía ahora era el futuro.

3

Comenzaba a nevar cuando Charlie cruzó el puente de Triborough y cogió la carretera del río Hutchinson, pero no le importaba. Daba al entorno un aire más navideño, y cuando puso rumbo al norte experimentó una súbita alegría y empezó a entonar villancicos. Estaba de un humor excelente para ser un hombre sin empleo. Todavía no se creía lo que había ocurrido. Reprodujo los hechos en su mente una y otra vez, y volvió a preguntarse si sus días con Whittaker y Jones habían terminado. Era difícil saber qué sucedería en los próximos seis meses, pero tenía decidido viajar y puede que incluso pintar. Llevaba años sin tiempo siquiera para pararse a pensar en esa posibilidad. Pero ahora la idea le atraía. Puede que hasta enseñara arquitectura durante un tiempo si se le presentaba la oportunidad. También se le había ocurrido viajar por Europa y visitar castillos medievales. Le fascinaban desde que entró en la universidad. Primero, no obstante, esquiaría unos días en Vermont, volvería a Londres y buscaría un apartamento. Se hallaba en un momento de cambio. Por primera vez en un año empezaba a reaccionar contra lo sucedido. Había tomado una decisión e iba a hacer lo que le viniera en gana.

La nieve empezaba a amontonarse y después de tres

horas de viaje se detuvo en Simsbury, donde divisó un hotelito de aspecto acogedor que se anunciaba como *bed & breakfast*. Era el lugar ideal para pasar la noche y la pareja que lo regentaba se mostró encantada de verle. Le dieron la habitación más bonita, y Charlie se alegró una vez más de no hallarse en aquel deprimente apartamento. De hecho, toda su estancia en Nueva York había sido de lo más desagradable y estaba encantado de dejarla atrás.

—¿Va a ver a su familia? —le preguntó amablemente la mujer que le había mostrado la habitación. Era de constitución gruesa, llevaba el pelo teñido de rubio y rebosaba ternura y cordialidad.

—La verdad es que no. Voy a esquiar.

Ella asintió complacida. Le indicó los dos mejores restaurantes de la ciudad, ambos a menos de un kilómetro de distancia, y le preguntó si quería que le reservara una mesa para la cena. Charlie negó con la cabeza y se dispuso a encender el fuego de la chimenea.

—Gracias, pero no se moleste. Tomaré un bocadillo por ahí.

No le gustaba ir solo a los restaurantes buenos. No entendía a la gente que lo hacía. Le resultaba desolador sentarse a una mesa para beber media botella de vino y comer un grueso filete sin nadie con quien hablar. Sólo de pensarlo se deprimía.

—Puede cenar con nosotros si lo desea.

La mujer lo miró con curiosidad. Su huésped era un hombre apuesto y joven, y se preguntó qué hacía solo. Le extrañaba que no estuviera casado. Supuso que era divorciado y lamentó que su hija no hubiese llegado aún de Nueva York. Pero Charlie ignoraba lo que la mujer estaba pensando cuando le dio de nuevo las gracias y cerró la puerta. Las mujeres solían interesarse mucho por él, pero Charlie casi nunca se daba cuenta. Y hacía años que no pensaba en esas cosas. No había tenido una sola cita desde que Carole le dejó. Estaba demasiado ocupado llorando su pérdida. Pero ahora que se había despojado de todas sus responsabilidades empezaba a sentirse mejor.

Esa noche salió a comer una hamburguesa y se sorprendió de lo alta que estaba la nieve. Había por lo menos un metro a cada lado del camino que conducía al hotelito. El pueblo era tan bonito que a Charlie le hubiera gustado compartirlo con alguien. Se le hacía extraño estar siempre solo, no tener a nadie con quien hacer comentarios, con quien compartir las cosas, con quien hablar. Aún no se había acostumbrado al silencio. Pero se comió la hamburguesa y se llevó una bolsa de magdalenas para el desayuno. En el hotel se habían ofrecido a hacerle el desayuno, pero Charlie quería salir temprano si la nieve le dejaba.

Era una noche límpida y tranquila. Cuando regresó al hotel se quedó un rato fuera para contemplar el cielo. Estaba precioso. El frío le provocó un hormigueo en la cara y de repente estalló en una sonora carcajada. Hacía años que no se encontraba tan bien y deseó tener a alguien a quien arrojar una bola de nieve. Hizo una pelota con la nieve crujiente y la lanzó contra un árbol, y eso le hizo sentirse niño otra vez. Todavía sonreía cuando subió a su habitación. Estaba caldeada y el fuego ardía con vigor. Y de repente empezó a sentir que era Navidad.

Fue sólo cuando se deslizó entre las sábanas limpias y el edredón de la enorme cama con dosel que el corazón empezó a dolerle otra vez y anheló a Carole. Habría dado cualquier cosa por volver a pasar una noche con ella y se le encogía el corazón sólo de pensar que ya nunca ocurriría. Carole no volvería a pasar una noche con él, él ya nunca podría hacerle el amor otra vez. Cuanto más pensaba en eso más suspiraba por ella, pero enseguida comprendió que era absurdo. No podía seguir haciéndose eso ni pasarse la vida aferrado a ella. Pero le costaba mucho no hacerlo. Había sido fantástico durante mucho tiempo, y todavía le sorprendía no haber notado que algo iba mal cuando empezó a perderla. Si se hubiera dado cuenta tal vez habría podido evitarlo. Era como torturarse por una vida que no había conseguido salvar. La vida era la suya, la víctima su matrimonio. Y se preguntó si alguna vez volvería a sentir lo mismo por alguien. No entendía que Carole hubiera estado tan segura cuando se fue con Simon. Charlie dudaba que pudiera volver a confiar tanto en alguien. En realidad, estaba seguro de que no podría.

Tardó mucho en dormirse, y cuando lo hizo el fuego empezaba a agonizar. Los rescoldos desprendían un fulgor tenue y había dejado de nevar. Y cuando despertó por la mañana, la mujer del hotel estaba llamando a su puerta con molletes de arándanos y un termo de café humeante.

—Pensé que le apetecería, señor Waterston.

La mujer sonrió cuando Charlie le abrió la puerta con una toalla ajustada a la cintura. Tenía todos los pijamas en el almacén y siempre olvidaba comprarse uno. Pero la mujer no tuvo inconveniente en contemplar su cuerpo esbelto y musculoso. Sólo le hacía desear tener veinte años menos.

—Muchas gracias —sonrió él, todavía con cara de sueño y el cabello alborotado.

Descorrió las cortinas y contempló embelesado la vista que se extendía al otro lado de la ventana. La nieve formaba gráciles montículos y el marido estaba despejando la entrada con una pala.

—Hoy tendrá que conducir con cuidado —le advirtió la mujer.

—¿Hay hielo en la carretera?

—Todavía no, pero lo habrá más tarde. Dicen que volverá a nevar esta tarde. Se aproxima una tormenta de nieve de Canadá.

Pero a Charlie no le importaba. Tenía todo el tiempo del mundo y estaba dispuesto a cruzar Nueva Inglaterra en tramos de treinta kilómetros si hacía falta. No tenía ninguna prisa, ni siquiera por esquiar, aunque quería hacerlo. No había esquiado en Estados Unidos desde que se mudó a Londres. Cuando vivía en Nueva York, él y Carole solían esquiar en Sugarbush. Pero esta vez iría a otro sitio. Se habían acabado las peregrinaciones a los lugares que le recordaban a ella. Sobre todo ahora que estaban en Navidad.

Charlie salió del hotelito una hora después duchado, vestido con unos pantalones de esquiar y una parka y con el termo de café. Tomó la interestatal 91 y puso rumbo a Massachusetts. Condujo tranquilamente durante un buen rato, sorprendido de lo despejada que estaba la carretera. La nieve apenas le molestaba y no le hizo falta utilizar las cadenas. El viaje fue tranquilo hasta que llegó a Whately y empezó a nevar ligeramente.

Para entonces estaba cansado y se asombró de lo lejos que había llegado. Llevaba conduciendo varias horas y se hallaba cerca de Deerfield. No tenía un destino concreto, pero decidió continuar un poco más para que al día siguiente le quedara menos trayecto hasta Vermont. Cuando dejó atrás Deerfield, nevaba con fuerza.

Deerfield poseía un centro histórico muy pintoresco y tuvo el impulso de parar para dar un paseo. Lo había visitado con sus padres cuando era niño y recordó lo mucho que le fascinaron las casas de trescientos años de antigüedad. Ya desde niño le atraía todo lo relacionado con la arquitectura, y aquella visita le marcó profundamente. No obstante, decidió que era muy tarde para detenerse. Con suerte, llegaría a la frontera de Vermont. No tenía ninguna ruta prevista, simplemente quería seguir avanzando y dejarse seducir por la belleza del paisaje y el encanto de los pueblos que cruzaba. Atravesó puentes cubiertos y poblaciones de interés histórico, y sabía que cerca había una cascada. Si hubiese sido verano habría parado para darse un baño. Charlie había crecido en Nueva Inglaterra, éste era su hogar, y de repente cayó en la cuenta de que estaba allí por casualidad. Había ido para cicatrizar las heridas y tocar terreno conocido. Quizá había llegado la hora de poner fin a su dolor, de recuperarse. Seis meses antes lo habría imaginado imposible, pero ahora tenía la sensación de que el proceso de curación acababa de empezar por el solo hecho de estar allí.

Pasó frente al fuerte de Deerfield y recordó lo mucho que le fascinaba cuando era niño, pero se limitó a sonreír y siguió conduciendo mientras pensaba en su padre. Solía contarle cuentos maravillosos sobre los indios del Mohawk Trail, donde estaba Deerfield, y sobre los iroqueses y algonquinos. Era una fuente inagotable de conocimiento y a Charlie le encantaba escucharle. Había sido profesor de historia norteamericana en Harvard, y esta clase de paseos, así como los cuentos, siempre fueron un regalo especial de padre a hijo. Charlie deseó haber podido contarle lo de Carole. El recuerdo de ambos le llenó los ojos de lágrimas, pero tenía que dejar de soñar y concentrarse en la carretera, pues la nieve era cada vez más densa. Sólo había recorrido quince kilómetros en media hora desde que dejó Deerfield, y la visibilidad empeoraba por momentos.

Pasó junto a un letrero y vio que se adentraba en Shelburne Falls. Calculó que se hallaba a unos quince kilómetros al noroeste de Deerfield, y el río helado que transcurría cerca llevaba el mismo nombre. Shelburne Falls era un pueblo peculiar, recogido en una ladera que dominaba el valle. La nieve se arremolinaba con furia en torno a Charlie, que enseguida abandonó la idea de llegar a Vermont. No era prudente seguir conduciendo y se preguntó si habría un hotel cerca. A su alrededor sólo veía casas pequeñas y muy cuidadas, y ahora era prácticamente imposible avanzar.

No sabiendo qué dirección tomar, detuvo el coche y bajó la ventanilla. Entonces divisó una calle a su izquierda que transcurría paralela al río Deerfield y decidió doblar por ella. Temió resbalar sobre la nieve fresca, pero los neumáticos se agarraban bien y Charlie avanzó lentamente. Justo cuando empezaba a creer que se había perdido y que lo mejor era retroceder, vio una casa de piedra con un porche y una valla de estacas blancas. Sobre la valla colgaba un letrero que rezaba: PALMER: BED AND BREAKFAST. Era justo lo que quería y se adentró en el caminito.

Fuera había un buzón que parecía una casa para pájaros y una setter irlandesa que se acercó a grandes zancadas por la nieve moviendo la cola. Charlie le dio unas palmaditas con la cabeza gacha para protegerse de la nieve. Llegó hasta la puerta y utilizó la aldaba de bronce pulido. Esperó pero no obtuvo respuesta. Se preguntó si habría alguien en la casa. Dentro había luz pero no se oía nada. La setter irlandesa se sentó a su lado y le miró expectante.

Se disponía a bajar los escalones de la entrada cuando la puerta se abrió ligeramente y una mujer de pelo blanco le miró extrañada. Iba bien vestida, con una falda gris, un jersey azul claro y un collar de perlas en el cuello. El cabello, blanco como la nieve, lo llevaba recogido en un moño, y tenía unos ojos azules y brillantes que parecieron examinarle cada centímetro del cuerpo. Se parecía a algunas mujeres mayores que Charlie había conocido en Boston de niño, y no tenía pinta de regentar un *bed & breakfast*.

—¿Sí? —Abrió un poco más la puerta para dejar entrar a la perra y miró a Charlie con curiosidad—. ¿En qué puedo ayudarle?

—Vi el letrero... Pensé... ¿Está cerrado? —A lo mejor sólo abría en verano, pensó. Algunos hoteles lo hacían.

—No esperaba a nadie en estas fechas —repuso la mujer—. Encontrará un motel en la carretera que va a Boston, justo después de Deerfield.

—Gracias... y lo siento. Yo...

Le sabía mal haberla molestado. Parecía tan elegante y educada que se sintió como un gamberro irrumpiendo en su casa sin haber sido invitado. Pero nada más disculparse, ella sonrió y él reparó en la vivacidad de sus ojos. Eran casi eléctricos, estaban llenos de vida y energía, y sin embargo Charlie le daba más de sesenta años; pensó que en su juventud habría sido muy bonita. Era una dama delicada y elegante, y Charlie se sorprendió cuando dio un paso atrás y abrió la puerta para dejarle entrar.

—No se disculpe —sonrió la mujer—. No esperaba a nadie, eso es todo. Me temo que he olvidado mis modales. ¿Le gustaría entrar y beber algo caliente? No tengo la casa preparada para acoger huéspedes en esta época del año. Generalmente los recibo cuando llega el calor.

Charlie se preguntó si debería buscar el hotel que ella le había recomendado, pero le agradó la idea de entrar. Desde la puerta se adivinaba una sala de estar muy bonita. La casa era antigua y muy bella, quizá de los tiempos de la Revolución. Tenía gruesas vigas en los techos y hermosos suelos, y la estancia estaba llena de objetos antiguos y cuadros de época de pintores ingleses y estadounidenses.

—Entre. *Glynnis* y yo nos portaremos bien, se lo prometo. —Señaló a la perra, que agitó la cola, como si quisiera confirmar la promesa—. No pretendía ser maleducada. Es sólo que no esperaba a nadie.

A Charlie le resultó imposible rechazar la invitación, y al entrar en la sala ésta le engulló con su magia. Era más encantadora aún de lo que había intuido desde la puerta. La chimenea estaba encendida y un hermoso piano antiguo descansaba en un rincón.

—Lamento molestarla. Me dirigía hacia Vermont

cuando empezó a nevar con tanta fuerza que me fue imposible continuar.

Contempló admirado a la mujer mientras pensaba lo bella que aún era, y cuando ella echó a andar hacia la cocina y él la siguió, admiró también su porte. La mujer puso un hervidor de cobre en el fogón y él advirtió que todo estaba impoluto.

—Tiene una casa preciosa, señora... ¿señora Palmer?

Recordaba el nombre del letrero. Ella respondió con una sonrisa.

—Así es. Gracias. ¿Y usted es...?

Contempló a Charlie como una maestra a la espera de una respuesta, y esta vez fue él quien sonrió. No sabía quién era ella ni por qué estaba allí, pero enseguida supo que aquella mujer le caía muy bien.

—Charles Waterston —dijo mientras extendía una mano y ella se la estrechaba.

La señora Palmer tenía unas manos muy suaves y jóvenes para su edad y unas uñas perfectamente cuidadas. Uno de sus dedos lucía una sortija de oro sencilla, la única joya aparte del collar de perlas. Todo el dinero que había ahorrado lo había invertido en las antigüedades y los cuadros que rodeaban a Charlie, y éste enseguida se percató de la calidad de los mismos, pues había visto muchos objetos delicados cuando era niño y en Londres.

—¿De dónde es usted, señor Waterston? —preguntó ella mientras preparaba la bandeja del té.

Charlie ignoraba si la mujer le estaba invitando a tomar el té o a pasar la noche en su establecimiento, pero no se atrevía a preguntárselo. Si no le invitaba a quedarse, tendría que marcharse antes de que la nieve empeorara y se formara hielo en la carretera. Con todo, no dijo nada, simplemente observó cómo colocaba una tetera de plata sobre un mantel bordado con muchos más años que ella.

—Una pregunta interesante —respondió al fin con una sonrisa mientras ella señalaba una butaca de cuero situada frente al fuego de la cocina. Delante había una mesa de servicio de la época de Jorge III donde a la señora Palmer le gustaba servir el té—. He vivido diez años en Londres y volveré allí después de Navidad, pero acabo de llegar de Nueva York. Estuve allí los últimos dos meses y tenía previsto pasar todo un año, pero ahora parece que puedo volver a Londres.

No podía explicarlo mejor sin entrar en detalles, y ella le sonrió amablemente, como si entendiera mucho más de lo que él le había contado.

—¿Un cambio de planes?

—Algo así —respondió él al tiempo que acariciaba a la perra.

Miró de nuevo a su anfitriona. Cuando puso la bandeja con galletas de canela sobre la mesa, tuvo la sensación de que había estado esperándole.

—No deje que *Glynnis* se las coma —advirtió, y Charlie rió, y luego pensó que debería preguntarle si estaba siendo un estorbo. Se acercaba la hora de la cena, y la mujer no tenía por qué servirle té, sobre todo si no aceptaba huéspedes en invierno. No obstante, parecía contenta con la visita—. A *Glynnis* le encanta la canela, aunque tampoco hace ascos a las gachas de avena.

Charlie sonrió y se preguntó si la mujer había vivido siempre en esa casa. Resultaba difícil mirarla y no preguntarse sobre su vida. Era una dama muy elegante y muy frágil.

—¿Piensa ir a Nueva York antes de regresar a Londres, señor Waterston?

—Creo que no. Quiero esquiar en Vermont y volar a Londres desde Boston. Me temo que Nueva York no es la ciudad de mis sueños, aunque he vivido en ella varios años. Me he malcriado viviendo en Europa.

La señora Palmer sonrió y se sentó al otro lado de la mesa.

—Mi marido era inglés. Solíamos visitar Inglaterra de vez en cuando para ver a su familia, pero él era feliz aquí y cuando sus parientes murieron dejamos de ir. Mi marido decía que en Shelburne Falls tenía todo lo que quería.

La mujer sonrió y Charlie percibió en su mirada un sentimiento no expresado. Se preguntó si era dolor, un recuerdo o el amor por un hombre con quien había compartido toda una vida.

—Y usted, ¿de dónde es? —preguntó Charlie tras beber del delicioso té que ella le había preparado. Se trataba de Early Grey, y Charlie era un auténtico bebedor de té, pero nunca había probado nada parecido. Había algo realmente mágico en aquella mujer.

—Soy de aquí —respondió la señora Palmer con una sonrisa mientras dejaba la taza en la mesa. La vajilla, de Wedgwood, era tan delicada como ella. A Charlie la escena le trajo recuerdos de los muchos lugares y gentes que había conocido en sus viajes por Inglaterra—. He vivido en Shelburne Falls toda mi vida, precisamente en esta casa. Era de mis padres. Mi hijo fue a la escuela en Deerfield.

A Charlie le costaba creerlo. La señora Palmer poseía un aire demasiado internacional para haber vivido toda su vida en Nueva Inglaterra, y tuvo la sensación de que le ocultaba algo.

—De muy joven viví un año en Boston, en casa de mi tía. La ciudad me parecía apasionante y fue allí donde conocí a mi marido, un alumno invitado de Harvard. Cuando nos casamos, nos vinimos a vivir aquí. Este año cumplo setenta y hará exactamente medio siglo que me casé.

Sonrió y Charlie tuvo ganas de inclinarse y darle un beso. Él le habló de la carrera docente de su padre, que había enseñado historia norteamericana en Harvard. Pensó que a lo mejor él y el señor Palmer se habían conocido, y luego habló de sus visitas a Deerfield cuando era niño y de su pasión por sus edificios y por las cuevas glaciales de las enormes rocas del río Deerfield.

—Todavía las recuerdo —dijo mientras su anfitriona le servía otra taza de té y empezaba a trajinar en la cocina.

La señora Palmer se volvió y le sonrió con ternura. Se sentía totalmente segura con él. Parecía un hombre íntegro y educado. Se preguntó qué hacía viajando solo en unas fechas tan señaladas. Le sorprendía que no tuviese una familia con la que estar, pero no dijo nada.

—¿Le gustaría pasar la noche aquí, señor Waterston? No me cuesta nada abrir una de las habitaciones para huéspedes.

Miró por la ventana. Nevaba con fuerza y hubiera sido una descortesía echarlo a la calle. Además le gustaba su compañía, y deseó que aceptara la invitación.

—¿Seguro que no será mucha molestia? —Charlie era igualmente consciente de lo mucho que nevaba y no tenía ganas de seguir conduciendo. Además, a él también le gustaba su compañía. Esa mujer era como una rápida mirada al pasado, y al mismo tiempo parecía firmemente aferrada al presente—. No quiero ser un estorbo. Si tiene otras cosas que hacer, no se preocupe por mí, pero me encantaría quedarme.

Fue un dulce minué entre los dos. Poco después, la señora Palmer le acompañó al primer piso. La casa estaba maravillosamente construida, y a Charlie le interesaba más el aspecto arquitectónico que las habitaciones, pero cuando vio el cuarto que ella le había asignado, se detuvo en la puerta y sonrió. Era como volver al hogar de su infancia. La cama era enorme, las telas estaban gastadas, pero todo rezumaba una gran belleza. La habitación era de cretona azul y blanca y sobre la repisa de la chimenea descansaban piezas de porcelana antigua. En la pared de encima colgaba un barco en miniatura y había cuadros de Moran con escenas de barcos. Era una habitación en la que le habría encantado pasar un año. Y al igual que los demás cuartos que había visto, tenía una enorme chimenea con troncos apilados a un lado. A la casa no le faltaba detalle y estaba muy bien mantenida, como si la señora Palmer esperara a sus parientes favoritos o previese que fuera a llenarse de huéspedes en cualquier momento.

—Me encanta este lugar —dijo Charlie mirando a su anfitriona con dulzura.

Apreciaba su hospitalidad y su esfuerzo. Y ella se alegraba de que a Charlie le gustara lo que veía. Le encantaba compartir su casa con personas que valoraban los objetos bellos. Casi toda la gente que se alojaba en ella venía por recomendación. La señora Palmer no se anunciaba en ningún lado y sólo hacía un año que había puesto el letrero.

Durante los últimos siete años los huéspedes le habían ayudado financieramente, además de hacerle compañía y paliar su soledad. Había temido la llegada de la Navidad y la aparición de Charlie era una bendición.

—Me alegro de que le guste, señor Waterston.

Charlie, que estaba observando los cuadros del dormitorio, se volvió con cara de satisfacción.

—Me cuesta imaginar que haya alguien a quien no le guste —dijo.

La señora Palmer rió mientras pensaba en su hijo, y cuando habló de él lo hizo con melancolía pero también con una indudable chispa de humor.

—Yo sí. Mi hijo odiaba este pueblo y mis viejos objetos. A él le gustaban las cosas modernas. Era piloto. Voló en Vietnam y cuando regresó a casa ingresó en la Marina. Era piloto de pruebas de los cazas de alta tecnología. Le encantaba volar.

Algo en su tono de voz hizo que Charlie temiera indagar y algo en su mirada le dijo que se trataba de un tema muy doloroso. Pero Gladys Palmer siguió hablando, y él intuyó, por la forma en que lo hacía, que si algo no le faltaba a esa mujer era coraje.

—La esposa de mi hijo también volaba y compraron una avioneta poco después de tener a su hija. —Gladys lo miró con lágrimas en los ojos—. No me pareció una buena idea, pero hay que dejar que los hijos tomen sus propias decisiones. Y aunque hubiese intentado hacerles cambiar de parecer no me habrían escuchado. Se estrellaron hace catorce años cerca de Deerfield cuando venían a visitarme. En la avioneta viajaban los tres. Murieron en el acto.

Charlie notó un nudo en la garganta e instintivamente acarició el brazo de la señora Palmer para intentar detener las palabras y el dolor. No podía imaginar nada peor, ni siquiera su experiencia con Carole. Esa mujer había sufrido mucho más que él, y se preguntó si tenía más hijos.

—Lo siento mucho —susurró.

Todavía tenía su mano sobre el brazo de Gladys cuando sus miradas se encontraron, pero ninguno lo notó. Charlie tuvo la sensación de que conocía a esa mujer de toda la vida.

—Yo también. Era un hombre maravilloso. Tenía treinta y seis años cuando murió, y su hijita sólo cinco… Fue una pérdida terrible. —Suspiró y se enjugó las lágrimas. Charlie deseó poder abrazarla. Y cuando ella le miró, vio en sus ojos una tremenda franqueza, una tremenda valentía y un tremendo deseo de hablar con él pese al dolor—. Supongo que siempre aprendemos algo del dolor. No estoy segura de qué y me costó mucho superarlo. Tardé diez años en poder hablar del tema. Mi marido nunca se recuperó de la tragedia. Siempre había tenido el corazón delicado. Murió tres años más tarde.

Gladys había sufrido muchas más pérdidas que Charlie. Todavía se apreciaban las cicatrices, y sin embargo ahí estaba ella, firme y segura, dispuesta a no dejarse abatir por los golpes de la vida. Charlie empezó a creer que sus caminos se habían cruzado por alguna razón. Era muy extraño que hubiese ido a parar allí.

—¿Tiene más... más parientes? —De repente le dio vergüenza preguntar si tenía más hijos, como si los hermanos pudiesen sustituir al hijo perdido. Ambos sabían que no.

—No —sonrió Gladys, y Charlie se sorprendió de su vivacidad. No había nada amargo ni triste en esa mujer—. Llevo once años sola, por eso empecé a aceptar huéspedes en verano. De no haberlo hecho, no sé cómo habría aliviado mi soledad. —A Charlie le costaba creerlo. Gladys tenía demasiada vida para encerrarse en sí misma y consumirse pensando en los seres queridos que había perdido. Todo su ser rezumaba energía y vivacidad—. Tampoco quería echar a perder esta casa. Es demasiado bella y me parecía una pena no compartirla. Mi hijo James... Jimmy y Kathleen no la habrían querido. Aunque hubiesen sobrevivido, al final me habría visto obligada a venderla.

Charlie sintió una pena terrible al oír eso. Ahora Gladys no tenía a nadie a quien dejar sus tesoros y él iba a encontrarse en la misma situación si no hacía algo con su vida, si no volvía a casarse y tenía hijos. Pero la idea no le atraía. No tenía ningún deseo de volver a casarse o de convivir con otra mujer.

—¿Y usted? —preguntó Gladys antes de salir de la habitación—. ¿Tiene familia, señor Waterston?

Era lo bastante mayor para estar casado y ser padre de varios hijos. Le echó menos años de los que tenía. Pensó que era como Jimmy. Pero a los cuarenta y dos hubiera debido tener la vida ya resuelta.

—No —respondió Charlie con suavidad—. Yo también estoy solo. Mis padres murieron y no tengo hijos.

Gladys le miró asombrada.

—¿Nunca ha estado casado?

Eso le sorprendía de verdad. Era un hombre demasiado apuesto y dulce para no haber tenido una relación seria. No obstante, al mirarle a los ojos comprendió que había algo más.

—Estoy en proceso de divorcio. Estuvimos casados diez años pero no tuvimos hijos.

—Lo lamento—dijo Gladys con una dulzura casi de madre, y Charlie notó que los ojos se le humedecían—. El divorcio debe de ser una experiencia horrible, la separación desgarradora de dos personas que una vez se amaron y han errado el camino. Supongo que el dolor es insoportable.

—Lo es —respondió Charlie, asintiendo pensativamente con la cabeza—. Ha sido muy duro. Nunca se me ha muerto un ser querido aparte de mis padres, pero supongo que son experiencias similares. Tengo la sensación de haberme pasado un año hipnotizado. Me dejó hace nueve meses, y lo peor es que yo pensaba que éramos absolutamente felices. Por lo visto soy un desastre a la hora de captar los sentimientos de los demás —dijo con una triste sonrisa, y ella le miró con ternura.

A pesar de haberse conocido unas horas antes, ambos tenían la sensación de ser viejos amigos. Charlie hubiera podido pasarse el resto de su vida hablando con Gladys.

—Creo que está siendo muy duro consigo mismo. No es el primer hombre que cree que todo va bien y luego descubre que no. Con todo, debe de suponer un golpe tremendo no sólo para el corazón… sino también para el ego. —Había dado en el clavo. Charlie no sólo sentía el dolor de la pérdida, sino que su dignidad y su orgullo habían sido mortalmente heridos—. Sé que le sonará cruel, pero lo superará. A su edad no le queda más remedio. No puede pasarse el resto de su vida alimentando un corazón roto. No estaría bien. Necesitará tiempo, eso seguro, pero al final tendrá que salir de su caparazón. Yo también tuve que hacerlo. Cuando Jimmy, Kathleen y Peggy murieron, y luego cuando falleció Roland, hubiera podido encerrarme en esta casa y pasarme el resto de mi vida sentada esperando la muerte. Pero ¿de qué me habría servido desperdiciar los años que me quedaban? Eso no significa que no piense en ellos, y a veces todavía lloro. No pasa un solo día, un solo instante en que no piense en uno de ellos, y a veces les añoro tanto que creo que no podré soportarlo… y sin embargo aquí estoy. La vida sigue. Tengo que dar algo a cambio, hacer algo que tenga algún valor. De lo contrario, el tiempo que me ha sido otorgado no habrá servido para nada. Y no creo que tengamos derecho a hacer eso. Creo que el duelo tiene un límite. —Gladys tenía razón, desde luego, y sus palabras ejercieron un gran impacto en Charlie. Era exactamente lo que necesitaba oír. Gladys le miró y sonrió de nuevo—. ¿Le gustaría cenar conmigo, señor Waterston? Tenía pensado hacer chuletas de cordero y una ensalada. No como mucho, y estoy segura de que usted preferiría algo más consistente, pero el restaurante más cercano está un poco lejos y con tanta nieve…

Gladys miró a Charlie. De un modo extraño y sutil, le recordaba a Jimmy.

—Me encantaría. ¿Puedo ayudarla? Las chuletas de cordero se me dan bastante bien.

—Será un placer. —Gladys sonrió y *Glynnis* agitó la cola, como si entendiera lo que hablaban—. Acostumbro cenar a las siete. Baje cuando le apetezca.

Se miraron por un largo instante. Habían compartido sus experiencias más valiosas y, sin saber muy bien cómo, ambos sabían que se necesitaban.

Charlie encendió la chimenea de su habitación, se

sentó en la cama y contempló el fuego mientras pensaba en las palabras de Gladys, en lo mucho que había sufrido cuando su hijo murió. Estaba conmovido y lleno de admiración por ella. Qué mujer tan extraordinaria y qué bendición haberla conocido. Sintió que se perdía en la belleza de ese pequeño mundo, envuelto por su calor y dulzura.

Después de bañarse se afeitó y se cambió de ropa. Estuvo tentado de ponerse traje, pero le pareció una exageración y finalmente se decidió por unos pantalones de franela gris, un jersey de cuello alto azul marino y una americana. Como siempre, estaba impecable con su ropa y sus cabellos recién cortados. Era un hombre muy atractivo y Gladys Palmer sonrió nada más verle. Raras veces se equivocaba con la gente que recibía en su casa, y ya sabía que no se había equivocado con Charlie. Llevaba mucho tiempo sin conocer a alguien que le gustara tanto y, al igual que él, sentía que su encuentro tenía una finalidad. Ella tenía mucho que ofrecerle, aunque sólo fuera la calidez de su hogar en una época difícil del año, y él le traía el recuerdo de su hijo y de la familia que tanto había amado y que ya no tenía. Navidad era la época más dura del año para ella.

Charlie hizo las chuletas de cordero y Gladys preparó una ensalada y un delicioso puré de patatas. Y de postre tomaron flan. Era la clase de comida que la madre de Charlie le habría preparado y no muy diferente de los platos que él y Carole cocinaban en Inglaterra. Y mientras escuchaba las historias de la señora Palmer, Charlie deseó que Carole estuviese con él y tuvo que recordarse que era una pérdida de tiempo pensar eso. En algún momento iba a tener que dejar de desear incluir a Carole en todo lo que hacía. Ella ya no formaba parte de su vida. Pertenecía exclusivamente a Simon. Pero todavía le dolía recordarlo y empezó a sospechar que siempre sería así. Miró a la señora Palmer y se preguntó cómo consiguió sobrevivir después de perder a su hijo, su nuera y su única nieta. El sufrimiento debió de ser tremendo. Sin embargo, había salido adelante. Sabía que el dolor aún estaba ahí, como una pierna amputada pero todavía añorada. Ahora comprendía mejor que nunca que tenía que seguir adelante con su vida por muy difícil que le resultara.

La señora Palmer hizo más té y charlaron durante horas sobre la historia local, sobre el fuerte de Deerfield y sobre algunas personas que habían vivido en la zona. Al igual que el padre de Charlie, Gladys sabía mucho sobre las leyendas y los personajes históricos de la región. Habló de los indios que habitaron el lugar, y a Charlie le vinieron a la memoria historias olvidadas y la figura de su padre. Era cerca de medianoche cuando repararon en la hora, pero ambos llevaban mucho tiempo suspirando por un poco de afecto y contacto humanos. Charlie le habló de su fiasco en Nueva York, y ella hizo un análisis muy sensato de la situación. Le sugirió que siguiera adelante con su vida, empleara bien el tiempo y, una vez transcurridos los seis meses, decidiera si quería volver con la firma. En opinión de Gladys, tenía delante una gran oportunidad para explorar otras formas de expresar su talento, puede que incluso abriendo un despacho propio. Hablaron de la afición de Charlie por los castillos góticos y medievales, del extraordinario trabajo que en su opinión representaban y de su pasión por las casas antiguas, como la de Gladys.

—Puedes hacer muchísimas cosas con tu talento de arquitecto, Charles. No tienes por qué limitarte a macroestructuras o edificios de oficinas.

Charlie también le contó que siempre había querido construir un aeropuerto, pero que para eso tenía que estar en una compañía grande. En cuanto a las demás cosas que le gustaban, podía hacerlas desde un despacho propio.

—Me temo que tienes mucho en que pensar durante estos seis meses, pero también has de divertirte. No parece que te hayas divertido mucho últimamente, ¿verdad? —preguntó Gladys con un guiño de ojo. Todo lo que Charlie le había contado sobre Nueva York y los últimos meses en Londres sonaba espantoso—. Creo que unos días esquiando en Vermont es una buena idea. Puede que incluso tengas tiempo para hacer alguna travesura.

Charlie enrojeció y ambos se echaron a reír.

—Semejante idea ni siquiera se me pasa por la cabeza. No he mirado a otra mujer desde el día que conocí a Carole.

—Pues quizá sea hora de que lo hagas —dijo ella.

Charlie fregó los platos y cuando hubo terminado la señora Palmer los guardó. Y mientras hablaban, *Glynnis* dormía junto al fuego. Era una escena acogedora. Cuando Charlie dio las buenas noches a la señora Palmer y subió a su cuarto, apenas tuvo tiempo de cepillarse los dientes y desvestirse antes de caer rendido en la enorme cama. Y por primera vez en meses durmió como un angelito.

Despertó al día siguiente después de las diez, algo avergonzado por lo tarde que era. Pero no tenía que ir a ningún sitio ni deberes u obligaciones que atender. No tenía que madrugar para ir al trabajo. Y mientras se vestía miró por la ventana. La nieve había crecido desde el día anterior y se sorprendió de que siguiera cayendo. No le atraía la idea de conducir hasta Vermont, pero tampoco quería abusar de la hospitalidad de la señora Palmer. Pensó que lo mejor que podía hacer era alojarse en un hotel de Deerfield. Y cuando bajó se encontró a la señora Palmer trajinando en la cocina. La estancia estaba impoluta. *Glynnis* dormía junto al fuego y olía a galletas recién hechas.

—¿Avena? —preguntó, aspirando el delicioso aroma que salía del horno.

—Exacto. —Gladys sonrió y le sirvió una taza de café.

—Está nevando mucho —dijo Charlie, contemplando los remolinos de nieve que chocaban contra la ventana, y ella asintió. La nieve estaría estupenda para esquiar, si es que conseguía llegar a Vermont.

—¿Tienes prisa por llegar a Vermont? —preguntó Gladys con preocupación.

Dudaba que Charlie hubiese quedado con alguien en Vermont, o a lo mejor le había ocultado esa parte. Quizá existía una joven que no quería mencionar por discreción, pero confió en que no. Deseaba que se quedara un poco más.

—La verdad es que no, pero seguro que estás muy ocupada. Estaba pensando en trasladarme a Deerfield. —Gladys apenas logró ocultar su decepción—. Seguro que tienes preparativos que hacer antes de Navidad.

Ella sacudió la cabeza, procurando ocultar lo sola que se sentía. Era una locura, se dijo, apenas le conocía y tarde o temprano tendría que marcharse. No podría retenerlo en Shelburne Falls para siempre.

—No quiero interferir en tus planes, pero me encantaría que te quedaras —dijo Gladys intentando no sonar desesperada, porque no lo estaba. Pero llevaba sola mucho tiempo y agradecía enormemente la compañía de Charlie—. No eres ninguna molestia. De hecho... —Parecía muy vulnerable y Charlie percibía que de joven había sido muy bonita—. Me haces buena compañía, Charles. Ayer disfruté mucho durante la cena, aunque supongo que te divertirías más con amigos de tu edad. Pero si quieres quedarte, estás en tu casa. No tengo ningún plan... —Sólo sobrevivir las Navidades, suspiró su corazón.

—¿Estás segura? No tengo ganas de coger la carretera, pero tampoco quiero ser un estorbo.

Estaban a 21 de diciembre y faltaban cuatro días

para Navidad, una fecha que ambos temían aunque no lo decían.

—No deberías conducir con esta nieve —aseguró Gladys, sabedora de que ya le había convencido y feliz de no perderlo.

Le hubiese gustado que se quedara para siempre, pero incluso unos pocos días constituían una alegría. Hacía años que no se sentía tan feliz, y le hubiera encantado mostrarle algunas cosas de la región, como ciertas casas que estaba segura despertarían su interés y un fuerte apartado y menos conocido que el de Deerfield. También le habría gustado enseñarle algunos monumentos indios, pues por la conversación de la cena adivinaba que podrían interesarle, pero era imposible mostrárselos con este tiempo. Quizá, si había suerte, le haría otra visita en verano. Pero entretanto había mucho que hacer, y miró agradecida a Charlie mientras le servía el desayuno y él se lo permitía con cierta vergüenza. Gladys parecía más que una hotelera. Estar con ella era como estar con la madre de un amigo.

Gladys habló de las casas de la región y él le hizo preguntas mientras avivaba el fuego de la cocina, y luego ella se volvió y le miró con un brillo en los ojos que no había visto antes, un brillo joven y chispeante, como si guardaran un secreto.

—¿Y esa cara tan traviesa? —preguntó Charlie con una sonrisa.

Estaba a punto de ponerse el abrigo para salir a buscar más leña. Normalmente Gladys esperaba a que los hijos de los vecinos se ofrecieran a hacerlo, pero Charlie quería hacer cuanto estuviera en su mano por ayudarla durante su estancia. Se lo merecía. Gladys seguía sonriendo.

—Pareces el gato que se ha comido al canario.

—Estaba pensando en un lugar... un lugar que quiero mostrarte... Hace mucho que no voy por allí pero le tengo mucho cariño. Es una casa que me dejó mi abuela. Su abuelo la compró en 1850 y Roland y yo vivimos en ella un par de años, pero a él no le gustaba tanto como a mí. La encontraba demasiado aislada y poco práctica. Prefería vivir en el pueblo, así que nos trasladamos a ésta hace cincuenta años, pero nunca he tenido el valor de vender la otra. La he conservado como una joya que sé que nunca utilizaré. De tanto en tanto le saco brillo y la contemplo. Es una casa muy especial… —dijo casi con timidez—. Me gustaría que la vieras.

Gladys hablaba del lugar como si fuera una obra de arte, un cuadro o una joya. Dijo que estaba en las colinas. No sabía si podrían llegar con tanta nieve, pero quería intentarlo. Seguro que a Charlie le encantaría y él estaba dispuesto a acompañarla. No tenía nada mejor que hacer, y si la casa significaba tanto para ella, quería verla. Las casas antiguas siempre le habían interesado.

La señora Palmer explicó que la había construido un francés muy conocido en la zona en 1790. Era conde y primo de Lafayette y emigró al Nuevo Mundo en 1777 con este último. No dijo mucho más, salvo que había erigido la casa para una dama.

Partieron después del almuerzo, en el coche de Charlie porque era más grande, y Gladys se alegró de que la llevaran. Por el camino señaló varios lugares que fascinaron a Charlie, y ella le contó otras leyendas locales pero dijo muy poco sobre la casa a la que se dirigían. Estaba situada a ocho kilómetros del pueblo, sobre las colinas, dominando el río Deerfield. Durante el trayecto también le contó que de pequeña le encantaba ir allí. Ningún miembro de su familia habitó la casa antes de que ella la heredara a pesar de que les había pertenecido durante ciento cincuenta años.

—Debe de ser extraordinaria. ¿Cómo es posible que nadie de tu familia haya vivido en ella?

Charlie se preguntó si realmente se debía a que era

poco práctica o si había algo más. El modo en que Gladys hablaba de ella había despertado su curiosidad.

—Es extraordinaria. Tiene alma propia. Es como si todavía pudieras sentir la presencia de la mujer para la que fue construida. Hace años intenté que Jimmy y Kathleen la utilizaran como casa de verano. Se instalaron en una ocasión, pero Kathleen acabó por odiarla. Jimmy le contaba estúpidas historias de fantasmas y consiguió aterrorizarla, así que Kathleen se negó a volver. Una pena, porque es el lugar más romántico que he visto en mi vida.

Charlie sonrió, si bien pasó la mayor parte del trayecto sorteando la nieve. El viento soplaba con fuerza y formaba grandes montículos.

Llegaron hasta donde les permitió la nieve y la señora Palmer le indicó dónde dejar el coche. Charlie sólo veía árboles alrededor y temió que fueran a perderse, pero Gladys se limitó a sonreír mientras se cerraba el abrigo y le hacía señas. Sabía perfectamente adónde iba.

—Parecemos Hansel y Gretel en el bosque —dijo Charlie, y ambos rieron—. Hubiéramos debido traer migas de pan —añadió con la cabeza inclinada y sujetando a Gladys por el codo para que no cayera, pero ella era fuerte y ágil y estaba acostumbrada a ir en todas las estaciones, aunque últimamente lo hacía menos. No obstante, el solo hecho de estar allí la hacía sonreír. Miró a Charlie como si estuviera a punto de hacerle un regalo.

»¿Quién era la mujer para la que fue construida la casa? —preguntó Charlie mientras caminaban con la cabeza baja para protegerse del viento.

—Se llamaba Sarah Ferguson —explicó Gladys mientras se aferraba a Charlie para no tropezar.

Eran como madre e hijo y Charlie estaba preocupado por ella. Nevaba cada vez con más fuerza y temía que pudieran perderse en el bosque. Pero aunque él no tenía la impresión de estar siguiendo un camino, ella sí parecía seguirlo. No había vacilado ni un instante.

—Era una mujer extraordinaria —prosiguió Gladys—. Llegó de Inglaterra sola. Las historias que se cuentan de ella son bastante misteriosas y muy románticas. Escapó de un marido que la maltrataba... el conde de Balfour. Sarah era la condesa de Balfour cuando llegó aquí en 1789.

—¿Cómo conoció al francés? —La forma misteriosa en que Gladys relataba la historia había despertado su curiosidad.

—Es una larga historia. Esa mujer siempre me ha fascinado. Poseía una fuerza y un coraje inconmensurables.

Pero antes de que pudiera decir más, el bosque se abrió y desembocaron en un pequeño claro. A pesar de la nieve, Gladys había sabido en cada momento dónde se hallaban y Charlie se encontró contemplando un castillo muy hermoso y perfectamente proporcionado. Estaba junto a un pequeño lago donde, según Gladys, en otros tiempos hubo cisnes, y Charlie podía percibir su extraordinaria belleza pese a la distancia y la nieve cegadora. Nunca había visto nada igual. Era como una joya exquisita, y a medida que se aproximaban, casi con reverencia, aumentaba su deseo de entrar.

Subieron los escalones de la entrada y Charlie comprobó asombrado que eran de mármol. Gladys sacó una llave de bronce, la introdujo en la cerradura y miró a Charlie por encima del hombro.

—Uno de los aspectos más extraordinarios de este lugar es que François de Pellerin hizo que lo construyeran los indios y los artesanos del lugar. Él mismo les enseñó a hacer el trabajo. Sin embargo, se diría que fue obra de maestros artesanos europeos.

Y cuando entraron fue como trasladarse a otro mundo. Los techos eran altos, los suelos entarimados, había puertaventanas y chimeneas de mármol en todas las habitaciones, y el tamaño de cada estancia resultaba perfecto. La casa era tan hermosa que Charlie podía imaginársela llena de gente refinada, un sol radiante, flores extravagantes y una música exquisita. Era como retroceder en la historia, y sin embargo la calidez y la belleza del lugar te hacían desear quedarte. Charlie jamás había experimentado semejante sensación en un lugar, y no dejaba de mirar alrededor. Hasta el color de las paredes era perfecto. Había tonos cremosos y grises pálidos, un azul cielo en el comedor y un melocotón claro en lo que había sido el estudio de Sarah. Era la casa más bonita que había visto en su vida, y sólo podía imaginársela llena de risas, amor y gente dichosa.

—¿Quién era ella? —preguntó en voz baja mientras iban de una habitación a otra admirando los murales y el pan de oro de los techos.

Todo estaba hecho con gusto exquisito, cada detalle había sido ejecutado con suma perfección. Charlie intentó imaginarse a Sarah cuando entraron en su dormitorio. ¿Era bella, era joven, era vieja? ¿Por qué el conde francés le había construido este pequeño palacio? Charlie sólo sabía que se trataba de un conde y una condesa, pero la casa decía mucho más. La belleza y el espíritu del lugar le decían que habían sido personas reales. De repente deseó saber más cosas de ellos, pero Gladys no se extendió mucho.

—Sarah Ferguson era muy hermosa, según me han contado. Sólo he visto de ella un dibujo, y un modelo en miniatura que tienen en el museo de Deerfield. Era muy conocida en la región. Cuando llegó aquí compró una granja y vivió sola durante un tiempo, lo cual, al parecer, generó bastante revuelo. Cuando él le construyó esta casa, vivieron juntos sin estar aún casados, hecho que, dada la época, escandalizaba a los lugareños.

Charlie sonrió. Quería ir al archivo histórico y leer

sobre Sarah. Pero el conde le fascinaba tanto como ella.

—¿Qué pasó al final? ¿Regresaron a Europa o se quedaron aquí?

—Él murió y ella vivió en esta casa el resto de su vida. De hecho, falleció aquí. —Estaba enterrada no lejos de la casa, en un pequeño claro—. Hay una cascada que los indios consideran sagrada. La visitaban casi cada día. François tenía mucha relación con los indios y era muy respetado por las tribus locales. Antes de casarse con Sarah estuvo casado con una iroquesa.

Sólo de escuchar a Gladys la cabeza de Charlie se llenaba de nuevas preguntas.

—¿Qué les unió si ambos estaban casados? —Estaba fascinado y confuso y quería saberlo todo, pero Gladys no conocía todos los detalles.

—La pasión, supongo. No creo que estuvieran juntos muchos años, pero está claro que se amaron profundamente. Ambos debieron de ser personas extraordinarias. Jimmy aseguraba que vio a Sarah el verano que pasaron en la casa, pero me cuesta creerlo. Me temo que le conté demasiadas historias. A veces esas cosas pueden crear alucinaciones.

Una alucinación que a Charlie le hubiera encantado experimentar. Había algo en la casa, en su atmósfera, que le abrumaba y le hacía desear saberlo todo acerca de Sarah Ferguson. Era como una mujer en un sueño, y Charlie sintió deseos de encontrarla.

—Es la casa más bella que he visto en mi vida —dijo mientras seguían visitando las habitaciones, y cuando volvieron a la planta baja se sentó en la escalera a reflexionar.

—Me alegro de que te guste, Charles.

Gladys Palmer estaba encantada. La casa significaba mucho para ella. Su marido nunca llegó a entenderlo del todo y su hijo siempre se burlaba. Pero Gladys sentía en la casa algo imposible de explicar o de compartir a menos que la otra persona también lo sintiera. Y era evidente que Charles lo sentía. Estaba tan impresionado que apenas podía hablar. En esta casa experimentaba una paz que le había sido negada durante años, y por primera vez en meses tenía la impresión de haber llegado a un lugar que había estado buscando. Ya sólo el hecho de contemplar la nieve y el valle a lo lejos le hacía sentir algo que no había experimentado antes. No quería marcharse. Cuando miró a Gladys sus ojos expresaban algo muy profundo, y ella comprendió exactamente qué estaba sintiendo.

—Lo sé —dijo con suavidad, y le cogió la mano—. Por eso no la he vendido.

Gladys amaba esa casa más que ninguna de las que había tenido. Su residencia del pueblo era hermosa y cómoda, pero carecía del encanto, la armonía o el alma de este pequeño castillo. La casa tenía espíritu propio y conservaba el calor y la belleza de la extraordinaria mujer que la habitó, y Gladys sabía que siempre sería así. Había dejado una marca indeleble en todo lo que había tocado, y el amor que François le había profesado lo cubría todo de luz y magia. Era un lugar extraordinario. Y las siguientes palabras de Charlie la sorprendieron ligeramente y le hicieron preguntarse si era por eso que se había sentido impulsada a venir con él.

—¿Me la alquilarías? —preguntó con mirada suplicante.

Nunca había deseado nada tanto como vivir allí. Para Charlie las casas tenían alma, un destino y un corazón propios, y sentía que esa casa le tendía una mano como no lo había hecho ninguna otra, ni siquiera la de Londres que tanto amara. Ésta era muy diferente. Había notado un vínculo inmediato con ella por razones que no alcanzaba a comprender, como si conociese a la gente que la había habitado.

—Jamás he sentido nada con tanta fuerza —trató de explicar.

Gladys le observaba con expresión pensativa. Siempre se había resistido a alquilar la casa. Había vivido en ella durante un año medio siglo atrás y Jimmy y su familia la ocuparon unos meses, pero exceptuando esos dos casos nadie la había habitado desde Sarah Ferguson. Los parientes de Gladys la mantenían como una excentricidad, como una inversión. Habían hablado incluso de convertirla en museo, pero la idea nunca cuajó. Y sorprendía que estuviese en tan buen estado, pero el mérito era de Gladys, que siempre se había esforzado en cuidarla.

—Sé que parece una locura —dijo Charlie, tratando de convencer a Gladys de algo que deseaba desesperadamente—, pero presiento que ésa es la razón por la que he venido, por la que nos hemos conocido... Me siento como si hubiese vuelto a mi hogar —dijo casi atemorizado, y al mirar a Gladys supo que ella le entendía.

Si sus caminos se habían cruzado, si él había llegado hasta aquí, se debía a una razón. Sus vidas eran muy diferentes, se llevaban muchos años, y sin embargo tenían mucho que darse. Ella había perdido muchos seres queridos y él había perdido a Carole, ambos estaban solos, pero sus vidas se habían cruzado para traerles algo precioso y excepcional. Era la fuerza de un destino que ninguno de los dos comprendía totalmente pero cuyo poder sentían. Él había venido de Londres y Nueva York, y se hubiera dicho que ella había estado esperándole. Él era su regalo de Navidad y ahora Gladys quería corresponderle, y sabía que si lo hacía le tendría cerca. Al menos durante una temporada, quizá unos meses... un año... tal vez más. Charlie no era el hijo que había perdido, pero sí un presente muy especial. Había llegado inesperadamente y ahora no podía renunciar a él. Gladys sabía que cuidaría de la casa. No tenía más que mirarle para saber que ya la amaba. Nadie en su familia había sentido lo que él sentía. Sólo ella.

—De acuerdo —respondió Gladys con voz queda, sintiendo que el corazón le temblaba ligeramente.

Alquilarle la casa era todo un acto de fe, pero sabía que Charlie era consciente de la grandeza del regalo. Sin decir palabra, Charlie se acercó a Gladys y, abrazándola con fuerza, la besó como a una madre. Cuando la mujer se apartó, tenía los ojos llenos de lágrimas, pero sonreía, y él rebosaba de agradecimiento.

—Gracias —dijo sin intentar ocultar su alegría—. Gracias… Te prometo que la cuidaré.

Presa de la emoción, Charlie apenas podía hablar mientras juntos contemplaban por las ventanas del hermoso salón la nieve que caía silenciosa sobre el valle.

4

Al día siguiente Charles visitó todas las tiendas de Shelburne Falls y más tarde se acercó a Greenfield para comprar lo que le faltaba. La señora Palmer tenía en su trastero una cama antigua y algunos muebles sencillos, entre ellos un arcón, un escritorio, unas cuantas sillas y una mesa de comedor vieja y gastada. Charlie insistió en que con eso tenía de sobras. Le había alquilado la casa por un año, y aunque al final regresara a Londres o Nueva York, no había razón para que no pudiera pasar los siguientes meses en Shelburne Falls. Le tenía fascinado. Y en caso de volver a Nueva York con la Whittaker y Jones, siempre podría visitarla los fines de semana. No obstante, si cambiaba de planes sabía que la señora Palmer no le obligaría a cumplir el contrato. Pero también sabía que si lo deseaba podría vivir en esa casa por lo menos durante un año. Ella parecía tan satisfecha con el acuerdo como él.

Cuando regresaron a casa de Gladys parecían dos niños con zapatos nuevos. Charlie habló animadamente de todo lo que iba a necesitar. La invitó a cenar a un restaurante para celebrarlo, y tres días antes de Navidad fue a Deerfield para terminar de comprarlo todo. También se detuvo en una pequeña joyería, donde le compró unos pendientes de perlas.

Se instaló en el castillo el 23 de diciembre, y se quedó admirando la vista mientras se sorprendía de su buena suerte. Nunca había estado en un lugar tan bello y tranquilo. Pasó la noche explorando cada rincón y cada grieta, y también desempaquetando sus cosas, aunque todavía tenía muy pocas. Aún no tenía teléfono, pero en el fondo se alegraba. Sabía que de haberlo tenido habría estado tentado de llamar a Carole, especialmente en estas fechas.

El 24 de diciembre por la mañana contempló el paisaje desde la ventana de su cuarto y el recuerdo de otras Navidades le llenó de melancolía. Sólo un año antes, pensó, estaba con Carole. Se alejó de la ventana con un suspiro.

La primera noche en su nueva casa había transcurrido sin sobresaltos ni ruidos extraños. Charlie sonrió al recordar las historias del hijo de la señora Palmer asegurando que había visto a Sarah. Charlie seguía fascinado con Sarah y quería saberlo todo acerca de ella. Se había prometido que visitaría la biblioteca y el archivo histórico después de Navidad. Estaba deseando leer sobre Sarah y François.

Y aunque Shelburne Falls era un lugar tranquilo, Charlie tenía mucho que hacer. Se había comprado un cuaderno de dibujo y algunos lápices y pinturas y ardía en deseos de salir a pintar. Ya había realizado varios bocetos de la casa desde diferentes ángulos. Todavía se asombraba de lo mucho que le gustaba.

Cuando fue a cenar a casa de Gladys el día de Nochebuena, había tres amigos de ella, y cuando se fueron Charlie no hizo otra cosa que hablar de la casa. Había descubierto varios armarios y una alacena secreta, y se moría de ganas por investigar el ático. Y Gladys reía mientras le oía parlotear incansablemente, como un niño.

—¿Y qué esperas encontrar? —bromeó—. ¿Un fantasma? ¿Las joyas de Sarah? ¿Una carta suya dirigida a François? ¿O quizá dirigida a ti? ¡Eso sería genial!

No podía evitar burlarse de él. A Gladys le hacía muy feliz poder compartir su amor por la casa con alguien. Durante toda su vida había ido allí para pensar y soñar, siempre fue el lugar adonde acudía en busca de consuelo. Y cuando Jimmy murió, pasó en ella muchas tardes tranquilas. Y lo mismo hizo cuando perdió a Roland. Las visitas a esa casa siempre la habían ayudado. Era como si la presencia benevolente de Sarah le aliviara su angustiado espíritu.

—Ojalá pudiera encontrar un dibujo de ella. Me encantaría saber cómo era. Me comentaste que una vez viste uno —dijo Charlie a su nueva amiga. Gladys le había concedido el mejor de los regalos: su confianza junto con el precioso castillo que François había construido para Sarah—. ¿Recuerdas dónde?

Gladys trató de recordarlo mientras le tendía la salsa de arándanos. Había cocinado un auténtico pavo de Navidad y él había traído una botella de vino. Esa noche Charlie dormiría de nuevo en el castillo, pero tenía previsto volver a casa de Gladys al día siguiente para entregarle los pendientes.

—Estoy casi segura de que el archivo histórico tiene un libro sobre ella —dijo al fin— Creo que fue allí donde vi el dibujo.

—Lo comprobaré después de Navidad.

—Y yo buscaré entre mis libros. Puede que tenga uno o dos sobre François de Pellerin. Fue un hombre bastante importante en esta parte del mundo durante la segunda mitad del siglo XVIII. Los indios lo consideraban uno de ellos. Era el único francés de la región querido por los colonos y los indios al mismo tiempo. Creo que hasta los británicos le respetaban, lo cual era todo un cumplido para un francés.

—¿Por qué vino a Nueva Inglaterra? —preguntó

Charlie—. Supongo que la guerra de la Independencia le trajo hasta aquí, pero si se quedó tuvo que ser por algo.

—Puede que por su esposa iroquesa... o quizá por Sarah. No recuerdo todos los detalles. Siempre me ha atraído más ella, aunque al principio me encantaba oír historias sobre los dos. A mi abuela le gustaba mucho hablar de ellos. A veces yo tenía la impresión de que estaba enamorada de lo que sabía de François. De hecho su abuelo lo conoció. François murió mucho antes que Sarah.

—Pobrecilla —susurró Charlie.

Ambos personajes eran bastante reales para él, pero también estaba pensando en lo sola que debía de sentirse la señora Palmer desde que su marido murió. Por lo menos ahora tenía a Charlie para distraerla. Gladys contaba con muchos amigos en Shelburne Falls, pero Charlie era una persona nueva y muy especial.

—¿Todavía estás pensando en ir a esquiar? —preguntó la señora Palmer mientras comían tarta de manzana con helado de vainilla casero.

Esta vez Charlie había estado demasiado ocupado con la casa para poder cocinar y se lo había encontrado todo hecho cuando llegó con su traje oscuro y su corbata. La señora Palmer lucía un vestido negro de seda que su marido le había comprado veinte años atrás en Boston y el collar de perlas que le regaló cuando se casaron. Y Charlie pensó que estaba preciosa y agradecía su compañía. Gladys sustituía durante estas Navidades a la familia perdida y lo mismo hacía él por ella. Hacían muy buena pareja y se alegraban de estar juntos. Y con el trajín de la mudanza Charlie había olvidado el esquí.

—Tal vez en Año Nuevo —dijo vagamente, y Gladys sonrió. Parecía más contento y relajado que el día que lo conoció. Había perdido parte de ese semblante angustiado y torturado que había mostrado durante todo el año, aunque eso ella no podía saberlo—. Me sabría mal irme ahora.

Vermont quedaba muy lejos de Shelburne Falls y ya no le atraía tanto la idea de visitarlo. No quería separarse aún de su nueva amiga y su nueva casa.

—¿Por qué no vas a Charlemont? Sólo está a veinte minutos de aquí. No sé nada de esa estación, pero no pierdes nada con ir. Podrías dejar Vermont para más adelante.

Cuando se le pasase la ilusión inicial de la casa y se sintiera menos impulsado a estar en ella. Gladys lo entendía perfectamente.

—Es una gran idea —convino Charlie—. Puede que vaya dentro de unos días.

Decididamente, había dado con el lugar idóneo. Hasta tenía pistas de esquí a veinte minutos de casa.

Esa noche volvieron a hablar durante largo rato. Tanto Gladys como Charlie estaban pasando por un momento difícil y ninguno de los dos quería quedarse a solas con sus aflicciones y demonios. Había habido demasiado dolor en sus vidas, sobre todo en la de ella, para desear pasar la Nochebuena solos. Y Charlie no se fue hasta que Gladys tuvo deseos de acostarse. La besó suavemente en la mejilla, le agradeció la cena y se marchó.

La nieve le llegaba hasta la rodilla. A los lados de la carretera se habían formado montículos de un cuerpo de alto, pero a medida que se acercaba a su castillo la altura era aún mayor. El mundo parecía puro e idílico cubierto con esa manta de algodón blanco. Por el camino divisó varias liebres y un ciervo que le observaba desde la cuneta. Era como si la gente hubiese desaparecido y sólo quedaran los animales, las estrellas y los ángeles.

Llegó al sendero que conducía a su castillo y dejó el coche donde podría sacarlo al día siguiente. El resto del trayecto lo hizo andando, al igual que cuando trajo sus cosas, al igual que hicieron los hombres que contratara para transportar los muebles de Gladys. Pero no le importaba andar. Hacía que la casa resultara aún más remota y especial.

Y mientras caminaba canturreando, experimentó una paz que no había sentido en mucho tiempo. Era increíble que el destino o la vida o Dios le hubiesen proporcionado un lugar donde poder curarse y pensar. Charles sabía que esa casa era justamente lo que necesitaba. Y cuando giró la llave de bronce y entró, sintió la misma felicidad y tranquilidad que había notado el primer día. Se diría que en la casa había existido tal dicha que dos siglos más tarde todavía perduraba. No había nada misterioso ni extraño ni escalofriante en ello. El castillo parecía lleno de luz y amor incluso por la noche. Y Charlie sabía que no se debía únicamente al color de las paredes, al tamaño de las habitaciones o al paisaje. Era la atmósfera en sí. Si en esta casa residían espíritus, debían de ser espíritus muy dichosos, pensó mientras subía lentamente al primer piso pensando en la señora Palmer. Le había tomado mucho cariño y deseaba poder hacer por ella algo realmente especial. Pensó en pintar un cuadro, quizá un cuadro del valle desde la perspectiva de su dormitorio.

Pero cuando entró en el cuarto y encendió la luz, se sobresaltó. En la habitación había una mujer de pie, y le estaba mirando. Llevaba un vestido blanco y le tendía una mano mientras sonreía. Pareció que iba a decirle algo, pero luego se alejó y desapareció detrás de la cortina. Tenía una melena negra como el azabache y una piel blanca como el marfil, y sus ojos eran intensamente azules. Charlie se fijó en cada detalle y supo que no se trataba de ningún fantasma. Era simplemente una mujer que se había colado en su casa, probablemente para gastarle una broma, y él quería saber dónde se había metido y de dónde venía.

—¡Hola! —exclamó, esperando que la mujer saliera de detrás de la cortina. Al ver que no se asomaba, supuso que le daba vergüenza. Y no era para menos. Le estaba gastando una broma bien estúpida—. ¡Hola! —exclamó con más fuerza—. ¿Quién eres?

Cruzó la habitación y descorrió la cortina con un movimiento largo y rápido, pero no había nadie. Tampoco oyó nada. Y la ventana estaba abierta. Charlie estaba seguro de haberla cerrado antes de salir, pero quizá se equivocaba.

Se acercó a la otra cortina. Lo que le estaba ocurriendo era muy extraño. Sabía que la mujer tenía que estar en algún lugar de la habitación. Recordaba vagamente lo bella que era, pero ahora lo importante no era eso. No le hacía gracia que los vecinos le gastaran bromas y se metieran en su casa por las puertaventanas. No se le ocurría que hubiesen podido entrar de otra forma. Las ventanas eran muy viejas, pero a pesar de los pestillos de dos siglos de antigüedad podían abrirse si se empujaba con fuerza. Todos los materiales de la casa eran originales. Hasta los cristales de las ventanas estaban soplados a mano, y era posible apreciar las irregularidades y las marcas del líquido. Los únicos cambios llevados a cabo durante estos dos siglos tenían que ver con el sistema eléctrico y las cañerías, e incluso eso era muy reciente. Gladys había mandado restaurar la red eléctrica a principios de los cincuenta y Charlie le había prometido que le daría un repaso. No querían correr el riesgo de que un cortocircuito prendiera fuego a la casa después de que ella y sus antepasados se hubieran esforzado tanto por conservarla. Pero eso no era lo que ocupaba su mente en este momento. Ahora sólo le preocupaba la mujer que había visto en su dormitorio. Miró detrás de las cortinas, en el cuarto de baño y en los armarios, mas no halló rastro de ella, y sin embargo tenía la sensación de no estar solo. Sentía que ella le observaba. Sabía que estaba allí.

—¿Qué haces aquí? —le preguntó Charlie irritado, y oyó un frufrú a su espalda.

Se volvió raudamente, dispuesto a enfrentarse a la mujer, pero no vio a nadie, y de repente le invadió una extraña sensación de paz, como si ella se hubiese presentado o él la hubiese reconocido. De pronto comprendió quién era y supo que no había entrado por ninguna ventana.

—¿Sarah? —susurró.

¿Y si no era ella?, pensó, sintiéndose súbitamente ridículo. ¿Y si se trataba de una persona de carne y hueso que le estaba espiando para luego contar a sus amigos su estúpida reacción? Pero en el fondo no lo creía. Podía sentirla. Se quedó inmóvil durante largo rato, mas en ningún momento tuvo la sensación de que ella se había marchado. Todavía la sentía cerca de él. Sin embargo, no percibía ruido o movimiento alguno, y la mujer del vestido blanco ya no estaba. Pero él la había visto claramente. Ella le había mirado a los ojos y sonreído, como si estuviera dándole la bienvenida a su habitación. Y Charlie sabía por Gladys que había elegido el dormitorio de Sarah y François, la habitación donde habían yacido juntos y donde Sarah había dado a luz a sus hijos.

Quería pronunciar su nombre otra vez pero no se atrevió, y tuvo la impresión de que ella sabía lo que estaba pensando. No la sentía como una presencia hostil y tampoco la temía. Sólo deseaba que apareciera de nuevo para verla mejor. Con todo, Charlie ya había grabado su imagen en su cabeza y sabía que nunca la olvidaría.

Finalmente fue al cuarto de baño para ponerse el pijama. Lo había comprado porque en la casa hacía frío por la noche. El sistema de calefacción funcionaba correctamente y había chimeneas por todas partes, pero no quería utilizarlas constantemente. Al regresar a la habitación confió en ver de nuevo a la mujer, pero no fue así. Y después de mirar alrededor durante unos minutos, apagó la luz y se metió en la cama. No cerró las cortinas porque la luz del alba no le molestaba, así que el resplandor de la luna inundó el dormitorio.

Y aunque parecía increíble y Charlie habría detestado tener que contárselo a alguien, todavía sentía a la mujer cerca de él. Estaba seguro de que era Sarah Ferguson de Pellerin. El nombre sonaba distinguido y noble, y así era su aspecto cuando la vio. Poseía una belleza excepcional. Y mientras pensaba en ella, rompió a reír. No había duda de que su vida había cambiado mucho durante el último año. Había pasado la Nochebuena con una dama a punto de cumplir los setenta y el resto de la noche con el espíritu de una mujer que llevaba muerta ciento sesenta años. Eran unas Navidades muy diferentes de las que solía pasar en Londres con su esposa. Y Charlie estaba seguro de que si se lo contaba a alguien, pensarían que había perdido un tornillo. Pero él sabía que no.

Y mientras recordaba en medio de la oscuridad esos ojos azules que le habían mirado, susurró el nombre de Sarah pero no obtuvo respuesta. No estaba seguro de lo que esperaba de ella, quizá un ruido, una señal. No sabía de ningún espíritu que hablara, y sin embargo ella le había mirado como si fuera a decirle algo. Parecía estar dándole la bienvenida, y había sonreído. Y esta vez Charlie habló con voz clara.

—Feliz Navidad —dijo en la habitación que fuera de Sarah y François, mas tampoco esta vez obtuvo respuesta, sólo la sutil sensación de su presencia.

Y al poco rato dormía profundamente envuelto por la luz de la luna.

5

Cuando Charlie despertó al día siguiente, pensó que la visión de Sarah en el dormitorio había sido una alucinación y decidió no contárselo a nadie. Como poco le tacharían de borracho. Con todo, era consciente de lo real que le había parecido su presencia, hasta el punto de creer que se trataba de una vecina. Incluso había salido fuera para comprobar si había otras huellas sobre la nieve aparte de las suyas propias. A menos que la mujer hubiese llegado en helicóptero y bajado por la chimenea a lo Papá Noel, nadie le había visitado esa noche. Fuera lo que fuera lo que había visto en su habitación, estaba claro que no era humano. Charlie no creía en los espíritus, así que se hallaba en un serio dilema. No sabía qué pensar, y con la luz del día le pareció que era una locura. Ni siquiera estaba seguro de querer contárselo a Gladys. De hecho, para cuando se hubo vestido a fin de ir a verla, tenía decidido no mencionarle el tema. Y mientras caminaba por la nieve fresca siguió buscando inútilmente huellas que no fueran las suyas. Subió al coche y palpó la cajita con los pendientes de perlas que llevaba en el bolsillo.

Cuando llegó a casa de Gladys, ella acababa de regresar de misa y se alegró mucho de verle. La noche antes él había barajado la posibilidad de acompañarla, pero al final había cambiado de parecer. Después de un afectuoso abrazo, ella le reprendió por no haber asistido al oficio.

—Soy tan pagano que probablemente asustaría a los ángeles.

—Lo dudo. Creo que Dios está acostumbrado a los paganos. Si todos fuéramos ángeles sería muy aburrido.

Charlie sonrió, y poco después le entregó el regalo y Gladys procedió a abrirlo con delicadeza. Primero alisó la cinta con las manos y luego desplegó cuidadosamente el papel para no romperlo. Charlie no entendía por qué la gente hacía eso. ¿Qué pensaban hacer con tanta cinta y tanto papel acumulado? No parecía que volvieran a darle uso. Gladys dejó el envoltorio a un lado, como acostumbraba hacer la abuela de Charlie cuando él era pequeño, y abrió la caja lentamente. Soltó un gritito al ver los pendientes. Le encantaban y le dio las gracias con lágrimas en los ojos. Contó que Roland le había comprado en una ocasión unos pendientes casi idénticos y que cinco años atrás casi se le partió el corazón cuando los perdió. Pero éstos eran incluso más bonitos y así se lo dijo.

—Eres adorable, Charles —dijo con emoción—. Creo que eres mi verdadero regalo de Navidad, ¿no te parece?

No quería ni pensar en lo sola que iba a sentirse cuando él se marchase, pues no podía esperar que se quedara en Shelburne Falls para siempre. Aun así agradecía la presencia de Charlie en su vida presente, agradecía su inesperada aparición. Charlie era como una respuesta a sus plegarias.

—No me los quitaré nunca, te lo prometo.

Los pendientes no merecían tanto alboroto, pero Charlie se alegró de que a Gladys le gustaran. Y luego ella le sorprendió con un libro de poesía de su marido y una bufanda que había comprado en Deerfield. Había observado que no tenía ninguna, y Charlie se emocionó, sobre todo por el libro de poesía. Todavía conservaba una dedicatoria de Gladys fechada el día de Navidad de 1957. Había pasado mucho tiempo, pensó Charlie, pero mucho más tiempo había transcurrido desde que Sarah vivió, y entonces pensó en contarle a Gladys lo que había visto esa noche, pero no se atrevió.

—¿Va todo bien? En la casa, quiero decir —preguntó ella, observándolo por encima del té que le había preparado.

Era como si supiera que había visto a Sarah o que la esperaba. Le miró fijamente mientras él devolvía la taza a la mesa con gesto despreocupado. Las manos, no obstante, le temblaban.

—Estupendamente. Es una casa muy acogedora. Todo funciona, incluso la calefacción y las cañerías. Esta mañana he tenido un montón de agua caliente —respondió, pensando aún en la noche anterior.

Pero pese a la mirada insistente de Gladys, no dijo más. Entonces ella le sorprendió con la siguiente pregunta.

—La has visto, ¿verdad?

La mirada de Gladys era profunda y afilada, y Charlie sintió un ligero escalofrío.

—¿A quién? —preguntó distraídamente mientras cogía otra galleta de avena y *Glynnis* le miraba con envidia. Finalmente le dio un trozo—. No he visto a nadie —respondió con aire inocente, pero Gladys sabía que mentía.

Sonrió y sacudió un dedo.

—Desde luego que la has visto. Sabía que la verías, pero no quería asustarte. Es muy guapa, ¿verdad?

Charlie se disponía a negarlo de nuevo, pero no pudo. Valoraba demasiado su amistad con Gladys y quería saber muchas cosas acerca de Sarah.

—¿Significa que tú también la has visto? —preguntó

asombrado y al mismo tiempo aliviado de poder hablar de ello.

Era como si compartieran un oscuro secreto, aunque Sarah no tenía nada de oscura. Ella era todo aire, luz y primavera.

—Sólo la vi una vez —reconoció Gladys con tristeza—. Tenía catorce años, pero no la he olvidado. Era la mujer más bella que había visto en mi vida. Estábamos en el salón. Me miró largo rato, sonrió y luego desapareció por el jardín. Corrí tras ella pero no volví a verla. Jamás se lo conté a nadie, salvo a Jimmy, y dudo que me creyera. Pensaba que eran imaginaciones mías, hasta que un día Kathleen la vio en su habitación. Por desgracia se asustó y ya nunca quiso volver al castillo. Es extraño que Sarah se aparezca a la gente. Se diría que desea darnos la bienvenida. Lo curioso es que yo, a pesar de tener sólo catorce años, no me asusté. Lo único que quería era volver a verla, y me entristecí mucho cuando vi que no ocurría.

Charlie lo entendía perfectamente y asintió. Tras la impresión inicial de verla, lo único que deseaba era que Sarah se le apareciera de nuevo. Y la noche antes la había estado esperando hasta que se durmió.

—Creí que era una broma de alguna vecina. Sacudí todas las cortinas de la habitación y esta mañana incluso salí fuera y busqué sus huellas en la nieve, pero no vi nada. Entonces confirmé lo que había intuido. No tenía intención de contártelo, y probablemente no lo habría hecho si no me hubieses presionado. No creo en esas cosas.

—Tenía el presentimiento de que se te aparecería, pues estás receptivo y sumamente interesado en su historia. Yo tampoco creo en esas cosas. Por aquí corren muchas historias de duendes y espectros. Siempre las he tachado de absurdas, sin embargo tengo la sensación de que Sarah es diferente. Me pareció tan real cuando la vi que todavía lo recuerdo como si hubiese ocurrido ayer.

—A mí también me pareció muy real —dijo Charlie con expresión meditabunda—. Al principio estaba seguro de que era una mujer de carne y hueso. No me asustó verla, sólo me irritó que alguien quisiera gastarme semejante broma. Ojalá hubiese entendido de quién se trataba desde el principio. —Miró a Gladys—. Deberías haberme avisado.

Pero ella se limitó a reír y sacudió la cabeza, luciendo los pendientes nuevos de los que tan orgullosa estaba.

—No seas absurdo. Me habrías hecho encerrar por demencia senil. De haber sido al revés, dudo que me hubieses avisado.

Charlie sonrió. Era cierto. Si Gladys le hubiese avisado no la habría creído.

—Supongo que tienes razón. ¿Y ahora qué? —preguntó—. ¿Crees que volverá?

No le parecía probable si Gladys sólo la había visto una vez en setenta años, y le entristeció pensar que no volvería a verla.

—Lo ignoro. No sé mucho de estas cosas. Ya te he dicho que no creo en ellas.

—Yo tampoco.

Pero Charlie ardía en deseos de volver a verla, aunque no quería reconocerlo ni siquiera ante Gladys. Se preguntó qué hacía él súbitamente fascinado por el fantasma de una mujer del siglo XVIII. No decía mucho en favor de su vida amorosa. Pasaron el resto de la tarde hablando de Sarah y François, y Gladys intentó recordar todo lo que había oído acerca de ellos.

A las cuatro Charlie partió hacia el castillo y al cruzar el pueblo se le ocurrió llamar a Carole, así que se detuvo en una cabina. Le resultaba extraño haber pasado toda una Navidad sin ella, y llevaba desde esa mañana pensando en llamarla. No sabía muy bien dónde estaba, pero supuso que valía la pena probar el número de Simon. Estaba casi seguro de que la encontraría en su casa si no se habían ido al campo. En Londres eran las nueve de la noche, y aunque hubiesen salido con amigos, seguro que ya habrían vuelto a casa.

Contempló el teléfono durante un rato y finalmente marcó el número. Estaba a punto de darse por vencido cuando al quinto timbre ella respondió. Jadeaba ligeramente, como si hubiese corrido hasta el teléfono. Era Carole, pero Charlie, con los pies hundidos en la nieve, congelándose en esa cabina al aire libre, se había quedado sin habla.

—¿Diga? —repitió Carole. Podía oír el zumbido característico de las conferencias. La conexión no era muy buena.

—Hola… soy yo… Sólo quería desearte feliz Navidad. —Y pedirte que vuelvas conmigo si todavía estás enamorada de mí, pensó. Tuvo que hacer un esfuerzo para no decirle lo mucho que la echaba de menos, y de repente comprendió que no había sido una buena idea llamarla. El solo hecho de oír su voz le hacía sentirse como si le hubiesen propinado un puñetazo en el estómago. No había hablado con ella desde que abandonara Londres—. ¿Cómo estás? —Intentó sonar indiferente, pero fue inútil, y sabía que ella notaba su nerviosismo.

—Bien. ¿Cómo estás tú? ¿Qué tal Nueva York?

Carole sonaba feliz, enérgica, atareada. Y ahí estaba él, persiguiendo fantasmas por Nueva Inglaterra. El solo hecho de oír su voz le hizo desear recuperar su antigua vida.

—Supongo que bien. —Hubo una larga pausa y finalmente decidió contárselo—. Me fui la semana pasada.

—¿A esquiar? —dijo Carole aliviada.

Eso por lo menos parecía normal. Al principio había tenido la sensación de que Charlie estaba deprimido y nervioso.

—Algo así. Bueno, en realidad he tomado unas vacaciones de seis meses.

—¿Que has hecho qué? —Carole no daba crédito a

sus oídos—. ¿Qué ha ocurrido? —Aunque había dejado a Charlie por otro, todavía se preocupaba por él.

—Es una larga historia. La oficina de Nueva York es una pesadilla. Llevan veinte años produciendo lo mismo y están vendiendo viejos cianotipos retocados a clientes millonarios. Esa oficina es un nido de víboras. La gente se apuñala por la espalda. No entiendo cómo Europa consiguió ser tan diferente y cómo era posible que no nos diéramos cuenta de lo que estaba pasando. El caso es que no podía más, me estaba volviendo loco. Hacía demasiadas preguntas. Ni siquiera sé si volveré. Me dijeron que me tomara seis meses de vacaciones y cuando llegue abril intentaré decidir qué hago. El caso es que no me veía capaz de soportar ese ambiente.

—¿Piensas volver a Londres?

Carole parecía conmocionada por lo que acababa de oír y triste por Charlie. Sabía lo mucho que quería a la compañía y lo leal que había sido con ella. Debió de suponer un fuerte golpe para él dejarla aunque sólo fuera temporalmente.

—Todavía no lo sé. Tengo que resolver algunas cosas, como por ejemplo qué hacer con mi vida. Acabo de alquilar una casa en Nueva Inglaterra por un año. Es un trato algo especial. Puede que me quede aquí una temporada y luego regrese a Londres y busque apartamento.

—¿Dónde estás?

Carole parecía confusa. No entendía qué estaba haciendo Charlie, pero el problema era que él tampoco.

—En Massachusetts, en un pueblo llamado Shelburne Falls, cerca de Deerfield. —Carole apenas tenía idea de dónde caía eso. Había crecido en la costa Oeste, en San Francisco—. Es muy bonito y he conocido a una mujer extraordinaria.

Se refería a Gladys, no a Sarah, y Carole sintió un enorme alivio. Había deseado fervientemente que ocurriera algo así. Eso le daría un respiro y cambiaría la actitud de Charlie con respecto a ella y Simon. De repente se alegró de que la hubiera llamado.

—Oh, Charlie, cuánto me alegro. Lo necesitas. Todos lo necesitamos.

Él, entretanto, sonreía con tristeza.

—Sí, lo sé, pero no te emociones demasiado. Tiene setenta años y es mi casera. Posee el castillo más hermoso que he visto en mi vida. Lo construyó un conde francés en 1790 para su amante.

—Suena muy exótico —dijo Carole algo aturdida. Se preguntó si Charlie estaría sufriendo una crisis nerviosa. ¿Qué hacía alquilando un castillo en Nueva Inglaterra y tomándose unas vacaciones de seis meses? ¿Qué demonios estaba ocurriendo?—. ¿Estás bien, Charlie? La verdad es que…

—Me parece que sí. A veces lo dudo, pero otras veces estoy seguro de que lo conseguiré. Te tendré informada de lo que ocurra.

Y de repente no pudo evitarlo. Tenía que saberlo. Siempre existía la posibilidad remota de que hubiese dejado a Simon.

—¿Cómo te va a ti? ¿Cómo está Simon? —¿Te has cansado ya de él? ¿Le odias? ¿Se ha ido con otra? ¿Os estáis dando el salto? Le traía sin cuidado lo que hiciera Simon. Charlie quería recuperar a su mujer.

—Simon está bien —respondió Carole con voz queda—. Los dos estamos bien. —Sabía perfectamente lo que Charlie le estaba preguntando.

—Lamento oír eso —dijo él con voz infantil, y Carole se echó a reír.

Podía imaginar la cara de Charlie, y a su manera todavía le amaba, mas no lo bastante para seguir casada con él. Estaba muy enamorada de Simon. Todavía no comprendía del todo qué les había ocurrido, sólo sabía que en un momento dado se desenamoró de su marido. Y Charlie, aunque se resistiera a admitirlo, lo sabía. Sólo le quedaba aprender a vivir con ese hecho los próximos cuarenta o cincuenta años. Pero por lo menos ahora, se dijo con una triste sonrisa, tenía a Gladys... y a Sarah. No obstante, habría cambiado a ambas por Carole sin vacilar. Y mientras hablaban, trató de no pensar en ella, en su cara, en sus piernas largas y elegantes, en esa cintura diminuta que le quitaba la respiración. Ella acababa de contarle que iba a pasar el fin de año en St. Moritz.

—Iba camino de Vermont cuando me detuve en Shelburne Falls —explicó Charlie—. De eso hace cinco días, y entonces conocí a la dueña del castillo y... Será mejor que te lo cuente en otro momento.

La historia era demasiado larga para relatarla en una cabina abierta de Shelburne Falls, Massachusetts. Y mientras Carole hablaba, empezó a nevar.

—Llámame para decirme dónde estás —dijo ella, y él frunció el entrecejo.

—¿Para qué? ¿Qué sentido tiene?

Carole lamentó haberlo dicho.

—Sólo quiero saber si estás bien, eso es todo.

—La semana que viene me compraré un teléfono y un fax. Te llamaré cuando tenga los números.

Por lo menos tendría una excusa para telefonearla, pero ella empezaba a estar incómoda y Simon acababa de entrar en la habitación. Tenían invitados para cenar y llevaba ausente mucho tiempo.

—Envíamelos por fax a mi despacho —dijo Carole.

Charlie comprendió enseguida que no estaba sola y le pareció irónico. Un año antes le había estado engañando con Simon, y ahora temía vivir con éste y hablar con su marido. No era que tuviera miedo, era simplemente que no quería hablar con él y Charlie lo sabía.

—Te llamaré más adelante... Cuídate mucho... —dijo él mientras sentía que ella se desvanecía.

Y así era. Podía oír otras voces en la habitación. Los invitados habían entrado. Se trataba de una reunión informal y después de la cena habían pasado al estudio de Simon para tomar café.

—Tú también —dijo Carole con voz triste, y cuando estaba a punto de colgar, gritó—: ¡Feliz Navidad…!

Te quiero, quiso añadir, pero sabía que no podía. Y aunque Simon no hubiese estado allí, ya nunca podría decírselo. Charlie no habría comprendido cómo era posible que amara a los dos pero sólo quisiera vivir con Simon. Charlie era ahora su amigo más querido y sabía que hubiese sido injusto confundirle.

Después de colgar él se quedó un buen rato contemplando los copos de nieve diminutos que giraban a su alrededor. Quería romper algo, llorar, preguntarle de nuevo por qué había ocurrido. ¿Qué hacía Carole en casa de Simon, con los amigos de él, como si estuvieran casados? Todavía era su esposa, maldita sea. El divorcio aún no era definitivo. Pero con el tiempo lo sería, y Charlie podía imaginar lo que sucedería entonces. La idea se le hacía insoportable. Regresó a la furgoneta con un suspiro y condujo lentamente colina arriba, pensando en Carole.

Llegó al claro donde solía dejar el coche y caminó hasta la casa de la que se había enamorado. Estaba a oscuras y no había señales de vida, y se preguntó si la mujer que había visto la noche anterior le estaría esperando. Necesitaba alguien a quien amar y con quien hablar. Con todo, lo único que deseó cuando abrió la puerta fue a Carole. Esta vez no había nadie en la casa, no percibió ningún movimiento, ni ruidos, ni apariciones. La casa estaba vacía.

Se sentó en una silla, en medio de la oscuridad, y miró por la ventana. No se había molestado siquiera en encender la luz. Sólo quería quedarse ahí y pensar en ella, en la mujer que había amado y perdido, y luego en la mujer que había visto por un instante y con la que únicamente podía soñar.

6

Al día siguiente Charlie se levantó temprano y rebosante de energía. Tenía planeado ir al pueblo con una lista de las cosas que necesitaba para pulir los suelos y limpiar los escalones de mármol y las chimeneas. Pero antes de salir cogió una escalera y subió al desván. Era un espacio grande y luminoso, con cuatro ventanas redondas, y no tuvo problemas para desenvolverse en él. Encontró algunas cajas con ropa y otras cosas que Gladys había almacenado allí, y luego tropezó con algunos objetos de Jimmy, con sus uniformes de la Marina y sus juguetes de la infancia, y algunas cosas de Peggy. A Charlie se le rompió el corazón al verlas, y supuso que Gladys las guardaba allí para no tener que toparse con ellas.

Tardó una hora en examinarlo todo. Había una docena de baúles pequeños y cajas de cartón. Pero no encontró nada especialmente interesante ni que hubiese pertenecido a Sarah, y cuando regresó abajo estaba decepcionado. Había esperado que con los años todavía quedara algo de ella en el desván. Pero Gladys era demasiado ordenada para pasar por alto algo tan importante como una caja con pertenencias de Sarah. Charlie ni siquiera sabía qué hubiera hecho con ellas, pero presentía que el simple hecho de verlas le habría acercado más a esa mujer. Se dijo que llevaba cerca de dos siglos muerta y que si no iba con cuidado acabaría convirtiéndose en una obsesión. Ya tenía suficientes problemas reales para añadir un fantasma, y no digamos para enamorarse de él. ¿Cómo iba a explicárselo a Carole? Pero en realidad no tenía que hacerlo. No había encontrado nada de Sarah y, teniendo en cuenta lo que había dicho Gladys, estaba seguro de que no se le volvería a aparecer. De hecho, transcurridos dos días desde el acontecimiento, empezaba a preguntarse si la visión había sido fruto de su imaginación, una consecuencia de la increíble tensión que había padecido primero a causa de su ruptura con Carole y luego de su abandono del trabajo. Quizá no se le había aparecido ninguna mujer. Quizá lo había soñado mientras dormía.

Pero esa tarde, tras detenerse en la ferretería de Shelburne Falls, no pudo resistir la tentación de visitar el archivo histórico. El edificio, una casa de piedra donada a la ciudad, albergaba un pequeño museo y una amplia biblioteca sobre la historia local. Charlie quería comprobar si contenía algún libro sobre François o Sarah. Mas cuando entró no estaba preparado para el recibimiento que le esperaba. La mujer del mostrador de recepción tenía los ojos llenos de tristeza y odio. Y su respuesta al «buenas tardes» de Charlie fue seca, casi grosera. Se diría que su visita le irritaba. Era evidente que no quería que la molestaran.

—Lo siento —se disculpó él con una sonrisa, pero la mujer no reaccionó.

Charlie se dijo que a lo mejor había tenido una Navidad lamentable, o una vida lamentable, pero tras observarla un poco más se dijo que tal vez sólo era una persona lamentable. Era una muchacha muy bonita. Poseía unos enormes ojos verdes, una melena castaño rojizo y una piel cremosa. Era alta y delgada, de facciones muy delicadas, y cuando puso las manos sobre el mostrador Charlie reparó en sus dedos largos y elegantes. No obstante, todo en ella le decía que era preferible tenerla lejos.

—Busco libros sobre Sarah Ferguson y François de Pellerin. No estoy seguro de las fechas, pero creo que vivieron aquí a finales del siglo XVIII. Busco alrededor de 1790. ¿Le suenan los nombres? —preguntó él.

Ella volvió a dejarle pasmado cuando, casi a regañadientes, anotó dos títulos en un papel y se lo tendió.

—Los encontrará allí. —Señaló bruscamente una hilera de libros situada en el otro extremo de la sala, justo detrás de donde se encontraba Charlie—. Ahora mismo estoy muy ocupada. Si no los encuentra, dígamelo.

Charlie estaba molesto con su actitud. Esa mujer no tenía nada que ver con la gente que había conocido hasta ahora en Shelburne Falls y Deerfield. Todos parecían deseosos de hacerle sentir como en casa y se alegraban cuando oían que había alquilado el castillo. Pero esa mujer le recordaba a la gente que veía en el metro de Nueva York, y hasta ésta era más agradable.

—¿Le ocurre algo? —se vio impulsado a preguntar.

Le costaba creer que esa mujer fuera tan antipática sin razón alguna.

—¿Por qué lo pregunta?

Miró a Charlie con ojos fríos. Eran una pizca más amarillos que las esmeraldas, y Charlie se preguntó qué aspecto tendría la muchacha si sonriera.

—Porque parece enfadada —dijo suavemente mientras la miraba con sus ojos cálidos y marrones como el chocolate fundido.

—No estoy enfadada, pero tengo trabajo.

Le dio de nuevo la espalda. Charlie encontró los dos libros y procedió a hojearlos. Tenía intención de llevárselos a casa, pero primero quería comprobar si contenían algún dibujo. Su respiración se detuvo cuando, en el segundo libro, encontró un retrato. Ya no tenía la menor duda de a quién había visto. El parecido era extraordinario, incluso los ojos, el contorno de los labios y la expresión que había mostrado cuando estuvo a punto de hablarle o de reírse de él. Era la misma muchacha de la melena negra y los enormes ojos azules. Era la misma mujer que había visto… era Sarah.

La recepcionista del archivo histórico se volvió en ese momento y vio su cara de asombro.

—¿Es pariente suyo? —preguntó con curiosidad.

De repente se sentía ligeramente culpable por haberse mostrado tan seca con él. Pero no era normal tener visitantes fuera de la temporada de verano. La mayor parte del año el archivo histórico se utilizaba como biblioteca de consulta, y Francesca Vironnet había aceptado el trabajo de conservadora y bibliotecaria porque sabía que tendría muy poco contacto con la gente y dispondría de mucho tiempo para trabajar en su tesis. Se había licenciado en historia del arte en Francia e Italia, y podría haberse dedicado a la enseñanza, pero últimamente prefería, con mucho, los libros a las personas. Estaba orgullosa del archivo histórico, mantenía un buen registro de los libros que contenía, los reparaba si hacía falta y vigilaba con celo las antigüedades que había en las salas del primer piso destinadas a museo. En realidad, la gente sólo lo visitaba en verano.

Comprobó irritada que Charlie la observaba con interés. Le incomodaba su escrutinio, y a él le sorprendía que se hubiese molestado en preguntarle algo.

—No, pero algunos amigos me han hablado de Sarah y François —explicó Charlie—. Debieron de ser gente interesante.

Fingió no ver la expresión de superioridad de su interlocutora.

—Existen muchos mitos y leyendas sobre ellos —dijo la muchacha con cautela, tratando de ocultar su interés. Aquel hombre parecía inteligente y sofisticado, como los europeos que ella conocía, pero se reprimió el impulso de intentar conocerle mejor—. Sospecho que la mayoría no son ciertos. Los han ido hinchando a lo largo de estos dos siglos. Probablemente eran personas vulgares y corrientes, aunque no es demostrable.

A Charlie le deprimió oír eso. Detestaba la idea de reducir a Sarah y François al tamaño de meros mortales. Prefería la gran pasión de la que Gladys le había hablado, su conmovedora historia de amor, el coraje que habían necesitado para enfrentarse a la moral de la época. Se preguntó qué le había ocurrido a esa muchacha para ser tan antipática. Pero a pesar de ese rostro amargo y esos ojos llenos de rabia, era casi una belleza.

—¿Desea algo más?

Era evidente que prefería que Charlie se fuera, y le dijo que tenía intención de cerrar temprano.

—¿Tiene algo más sobre ellos? ¿Algún libro viejo que los mencione? —insistió él.

No iba a darse prisa sólo porque ella odiara a la gente. No se había equivocado con ella. Amaba los libros, los muebles y los objetos que tenía a su cuidado. Los libros y los muebles no podían herirla.

—Tendría que consultarlo —respondió fríamente—. ¿Tiene un teléfono donde pueda localizarle?

Charlie negó con la cabeza.

—No lo tendré hasta la semana que viene. La llamaré para saber qué ha averiguado.

Y luego, como si quisiera ablandarla, aunque no sabía por qué, quizá porque su frialdad le resultaba desafiante, le contó que acababa de alquilar la casa donde habían vivido François y Sarah.

—¿Se refiere al castillo en lo alto de la colina? —preguntó ella con curiosidad, y su mirada se suavizó por un instante.

—El mismo —dijo Charlie, sintiendo como si una puerta se hubiese abierto ligeramente para luego volverse a cerrar de un portazo.

—¿Ha visto ya algún fantasma? —preguntó ella con sarcasmo.

Le hacía gracia que Charlie estuviese tan interesado en Sarah Ferguson y François de Pellerin. Era una historia bonita, pero ella nunca le había prestado demasiada atención.

—¿Hay un fantasma? —preguntó él con tono despreocupado—. Nadie me ha hablado de él.

—No lo sé, supongo que sí. Dudo que haya una sola casa en esta parte del mundo que no tenga por lo menos uno. Puede que un día se los encuentre besándose a medianoche.

La muchacha rió y su rostro se relajó por una fracción de segundo. Entonces Charlie sonrió y ella enseguida desvió la mirada. Se diría que su sonrisa la atemorizaba.

—La llamaré si veo alguno —dijo Charlie, pero ella ya había perdido el interés. La puerta no sólo se había cerrado, sino que habían dado dos vueltas a la llave—. ¿Tengo que firmar algo?

La mujer asintió. Le pasó un trozo de papel por encima del mostrador y le recordó que tenía una semana para devolver los libros.

—Gracias.

Charlie apenas se despidió, algo inusual en él, pero la mujer era tan fría, tan distante, que casi le daba lástima. Sospechaba que algo horrible le había sucedido. Le costaba creer que una persona de esa edad pudiera ser tan dura y tan fría. Supuso que tenía unos treinta años. Pensó en Carole a esa edad, siempre tan dulce y alegre, siempre tan sexy. Esta mujer era un fino rayo de un sol de invierno. La veía incapaz de dar calor a nada y aún menos al corazón de un hombre. Por lo menos al suyo. Era bonita, pero estaba hecha de hielo. Y camino del castillo se olvidó de ella.

Estaba deseando leer los libros que había sacado del

archivo histórico. Quería saberlo todo sobre Sarah y François.

Y cuando Gladys le visitó al día siguiente, Charlie se los mostró y le contó lo que decían. Había terminado el primero y comenzado el segundo esa mañana.

—¿Has vuelto a verla? —preguntó Gladys con mirada conspiradora, y él no pudo evitar reírse.

—Naturalmente que no —dijo. Empezaba a dudar que la hubiese visto alguna vez.

—Me pregunto si volverás a verla —murmuró Gladys mientras reparaba en las cosas que Charlie le había hecho a la casa.

Estaba muy limpia y ordenada y los pocos detalles que había añadido eran de buen gusto. A Gladys le alegraba saber que Charlie vivía en el pequeño castillo que tanto amaba. Le entristecía mucho que estuviera vacío.

—Tú nunca volviste a verla —le recordó Charlie, y ella sonrió.

—A lo mejor no era lo bastante pura, o sabia, o no tenía un espíritu suficientemente fuerte —respondió Gladys con tono burlón.

—Si ésos fueran los criterios, te aseguro que yo nunca la habría visto. —Entonces le contó que había telefoneado a su ex mujer dos días atrás y le había hablado de ella—. Pensó que ibas a ser mi próxima esposa. Creo que al principio se alegró, pero le dije que era demasiado bonito para ser verdad.

A Charlie le encantaba tomarle el pelo y a ella le encantaba burlarse de él. Gladys Palmer agradecía cada día a Dios la tarde que Charlie entró en su vida. Ambos creían que era cosa del destino.

—¿Cómo fue la conversación? —preguntó ella con dulzura.

Charlie ya le había hablado del sufrimiento que había padecido durante el último año, y aunque ella le conocía poco, se preocupaba por él.

—No muy bien. Él estaba allí. Tenían invitados. Me resulta muy extraño pensar que tiene una vida con otro. Me pregunto si alguna vez me acostumbraré a ello y dejaré de indignarme cada vez que oiga hablar de él.

—Te acostumbrarás, con el tiempo. Supongo que podemos acostumbrarnos a cualquier cosa cuando no nos queda más remedio.

No obstante, Gladys se alegraba de no haber pasado por esa experiencia. Estaba segura de que no habría soportado que Roland la abandonara. Había sido triste perderlo a causa de la edad y la enfermedad, pero si él la hubiese dejado por otra durante la primera etapa de su matrimonio, no habría soportado el dolor y la humillación. Y respetaba a Charlie por haber hecho frente a tanto sufrimiento. Y lo mejor era que no parecía un hombre amargado, sino un hombre bueno, amable e íntegro, y todavía le quedaba sentido del humor. Gladys percibía las cicatrices, y a veces captaba la tristeza en su mirada, pero no tenía nada de desagradable o cruel.

—Quería llamarla para desearle feliz Navidad. Supongo que fue un error... Al menos ya lo sé para el año que viene.

—Puede que el año que viene estés con otra mujer —dijo Gladys, pero él no se imaginaba viviendo con otra mujer que no fuera Carole.

—Lo dudo —dijo con una sonrisa sombría—, a menos que consiga seducir a Sarah.

—¡Qué cosas dices!

Rieron y antes de que Gladys se marchara, Charlie le comunicó que al día siguiente iría a esquiar a Charlemont, como ella le había sugerido. Tenía reservadas cuatro noches de habitación para esquiar hasta el día de Año Nuevo. Le preguntó si quería que volviera para pasar con ella el fin de año. El ofrecimiento emocionó a Gladys. Era típico de Charlie. Siempre estaba ofreciéndose a hacer cosas por ella, como cortar leña, hacerle recados, comprarle comida o cocinarle. Era como el hijo que no había visto en catorce años y que tanto echaba de menos. Era una bendición que la vida le había concedido, y sonrió afectuosamente cuando respondió.

—Te lo agradezco de veras, pero hace siglos que no celebro el fin de año. Roland y yo nos quedábamos en casa y a las diez ya estábamos en la cama mientras los demás salían de juerga. No es una noche que me atraiga demasiado. Te agradezco el ofrecimiento, pero estaré bien. Quédate en Charlemont y esquía todo lo que puedas.

Charlie le prometió que le dejaría el nombre del hotel por si le necesitaba, y ella le besó tiernamente antes de irse.

—¡No te rompas nada! —le advirtió mientras subía al coche—. ¡A Sarah no le gustaría! —bromeó, y Charlie se echó a reír. Adoraba la mirada de Gladys cuando hablaba de Sarah y François.

—¡A mí tampoco, créeme! Lo último que necesito es una pierna rota —dijo. Ya tenía bastante con un corazón roto.

Charlie agitó una mano mientras Gladys se alejaba en su coche para visitar a una amiga de la ciudad. Luego regresó a casa y terminó el segundo libro sobre Sarah y François. Lo encontró fascinante. Hablaba principalmente de la labor de François en el ejército, de sus esfuerzos por alcanzar pactos con los indios. Había sido el principal portavoz de éstos en esta parte del mundo y había mantenido una estrecha relación con las seis naciones iroquesas.

Sarah no le visitó esa noche. De hecho, Charlie no percibió nada cuando deambuló por la casa. Simplemente se sentía cómodo y relajado. Y antes de acostarse hizo el equipaje. Puso el despertador a las siete y cuando empezaba a dormirse, creyó oír que las cortinas se movían, pero estaba muy cansado para abrir los ojos, y mientras el sueño le vencía la sintió cerca de él.

7

Esquiar en Charlemont le resultó agradable, aunque sus temporadas de esquí con Carole en Europa le habían malcriado. Tenían predilección por Val d'Isère y Courchevelles, pero a Charlie también le gustaba St. Moritz y se divertía mucho en Cortina. Charlemont era una estación sencilla comparada con todo eso, pero las pistas negras resultaban desafiantes y le estaba sentando muy bien volver a disfrutar del aire puro de las montañas y hacer algo que se le daba bien. Era justo lo que necesitaba.

Llevaba un año sin esquiar pero a mediodía, cuando subió al telesilla para un último descenso antes del almuerzo, ya se sentía como un hombre nuevo. El aire era frío pero el sol le calentaba, y sonrió al ver que su compañera de silla era una niña. Le impresionó que esquiara sola y subiera hasta lo más alto de la montaña. Allí las pistas eran peligrosas y se sorprendió de que a sus padres no les preocupara. Cuando la barra de la silla descendió, la niña se volvió hacia Charlie con una amplia sonrisa y él le preguntó si venía a menudo.

—No mucho; cuando puede mi madre. Está escribiendo una historia —explicó, examinando a Charlie.

Tenía unos grandes ojos azules y unos rizos rubios con un matiz rojizo. Charlie calculó que tendría entre siete y diez años, un margen muy amplio, pero él sabía poco de niños. Era una niña muy bonita y estaba muy relajada. Canturreó un poco y luego miró de nuevo a Charlie con una sonrisa traviesa y mirada inquisitiva.

—¿Tienes hijos?

—No —sonrió Charlie.

Casi sintió deseos de disculparse o, por lo menos, de explicarse, pero la niña asintió con la cabeza como si lo entendiera. Simplemente quería saber con quién subía y siguió mirándole de tanto en tanto con curiosidad. Charlie vestía unos pantalones negros y un anorak verde oscuro. Ella llevaba un mono azul brillante, como sus ojos, y un gorro rojo. Le recordaba a los niños que había visto en las pistas de Francia con Carole. Había algo muy europeo en ella, la carita angelical, los ojos brillantes, los rizos. Parecía una niña feliz, inocente y sana. Y aunque actuaba con mucha naturalidad, no resultaba grosera ni precoz. Simplemente parecía muy viva y muy contenta, y a Charlie le agradaba su compañía y su sonrisa contagiosa.

—¿Estás casado? —preguntó, y él se echó a reír.

Quizá era más experimentada de lo que pensaba. Su madre le tenía prohibido que se explayara con las personas que conocía en los remontes, pero a la pequeña le encantaba conversar y había hecho muchos amigos de ese modo.

—Sí —respondió él, pero luego se lo pensó mejor. No había razón para mentir a una niña—. Es difícil de explicar, pero no, no estoy casado. Bueno, sí lo estoy... pero no por mucho tiempo.

Esta vez la niña le miró seriamente y asintió.

—Estás divorciado —señaló con tono solemne—. Yo también.

Charlie sonrió. Era una chiquilla irresistible.

—Lamento oír eso —dijo fingiendo seriedad—. ¿Cuánto tiempo estuviste casada?

—Toda la vida —respondió ella con un toque de tragedia en la mirada, y entonces Charlie comprendió.

No le estaba tomando el pelo. Estaba hablando de sus padres. Se habían divorciado y la pequeña sentía que ella también.

—Lo siento —dijo él con sinceridad—. ¿Cuántos años tenías cuando te divorciaste?

—Casi siete. Ahora tengo ocho. Vivíamos en Francia.

—Oh —exclamó él con renovado interés—. Yo vivía en Londres cuando estaba casado. ¿Y ahora vives aquí o estás sólo de visita?

—Vivimos muy cerca de aquí —respondió la pequeña—. Mi padre es francés. Esquiábamos en Courchevelles.

—Yo también —dijo Charlie, como si fueran viejos colegas—. Debes de ser muy buena esquiadora si tus padres te dejan subir sola hasta la cima.

—Aprendí a esquiar con mi papá —explicó la niña con orgullo—. Mi mamá va muy lenta, por eso me deja esquiar sola. Sólo me pide que no me meta en problemas, que no siga a nadie y que no hable demasiado.

Charlie se alegró de que la niña no hubiese aprendido la lección al pie de la letra. Disfrutaba de su compañía. Era una chiquilla encantadora.

—¿Dónde vivías en Francia?

Llegaron al final del trayecto y bajaron del telesilla como viejos camaradas. Charlie le ofreció la mano, pero por la forma en que la niña saltó de la silla comprendió que era una buena esquiadora, y se mostró relajada cuando se dirigieron a una pista que habría intimidado a muchos adultos.

—Vivíamos en París —respondió mientras se ajustaba las gafas—. En la rue du Bac… en la Septième… Mi papá vive en nuestra antigua casa.

Charlie quería preguntarle por qué estaba allí y si su

madre era estadounidense. Supuso que sí, pues la pequeña hablaba inglés como una nativa. Quería preguntarle muchas cosas, pero pensó que no debía, y mientras la observaba ella inició el descenso. Esquiaba como una experta, prácticamente encarada a la montaña y trazando giros perfectos. Él la siguió a una distancia prudencial. Al ver que Charlie bajaba detrás de ella, la niña esbozó una amplia sonrisa.

—Esquías como mi papá —dijo con tono de admiración, pero el maravillado era Charlie.

Era una esquiadora extraordinaria, una criatura adorable, y Charlie intuyó que había hecho una amiga en la montaña. Y mientras bajaban, no pudo evitar echarse a reír. Su vida había cambiado mucho últimamente. Ahora pasaba todo su tiempo con mujeres de setenta años, fantasmas y niñas. No tenía nada que ver con su vida atareada y previsible de Londres como director de una firma de arquitectos. Ahora no tenía trabajo, ni amigos, ni esposa, ni planes. Cuanto tenía era el blanco fulgurante de la nieve bajo sus esquís y las montañas bañadas de sol.

La niña se detuvo al fin y Charlie derrapó a su lado.

—Esquías muy bien, como mi papá. Era corredor. Estuvo en los Juegos Olímpicos de Francia hace mucho tiempo. Ahora piensa que está viejo. Tiene treinta y cinco años.

—Yo soy más viejo aún y nunca he participado en unas Olimpiadas, pero gracias. ¿Cómo te llamas?

La niña se echó los rizos hacia atrás.

—Monique Vironnet —dijo con un acento impecable, y Charlie supuso que hablaba el francés a la perfección—. Mi padre se llama Pierre. ¿Le has visto competir alguna vez?

—Seguro que sí, pero ahora no caigo.

—Ganó una medalla de bronce —declaró Monique, y su rostro se entristeció.

—Debes de echarle mucho de menos —dijo Charlie con dulzura mientras contemplaban las pistas a sus pies.

Le gustaba charlar con la pequeña y ella parecía disfrutar de su compañía. Supuso que añoraba a su padre, pues hablaba mucho de él.

—Voy a verle en vacaciones —explicó—, pero a mi madre no le gusta que vaya. Dice que París no es bueno para mí. Cuando vivíamos allí mi mamá se pasaba el día llorando.

Charlie asintió con la cabeza. Conocía esa sensación. Él había llorado mucho durante su último año en Londres. La ruptura de un matrimonio era muy dolorosa. Se preguntó si la madre era tan bonita y vivaz como la hija. Tenía que serlo, con una niña tan alegre y afectuosa. Esas cosas no ocurrían por sí solas. En el caso de los niños, era el reflejo de los padres.

—¿Bajamos hasta abajo? —preguntó Charlie al fin.

Llevaban en la montaña mucho rato y era más tarde de lo que pensaban. Más de la una. Y Charlie tenía hambre. Descendieron por la pista con una sincronización perfecta, y cuando llegaron abajo tenían el rostro encendido.

—Ha sido fantástico, Monique. ¡Gracias!

Le había contado que su nombre era Charlie. Ella le miró con su sonrisa más rutilante.

—¡Esquías genial! Como mi papá. —Para ella era el mejor cumplido, y Charlie lo sabía.

—Gracias. Tú tampoco lo haces mal. —Y de repente no supo qué hacer con ella. No quería dejarla allí sola, pero tampoco creía que debiera llevarla con él—. ¿Has de encontrarte con tu madre en algún lugar?

Charlemont parecía una estación muy segura. Con todo, apenas era una niña y no quería dejarla sola al pie de la montaña.

Monique asintió.

—Mamá dijo que nos veríamos a la hora del almuerzo.

—Te acompañaré a la cafetería —dijo Charlie con aire protector.

No estaba acostumbrado a relacionarse con niños y se sorprendió de lo cómodo que se sentía con la pequeña.

—Gracias —respondió Monique camino de la cafetería. Se abrieron paso entre la multitud, pero no divisó a su madre por ningún lado—. A lo mejor ha vuelto a subir. No come mucho.

Charlie se imaginó una Edith Piaf menuda y delicada, aunque Monique no había dicho que su madre fuera francesa. Le preguntó qué quería comer y ella pidió una salchicha, un batido de chocolate y patatas fritas.

—Papá me hace comer cosas buenas en Francia. ¡Puaj!

Puso cara de asco y Charlie rió. Pidió para él una hamburguesa y un refresco, pagó el almuerzo y se sentaron a una mesa. Se hallaban a media comida cuando Monique soltó un gritito, saltó de la silla y agitó un brazo. Charlie se volvió hacia la multitud, pero había gente por todas partes, saludando, hablando, gritando, pisando fuerte con sus botas, exaltados por el esquí de la mañana y ansiosos por subir de nuevo. Le era imposible saber a quién había visto Monique, y de repente ahí estaba, junto a ellos, una mujer alta y delgada, con un elegante anorak beige ribeteado de pelo, unos pantalones elásticos y un jersey también beige. Se quitó las gafas oscuras y miró a la pequeña con la frente arrugada. Charlie tuvo la sensación de haberla visto antes, pero no recordaba dónde. A lo mejor era modelo, o sus caminos se habían cruzado en algún lugar de Europa. Tenía mucho estilo y lucía un gorro de piel muy bonito, pero no parecía muy contenta.

—¿Dónde estabas? Te he buscado por todas partes. Habíamos quedado en el restaurante a las doce.

Monique miró a su madre. Charlie se sorprendió del contraste entre la frialdad de esta última y la dulzura de la niña. Claro que la mujer también estaba enfadada porque se había preocupado mucho, así que no podía culparla del todo.

—Lo siento —se disculpó Charlie—, es culpa mía. Subimos juntos en el telesilla y bajamos con demasiada tranquilidad. Nos pusimos a hablar.

La mujer se enfadó aún más al oír eso.

—Sólo tiene ocho años. —Miró enfurecida a Charlie y algo se iluminó en la cabeza de éste, pero ignoraba qué era. El rostro de la mujer le resultaba familiar y todavía no sabía por qué. Miró a Monique y vio que estaba a punto de llorar—. Monique —dijo la madre echando fuego por los ojos—, ¿quién te pagó el almuerzo?

—Yo —explicó Charlie, apenado por la niña.

—¿Dónde está el dinero que te di esta mañana?

La mujer se quitó el gorro con gesto desesperado, liberando una larga melena castaño rojiza. Y Charlie ya había notado que sus ojos eran de un verde intenso. No se parecía en nada a su hija.

—Lo he perdido —respondió Monique, y de sus ojos brotaron finalmente las lágrimas—. Lo siento, mamá. —Ocultó la cara entre las manos para que Charlie no la viera llorar.

—No tiene importancia, de veras —dijo él.

Se sentía fatal por el revuelo que había causado al provocar el retraso de la pequeña y pagarle el almuerzo. ¿Acaso alguien diría que intentaba ligar con ella? Pero la mirada de la madre seguía llena de furia, y después de darle las gracias con sequedad, cogió a Monique del brazo y se la llevó sin permitirle siquiera terminar el almuerzo. Charlie vio indignado cómo se alejaban. No había motivos para montar semejante escena y avergonzar a la niña. La madre hacía bien en no dejarle hablar con extraños, pero Charlie tenía un aspecto inofensivo.

Hubiera podido tomárselo con buen humor, pero no lo hizo. Y mientras se terminaba la hamburguesa pensó en la pequeña con la que había disfrutado tanto hablando y en la madre que guardaba tanta rabia y tanto miedo dentro... y de repente cayó en la cuenta de dónde la había visto antes. Era la mujer antipática del archivo histórico de Shelburne. Y en aquella ocasión había disgustado a Charlie casi tanto como en ésta. Parecía amargada y asustada. Y entonces recordó lo que Monique le había contado, que en París su madre lloraba constantemente. ¿De qué huía esa mujer? ¿Qué estaba ocultando? ¿Era realmente tan desagradable como parecía? Puede que, de hecho, estuviese vacía.

Seguía pensando en ellas cuando subió solo al telesilla y tropezó con Monique en la cumbre. Todavía estaba avergonzada y esta vez vaciló un poco a la hora de darle conversación, pero esperaba encontrárselo. Odiaba que su madre se comportara de ese modo. Últimamente lo hacía mucho. Y eso fue más o menos lo que le contó a Charlie mirándole con sus grandes y hermosos ojos.

—Siento que mi madre se enfadara contigo. Ahora se enfada mucho. Creo que es porque está cansada. Trabaja demasiado. Se queda hasta muy tarde escribiendo. —Con todo, hasta Monique sabía que eso no justificaba su comportamiento. Lamentaba que su madre hubiese sido tan desagradable con Charlie, pero ya era tarde para intentar arreglarlo—. ¿Quieres esquiar conmigo? —preguntó con tristeza.

Parecía sentirse muy sola, y Charlie pensó, por la forma en que le miraba, que añoraba a su padre. Y no era de extrañar, con una madre como ésa. Deseó por el bien de Monique que el padre fuese más cariñoso.

—¿Estás segura de que a tu madre no le importará?

No quería que le tomara por un pervertido o un pedófilo. Pero estaban al aire libre, en plena montaña, en un contexto que no daba lugar a malentendidos. Y Charlie no tenía valor para rechazar a la niña. Se notaba que ansiaba un poco de compañía.

—A mi madre no le importa con quién esquíe. Lo que no puedo hacer es entrar con alguien en una casa o en un coche —explicó—, y estaba muy enfadada porque te dejé pagar el almuerzo. Dijo que podíamos cuidar de nosotras mismas. —Miró a Charlie con gesto de querer disculparse por la extravagancia de su madre—. ¿Te costó mucho dinero? —preguntó con cara de preocupación.

Charlie se echó a reír.

—Qué va. Creo que en realidad se enfadó porque estaba preocupada por ti. Las mamás se enfadan a veces —dijo para tranquilizarla—. Y los papás también. A veces los padres, cuando buscan a su hija y no la encuentran, temen que le haya ocurrido algo malo, así que cuando dan con ella se exaltan demasiado.

Pero Monique no estaba tan segura de eso. Conocía a su madre mejor que Charlie. Llevaba tanto tiempo de mal humor que ya no recordaba cómo era antes, aunque tenía la sensación de que había sido más feliz cuando Monique era más pequeña. Pero sus vidas en aquel entonces eran diferentes, sus ilusiones todavía no se habían roto, todavía había esperanza, fe y amor. Ahora sólo había amargura y rabia, y un triste silencio.

—En París mamá se pasaba el día llorando. Aquí se pasa el día enfadada. —Charlie sintió pena por la niña. Era injusto que su madre la hiciera víctima de su infelicidad—. Creo que no es feliz. A lo mejor no le gusta su trabajo.

Charlie asintió, y aunque suponía que se debía a algo más, no podía explicárselo a una niña de ocho años.

—Tal vez echa de menos a tu papá.

—No —repuso Monique mientras trazaban un giro cerrado—. Dice que le odia. —Menudo contexto familiar para una niña, pensó Charlie, cada vez más indigna-do—. Pero yo no me lo creo. Puede que algún día volva-mos a Francia, aunque papá está ahora con Marie-Lise.

La situación parecía complicada y al parecer afecta-ba mucho a la pequeña. A él le recordaba un poco a su situación con Carole, pero por lo menos ellos no tenían hijos a quienes herir. Y Monique, a pesar de su madre, parecía llevarlo bien.

—¿Eso dice tu mamá, que volveréis? —preguntó, no porque le importara la madre sino por la niña.

—No... todavía no. Dice que ahora tenemos que estar aquí.

A Charlie se le ocurrían peores sinos. Y mientras bajaban le preguntó si vivían en Shelburne Falls. Char-lie sabía que la madre trabajaba allí, pero a lo mejor vi-vían fuera del pueblo o en Deerfield. Monique asintió.

—¿Cómo lo sabes? —preguntó intrigada.

—Porque he visto a tu madre. Yo también vivo allí. Acabo de llegar de Nueva York.

—Yo fui a Nueva York cuando volvimos de París. Mi abuela me llevó a Scharwz.

—Es una tienda de juguetes fantástica —opinó Charlie, y ella asintió con énfasis.

Llegaron al pie de la montaña y esta vez subieron juntos. Charlie decidió que valía la pena hablar con Monique aunque eso provocara la ira de la madre. Le gustaba mucho la pequeña, y pese a los problemas con sus padres, sentía en ella un entusiasmo, una calidez y una energía inagotables. Era lista, vivaz y cariñosa, y aunque había sufrido mucho no había tristeza en ella, a diferencia de su madre, que no parecía haber superado la tragedia. Y si la había superado, cuanto hubo en ella de vida, esperanza y alegría se había desvanecido. Era un alma amargada, fatigada y herida. En cierto modo, Charlie sentía lástima por ella. Monique había sobrevi-vido. Su madre no.

Esta vez, mientras bajaban, hablaron de Europa. Monique lo veía todo a través de los ojos frescos y divertidos de una niña, y le contó todas las cosas que le gustaban de Francia. Confiaba en volver algún día, cuando fuera lo bastante mayor para elegir dónde vivir, y se quedaría con su papá. Actualmente pasaba dos meses de verano con él, uno en el sur de Francia, y le encantaba. Su padre era un famoso locutor deportivo de televisión.

—¿Te pareces a él? —preguntó Charlie, admirando los rizos dorados y los grandes ojos azules de la pequeña.

—Mi mamá dice que sí.

Él supuso que a la madre tampoco debía de hacerle gracia eso. Si él era campeón olímpico de esquí y locutor deportivo, y tenía una novia llamada Marie-Lise, probablemente la madre de Monique había estado metida en una relación poco satisfactoria, o quizá no. Pero el hecho de que llorara constantemente no decía mucho en favor de su marido. Y mientras Monique parloteaba, pensó en cómo la gente se arruinaba la vida, siempre engañando, mintiendo, casándose con la persona equivocada, perdiendo el respeto, la esperanza, el corazón. Ahora le parecía un milagro que alguien consiguiera mantenerse casado. Él mismo se había creído el hombre más feliz del mundo hasta que descubrió que su esposa estaba enamorada de otro. Era un caso tan típico que hasta le daba vergüenza, y volvió a preguntarse qué había sucedido entre los padres de Monique. Quizá el rostro ceñudo de la madre tuviera un motivo. Quizá había sido muy diferente antes de que Pierre Vironnet la amargara. Pero también cabía la posibilidad de que siempre hubiese sido una fiera y él se alegrara de habérsela quitado de encima. A saber. Y en el fondo, ¿a quién le importaba? A él no. A él sólo le importaba la pequeña.

Esta vez Monique fue a buscar a su madre puntualmente. A las tres en punto Charlie la envió a la cafetería y subió solo para un último descenso. Se dio cuenta de que a pesar de la ausencia de la pequeña, no esquiaba mejor ni a más velocidad. Monique podía seguirle sin problemas; era evidente que su padre le había enseñado bien. Mientras bajaba, pensó en la niña que había vivido en París. El hecho de conocerla casi le hacía desear haber tenido hijos con Carole. Probablemente habrían complicado las cosas y ahora estarían metidos en el mismo lío, pero al menos habría quedado una muestra valiosa de sus diez años juntos. Ahora, lo único que tenían como resultado de esa década eran algunas antigüedades, varios cuadros, la ropa blanca y la vajilla.

Charlie seguía dándole vueltas al asunto cuando regresó al hotel. Pero al día siguiente, cuando salió a esquiar, no vio a Monique ni a su madre y supuso que habían vuelto a Shelburne. Esquió solo durante dos días, y aunque vio a algunas mujeres bonitas, ninguna parecía merecer el esfuerzo. Últimamente se sentía como si no tuviese nada que decir, nada que ofrecer. Su pozo se había secado. La única persona que había conseguido sacarle de su introversión era una niña de ocho años.

Así pues, el día de fin de año se llevó una sorpresa cuando tropezó con Monique en la base de la montaña.

—¿Dónde has estado? —le preguntó mientras se ponían los esquís.

Charlie no veía a la madre por ningún lado. Volvió a preguntarse cómo era posible que una persona se molestara tanto por que un extraño hubiese comprado a su hija una salchicha y unas patatas fritas y luego la dejara esquiar sola. Era evidente que no pasaba mucho tiempo con Monique. Pero la madre sabía que Charlemont era una estación segura. Desde que se instalaron en Shelburne Falls un año atrás, venían casi cada fin de semana. Y pese a la amarga experiencia en Francia junto a Pierre, el esquí todavía era importante para ellas.

—Volvimos a casa porque mamá tenía que trabajar —explicó Monique con una alegre sonrisa—, pero esta noche la pasaremos aquí.

—Yo también. —Charlie llevaba tres días en la estación y pensaba quedarse uno más—. ¿Te quedarás levantada esta noche para recibir el Año Nuevo?

—Espero que sí —dijo Monique—. Papá me deja beber champán, pero mamá dice que pudre el cerebro.

—Es posible —respondió él mientras pensaba en todo el champán que había bebido en los últimos veinticinco años, si bien el efecto era discutible—. Pero creo que unos cuantos sorbos no te harán daño.

—Mamá no me deja ni eso —protestó la pequeña, y con tono más alegre añadió—: Ayer fuimos al cine. Fue muy divertido.

Sonrió y esquió delante de Charlie durante un rato. Y esta vez, a las doce en punto, él la mandó abajo con su madre. Por la tarde se vieron de nuevo y Monique trajo consigo a un amigo. Era un compañero de colegio. Esquiaba bien, observó Charlie, pero Monique le susurró con semblante muy serio que Tommy era un esquiador terrible. Y Charlie sonrió cuando los niños pasaron volando por su lado. Él prefería bajar con más tranquilidad, y aun así al final del día estaba cansado.

Después de la cena se sorprendió de ver a Monique con su madre en el hotel. Estaban sentadas en el amplio salón, Francesca con sus largas piernas estiradas frente al fuego. Y mientras hablaba con Monique, Charlie la vio sonreír. No le agradaba admitirlo, pero estaba preciosa. Pese a su mirada triste y fría, era una mujer muy atractiva.

Titubeó unos instantes, pero al final decidió acercarse a saludar. Le parecía una grosería no decir hola a la madre de su pequeña amiga. Francesca llevaba el pelo recogido en una cola que le caía por la espalda, y Charlie no pudo menos que admirar sus enormes ojos almendrados y los reflejos rojizos de su cabello bajo la luz del fuego. Esa mujer tenía un aire misterioso y exótico cuando sonreía, pero nada más ver a Charlie todo en ella volvió a cerrarse, como los postigos de una ventana. Él nunca había visto nada igual.

—Hola —dijo, tratando de parecer más tranquilo de lo que estaba. Ya no se le daba bien. Y no quería que se le diera bien. Se sentía como un estúpido ahí de pie con Francesca mirándole ferozmente—. La nieve estaba estupenda, ¿no le parece? —dijo con fingida naturalidad.

La mujer asintió con la cabeza y le echó una rápida ojeada, pero enseguida volvió a concentrarse en el fuego. Luego, no obstante, se obligó a levantar la vista y a responder a la pregunta.

—Sí, estaba estupenda —dijo, pero Charlie tuvo la sensación de que hablar con él le provocaba mucho dolor—. Monique me contó que volvieron a verse. Ha sido usted muy amable con ella —dijo mientras Monique se iba a charlar con otro niño, pero no le invitó a sentarse—. ¿Tiene hijos? —Suponía que sí. Monique apenas le había contado nada de él y tampoco le dijo que había hablado a Charlie de su padre.

—No, no tengo. Monique es una niña encantadora —añadió, y procedió a prodigarse en elogios.

No obstante, volvió a percibir la introversión de Francesca. Parecía un animal herido en una cueva profunda. Sólo podía ver el brillo de sus ojos contra el fuego. No sabía muy bien por qué, pero le hubiese gustado sacarla de su retraimiento. Era la clase de reto que siempre le había atraído pero que había aprendido a evitar incluso antes de casarse. Las más de las veces, el resultado no compensaba el dolor o el tiempo invertidos. Sin embargo, los ojos de Francesca sólo hablaban de sufrimiento…

—Es usted muy afortunada de tener a Monique

—dijo él, y esta vez ella le miró a los ojos con un atisbo de ternura.

—Lo sé... —convino con escasa convicción.

—Es una gran esquiadora. Me adelantó varias veces.

—A mí también. —Francesa estuvo a punto de reír, pero se contuvo. No quería conocer a ese hombre—. Por eso la dejo esquiar sola. Es demasiado rápida para mí.

Esbozó una sonrisa y pareció casi hermosa. No obstante, aún le faltaba mucho fuego para serlo del todo.

—Me contó que aprendió a esquiar en Francia —prosiguió Charlie, y nada más pronunciar esas palabras el rostro de Francesca se cerró herméticamente, como la compuerta de una cámara acorazada.

Cerrada, sellada y atrancada, y ni toda la dinamita del mundo habría conseguido abrirla. Era evidente que Charlie le había recordado algo doloroso. Francesca había cerrado la puerta y huido de allí. Cuando Monique regresó, su cara seguía contraída por el dolor. Entonces se levantó y le dijo que era hora de acostarse.

Monique se disgustó mucho. Se lo estaba pasando en grande y quería quedarse levantada hasta la medianoche. Charlie sabía que en parte era culpa suya. Francesca necesitaba huir de él para estar segura, y tenía que llevarse a su hija consigo. Charlie tenía sus propias heridas, pero no constituían una amenaza para ella. Ambos eran animales lastimados que bebían del mismo arroyo, no había necesidad de huir ni de ocultarse. Pero era imposible explicárselo. Él no quería nada de ella, ni amistad, ni intimidad. Simplemente se había cruzado en su camino. Pero hasta esa vaga amenaza, esa señal de presencia humana en su vida, por breve que fuera, era demasiado para Francesca. A Charlie le hubiera gustado saber qué estaba escribiendo, pero no habría osado preguntárselo.

Intentó hablar en favor de su joven amiga.

—Es muy pronto para acostarse en fin de año, ¿no

le parece? ¿Qué tal un refresco para Monique y una copa de vino para nosotros?

Pero eso representaba una amenaza aún mayor. Francesca negó con la cabeza, le dio las gracias y al poco rato ya no estaban, y Charlie lamentó que se hubiesen ido. Nunca había conocido a una mujer tan herida y le costaba imaginar qué había hecho el locutor deportivo para dejarla así. Fuera lo que fuese, supuso que debía de ser algo horrible. O por lo menos ella lo creía y con eso bastaba. Pero a pesar de la armadura, Charlie intuía que en el fondo de Francesca se ocultaba una buena persona.

Estuvo un rato en el bar y a las diez y media subió a su habitación. No tenía sentido quedarse abajo viendo cómo los demás reían, gritaban y se emborrachaban. Como Gladys Palmer, la noche de fin de año nunca fue santo de su devoción. Y a medianoche, mientras los cuernos y las campanas sonaban y las parejas se besaban prometiéndose que este año sería diferente, Charlie dormía profundamente en su habitación.

Al día siguiente se levantó temprano y comprobó que estaba nevando y que había poca visibilidad. Soplaba un fuerte viento y hacía frío, de modo que decidió regresar a Shelburne Falls. Charlemont estaba muy cerca del castillo y podría volver cuando quisiera. No tenía por qué esquiar con mal tiempo cuando prefería hacer cosas en la casa. Tres días de esquí habían sido suficientes.

Salió a las diez y media de la mañana y a los veinte minutos ya estaba en casa. La nieve empezaba a amontonarse de nuevo y un silencio exquisito lo cubría todo. Le encantaba contemplar el paisaje, y pasó horas en su guarida, la antigua salita de Sarah, leyendo y levantando la vista de tanto en tanto para ver caer la nieve.

Pensó en la niña que había conocido en Charlemont y en su vida con una madre siempre enfadada y triste. Deseaba poder verla de nuevo, pero era evidente que él y su madre no estaban destinados a hacer buenas migas.

Y de repente se acordó de los dos libros que tenía que devolver al archivo histórico. Le había prestado uno a Gladys Palmer. Así pues, decidió pasar por su casa al día siguiente y recogerlo. Después podría devolverlos al archivo histórico.

Entonces oyó un ruido en el desván, como de algo que se arrastraba justo sobre su cabeza. Charlie se sobresaltó y luego sonrió. Se sentía como un estúpido. En una casa con semejante historia la gente lo atribuía todo a lo sobrenatural. A nadie se le ocurría pensar que en la buhardilla podía haber una ardilla o una rata.

Decidió no hacer caso y se puso a leer unas revistas de arquitectura, pero el ruido se repitió. En el desván parecía haber un animal arrastrando algo, y a veces sonaba casi como un hombre. Luego oyó una especie de mordisqueo, lo cual confirmaba sus sospechas. Era un roedor. Ni por un momento pensó que fuera el fantasma de Sarah. Después de hablar con Gladys se había resignado a que no volvería a verla. Todavía no sabía muy bien cómo explicárselo, pero fuera lo que fuera se había ido y la casa estaba vacía. Salvo por la rata del desván.

Estuvo molestándole toda la tarde y al anochecer Charlie cogió la escalera y decidió subir a echar un vistazo. Si era una rata, no quería que le destruyese el cableado. La casa ya era lo bastante vieja como para que encima los roedores se comieran lo que quedaba de ella.

En el desván reinaba el silencio y no halló nada fuera de lugar. Sabía que no lo había imaginado y confió en que los roedores no hubiesen encontrado un agujero en la pared por donde colarse. Estaba seguro de que los ruidos habían sonado encima de su cabeza. Provisto de una linterna, miró por todas partes. Vio las mismas cajas, los uniformes, los juguetes, el viejo espejo apoyado contra la pared. Y de repente, al fondo, reparó en algo que no había visto antes. Era una vieja cuna labrada a mano, y la acarició con los dedos preguntándose si había pertenecido a Gladys o a Sarah. En cualquier caso, emanaba una tristeza y un vacío que le conmovió. Los bebés que la habían ocupado ya no vivían. Se alejó de la cuna y dirigió la linterna hacia los rincones para asegurarse de que los roedores no habían formado un nido en ellos. Sabía que las ardillas lo hacían a veces.

Cuando regresaba lentamente a la escalera, divisó un pequeño nicho debajo de una ventana que contenía un baúl viejo y destartalado. Era la primera vez que lo veía, aunque por su aspecto y por la nube de polvo que se elevó cuando lo tocó, era evidente que siempre había estado ahí. Probablemente no había reparado antes en él, pues el forro de cuero parecía fundirse con la pared. Y al intentar abrirlo comprobó que estaba cerrado con llave, hecho que despertó aún más su curiosidad.

No había iniciales, ni nombres ni blasones. Charlie esperaba encontrar algún blasón, dado que las únicas personas que habían habitado la casa eran europeas y con título nobiliario, pero no fue así. Y mientras jugaba con la cerradura, parte de la piel saltó. El forro parecía frágil, pero no el baúl. Cuando intentó levantarlo, pesaba como si estuviera lleno de piedras. No obstante, era lo bastante pequeño para poder cargar con él. Charlie lo arrastró hasta la escalera, se lo echó al hombro y bajó.

El baúl cayó con un ruido seco en el suelo del pasillo. Y después de cerrar la trampilla, contento de que no hubiera roedores en el desván, lo trasladó a la cocina y sacó algunas herramientas para forzar la cerradura. Se sentía un poco incómodo. A lo mejor Gladys ocultaba en él un tesoro o papeles que no quería que nadie viera. Estuvo a punto de llamarla antes de abrirlo. Constituía una suerte de violación, pero por otro lado el baúl era muy antiguo, y le tenía fascinado. No podía detenerse y finalmente la cerradura cedió. La piel del forro estaba seca y quebradiza y tenía tachones de bronce, y era posible creer que el baúl llevara ahí tanto tiempo como la casa. Charlie ignoraba qué iba a encontrar dentro —dinero, joyas, papeles, mapas, un cráneo reseco, un trofeo, un trinquete de otro siglo—, pero su corazón palpitaba cuando levantó la tapa. Y en ese momento creyó oír un ruido de frufrú a su lado. Sonrió en el silencio de la cocina, sabedor de que eran sólo imaginaciones suyas. No era más que un objeto, un baúl viejo, y al abrirlo se llevó una ligera decepción: estaba lleno de libros forrados en piel que parecían devocionarios o himnarios. Estaban cuidadosamente encuadernados y cada uno tenía un largo marcador de seda. Había más de una docena y todos eran iguales. Supuso que la piel debió de ser roja, pero ahora era de un marrón apagado. Cogió uno y lo abrió, preguntándose si los libros provenían de alguna iglesia. No había inscripciones ni títulos, pero imponían respeto, y cuando ojeó la primera página se estremeció al ver el nombre de ella escrito de su propia mano. La letra era menuda, elegante y clara. La tinta tenía más de doscientos años y en una esquina se leía: «Sarah Ferguson, 1789.» El solo hecho de leer su nombre le llenó de nostalgia... ¿Cuánto tiempo había pasado? ¿Cómo era ella? Si cerraba los ojos podía imaginársela sentada en esa habitación, escribiendo.

Y con delicadeza, temeroso de que se desintegrara al tocarla, giró la página y entonces cayó en la cuenta de lo que tenía en sus manos. No se trataba de ningún himnario. Era el diario de Sarah. Con los ojos abiertos de par en par, empezó a leer. Era una especie de carta dirigida a todos ellos. En ella contaba lo que le había pasado, dónde había estado, a quién había visto, lo que había amado, cómo había conocido a François, cómo había llegado hasta aquí y desde dónde. Y cuando Charlie decidió leer las palabras que habían sobrevivido dos siglos, una lágrima resbaló por su mejilla. No daba crédito a su buena fortuna y, presa de la emoción, un escalofrío le recorrió el cuerpo cuando se enfrascó en la lectura.

8

Sarah Ferguson estaba frente a la ventana, contemplando los páramos como llevaba haciendo desde los dos últimos días. Aunque era agosto, la neblina lo cubría todo desde la mañana, el cielo estaba negro y pronto empezaría a llover. La atmósfera tenía un aspecto sombrío, pero encajaba con su estado anímico. El marido de Sarah, Edward, conde de Balfour, llevaba cuatro días sin dar señales de vida.

Cuatro días antes le había comunicado que se iba de caza y se llevó consigo a cinco criados. Le dijo que iba a encontrarse con unos amigos. Ella nunca hacía preguntas. Sabía que era mejor así. Sarah dijo a los hombres que le buscaran en la taberna o en el pueblo vecino, o incluso en las granjas donde vivían las jóvenes sirvientas. Conocía bien a Edward. Conocía su crueldad, su infidelidad y su rudeza, su lengua despiadada y la vehemencia de la palma de su mano. Ella le había fallado muchas veces. El sexto bebé nació muerto. Apenas llevaba enterrado tres meses. Lo único que Edward quería de ella era un heredero, y después de varios años juntos todavía no lo tenía. Todos los hijos que Sarah había engendrado habían nacido muertos o fallecido a las pocas horas.

La madre de Sarah murió durante su segundo parto junto con el bebé, y Sarah vivió sola con su padre desde pequeña. El hombre ya era mayor cuando ella nació, y después de fallecer su esposa no volvió a casarse. Sarah era una muchacha hermosa, juguetona, la alegría de la casa, y él la adoraba. Y cuando el hombre empezó a envejecer, Sarah lo cuidó con devoción y lo mantuvo vivo más años de los que habría vivido sin sus cuidados. Y para cuando ella cumplió quince años, hasta el propio anciano sabía que no le quedaba mucho tiempo. Entonces se dio cuenta de que no podía retrasar más la decisión. Tenía que encontrar un marido para su hija antes de morir.

Había numerosos candidatos en el condado, un conde, un duque y un vizconde, algunos de ellos hombres importantes. Pero Balfour era el más insistente, el que la quería con mayor ardor, y el hombre cuyas tierras lindaban con las del padre de Sarah. Juntas sumarían una extensión enorme, dijo el conde al padre de Sarah, una de las más grandes e importantes de Inglaterra. El padre de Sarah había añadido enormes terrenos a su propiedad a lo largo de los años, y su hija disponía de una dote digna de una reina.

Al final fue Balfour quien se la llevó. Su astucia era demasiado afilada, su interés demasiado grande, sus argumentos demasiado convincentes para ser ignorados. Había otro hombre más joven que él a quien Sarah prefería, pero Edward aseguró al padre que después de haber vivido tanto tiempo con un hombre mayor, Sarah no podría ser feliz con un muchacho de su edad. Necesitaba a alguien más parecido a su progenitor. Y Sarah sabía muy poco de Edward para suplicar clemencia.

Fue permutada por tierras y a los dieciséis años se convirtió en la condesa de Balfour. La boda fue discreta, la propiedad enorme y los castigos interminables. El padre murió cinco semanas después del casamiento.

A partir de ese momento Edward empezó a pegar a

Sarah con asiduidad, hasta que la dejó embarazada. Entonces sólo la amenazaba, la reprendía, la abofeteaba y le decía que la mataría si no le daba un heredero. Edward pasaba casi todo el tiempo lejos de casa, recorriendo sus tierras, emborrachándose en las tabernas, arruinando a sirvientas o visitando a amigos por toda Inglaterra. Siempre era un día triste cuando regresaba. Pero el día más triste fue cuando el primer bebé murió a las pocas horas de nacer. Había sido el único rayo de esperanza en la vida de Sarah. A Edward no le afectó demasiado, pues era una niña. Los tres siguientes fueron varones. Dos nacieron muertos y el tercero nació prematuro. Los dos últimos fueron hembras. Sarah sostuvo en sus brazos el cuerpo sin vida de la última durante horas, envuelta en una mantilla, como había hecho con sus otros retoños. El dolor y la pena la habían vuelto medio loca, y fue preciso arrancarle el bebé de las manos para darle cristiana sepultura. Edward apenas le hablaba desde entonces.

Aunque Edward hacía lo posible por ocultar a los demás la crueldad con que trataba a su mujer, Sarah sabía, como el resto del condado, que tenía incontables bastardos, siete de ellos varones. Edward le había advertido que si no le daba un heredero reconocería a uno de sus bastardos, cualquier cosa antes que legar su título y sus tierras a su hermano pequeño Haversham, al cual odiaba.

—No te dejaré nada —espetó a Sarah—. Si no me das un heredero prefiero matarte.

A los veinticuatro años Sarah llevaba ocho casada, y hacía tiempo que una parte de ella había perecido a manos de él. Tenía la mirada vacía, y hasta ella lo advertía cuando se miraba al espejo. Ya no le importaba vivir o morir, y aún menos desde la muerte del último retoño. Su padre se habría vuelto loco de haber conocido el destino al que había condenado a su hija. Sarah ya no tenía vida, ni esperanza, ni sueños. Era maltratada, ultrajada, detestada y despreciada por un hombre al que aborrecía y con quien se había visto obligada a acostarse durante los últimos ocho años para darle un heredero.

A los cincuenta y cuatro años Edward todavía era un hombre bien parecido, de aspecto aristocrático, y las muchachas de las granjas y las tabernas que aún no conocían su maldad lo encontraban encantador, pero no pasaba mucho tiempo antes de que él las utilizara y las apartara brutalmente de su lado. Y si más tarde llegaba un niño, Edward se desentendía de ello. Nada le importaba. Lo único que le mantenía vivo eran los celos y el odio que sentía por su hermano menor, y la avaricia que le inducía a engullir cada trozo de tierra que caía en sus manos, incluidas las de su suegro, que pasaron a ser suyas cuando el viejo murió. Edward se había gastado todo el dinero de Sarah, había vendido algunas joyas de la madre de ésta y cogido incluso lo que el padre le había dejado. Edward la había utilizado de todas las formas concebibles, y no tenía el menor interés por lo que ahora quedaba de ella. Pero a pesar de tantas decepciones, todavía ansiaba un heredero, y Sarah sabía que él la vería morir en el intento. Pero ya no le importaba. Sólo deseaba que el final estuviera cerca. Un accidente, una paliza despiadada, un bebé atascado en la matriz y con el que adentrarse en el otro mundo. No quería nada de su marido, sólo deseaba la muerte y la libertad que ésta entrañaba. Y ahora, mientras esperaba su regreso, estaba segura de que aparecería montado en su malévolo caballo sintiéndose como nuevo después de alguna aventura infame. Le costaba imaginar que pudiera ocurrirle algo malo. Tenía la certeza de que se hallaba borracho en alguna taberna con una ramera. Y de que tarde o temprano volvería a casa para maltratarla. Sarah agradecía su ausencia, pero esta vez todo el mundo parecía preocupado. Ella sabía que su marido era demasiado malvado para morir, demasiado taimado para ausentarse mucho tiempo.

Finalmente se apartó de la ventana y miró de nuevo el reloj que descansaba sobre la repisa de la chimenea. Eran poco más de las cuatro. Se preguntó si debería avisar a Haversham y pedirle que fuese en busca de Edward. Era su hermanastro y acudiría si ella se lo pedía. Pero, por otro lado, no quería preocuparle, y si Edward se lo encontraba en casa a su regreso se pondría furioso y la tomaría con Sarah. Decidió esperar otro día antes de avisarle.

Se sentó de nuevo en el salón. Su amplio vestido de raso brillaba como una esmeralda, y el corpiño de terciopelo verde oscuro acentuaba su figura y le hacía parecer de nuevo una jovencita. La blusa de gasa que asomaba por debajo del corpiño era casi del mismo tono cremoso que su tez. Aunque Sarah parecía una mujer delicada y frágil, en el fondo era muy fuerte, pues de lo contrario no habría sobrevivido a las palizas de su marido. La piel, del color del marfil, contrastaba con su cabellera negra, que llevaba recogida en una trenza a la que daba varias vueltas para crear un moño. Sarah siempre había sido elegante sin prestar atención a las modas. Su porte poseía una dignidad clásica que contrastaba con la desesperación de sus ojos. Siempre tenía una palabra amable para los sirvientes y visitaba asiduamente las granjas para ayudar y llevar comida a los niños enfermos.

Sentía pasión por el arte y la literatura y había viajado a Italia y Francia con su padre cuando era niña, pero no había vuelto a viajar desde entonces. Edward la tenía encerrada y la trataba como un mueble. Ni siquiera reparaba ya en su excepcional belleza. Trataba mejor a sus caballos que a su esposa.

Era Haversham el que siempre se había fijado en Sarah, el que se preocupaba por ella, el que se percataba de su dolor y se acongojaba cuando sufría. Le dolía la forma en que su hermano la trataba, pero poco podía hacer para que la vida de Sarah dejara de ser un infierno. Él tenía veintiún años cuando Edward se casó con Sarah, y cuando ésta se quedó embarazada del primer hijo, Haversham ya la amaba apasionadamente. Tardó dos años en decírselo, y cuando lo hizo Sarah no quiso ni pensar lo que podría pasar si ella le correspondía. Edward los mataría a los dos. Obligó a Haversham a jurarle que no volvería a mencionar el tema. Pero estaba claro lo que ambos sentían. Sarah también llevaba años enamorada de él, si bien lo mantenía en secreto. No quería poner en peligro la vida de Haversham, que para ella era más importante que la suya propia.

Ambos sabían que nunca podrían vivir juntos. Y cuatro años antes, Haversham se había casado finalmente con una prima, una muchacha boba pero de buen corazón llamada Alice. Había crecido en Cornualles y en muchos aspectos era más ingenua que su marido, pero económicamente se trataba de una buena unión, ambas familias estaban contentas y en los últimos cuatro años ella le había dado cuatro niñas adorables. Pero seguía sin haber más heredero que Haversham, y sus hijas no resolvían el problema porque las mujeres no podían heredar tierra ni títulos.

Cuando empezó a anochecer y Sarah encendió las velas, oyó un revuelo en el patio. Temblorosa, cerró los ojos y rezó para que no fuera él. Aunque estaba mal pensarlo, su vida se llenaría de felicidad si a su marido le hubiese sucedido algo. La idea de pasar el resto de su vida a su lado se le hacía insoportable. Por breve que fuera, sería demasiado larga al lado de Edward.

Dejó la vela sobre la mesa y corrió a la ventana, y entonces vio el caballo de su marido, sin jinete, conducido por seis de sus hombres. Les seguía la carreta de un granjero con el cuerpo de Edward tendido sobre su capa. Parecía muerto. El corazón de Sarah se desbocó. Si estuviera muerto, los hombres habrían ido a darle la noticia. En lugar de eso corrían de un lado a otro y pedían ayuda. Alguien fue en busca del médico y algunos hombres colocaron el cuerpo de Edward sobre una tabla y entraron en la casa. Sarah ignoraba qué había sucedido, pero el corazón se le cayó a los pies cuando comprobó que estaba vivo y todavía había esperanzas de salvarlo.

—Dios, perdóname... —susurró cuando la puerta del amplio salón se abrió y los hombres entraron con el marido a cuestas. Parecía muerto, pero no lo estaba.

—Es el conde. Se cayó del caballo —barbotearon. Edward no se movía.

Sarah los condujo hasta el dormitorio para que lo tendieran en la cama. Llevaba puesta la misma ropa que cuando se marchó y la camisa estaba rota y manchada de barro. Tenía el rostro ceniciento y la barba cubierta de zarzas.

Edward había empezado su viaje con una mujer, en una granja cercana, y había enviado a sus hombres a una taberna, donde debían aguardarle. Éstos esperaron pacientemente durante casi tres días. Estaban acostumbrados a que el conde se entretuviese con sus amoríos, y durante la espera rieron y bebieron galones de whisky y cerveza. Finalmente fueron a buscarlo a la granja, pero allí les dijeron que se había marchado tres días atrás. Avisaron al sheriff e iniciaron la búsqueda, pero no lo encontraron hasta esa misma mañana. Edward se había caído del caballo y llevaba inconsciente varios días. Al principio pensaron que se había desnucado, pero no era así. De regreso a casa había recuperado el conocimiento por un instante, pese a que ahora tenía todo el aspecto de estar muerto. A Sarah sólo le dijeron que había sufrido una caída y que temían que se hubiera golpeado la cabeza.

—¿Cuándo ocurrió? —preguntó ella con calma, y no les creyó cuando le dijeron que esa misma mañana.

Tenía manchas de sangre y vómito en el cuerpo que parecían de varios días. Sarah apenas pudo explicar nada al médico cuando éste llegó, y los hombres se lo llevaron a un lado para contarle lo ocurrido. El médico estaba acostumbrado a esas cosas. La esposa del conde no necesitaba saber qué había estado haciendo su marido. Lo que había que hacer era aplicarle sanguijuelas. A pesar de su edad, Edward era un hombre sano y fuerte y el médico pensaba que sobreviviría.

Sarah permaneció junto a su marido, como una buena esposa, mientras le desangraban. Detestaba las sanguijuelas, y cuando el médico se marchó parecía casi tan enferma como Edward. Fue a su mesa y escribió una nota a Haversham. Tenía que saber lo ocurrido, y ante la posibilidad de que Edward muriera durante la noche debía estar allí.

Selló la carta y la envió con un mensajero. La casa de Haversham estaba a una hora de viaje. Luego volvió junto a Edward. Se sentó a su vera y le observó en silencio mientras intentaba comprender qué sentía. No era rabia ni odio, sino indiferencia, miedo y desdén. Ahora ni siquiera podía recordar un solo momento en que le hubiese amado. Había sido tan breve, basado en tantas mentiras y tanto tiempo atrás, que el recuerdo había volado de su memoria. No sentía nada por él. Y esa noche una parte de ella rezó para que Edward muriera antes del amanecer. Hubo momentos en que estuvo segura de que no podría vivir con él un minuto más. No soportaba la idea de que volviera a tocarla, de que le pusiera las manazas encima. Prefería morir a darle más hijos, y aun así sabía que si Edward sobrevivía, tarde o temprano volvería a tomarla por la fuerza.

Margaret, su sirvienta, fue a verla antes de medianoche para preguntarle si necesitaba algo. Era una muchacha muy dulce. Tenía dieciséis años, la misma edad que Sarah cuando llegó a Balfour. Sarah se sorprendió de que todavía estuviera levantada y la envió a la cama. Margaret la adoraba, había estado a su lado cuando el último bebé murió y pensaba que Sarah era una mujer extraordinaria. Habría hecho cualquier cosa por ella.

Haversham no llegó hasta las dos de la madrugada. Su mujer estaba enferma porque dos de las pequeñas le habían contagiado el sarampión, y las tres estaban llenas de manchas y sufrían unos picores insoportables. Le había sabido muy mal tener que dejarlas, pero cuando recibió la nota de Sarah supo que tenía que ir.

—¿Cómo está?

Haversham tenía veintinueve años y era tan alto, moreno y guapo como lo había sido Edward de joven. Sarah notó que el corazón le palpitaba cuando su cuñado cruzó el salón y le cogió las manos.

—Le desangraron hace unas horas con sanguijuelas, pero sigue sin moverse. No sé, Haversham... el médico pensaba que había sufrido una hemorragia interna. No hay síntomas de ello, no tiene nada roto... pero no parece que vaya a sobrevivir. —Y mientras Sarah hablaba, Haversham no podía leer nada en sus ojos—. Pensé que debías venir.

—Quería estar contigo.

Sarah le miró agradecida y juntos se dirigieron a la habitación de Edward. No se habían producido cambios. Regresaron al salón y el mayordomo sirvió a Haversham una copa de brandy. Éste miró a su cuñada y admitió que Edward parecía muerto. Dudaba que sobreviviera.

—¿Cuándo ocurrió? —preguntó.

Haversham parecía preocupado. Si Edward fallecía, caería sobre él una gran responsabilidad. Nunca imaginó que eso pudiera ocurrir. Siempre había supuesto que, tarde o temprano, Sarah y Edward tendrían un hijo.

—Me dijeron que esta mañana —respondió ella, y él admiró una vez más su fortaleza. Era más fuerte y valerosa que la mayoría de los hombres, incluido Haversham—. Pero mienten —prosiguió con calma. Haversham se preguntó cómo podía saberlo. Cruzó las piernas y contempló a su cuñada, haciendo esfuerzos por reprimir el deseo de abrazarla—. Tuvo que ocurrir algo más espinoso, pero supongo que eso no importa.

A ambos les parecía que Edward estaba herido de muerte.

—¿Te dijo el médico si había esperanzas? —preguntó él, todavía nervioso. Dejó la copa sobre la mesa y cogió la mano de Sarah—. ¿Qué harás si le pasa algo?

Sería libre al fin. Únicamente Haversham y algunos sirvientes conocían la crueldad del conde.

—No lo sé. Volver a nacer, supongo. —Se recostó en su asiento con un suspiro y sonrió—. Respirar… ser. Terminar mi vida tranquilamente en algún lugar.

Si Edward le dejaba algo alquilaría una casita o incluso una granja donde llevar una vida sosegada. No deseaba otra cosa. Él había aniquilado todos sus sueños. Lo único que deseaba era escapar de su lado.

—¿Huirías conmigo? —preguntó Haversham.

Sarah le miró estupefacta. Hacía años que no tocaban ese tema. Cuando Haversham se casó con Alice ella le prohibió que volviera a hablarle de amor.

—No seas absurdo —respondió con calma—. Tienes esposa e hijas. No puedes abandonarlas para escapar conmigo.

Pero eso era exactamente lo que Haversham siempre había querido. Su mujer no significaba nada para él. Se había casado con ella porque sabía que nunca podría tener a Sarah, pero ahora, si Edward moría, no soportaría perderla otra vez.

—Ni se te ocurra pensarlo siquiera —le espetó Sarah.

Era, ante todo, una mujer de honor. Y aunque amaba a Haversham, se daba cuenta de que a veces se comportaba como un colegial. Al no tener que cargar con el peso del título, nunca había estado obligado a madurar para asumir las responsabilidades del mismo. Pero la ausencia de título significaba que tampoco tenía un penique, a excepción de la dote de su esposa.

—¿Y si se recupera? —susurró Haversham bajo la luz trémula de las velas.

—Entonces moriré aquí —respondió Sarah con la esperanza de que fuera más pronto que tarde.

—No puedo permitirlo. No lo soporto más, Sarah. No puedo ver cómo Edward acaba con tu vida día a día. Dios mío, no sabes cómo le odio.

Tenía menos razones para ello que Sarah, aunque Edward había hecho lo posible por complicarle la vida desde que nació. El padre de Edward se había casado dos veces y Haversham era fruto del segundo matrimonio. Haversham era veinticinco años menor que Edward.

—Huye conmigo —insistió él. El brandy se le había subido ligeramente a la cabeza. Llevaba años concibiendo un plan para huir con Sarah, pero no había tenido el coraje de pedírselo hasta ahora. Sabía que ella daba más importancia a su matrimonio con Alice que él. Alice era una buena chica y Haversham le tenía cariño, pero no la amaba—. Iremos a América —prosiguió mientras estrechaba las manos de ella—. Seremos libres. Sarah, tienes que hacerlo.

Haversham hablaba con apremio y Sarah, de haberle sido franca, le habría dicho que no deseaba otra cosa en el mundo. Pero sabía que no podía hacerle eso a él y a su mujer. Además, si Edward sobrevivía, estaba segura de que daría con ellos y los mataría.

—No digas tonterías —repuso con firmeza—. Arriesgarías tu vida por nada. —Deseaba calmarlo.

—Estar contigo el resto de mi vida no es «nada» —replicó él acaloradamente—. Valdría la pena morir por ello... De veras, hablo en serio...

Se acercó más y Sarah sintió que le faltaba el aire, pero no podía permitir que él se diera cuenta.

—Lo sé, querido.

Con una sonrisa sostuvo las manos de Haversham y deseó que sus vidas hubiesen sido diferentes, pero no tenía intención de hacer nada que pudiera poner en peligro la vida de su cuñado. Le quería demasiado. En ese momento Haversham la miró y vio el amor reflejado en sus ojos, y ya no pudo reprimirse más. La levantó, la tomó entre sus brazos y la besó.

—No... —susurró ella cuando él se detuvo, y quiso enfadarse, apartarle de su lado aunque sólo fuera para salvarle, pero llevaba privada de amor tanto tiempo que no pudo hacerlo. Haversham volvió a besarla y ella no le rechazó. Al final se apartó y sacudió la cabeza con tristeza—. No debemos hacer esto, Haversham. Es imposible, y muy peligroso.

—Nada es imposible y lo sabes. Encontraremos un barco en Falmouth y partiremos hacia el Nuevo Mundo. Nadie podrá detenernos.

Sarah sonrió ante su ingenuidad y lo poco que conocía a su hermano. Por no mencionar el hecho de que ninguno de los dos tenía dinero.

—Haces que todo parezca fácil, pero en realidad viviríamos una vida de infamia y vergüenza. Piensa en cómo se sentirían tus hijas cuando tuvieran edad para saber la verdad... y en la pobre Alice...

—Alice es aún una chiquilla. Encontrará a otro hombre. Ella tampoco me quiere.

—Te querrá con el tiempo. Acabaréis acostumbrándoos el uno al otro.

Por mucho que le amara, Sarah quería que Haversham fuera feliz donde estaba. En cierto modo, tenía más de niño que de hombre. No comprendía el peligro al que se enfrentaba y le indignaba que Sarah no quisiera huir con él. Permaneció malhumorado un rato y luego subieron cogidos de la mano al cuarto de Edward. Estaba a punto de amanecer y en la casa todos dormían salvo los criados que velaban a su marido.

—¿Cómo está? —preguntó Sarah.

—Igual, señora. Creo que el médico volverá por la mañana para desangrarle otra vez.

Sarah asintió. También a ella le habían dicho eso. Pero Edward no parecía que fuera a durar mucho más. Cuando abandonaron la habitación, Haversham parecía esperanzado.

—Menudo cerdo. Cuando pienso en lo que te ha hecho durante estos años me hierve la sangre.

—No pienses en ello —dijo Sarah, y luego le sugirió que se acostara en uno de los cuartos para invitados.

Haversham tenía intención de quedarse hasta que Edward recuperara el conocimiento o muriera, y se había traído consigo a sus sirvientes. Éstos habían sido enviados a dormir con el resto del servicio nada más llegar, pero Haversham agradeció la idea de una cama cuando Sarah la sugirió, y le sorprendió que ella no tuviera intención de acostarse. Era una mujer incansable.

Cuando Haversham se hubo retirado, Sarah regresó al dormitorio de su marido y se ofreció a sustituir a los criados. Podía dormir en la silla, a su vera, y al hacerlo se descubrió soñando con su cuñado. La idea de ir a América sonaba maravillosa, pero sabía que no tenían la menor posibilidad, aunque sólo fuese porque ella jamás le haría eso a Alice y las niñas. Con todo, le habría encantado huir de Edward aun a riesgo de su propia vida.

Inclinó la cabeza sobre el pecho y cuando el sol salió y los gallos cantaron, ya dormía profundamente. Ella y Edward estaban solos en la habitación, y de repente, en sueños, sintió que un animal le mordía el brazo. Despertó sobresaltada, gimiendo de dolor y miedo, y entonces se dio cuenta de que Edward le tenía cogido el brazo y se lo estrujaba con tanta saña que tuvo que esforzarse por no gritar.

—¡Edward!… —Estaba despierto y tan cruel como siempre—. ¿Estás bien? Llevas enfermo varios días. Te trajeron a casa en una carreta y el médico tuvo que desangrarte.

—Seguro que lamentas que esté vivo —repuso él fríamente mientras sus ojos destellaban odio. Todavía le sujetaba el brazo, y sonrió al comprobar que a pesar de su débil estado aún podía hacerle daño—. ¿Avisaste al imbécil de mi hermano? —preguntó con la mirada encendida, y luego soltó a Sarah con la misma brusquedad con que la había agarrado.

—Tuve que hacerlo, Edward… pensaban que podías morir —respondió ella, mirando a su marido con la precaución con que se mira una serpiente venenosa.

—Menuda decepción os habréis llevado los dos… ¡la viuda afligida y el nuevo conde de Balfour! —espetó Edward mientras estrujaba la cara de su esposa con los dedos—. No tan pronto, querida. No tendrás tanta suerte.

Sarah se sorprendió de que conservara su brutal fuerza después de haber permanecido inconsciente varios días. Supuso que era la maldad lo que la alimentaba.

—Nadie te desea ningún mal, Edward —dijo cuando él la soltó, y caminó lentamente hasta la puerta con el pretexto de traerle unas gachas para desayunar.

—Las gachas no me devolverán las fuerzas —protestó, si bien, según había podido comprobar Sarah, ya las había recuperado.

—Veré si pueden prepararte algo mejor —dijo.

—Más te vale.

Edward la miró pérfidamente y sus ojos brillaron de ira. Ella conocía bien esa mirada, una mirada que la había aterrorizado de joven. Ahora, no obstante, se obligaba a no dejarse intimidar por ella. Era la única forma de sobrevivir.

—Sé lo que piensa mi hermano —prosiguió Edward—, y también sé lo débil que es. No te rescatará de mí, querida, si eso es lo que esperas. Y aunque lo haga, ten por seguro que vayáis donde vayáis os encontraré y os mataré. No lo olvides, Sarah... hablo en serio...

—Estoy segura, Edward —replicó ella con suavidad—. No tienes nada que temer. Estábamos muy preocupados por ti —dijo, y salió de la habitación con las rodillas temblándole.

Se diría que lo sabía, que había oído a Haversham intentar convencer a Sarah de que huyeran a América. Haversham era un ingenuo si pensaba que podían escapar juntos. Y ella sabía que Edward estaría encantando de matar a su hermanastro. No podía poner a Haversham en semejante situación. Jamás permitiría que la tocara, por mucho que se amaran. Sarah se preguntó entonces si no debería huir ella sola, por su propio bien. De ese modo se acabarían las acusaciones.

La cabeza le hervía de ideas descabelladas mientras iba a la cocina y preparaba una bandeja para su marido. Cuando regresó al cuarto, seguida de Margaret, vio que uno de los criados le había afeitado. Edward tenía ahora un aspecto más civilizado y para cuando hubo terminado el desayuno, volvía a ser prácticamente el de siempre. Sarah le había traído pescado, huevos y bollos frescos. Pero él no le dio las gracias. Se dedicaba a dar órdenes perentorias, y aunque estaba muy pálido y Sarah intuía que todavía se encontraba mal, el médico se sorprendió de su extraordinaria recuperación. Pero aun así, insistió en desangrarle. Edward, no obstante, le amenazó con despedirle si lo intentaba. El viejo médico salió de la habitación temblando y Sarah se disculpó por el comportamiento de su marido.

—Ha de permanecer en cama unos días —advirtió el médico— y no debe comer platos tan pesados. —Había visto los restos del desayuno preparado por Sarah y el cocinero acababa de enviarle un pollo asado—. Volverá a perder el conocimiento si no es prudente —añadió con nerviosismo.

Era el mismo médico que había ayudado a Sarah a dar a luz a todos sus bebés, el mismo que los había visto llegar al mundo morados e inertes o morir en brazos de la madre. Conocía bien a Sarah y la admiraba. Y temía a Edward. De hecho, se había negado a comunicarle la noticia de los tres últimos nacimientos fallidos. La primera vez Edward le había pegado y llamado embustero.

—Cuidaremos de él, doctor —dijo ella mientras le acompañaba hasta el patio.

Cuando el médico se hubo marchado, Sarah permaneció fuera un rato, sintiendo el sol en la cara, preguntándose qué iba a hacer ahora. El rayo de esperanza que le había traído la noche había desaparecido.

Y cuando regresó al dormitorio de Edward, Haversham estaba allí. Tampoco él daba crédito a la recuperación de Edward, y se lo tomó con menos filosofía que Sarah.

Esa tarde, cuando la encontró en el vestíbulo en el instante en que Sarah se dirigía al dormitorio de Edward con un segundo cuenco de sopa después de que su marido le hubiese arrojado el primero y quemado el brazo, Haversham la miró angustiado.

—Debes escucharme, Sarah. No tienes elección, no puedes quedarte aquí. Mi hermano está peor que nunca. De hecho, creo que está loco.

Edward le había advertido esa mañana que no se acercara a su esposa o de lo contrario le mataría. Dijo que todavía no había terminado con ella. Iba a sacarle un heredero como fuera y le traía sin cuidado si eso la mataba.

—No está loco. Simplemente es perverso —dijo Sarah con resignación.

Nada de eso era nuevo para ella, aunque ahora Edward parecía menos preocupado por ocultarlo. Parecía dispuesto a dejar que todo el mundo viera cómo la maltrataba. De hecho, se diría que hasta le gustaba.

—Encontraré un barco —dijo Haversham, pero esta vez ella le miró ferozmente e hizo una mueca de dolor cuando él le tocó el brazo quemado.

—No harás nada de eso. Te matará. Habla en serio. Manténte alejado de mí, Haversham. No iré a ningún lado contigo. Quédate donde estás y olvídame.

—Jamás —replicó él acaloradamente.

—Debes hacerlo. —Miró a Haversham con toda la furia de que era capaz y regresó a la habitación de Edward.

Y esa noche le dijeron que Haversham había regresado junto a su mujer y sus hijas. Recuperado Edward, no tenía sentido quedarse. Pero a Sarah le preocupaba lo que su cuñado pudiera hacer. Era lo bastante ingenuo y romántico para intentar llevar a cabo su plan, pero ella no estaba dispuesta a dejar que arriesgara su vida ni que abandonara a su familia. Ambos tenían que aceptar el hecho de que no tenían un futuro común.

Esa noche Sarah se retiró a su dormitorio y al alba, cuando despertó, pensó que no había razón para no llevar a cabo el plan de Haversham ella sola. Era una idea descabellada, pero sabía que era posible si elaboraba su plan cuidadosamente y no se lo contaba a nadie. Todavía le quedaban algunas joyas de su madre después del saqueo de Edward. Por lo visto las había regalado a rameras y amigos, y algunas las había vendido. Pero todavía le quedaban suficientes para mantenerse. Ya no podría llevar una vida elegante, pero tampoco le importaba. Lo único que deseaba era escapar y vivir segura y en libertad. Y aunque se ahogara durante la travesía al Nuevo Mundo, por lo menos no moriría aterrorizada y esclavizada, maltratada por un hombre que la odiaba y a quien ella odiaba. Estaba dispuesta a arriesgarse, y meditó sobre el asunto toda la mañana. De repente su vida tenía un nuevo objetivo.

Edward no hacía más que quejarse y abofeteó a dos criados que intentaron auparle para vestirle. Sarah sabía que todavía no se encontraba bien, pero él jamás lo habría reconocido. A mediodía ya estaba vestido y sentado en el salón con el rostro pálido y ceñudo y presa de su habitual malhumor. Bebió vino con la comida y pareció sentirse mejor. Pero no se mostró más amable con su mujer. Lo más amable que había hecho por ella era ignorarla.

Mientras Edward dormitaba en su butaca después del almuerzo, Sarah salió sigilosamente de la habitación y fue a su dormitorio. Tenía mucho que pensar, mucho que planear, y abrió la caja donde guardaba las joyas de su madre. Quería asegurarse de que seguían allí, de que Edward no las había vendido. Todavía quedaban algunas, y al contemplarlas se acordó de su padre.

Las envolvió en una tela, las guardó en el bolsillo de su capa y la devolvió al ropero. Luego echó la llave a la caja. Esa noche habló a Margaret con voz queda. Le preguntó si lo que siempre había dicho era cierto, que haría cualquier cosa por ella.

—Por supuesto, señora —respondió la muchacha con una reverencia.

—¿Irías a un lugar conmigo si te lo pidiera?

—Sin dudarlo un momento, señora.

Margaret sonrió. Se estaba imaginando un viaje secreto a Londres, quizá para encontrarse con Haversham. No era difícil darse cuenta de lo mucho que él la amaba.

—¿Y si fuera lejos?

Margaret se preguntó si eso significaba Francia. Sabía que las cosas allí se habían puesto feas, pero estaría dispuesta a ir por Sarah.

—Iría a cualquier parte con usted —dijo valientemente la muchacha.

Sarah le dio las gracias y le pidió que no hablara del tema con nadie. La joven dio su palabra.

Pero la noche siguiente fue más complicada. Sarah se puso un vestido grueso y su capa de lana, y a medianoche bajó con sigilo hasta la cuadra. Estaba segura de que nadie la había visto.

Ensilló a su yegua *Nellie* y la sacó fuera sin hacer ruido. Una vez en el camino, ya lejos de la casa, la montó a asentadillas y galoparon en dirección a Falmouth. El trayecto duró más de dos horas y eran las tres de la madrugada cuando alcanzó su destino. Ignoraba si habría gente despierta, pero confiaba en encontrar a alguien que pudiera informarle. Y tuvo suerte, pues había un grupo de marineros preparando una pequeña embarcación que debía zarpar a las cuatro con la marea.

Le hablaron de un barco que tenía que regresar de Francia en unos días. Insinuaron que había sido utilizado para contrabando de armas y estaba previsto que zarpara hacia Nueva York en septiembre. Conocían a casi toda la tripulación, y dijeron que era una buena embarcación y que Sarah estaría a salvo a bordo, pero le advirtieron que habría pocas comodidades. A ella no le importaba. Los marineros se preguntaban quién era esa mujer, pero se limitaron a indicarle con quién debía hablar en el puerto para reservar un pasaje. Y cuando Sarah se hubo marchado, todos estuvieron de acuerdo en que había algo muy misterioso en ella. Era muy hermosa, incluso con el rostro medio oculto por la capa.

Sarah fue y despertó al hombre con quien le habían dicho que hablara. Éste se sorprendió, y aún más cuando ésta le dijo que no tenía dinero para pagar el pasaje a Boston y le ofreció una pulsera de rubíes.

—¿Qué puedo hacer con ella? —preguntó el hombre mientras sopesaba la pulsera con cara de pasmo.

—Venderla.

Probablemente valía más que la embarcación del que era intermediario. Pero Sarah ya no podía dar marcha atrás. Estaba dispuesta a hacer cualquier cosa por estar en ese barco cuando zarpara.

—El viaje a América es peligroso —le advirtió el hombre. Llevaba puesto el camisón y el gorro de dormir—. Siempre muere gente.

Pero Sarah no parecía asustada.

—También moriré si me quedo —declaró, y por la forma en que lo dijo el hombre la creyó.

—No tendrá problemas con la justicia, ¿verdad?

De repente se le ocurrió que la pulsera podía ser robada, aunque estaba seguro de que no era la primera vez que transportaban criminales al Nuevo Mundo. Sarah negó con la cabeza.

—¿Adónde debemos llevarle el pasaje?

—Guárdelo aquí. Lo recogeré el mismo día de la partida. ¿Cuándo será eso?

—El 5 de septiembre, con la luna llena. Si no está aquí para entonces, nos iremos sin usted.

—Estaré aquí.

—Saldremos temprano por la mañana, con la marea. Y no hacemos escalas entre Falmouth y Boston.

Sarah se alegró de eso. Nada de lo que el hombre había dicho había conseguido disuadirla y ni siquiera estaba asustada. Creía poder hacerse una idea de lo duro que iba a ser, pero no le importaba. Le dejó la pulsera al hombre y firmó un trozo de papel. Escribió únicamente Sarah Ferguson, y confió en que nadie la reconociera ni relacionara con el conde de Balfour. El barco había de zarpar tres semanas más tarde.

Eran las cuatro de la mañana cuando Sarah salió de Falmouth. El trayecto de regreso a casa fue duro. El caballo tropezó una vez y estuvo a punto de derribarla, pero llegó justo cuando el gallo cacareaba en el patio. Miró la ventana de su marido y, por primera vez en años, sonrió. Tres semanas más y sus torturas a manos de Edward habrían terminado.

9

Las tres semanas se le hicieron interminables. Los minutos transcurrían como si fueran días. Sarah no había revelado a nadie su plan. Sólo Margaret sabía que iban a hacer un viaje y le había prometido que no se lo diría ni a sus padres.

Para entonces, Sarah había ocultado el resto de sus joyas en el interior del forro de su capa, que ahora pesaba un poco más. Pero se pasaba el día bordando e intentando en lo posible evitar a Edward, quien se había recuperado del accidente en menos de una semana y había salido a cazar. Hacia finales de agosto regresó con un grupo de amigos que se pasaban todo el día comiendo y bebiendo. Eran una panda pendenciera, exigente y grosera, y Sarah se alegró mucho de verlos marchar. Cuando Edward estaba en casa con sus amigotes, Sarah temía por las criadas, pero aparte de mantener a las más jóvenes y bonitas fuera de la vista, poco más podía hacer para intentar protegerlas.

No había visto a Haversham desde la enfermedad de Edward. Oyó que sus hijas habían contraído el sarampión y que Alice seguía enferma y empezaban a temer que fuera neumonía. Seguro que estaba muy ocupado, pero Sarah lamentaba que no viniera a visitarla. Le habría gustado verle una última vez, decirle algo, pero luego decidió que era mejor así. Haversham hubiera intuido algo. Conocía a Sarah mucho mejor que Edward.

Nada hacía sospechar de su plan. Ella seguía con sus quehaceres cotidianos. Sólo parecía un poco más alegre, y a veces canturreaba mientras trabajaba en el ala más lejana del castillo. Llevaba varios meses restaurando unos tapices. De hecho, fue ahí donde Edward la encontró. Estaba sola y no le oyó entrar en la austera y larga sala. Tenía previsto regresar a su cuarto cuando cayera la tarde y se sobresaltó cuando reparó en su marido.

—Llevo toda la tarde buscándote.

Sarah se preguntó por qué. Él nunca se molestaba en buscarla, y de repente temió que alguien del puerto hubiese intentado localizarla para entregarle el pasaje. Pero eso era imposible, se dijo. Nadie sabía dónde vivía.

—¿Ocurre algo? —preguntó.

Tenía el semblante sereno pero la mirada todavía inquieta.

—Quería hablar contigo.

—¿De qué?

Sarah miró a su marido a los ojos mientras abandonaba la labor, y entonces se dio cuenta de que estaba ebrio. Se había pasado el verano bebiendo sin descanso, pero a ella poco le afectaba. A veces la bebida le ponía más violento, pero ella se cuidaba de no provocarle. Y Edward no había intentado hacerle el amor desde la muerte del último bebé.

—¿Por qué te escondes aquí?

—Estoy reparando los tapices de tu padre. Creo que los ratones se los están comiendo —dijo con calma.

—¿Es aquí donde te ves con mi hermano? —inquirió Edward con rencor.

Sarah se quedó estupefacta.

—Yo no me veo con tu hermano en ningún lugar —respondió secamente.

—Sí lo haces. Está enamorado de ti. No me digas

que no te ha pedido que os veáis a escondidas. Le conozco. Es un muchacho taimado.

—Haversham nunca haría una cosa así, Edward, y yo tampoco.

—A eso lo llamo yo ser sensato, porque si fuera cierto sabes muy bien lo que os costaría, ¿verdad?

Se acercó con la mirada afilada y Sarah bajó la vista. No quería que se diera cuenta de que estaba asustada. Edward estaba ahora frente a ella. De pronto la agarró del pelo y le echó la cabeza hacia atrás. Sarah levantó lentamente los ojos.

—¿Quieres ver lo que te costaría, querida?

Sarah no respondió. Sabía que cualquier cosa que dijera empeoraría la situación. Sólo cabía esperar a que él se cansara de torturarla.

—¿Por qué no contestas? —le espetó Edward a la cara—. ¿Le estás protegiendo? Creíste que iba a morir después del accidente, ¿verdad? ¿Qué pensabas hacer con él? Dime... ¿qué hiciste mientras yo estaba convaleciente?

Levantó un brazo y la abofeteó. Sarah habría chocado contra la pared si él no la hubiese tenido cogida del pelo. Le había abierto el labio con el anillo.

—Edward... te lo ruego... no hicimos nada... —dijo, reprimiéndose las lágrimas mientras la sangre le manchaba el vestido de algodón blanco.

—¡Eres una ramera y una embustera! —gritó él, y esta vez la golpeó con el puño en la mejilla.

Al tercer golpe ya estaba mareada. Luego, para su sorpresa, Edward la tomó en sus brazos y la besó. Su sangre se mezcló con la saliva de él, y Sarah tuvo un impulso incontrolable de morderle, pero si intentaba defenderse le haría aún más daño. De pronto cayó hacia atrás y se golpeó la cabeza contra el suelo mientras él se derrumbaba sobre ella. Con una mano, Edward le desgarró la falda.

—Edward, no tienes por qué hacerlo así... —susurró ella, atragantándose con su propia sangre.

Estaban casados. Él no tenía por qué pegarle y humillarla de ese modo. No tenía por qué violarla en el suelo de piedra del viejo castillo, pero era allí donde él la quería, y de ese modo. Y los deseos del conde debían ser órdenes para ella. Sarah había vivido ocho años infernales a su lado, pero pronto sería libre.

—Edward, no... por favor... —siguió susurrando mientras él la penetraba soezmente.

Guardó silencio, temerosa de que alguien les oyera. Lo que le estaba haciendo era demasiado humillante para permitir que alguien se enterara. Así que le dejó hacer. El pelo se le fue llenando de arenilla mientras él le sacudía la cabeza y le arañaba las nalgas. Cuando finalmente obtuvo lo que quería, desplomó todo su peso sobre ella, cortándole la respiración. Al cabo de un rato se levantó y la miró como si fuera un saco de basura.

—Me darás un hijo o morirás en el intento... —espetó, y se marchó dejándola en el suelo.

Sarah tardó en recuperar el aliento. Luego se alisó la falda y rompió a llorar. Le horrorizaba la idea de tener otro hijo de Edward. Lo único que quería ahora era desaparecer sigilosamente y morir en algún lugar... aunque fuera en el *Concord*, camino de Boston. Y si estaba embarazada y la criatura vivía, juró que jamás se lo diría a Edward. Prefería morir antes que permitir que le robara el bebé o volviera a maltratarla. Eso había terminado.

Y cuando regresó a su cuarto, cubierta de sangre, el labio roto e hinchado, la mejilla magullada, la cabeza aporreada, supo que le odiaba más que a nadie en el mundo. Era el más ruin de los animales, la más cruel de las bestias, y cuando más tarde lo vio en el comedor, Edward le sonrió malévolamente y le hizo una reverencia.

—¿Has sufrido un accidente, querida? Qué mala suerte. Deberías mirar por dónde pisas —dijo, y pasó por su lado rozándola.

Sarah, no obstante, le miró con semblante inexpresivo. No tenía nada que decir, ni a él ni a nadie, y en ese momento supo que nunca habría otro hombre en su vida y, con suerte, tampoco hijos. No quería nada de este mundo, salvo liberarse de su marido.

Edward la dejó tranquila después de eso. Había obtenido lo que quería, o eso pensaba. En el pasado un solo acto había bastado para dejarla embarazada, y Edward supuso que esta vez no iba a ser diferente. Lo único que Sarah deseaba era averiguar que no lo estaba, pero no lo sabría hasta que se hallase sobre el Atlántico.

Los últimos días transcurrieron sin sobresaltos, y la noche de su fuga llegó al fin con la luna llena en lo alto del cielo y las estrellas brillando con intensidad. Hubiera deseado sentir algo, ya fuera alivio o pena, o incluso nostalgia, cuando bajó a la cuadra con Margaret y dos bolsas pequeñas, pero no sintió nada. Le habría gustado dejarle una nota a Haversham, pero no podía. Le escribiría desde el Nuevo Mundo. Y tampoco dejó una nota para Edward, pues temió que la encontrara antes de que ella estuviera a salvo en Falmouth. Por suerte, Edward había salido de caza el día anterior y aún no había regresado. Eso facilitaba su huida.

Durante el viaje a Falmouth ambas mujeres se mostraron muy animadas, sobre todo Margaret, segura de que le esperaba una aventura inolvidable.

Y al igual que la primera vez, tardaron dos horas en llegar. Nadie las molestó durante el trayecto. Sarah había temido la presencia de bandidos en el camino, pero no le había dicho nada a Margaret. De todos modos, los bandidos no habrían obtenido nada de ellas. Sarah guardaba las joyas y el dinero en el forro de la capa.

Al entrar en Falmouth aminoraron la marcha e hicieron el resto del camino en silencio. Y nada más llegar al muelle, Sarah lo vio. El *Concord* era mucho más pequeño de lo que había imaginado. Tenía dos mástiles y la popa cuadrada, y no parecía lo bastante robusto para cruzar el canal, pero Sarah no tenía intención de echarse atrás y tampoco le importaba si se ahogaba. Estaba decidida a irse. Margaret, por su parte, se quedó perpleja al ver el barco. Sarah aún no le había dicho adónde iban, sólo le había advertido que no vería a sus padres en mucho tiempo, pero la muchacha aseguró que no le importaba. Y al ver el barco pensó que sus suposiciones eran correctas, que iban a Italia, o quizá a Francia pese a la inestabilidad que reinaba allí. En cualquier caso, deseaba conocer otro país y apenas prestó atención a la conversación entre Sarah y el capitán, que en ese momento parecía entregarle una importante suma de dinero. Era un hombre honrado y le estaba devolviendo la diferencia entre el precio de los pasajes y lo obtenido por la pulsera de rubíes. Se la había vendido a un conocido joyero de Londres que le había pagado una suma digna del rescate de un rey.

Sarah le estaba dando las gracias cuando Margaret se sumó a la conversación.

—¿Cuánto durará la travesía? —preguntó animadamente.

—Con suerte seis semanas —respondió el capitán—. Dos meses si tropezamos con tormentas. En cualquier caso, llegaremos a Boston antes de finales de octubre.

Sarah rezó en silencio para que la travesía transcurriera sin sobresaltos. Margaret parecía horrorizada.

—¿Boston? ¡Pensaba que íbamos a París! —dijo, presa del pánico—. Oh, señora, no puedo ir a Boston… no puedo… me moriría… sé que me moriría en un barco tan pequeño. No me obligue a ir, por favor. —Empezó a sollozar mientras estrujaba las manos de Sarah—. No me obligue a ir, por favor… devuélvame a casa.

Sarah abrazó a la muchacha y suspiró. Había temido que eso ocurriera y no iba a resultarle fácil viajar sola, pero no tenía valor para obligarla a ir con ella. Estaba demasiado asustada. Sarah le pidió que se calmara y le tomó las manos.

—No te obligaré a ir si no quieres —dijo con calma, tratando de tranquilizarla—. Pero quiero que me des tu palabra de que no le dirás a nadie a dónde he ido… Haga lo que haga el conde o diga lo que diga la gente… ni siquiera al señor Haversham. Debes prometerme que no le dirás a nadie dónde estoy. Pero si crees que podrías delatarme, tendrás que venir conmigo —añadió con severidad, y Margaret asintió entre sollozos. Sarah no tenía intención de llevársela, pero prefería asustarla un poco para que no corriera a contárselo todo a Edward—. Júramelo. —Le levantó el mentón con un dedo y la muchacha la abrazó como una niña.

—Lo juro, señora… Pero, por favor, no se vaya en ese barco… se ahogará…

—Prefiero ahogarme a seguir viviendo así —respondió Sarah.

Todavía notaba el golpe de la mejilla, y el labio había tardado varios días en deshincharse. Y todavía ignoraba si estaba embarazada. Pero prefería recorrer el mundo diez veces en el barco más pequeño del puerto que seguir soportando la brutalidad de Edward.

—Me voy, Margaret.

Y puesto que la joven regresaba, Sarah le pidió que se llevara los caballos. Había dicho al hombre de las caballerizas de Falmouth que podía quedárselos, pero ahora ya no tenía sentido.

—Tienes que ser muy fuerte cuando te pregunten por mí. Diles simplemente que te dejé en el camino de Londres y seguí sola a pie. Eso les mantendrá ocupados durante un tiempo.

Pobre Haversham. Sarah estaba segura de que Edward acusaría a su hermano de lo ocurrido, pero su inocencia sería su mejor defensa. Y una vez en el Nuevo Mundo, Edward no podría hacer nada para obligarla a volver. Después de todo, ella no era un mueble ni una esclava de su propiedad, aunque así lo creyera él. Sólo era su esposa. Como mucho podía repudiarla y negarse a pagar sus gastos. Pero Sarah ya no quería nada del conde de Balfour. Vendería las joyas e intentaría salir adelante. En el peor de los casos, siempre podía trabajar de institutriz o de acompañante de alguna dama. Carecía de experiencia laboral, pero el trabajo no la intimidaba. De lo único que tenía miedo era de morir a manos de Edward. O peor aún, de vivir lo suficiente para que él la torturara hasta matarla. Y aunque él tenía ya cincuenta y cuatro años, probablemente aún le quedaba mucho tiempo. Demasiado para Sarah.

Sarah y Margaret se despidieron en el muelle. La joven se abrazó a Sarah llorando con desconsuelo, horrorizada ante la idea de que su señora asumiera un riesgo tan grande. Sarah, sin embargo, subió al pequeño bergantín sin miedo. Había otros seis pasajeros en la cubierta y querían zarpar antes del alba.

Sarah permaneció de pie, agitando una mano, mientras Margaret la veía alejarse del muelle entre lágrimas.

—¡Buena suerte! —gritó, pero Sarah ya no podía oírla.

Una amplia sonrisa iluminaba su cara. Se sentía feliz, libre y viva por primera vez en mucho tiempo. Y cuando el barco viró lentamente y dejó la costa inglesa, cerró los ojos y dio gracias a Dios por haberle dado una nueva vida.

Charlie cerró el libro y permaneció en silencio durante largo rato. Eran las cuatro de la madrugada. Qué mujer tan extraordinaria, pensó. Qué valiente tuvo que ser para atreverse a dejar a su marido en aquella época y zarpar sola hacia Boston. Y para colmo no conocía a nadie en el Nuevo Mundo. Charlie podía imaginar el coraje de esa mujer y la vida de la que había huido. Las historias que contaba sobre Edward le ponían la piel de gallina, y deseó haber podido ayudarla. Le habría encantado conocerla y ser su amigo, incluso embarcar con ella en el bergantín.

Admiró la joya que tenía entre las manos. Sentía que estaba compartiendo un gran secreto, y una vez en el dormitorio de Sarah, suspiró por volver a verla. Ahora sabía mucho más de ella. Podía imaginar cómo había sido la travesía en ese barco. Estuvo tentado de seguir leyendo, pero sabía que necesitaba dormir.

Tumbado en la cama pensó en Sarah y en el increíble azar que le había conducido a él hasta el baúl. ¿O no era cosa del azar? Quizá nunca hubo un roedor, quizá Sarah quería que Charlie leyera sus diarios. Quizá fue ella quien le condujo hasta ellos. Charlie sonrió, sabedor de que eso era imposible. La idea de que ella le hubiese conducido hasta los diarios le parecía demasiado inverosímil. Pero sea como fuere, se alegraba de que hubiese ocurrido. Y lo único que quería era seguir leyendo.

10

Al día siguiente, cuando despertó, Charlie se preguntó si todo había sido un sueño. Fuera hacía frío y seguía nevando. Quería enviar por fax algunas notas a su abogado de Londres y tenía que realizar un par de llamadas a Nueva York. Sin embargo, lo único que deseaba una vez se hubo levantado, duchado y vestido era prepararse una taza de café y pasarse la mañana leyendo el diario de Sarah. Su forma de escribir era casi hipnótica.

Finalmente, después de trabajar un poco se instaló en una cómoda butaca y se dispuso a leer la parte referente a la travesía en el barco. Se sentía como un niño con un enorme secreto. Más adelante compartiría los diarios con Gladys, pero ahora los quería sólo para él. Envuelto en un silencio total, abrió el diario que había dejado a medias la noche anterior y empezó a leer.

El *Concord* era un pequeño bergantín construido cinco años atrás. Debajo había una pequeña sección, entre las dos cubiertas, y cuatro camarotes para las doce personas que viajaban al Nuevo Mundo. Y mientras se alejaban de Falmouth, Sarah bajó para echar un vistazo al camarote destinado a ella y a Margaret, pero no estaba preparada para lo que le esperaba. El camarote tenía dos metros de largo por uno de ancho, con dos tablas de madera estrechísimas sobre las que descansaban sendos colchones igualmente estrechos. Sarah no quería ni pensar qué habría pasado si una de las dos hubiese sido gorda. Encima de cada litera había una maroma que se utilizaba para atar a los pasajeros en caso de tormenta.

Todos los pasajeros tenían que compartir sus camarotes excepto Sarah, pues en el barco sólo viajaba otra mujer y ésta compartía el camarote con su marido y su hija de cinco años. La niña se llamaba Hannah y Sarah la había visto en el muelle. Eran americanos, le contaron, del Territorio del Noroeste de la región de Ohio, y su apellido era Jordan. Habían pasado varios meses en Inglaterra visitando a la familia de la señora Jordan y ahora regresaban a casa. A Sarah le pareció toda una muestra de coraje que hubiesen venido.

El resto eran hombres. Había cuatro comerciantes, un farmacéutico —lo cual siempre iba bien—, un religioso que iba a convertir a los paganos del Oeste y un periodista francés que no paraba de hablar del diplomático e inventor americano Benjamin Franklin, a quien había conocido cinco años antes en París. Cuando sintieron las primeras mareas, todos los pasajeros iban ya mareados y apenas se divisaba la costa de Inglaterra. Sarah, no obstante, se asombraba de lo viva que se sentía. Permaneció en cubierta aspirando el aire del amanecer y disfrutando de su primer sorbo de libertad. Estaba tan emocionada que hubiera podido volar.

En el momento en que regresaba a su camarote, Martha Jordan salía del suyo con la pequeña Hannah. Se preguntó cómo podían dormir ahí dentro los tres.

—Buenas tardes, señorita —dijo Martha Jordan con gazmoñería.

Ella y su marido habían comentado que era muy extraño que Sarah viajara sin una acompañanta o un familiar. Y Sarah comprendió, por la forma en que la miraba, que tenía que idear una excusa. El hecho de no tener a Margaret iba a complicarle las cosas, sobre todo en Boston. Allí se veía con malos ojos que una mujer viajara sola.

—Hola, Hannah —dijo Sarah con una sonrisa. La pequeña, aunque poco agraciada, era muy dulce. Se parecía mucho a su madre y ambas estaban un poco pálidas—. ¿Te encuentras bien?

—No —dijo la pequeña.

—Será un placer cuidarla cada vez que usted y su marido lo necesiten —dijo Sarah a la mujer—. Dispongo de una litera en mi camarote. Desgraciadamente no tengo hijos, aunque mi difunto marido y yo siempre quisimos tenerlos.

No mencionó los seis que habían muerto. Sus palabras, no obstante, enseguida atrajeron la atención de Martha Jordan, justamente lo que Sarah pretendía.

—Entonces es usted viuda —dijo la mujer con cara de comprensión. Eso lo explicaba todo. Aun hubiera debido acompañarla una criada o un familiar de su sexo, pero siendo viuda resultaba menos extraño que viajara sola.

—Sí, reciente. —Sarah bajó recatadamente los ojos y deseó que fuera verdad—. Mi sobrina tenía que viajar conmigo —dijo, dando por supuesto que Martha había visto a Margaret llorando en el muelle—, pero estaba demasiado asustada. No tuve el valor de obligarla a subir, a pesar de que había prometido a mis padres que la llevaría conmigo, lo cual me coloca en una situación muy embarazosa —prosiguió Sarah con cara de mártir, y Martha Jordan sintió compasión por ella.

—Cuánto lo siento, querida, y aún más dada su reciente viudedad. —Martha ignoraba la edad de Sarah, pero la encontraba muy bella y le echó unos veinticinco años—. Si podemos hacer algo por usted, no dude en decírnoslo. Nos encantaría que nos visitara en Ohio.

Sarah, no obstante, tenía otros planes. Estaba decidida a llegar a Boston.

—Gracias —dijo, y se retiró a su camarote.

Vestía un sombrero de seda negra y un vestido de lana también negro que corroboraban su historia. Sin embargo, no parecía una viuda triste, y sus ojos danzaron de alegría cuando Inglaterra desapareció en el horizonte.

Los primeros días de viaje fueron bastante tranquilos, pero Sarah notó que la tripulación hacía mucho ruido por las noches. Seth Jordan le explicó que bebían ron hasta desmayarse e insistió en que su esposa y Sarah no se movieran del camarote después de cenar.

La mayoría de los comerciantes se pasaban el día charlando en cubierta, y pese a algún que otro mareo, todo el mundo estaba de buen humor. El capitán MacCormack hablaba habitualmente con todos los pasajeros, y le contó a Sarah que era galés, mas no le dijo que su belleza le tenía fascinado. Tenía esposa y diez hijos en la isla de Wight, pero le confió con tristeza que apenas los veía. Hacía dos años que no visitaba a su familia. A veces le costaba concentrarse en su trabajo cuando Sarah subía a cubierta para contemplar el mar o para sentarse en un rincón tranquilo a escribir su diario. Sarah poseía esa aura extraña que encendía a los hombres que la miraban, y con cada hora que pasaba la llama era mayor. El capitán estaba convencido de que Sarah no era consciente del efecto que ejercía en los hombres, y poseía una fuerza y una humildad que sólo la hacían más atractiva.

Llevaban en el mar cerca de una semana cuando sobrevino la primera tormenta. Sarah estaba durmiendo en su camarote cuando estalló, y un marinero entró y le dijo que tenía que atarla al tabique. Sarah se asustó. El hombre le había arrancado de un sueño profundo y apestaba a ron, pero hizo los nudos con manos delicadas y hábiles, y nada más terminar regresó a cubierta con los demás.

Fue una noche muy larga para todos, y los pasajeros estaban mareados a causa de las constantes sacudidas de la embarcación. Cada vez que el barco se alzaba para luego desplomarse en el mar, Sarah cerraba los ojos y rezaba. Durante dos días nadie salió de sus camarotes, algunos tardaron más, y una semana después de la tormenta Martha Jordan seguía recluida en el suyo.

—No es una mujer fuerte —explicó Seth Jordan a Sarah—. El año pasado contrajo la gripe y estuvo a punto de morir. No ha parado de vomitar desde que estalló la tormenta —dijo con cara de preocupación.

Esa tarde Sarah fue a ver a Martha. Estaba tendida en la litera, pálida como la muerte, con un cubo debajo de la tabla para los vómitos. No era una escena agradable, y cuando Sarah entró la pobre mujer empezó a sufrir nuevas arcadas.

—Déjeme que la ayude —dijo Sarah.

Sabía que la señora Jordan se sentía muy mal. Sarah le sostuvo la cabeza y cuando Martha recuperó el habla, le contó que no sólo estaba mareada sino también embarazada. Sarah, en cambio, había descubierto el día anterior que ella no lo estaba. Ya nada le unía a Edward. Ahora era realmente libre, y si él quería un heredero tendría que buscarse otra mujer. Pero cuando miró a la mujer que sostenía en los brazos, comprendió que la suya era una situación sumamente difícil.

—Pudimos quedarnos en Inglaterra con mi familia hasta que naciera el bebé —explicó Martha con los ojos cerrados—, pero Seth pensó que era mejor volver a Ohio. —Martha rompió a llorar—. Cuando lleguemos a Boston aún nos quedarán varias semanas de camino.

Y para llegar a Boston faltaban muchos días de bandazos y sacudidas. Era lo peor que podía ocurrirle a

Martha a estas alturas del embarazo, y Sarah dio gracias al cielo por no hallarse en el mismo estado. El solo hecho de saber que esperaba un niño de Edward la habría vuelto loca.

Y mientras contemplaba a Martha decidió ayudarla. Fue a su camarote para coger el agua de lavanda que había traído consigo y un pañuelo limpio para humedecerle la frente. Pero hasta el olor del suave perfume le provocaba náuseas. Intentó lavarle la cara y recogerle el pelo. Le cambió el cubo y le prometió una taza de té si conseguía que alguien de la cocina se la preparara.

—Gracias —susurró la mujer con voz ronca—. No se imagina lo que es esto. Estuve enferma durante todo el embarazo de Hannah...

Pero Sarah la comprendía perfectamente; había pasado por lo mismo muchas veces. Por fortuna, después de una taza de té y unas galletas Martha se sintió mejor. Seth Jordan dijo que Sarah era un ángel y le dio las gracias con efusión, y Sarah se llevó a la niña y jugó con ella durante un rato. Era una criatura muy dulce y sólo quería estar con su madre. Sarah la llevó de nuevo al camarote pero Martha se sentía demasiado enferma para cuidar de ella. Estaba vomitando otra vez, y Hannah tuvo que volver a cubierta con su padre. Seth estaba charlando con otros hombres y fumaban unos puros que uno de ellos había traído de las Antillas. Eran de una calidad excelente y poseían un aroma tan acre que Sarah estuvo tentada de probar uno, pero sabía que los hombres fruncirían el entrecejo. Con delicadeza explicó a Seth Jordan que su mujer volvía a tener náuseas y él le agradeció su ayuda.

Después de eso disfrutaron de unos días de calma, hasta que les sorprendió otra tormenta. Pasaron dos semanas sin ver el sol y los pasajeros apenas salían de sus camarotes. Llevaban tres semanas y media a bordo, y el capitán calculó que estaban a mitad de viaje. Si no tropezaban con tormentas realmente violentas, tardarían siete semanas en llegar a Boston. A pesar del mal tiempo, a Sarah le gustaba pasear por cubierta y observar a la tripulación. Se preguntaba qué habría pensado Edward de su desaparición, si ya habría averiguado dónde estaba, si Margaret se lo habría dicho o habría mantenido su palabra. Pero Edward ya no podía hacerle nada. No podía obligarla a volver. Sólo podía odiarla, y ya la había odiado antes, así que no era nada nuevo.

Una mañana se le acercó otro pasajero, Abraham Levitt, uno de los comerciantes.

—¿Tiene familia en Boston? —le preguntó a Sarah.

Era un hombre próspero en los negocios, la clase de persona que Sarah nunca habría conocido de haberse quedado en Inglaterra, y le fascinó conversar con él y oírle hablar de sus transacciones y sus viajes por Oriente y las Antillas. Y él estaba impresionado con sus preguntas. Sarah seguía haciendo preguntas a todo el mundo sobre Boston y los asentamientos del norte y el oeste. Quería saber cosas de los indios, de los fuertes, de la gente de Connecticut y Massachusetts. Había oído hablar de un lugar pintoresco llamado Deerfield donde había cascadas y un fuerte, así como indios, los cuales la tenían intrigada.

—¿Va de visita? —preguntó el hombre tras averiguar que Sarah no tenía parientes en Boston.

—Creo que me gustaría comprar una granja —explicó Sarah con aire pensativo mientras contemplaba el mar, como si intentara decidirse.

El comerciante la miró consternado.

—No puede comprar una granja así como así. Tendría muchos problemas siendo una mujer sola. ¿Cómo la explotaría? Además, los indios la raptarían nada más verla.

Eso era precisamente lo que a él le hubiera gustado hacer, pero el capitán MacCormack dirigía un barco decente, a diferencia de otros, y vigilaba a Sarah como un padre, para decepción de algunos hombres. Sarah era tan hermosa que a veces lo único que querían era mirarla y estar cerca de ella. De vez en cuando chocaban con ella sólo para poder tocarla. Todos se daban cuenta de lo que pasaba excepto Sarah.

—Dudo que los indios me rapten —rió.

Abraham Levitt era un hombre agradable. Tenía treinta y pocos años y una esposa en Connecticut, y a juzgar por sus negocios estaba claro que iba a ganar mucho dinero. Sarah le admiraba por ello. En América las cosas eran diferentes y algún día Abraham Levitt sería respetado por sus logros, y así se lo dijo mientras charlaban junto a la barandilla antes de la cena.

—Es usted una mujer excepcional, señora Ferguson. Me gusta —dijo el hombre sin rodeos.

En ese momento un oficial anunció que la cena estaba servida y Abraham acompañó a Sarah al comedor.

Los Jordan ya estaban allí. Hacía semanas que Martha no cenaba con los demás pasajeros. Casi nunca salía del camarote y cada vez que Sarah iba a verla la encontraba enferma y debilitada. Era doloroso verla en ese estado, pero ni siquiera el farmacéutico podía hacer más por ella. Había agotado todos sus remedios.

Sarah, como siempre, cenó animadamente con los demás pasajeros mientras se contaban historias, leyendas, cuentos y hasta relatos de fantasmas. Todos estaban de acuerdo en que Sarah era la mejor. Y también narraba los mejores cuentos para niños. Esa noche le contó uno a Hannah y la ayudó a acostarse para que su padre pudiera quedarse en cubierta con los demás hombres. Martha dormía en su camarote. Llevaba varias semanas vomitando y se estaba consumiendo por momentos, pero nadie podía ayudarla. Sarah supuso que otras mujeres habían pasado antes por eso, o por lo menos así se lo aseguró el capitán. Nadie moría a causa de un mareo.

No obstante, la tormenta que iba a sorprenderles esa noche le hizo dudarlo.

El capitán MacCormack diría más tarde que había sido una de las peores tormentas de su vida. Duró tres días. Fue preciso amarrar a los marineros de cubierta a los mástiles y a los pasajeros a las literas de los camarotes, y dos hombres cayeron al mar cuando intentaban salvar las velas. Una de ellas se había partido en dos y flotaban avíos por todas partes. Cada vez que el barco se desplomaba parecía hacerlo sobre un mar de rocas. Hasta Sarah tenía miedo esta vez, y lloró en su cama, preguntándose si su deseo de morir en el mar antes que vivir con Edward se cumpliría. Pero aunque así fuera, no lo lamentaba.

Al cuarto día salió el sol y el mar se calmó. Cuando los pasajeros salieron de sus camarotes, estaban destrozados. Todos salvo Abraham Levitt. Dijo que había vivido tormentas mucho peores durante sus viajes a Oriente y contó historias espeluznantes. Seth subió a cubierta con Hannah. Parecía muy preocupado.

—Martha está muy mal —dijo a Sarah—. Creo que está delirando… Lleva días sin probar bocado y no consigo hacerla beber agua.

—Tienes que insistir —dijo Sarah.

Pero el farmacéutico sacudió la cabeza.

—Lo que hay que hacer es desangrarla. Es una pena que no haya un médico entre nosotros.

—Nos las arreglaremos sin él —repuso Sarah, y bajó a ver a la única otra mujer del barco.

Sarah se quedó estupefacta cuando vio a Martha. Tenía la piel cenicienta y los ojos hundidos, y emitía quedos susurros.

—Martha… —dijo, pero la mujer no parecía oírla—. Martha, tienes que recuperarte… Bebe un poco de agua, por favor.

Cogió una cuchara y trató de hacerla beber, pero el agua resbaló por el mentón. Intentó denodadamente que bebiera, pero Martha no la reconocía, no hablaba coherentemente y no ingirió una sola gota.

Era tarde cuando Seth bajó con Hannah en los brazos. La tumbó en la cama y la pequeña se durmió enseguida mientras él y Sarah cuidaban de su madre. Pero por la mañana estaba claro que iba a ocurrir lo inevitable. Habían hecho lo imposible por salvarla, pero no podían ir contra el destino. Martha estaba embarazada de cuatro meses y muy débil, y aunque su cuerpo hubiese tenido energía suficiente para seguir viviendo, tarde o temprano el bebé habría muerto. Si no estaba muerto ya. Era imposible saberlo.

Cuando el sol asomaba por el horizonte, Martha abrió los ojos y sonrió serenamente a su marido.

—Gracias, Seth —dijo, y expiró en sus brazos.

Sarah nunca había presenciado un suceso tan triste, exceptuando la muerte de sus bebés. Y cuando Hannah despertó poco después, se volvió para mirar a su madre. Sarah la había peinado y colocado su bufanda de gasa en torno al cuello.

—¿Está mejor? —preguntó la pequeña.

Martha parecía dormida.

—No, cariño —dijo Sarah con lágrimas en los ojos.

No quería molestar, pero Seth le había pedido que se quedara. Sarah esperó en vano a que él dijera algo. Seth la miró a través de las lágrimas y le suplicó con la mirada que fuera ella quien diera la noticia a Hannah.

—Se ha ido al cielo. Mira cómo sonríe… está con los angelitos. —Como mis bebés, pensó Sarah—. Lo siento —dijo con los ojos llenos de lágrimas por una mujer que apenas conocía pero a la que compadecía enormemente.

Ya no vería crecer a su hija. Ya nunca volvería a Ohio. Les había dejado.

—¿Está muerta? —preguntó Hannah con los ojos abiertos de par en par.

Sarah y Seth asintieron y la pequeña rompió a llorar. Luego Sarah la vistió y la subieron a cubierta. Seth habló con el capitán sobre lo que debía hacerse con Martha.

El capitán sugirió que la instalaran en su camarote y que a mediodía la arrojaran al mar. No podían hacer otra cosa. Seth estaba destrozado. Sabía que su esposa siempre había querido que la enterraran en su granja de Ohio o en Inglaterra, junto a su familia.

—No tenemos elección —explicó el capitán—. No hay forma de conservar el cuerpo hasta Boston. Tendremos que darle sepultura en el mar.

Raras veces tenían una travesía sin un entierro, ya fuera de un pasajero o de un miembro de la tripulación. Siempre había alguien que enfermaba o sufría un accidente o caía por la borda. Era lo normal en los viajes largos, y todos lo sabían, pero eso no significaba que no les conmocionara cada vez que ocurría.

Dos marineros trasladaron el cuerpo de Martha al camarote del capitán y lo envolvieron en una tela que guardaban para ese fin. Añadieron pesas a la mortaja y a las doce sacaron el cadáver y lo tumbaron en medio de la cubierta, sobre una tabla de madera, mientras el capitán decía una oración. Acto seguido el pastor leyó unos salmos y habló de lo buena mujer que había sido Martha, aunque nadie la conocía realmente. Luego los hombres inclinaron lentamente la tabla y el cuerpo cayó al mar. Con la fuerza de las pesas Martha desapareció en el agua antes de que el barco se alejara, mientras la pequeña Hannah lloraba desconsoladamente. Sollozó en los brazos de Sarah durante horas, y se diría que Seth había hecho otro tanto cuando entró en el camarote de Sarah para darle las gracias. Había sido un día duro para todos y Sarah estaba tumbada en la litera con dolor de cabeza, pero volvió a levantarse para hablar con Seth. El hombre le daba mucha pena, y por su bien y el de Hannah rogó que llegaran pronto a Boston. Ya habían tenido suficiente. Habían pasado en el barco cinco semanas y media, y Sarah esperaba que en siete o diez días Boston asomara por el horizonte.

—Si quieres puedes venir a Ohio con nosotros —dijo Seth, y Sarah se emocionó. Les había cogido cariño, especialmente a Hannah—. No me será fácil cuidar de ella ahora —prosiguió.

Sarah se preguntó si Seth volvería a Inglaterra para que la familia de Martha le echara una mano, pero estaba segura de que ninguno de los dos quería cruzar de nuevo el Atlántico.

—Creo que me quedaré en Massachusetts —dijo Sarah con una sonrisa—. Podéis venir a verme a mi granja, cuando la tenga.

No dijo que primero tenía que vender algunas joyas más y que esperaba que alguien de Boston se las comprara a buen precio.

—En Ohio la tierra es más barata. —Pero Sarah sabía que la vida allí era también más dura y los indios menos pacíficos—. Si algún día te diriges al Oeste, quizá puedas hacernos una visita —dijo Seth, y ella asintió y se ofreció a cuidar de Hannah esa noche, pero él le dijo que querían estar juntos.

Durante el resto de la semana, no obstante, la pequeña no se separó de Sarah, y ésta sentía que el corazón se le rompía cada vez que la abrazaba. Hannah echaba de menos a su madre y Seth parecía cada día más turbado. Y una noche habló finalmente con Sarah. Llevaban en el barco siete semanas. Había llamado a su puerta después de dejar a Hannah dormida en el camarote. Desde la muerte de su madre no hacía más que llorar y sólo quería estar con Sarah.

—Quizá te parezca extraño lo que voy a decirte —empezó Seth mientras miraba el camarote con nerviosismo. Sarah llevaba puesta una bata de seda azul encima del camisón—. He reflexionado mucho sobre el tema desde que Martha murió. —Las palabras empezaban a atragantársele y Sarah comenzó a inquietarse. Intuía lo que él quería decirle y hubiera deseado detenerle, pero no sabía cómo—. Ambos estamos en una situación parecida... lo digo por lo de Martha y tu marido... ya sabes lo que es eso... bueno, no del todo, porque yo tengo a Hannah... No puedo hacerlo solo —dijo mientras los ojos se le llenaban de lágrimas—. No sé qué voy a hacer sin Martha... Sé que no es la mejor forma de pedir algo así a una mujer... pero ¿te gustaría casarte conmigo y venir a Ohio?

Martha llevaba muerta diez días y Sarah se quedó sin habla. Compadecía a Seth, pero no lo suficiente como para casarse con él. Lo que Seth necesitaba era una ayudanta o una mujer que quisiera formar con él una familia, quizá alguien de su círculo de amigos, o una viuda como la que ella fingía ser. Sarah negó suavemente con la cabeza.

—Seth, no puedo —dijo.

—Sí puedes. Hannah te quiere, yo diría que más que a mí. Y con el tiempo nos acostumbraremos el uno al otro. No esperaría mucho al principio... Sé que todo esto es muy precipitado... pero pronto llegaremos a Boston y tenía que preguntártelo.

Acarició a Sarah con mano temblorosa, pero ella estaba decidida. No quería darle esperanzas. Jamás se casaría con Seth Jordan.

—Es imposible, Seth, por muchas razones. Me siento muy halagada, pero no puedo casarme contigo.

Seth comprendió que Sarah hablaba en serio. Era lo último que ella deseaba, aunque él fuera un buen hombre y Hannah una niña encantadora. Sarah quería una vida propia. Para eso había venido y nada iba a hacerle cambiar de idea. Además, todavía tenía marido en Inglaterra y, por desgracia, muy vivo.

—Lo siento, supongo que no debí preguntártelo...
pero pensaba que siendo viuda...

Seth estaba rojo como el carmín y empezó a recular hacia la salida mientras ella le tranquilizaba.

—No te preocupes, Seth, lo entiendo.

Sarah le sonrió y cerró la puerta. Luego se sentó en la litera con un suspiro. Ya era hora de llegar a Boston. Habían estado en el barco mucho tiempo. De hecho, demasiado.

11

Al final la travesía duró exactamente siete semanas y cuatro días. El capitán dijo que podría haberla hecho en menos tiempo, pero las tormentas le habían obligado a actuar con precaución. Todas las incomodidades del viaje fueron rápidamente olvidadas cuando divisaron tierra, y todos empezaron a gritar y correr por la cubierta. Habían transcurrido cerca de dos meses desde que dejaran Inglaterra. Estaban a 28 de octubre de 1789 y el tiempo en Boston era seco y soleado.

Los pasajeros desembarcaron en el largo muelle y pisaron tierra firme tambaleándose, pero todos hablaban y reían animadamente. El puerto era un auténtico revuelo. Había colonos, hombres uniformados y soldados. Había gente vendiendo productos, subiendo y bajando animales de los barcos, cargando carretas y transportando pasajeros en carruaje. El capitán MacCormack se mostró muy atento con Sarah. Le ayudó a organizar su equipaje y solicitó un carruaje para que la llevara a una casa de huéspedes que él conocía.

Otros continuaban en busca de una diligencia o de caballos para llegar a casa o a una pensión cercana. Abraham Levitt se despidió de Sarah, y el farmacéutico, el pastor y algunos marineros se acercaron para estrecharle la mano. La pobre Hannah se abrazó a sus piernas y le suplicó que no la dejara. Sarah le explicó que tenía que hacerlo y prometió que le escribiría.

Sarah besó y abrazó a la niña durante un largo instante, y luego se levantó y estrechó la mano de Seth, que todavía estaba azorado y lamentaba que Sarah no hubiese aceptado su proposición de matrimonio. Era una mujer muy hermosa y estaba seguro de que soñaría con ella durante mucho tiempo. Además, había sido muy cariñosa con su hija.

—Cuídate mucho —dijo Sarah con esa voz que él había acabado adorando.

—Tú también. No hagas ninguna locura… No te compres nada demasiado lejos de la ciudad.

—No lo haré —mintió ella.

Eso era exactamente lo que quería: probar la euforia y la independencia de esta nueva tierra. ¿Qué sentido tenía comprar una casa en la ciudad o cerca de un fuerte? Quería un lugar donde pudiera moverse a sus anchas y disfrutar de su libertad.

Subió al carruaje que el capitán MacCormack le había conseguido y se dirigió al hotel Widow Ingersoll's, situado en la esquina de las calles Court y Tremont. Carecía de reserva, no conocía a nadie y no tenía planes, pero no estaba asustada cuando se despidió de todos con la mano y se alejó lentamente del puerto por la calle State. Algo le decía que a partir de ahora todo iría bien.

Tras leer la última frase del pasaje, Charlie pensó en el coraje de Sarah y casi se echó a llorar. No le tenía miedo a nada. Pese a lo mucho que había sufrido todavía estaba dispuesta a sufrir más. No temía probar suerte. Sólo de pensar en la travesía a bordo del *Concord* se le ponía la piel de gallina. Charlie estaba seguro de que él no la habría soportado. Sarah era una mujer excepcional y él tenía curiosidad por saber dónde iba a comprarse la granja. Era como si estuviera leyendo la mejor novela de su vida, con la diferencia de que aquí la gente y los acontecimientos eran reales.

Se levantó y dejó el diario sobre la mesa. Ahora conocía tan bien la letra de Sarah que podía leerla con la misma facilidad que la suya propia. Y cuando consultó el reloj, se sorprendió de la rapidez con que había transcurrido el día. Quería pasar por casa de Gladys Palmer y devolver los libros al archivo histórico. Se preguntó si Francesca estaría allí.

Tomó una taza de té con Gladys. Ardía en deseos de hablarle sobre los diarios encontrados en el desván, pero primero quería leerlos y reflexionar sobre ellos. Era como si Sarah le perteneciera. Le resultaba extraño estar hechizado por una mujer que llevaba tanto tiempo muerta. No obstante, el hecho de leer sobre su vida y sus sentimientos hacía que para él estuviera más viva que cualquier otra mujer.

Charlaron sobre algunas novedades de la ciudad. Gladys siempre tenía cosas que contarle. Uno de sus amigos había sufrido un infarto el día antes y una antigua conocida le había escrito desde París. Al oírle mencionar Francia, Charlie recordó que quería preguntarle a Gladys sobre Francesca. Gladys dijo que la había visto un par de veces y que todo el mundo había comentado lo guapa que era cuando llegó a la ciudad. Pero tenía fama de introvertida y nadie la conocía bien. Gladys ignoraba por qué había ido a vivir a Shelburne Falls.

—Pero es muy bonita —dijo.

Charlie asintió, pero le habría gustado saber más acerca de ella. Le tenía intrigado, y adoraba a su hija.

Dejó a Gladys poco después de las cuatro y media, pero cuando llegó al archivo histórico lo encontró cerrado. Pensó en dejar los libros en la escalinata de la entrada, pero temió que alguien los robara o se estropearan con la nieve. Así pues, regresó con ellos al coche prometiéndose que volvería en uno o dos días. Camino de casa, se detuvo en el supermercado.

Estaba eligiendo sus cereales cuando levantó la vista y vio a Francesca, y enseguida recordó su conversación con Gladys. La mujer pareció dudar antes de sonreír, y luego saludó a Charlie con un cauto gesto de la cabeza.

—Vengo del archivo histórico —dijo Charlie mientras guardaba los cereales en la cesta y se percataba de que Francesca estaba sola—. Quería devolver los libros. Volveré dentro de un par de días.

Ella asintió con la misma seriedad, pero su mirada era más cálida. Charlie no sabía muy bien por qué, pero sus ojos ya no irradiaban el pavor que percibiera cuando la invitó a una copa de vino la noche de fin de año, y se preguntó qué había ocurrido. Lo que había ocurrido era que Francesca, tras mucho pensar, comprendió que había sido muy grosera. No quería entablar una amistad con Charlie, pero tenía que reconocer que se había portado muy bien con Monique y que no había razón para desairarlo. Y puesto que no percibía nada desagradable en él, estaba claro que era simpático con la pequeña porque tenía buen corazón, nada más.

—¿Cómo le fue el fin de año? —preguntó, intentando ocultar su nerviosismo.

—Bien —respondió Charlie con esa sonrisa que las mujeres adoraban y fingían no notar—. Me fui a la cama y volví a casa el día siguiente por la mañana. He estado muy ocupado estos últimos días... instalándome en la casa.

—¿Ha encontrado más cosas sobre Sarah y François?

Era una pregunta de circunstancias, pero Francesca advirtió que Charlie se sobresaltaba.

—Yo... esto... pues no. —Cualquiera diría que tenía un secreto pecaminoso. Se apresuró a desviar la conversación hacia Francesca—. Monique me ha dicho que escribe.

Sabía que el tema la incomodaría y la mantendría a raya durante un rato, pero esta vez se equivocaba. Francesca respondió con una sonrisa.

—Estoy escribiendo una tesis sobre las tribus indias locales, y pienso convertirla en un libro. Es bastante aburrida.

A diferencia, pensó Charlie, de los diarios de Sarah, los cuales le tenían cautivado. Se preguntó qué pensaría Francesca si los leyera.

—¿Cómo está Monique? —preguntó, viendo que se acababan los temas de conversación.

Francesca le observaba en todo momento, tratando de decidir si era un amigo o un enemigo. Debía de ser muy triste tener siempre miedo de todo lo que se cruza en tu camino. No tenía nada que ver con lo que había leído sobre Sarah. A ella nada la había detenido, ni siquiera la crueldad de Edward, aunque Charlie tenía que reconocer que había tardado mucho en huir. No salió por la puerta la primera vez que Edward la pegó. Tardó ocho años, pero afortunadamente lo hizo. Charlie estaba deseando leer sobre su encuentro con François.

—Monique está bien. Quiere ir a esquiar otra vez.

Charlie quiso ofrecerse a llevarla, pero se contuvo. Francesca habría echado a correr nada más mencionarlo. Tenía que tratarla con tiento. No entendía por qué se esforzaba tanto en no espantarla. Se dijo que era porque le gustaba su hija, pero en el fondo sabía que había algo más. Se preguntó si lo que le atraía era el reto, pero eso resultaba demasiado obvio.

—Es una gran esquiadora —dijo con admiración.

Francesca sonrió y su mirada fue más cálida. Empezó a decir algo mientras se dirigían a la caja, pero luego se lo pensó mejor y calló.

—¿Qué iba a decir? —Charlie había decidido agarrar el toro por los cuernos y obligarla a salir de su caparazón.

—Iba... iba a decir que lamento haber sido tan desagradable con usted el día del almuerzo. No quiero que Monique vaya con extraños o deje que la gente le pague cosas que podrían hacerla sentirse obligada de formas que ella todavía no entiende.

—Lo comprendo —respondió él, mirándola a los ojos.

Parecía una preciosa gema a la que Charlie había sacado de su escondrijo y que ahora permanecía muy quieta, con el oído alerta. Charlie sonrió y cuando Francesca desvió la mirada, vio dolor en sus ojos. ¿Qué cosa tan horrible le había ocurrido? ¿Podía ser peor que lo que Sarah había soportado? ¿Peor que lo que Carole le había hecho a él? ¿Qué tenía de especial su corazón? ¿Por qué era mucho más frágil?

—Un hijo es mucha responsabilidad —prosiguió Charlie mientras hacían cola.

Era una forma de decirle que respetaba su trabajo como madre. Había otras cosas que le hubiera gustado decir, pero dudaba que alguna vez tuviera la oportunidad de hacerlo. Pero Francesca era la única mujer relativamene cercana a su edad que conocía en Shelburne. Las otras o bien tenían setenta años, como Gladys, u ocho, como Monique, o estaban muertas, como Sarah. Francesca era la única mujer real, viva, disponible, y pensó que si no intentaba hablar con ella de tanto en tanto perdería esa habilidad por completo. Era una razón extraña para entablar una amistad, pero Charlie se dijo que tenía sentido. Hubiera sido maravilloso que dos personas heridas pudieran hacerse amigas allí, pero eso era pedir demasiado a Francesca. Ninguno de los dos sabía qué le había sucedido al otro. Charlie sólo sabía lo que Monique le había contado.

La ayudó a colocar las compras sobre el mostrador.

Había hamburguesas, filetes, pollo, pizza congelada, helado, tres clases de galletas, un montón de fruta y verdura, y una botella de leche. Supuso que eran las cosas que le gustaban a Monique.

Charlie, por su parte, sólo llevaba refrescos, comida congelada, helado y cereales. Era, sin duda, comida de soltero, y Francesca sonrió cuando echó un vistazo a su cesta.

—No es una comida muy sana que digamos, señor Waterston.

Él se sorprendió de que recordara su apellido.

—Suelo comer fuera. —Por lo menos en Londres y Nueva York, pero estando allí era lógico que Francesca le mirara con asombro.

—Me encantaría saber dónde —dijo sonriendo, aunque ambos sabían que varios restaurantes de Deerfield cerraban en invierno y la mayoría de los lugareños comían en casa salvo en ocasiones especiales. Hacía demasiado frío para salir.

—Supongo que es hora de empezar a cocinar otra vez —dijo Charlie con pesar—. Mañana volveré y compraré más cosas.

Sonrió a Francesca con cara infantil y la esperó para ayudarla con las bolsas. Tenía tres y habrían sido muy pesadas para ella, pero aun así la colaboración de Charlie pareció incomodarla.

La ayudó a poner las bolsas en el asiento trasero del coche, cerró la portezuela y miró a Francesca.

—Salude a Monique de mi parte —dijo, pero no mencionó que volverían a verse ni le prometió que pasaría a verla, ni siquiera que la llamaría.

Francesca subió al coche con una sonrisa cautelosa pero menos asustada que antes.

Y Charlie no pudo evitar preguntarse, mientras se encaminaba a su furgoneta, qué haría falta para ablandar a esa mujer.

12

Era otro día de nieve cuando Charlie miró por la ventana. Hoy ni siquiera fingiría que tenía trabajo que hacer. Sólo quería volver a los diarios de Sarah y averiguar qué había sucedido cuando bajó del barco en Boston.

Pero se quedó frente a la ventana durante un rato, con el cuaderno de piel en la mano, pensando en Francesca. No podía dejar de preguntarse qué clase de mujer era y qué le había hecho abandonar Francia e instalarse en Shelburne. Era un lugar extraño para una mujer acostumbrada a una vida sofisticada. También se preguntó si algún día llegaría a conocerla lo bastante para poder preguntárselo. Luego se sentó en la cómoda butaca y se dejó llevar por la letra clara y diáfana de Sarah. En menos de un minuto se olvidó de todo lo demás.

A su llegada a Boston, Sarah se alojó en la casa de huéspedes Ingersoll's, en el cruce de las calles Court y Tremont. Era un edificio espacioso y confortable, de cuatro plantas, y se lo había recomendado el capitán MacCormack. Al parecer George Washington se había alojado allí una semana antes y le había gustado mucho.

La señora Ingersoll y su ama de llaves se sorprendieron cuando vieron aparecer a Sarah únicamente con dos bolsas de viaje y sin compañía femenina. Sarah explicó que era viuda y acababa de llegar de Inglaterra, y que justo antes de zarpar su sobrina había enfermado y no había podido acompañarla. La señora Ingersoll enseguida se compadeció de Sarah y ordenó al ama de llaves que le mostrara sus aposentos.

Le asignaron un apartamento bonito y espacioso, con un salón de brocados rojos y un dormitorio de raso gris. La habitación era soleada, con vistas a la plaza Scollay, y a lo lejos se divisaba el puerto. Boston era una ciudad bulliciosa y a Sarah le encantaba pasear por ella, mirar las tiendas y escuchar a la gente. Oía muchos acentos irlandeses, e ingleses como el suyo. La mayoría eran soldados, comerciantes y obreros procedentes de Europa. En la calle se veían pocas personas como ella, y aunque Sarah vestía ropa sencilla, saltaba a la vista su origen aristocrático.

Seguía utilizando los vestidos que llevara en el barco, de modo que, transcurridos unos días, pidió a la señora Ingersoll que le recomendara algunas tiendas. Necesitaba ropa de abrigo, pues en Boston hacía frío y sólo tenía su capa.

Encontró una pequeña modista en la calle Union, donde ojeó algunos dibujos que una clienta había traído de Francia el año anterior. Era una gran dama y compraba casi todo su vestuario en Europa, pero tenía cinco hijas y la modista había copiado algunos diseños para ellas, y a Sarah le gustaron las imitaciones. Encargó media docena de vestidos y la modista le recomendó una sombrerería.

Los vestidos que Sarah veía en Boston eran, en su mayoría, más sencillos que los que ella llevaba en Inglaterra, y mucho más sencillos que los que se llevaban en Francia. Las mujeres francesas que conocía siempre habían lucido vestidos preciosos, pero cuando estalló la revolución cuatro meses atrás, la gente dejó de preocuparse por la moda. Sarah no necesitaba ropas demasiado elegantes para la vida que hacía en Boston. Necesitaba un vestuario serio y práctico, acorde con su nueva vida de viuda. Y para resultar convincente, cuanto encargó a la modista fue negro y ligeramente aburrido, si bien no pudo resistir la tentación de adquirir un vestido de terciopelo muy bonito. Se lo harían en un azul fuerte, parecido al color de sus ojos. Sarah ignoraba cuándo se le presentaría la oportunidad de ponérselo. No conocía a nadie en Boston, pero confiaba que con el tiempo haría amigos y empezaría a asistir a bailes y reuniones, y no quería que su aspecto fuera excesivamente anodino.

La modista le prometió que lo tendría todo listo en dos semanas, pero que el vestido de terciopelo, de hechura más complicada, no estaría terminado hasta finales de mes. Sarah se dirigió luego al banco. También allí explicó su situación de viuda y su falta de contactos en la ciudad, y reconoció que le gustaría comprarse una granja fuera de Boston.

—¿Y cómo piensa explotarla, señora Ferguson? —preguntó Angus Blake, el director del banco—. Una granja no es una empresa fácil, y aún menos para una mujer sola.

—Lo sé, señor —respondió Sarah—. Tendría que contratar personal para que me ayudara, pero estoy segura de que lo encontraré una vez tenga el terreno.

Pero el banquero la miró por encima de las gafas con desaprobación y le dijo que estaría mejor en la ciudad. Había casas preciosas en barrios muy elegantes, y seguro que Sarah haría amigos muy pronto. Era una joven muy bonita, y aunque el banquero no se lo dijo, estaba seguro de que no tardaría en volver a casarse. No tenía sentido comprarse una granja.

—Yo no me precipitaría, señora Ferguson. Antes de

tomar una decisión tendría que conocer mejor Boston.

Y asumió como una cruzada personal el conseguir que Sarah se sintiera a gusto en Boston y presentarle a otros clientes del banco. Era una mujer elegante y distinguida, y su esposa estaba segura de que ocultaba algo.

—Es una mujer extraordinaria —dijo Belinda Blake cuando su marido se la presentó.

Tenía hijas de edades parecidas a la de Sarah, y nunca había conocido a una mujer tan inteligente, competente y fuerte como ella. Sólo de pensar en la travesía a bordo del *Concord* sentía escalofríos y estaba de acuerdo con su marido en que la idea de comprar una granja era absurda.

—Debes quedarte en la ciudad.

Belinda Blake había unido su voz a la de su marido, pero Sarah se limitaba a sonreír.

Los Blake se encargaron de presentarle a sus numerosas amistades, y Sarah no tardó en recibir invitaciones para ir a cenar o a tomar el té. Tenía cuidado con los lugares adonde iba y los amigos que hacía. Temía que alguien de Inglaterra la reconociera. Cuando vivía con Edward apenas visitaban Londres y salían poco, pero siempre cabía la posibilidad de que la historia de su huida se hubiese extendido o incluso publicado. No había forma de saberlo ahora que estaba en Boston. Pensó en escribir a Haversham, pero era demasiado arriesgado. De modo que salió a cenar una o dos veces y poco a poco empezó a hacer amigos.

Angus también había tenido el detalle de presentarle a un joyero discreto, quien se quedó perplejo al ver las joyas que Sarah esparció sobre su mesa. Había media docena de piezas muy valiosas y otras más pequeñas que Sarah todavía no sabía si vender o no. Pero sí quería vender las grandes, sobre todo un bello collar de diamantes que Edward había pasado por alto cuando le desvalijó el joyero. Sólo con ese collar hubiera podido comprar varias granjas o una casa espléndida en Boston. Había visitado algunas mansiones por insistencia de Belinda Blake, pero seguía deseando una granja fuera de la ciudad.

El joyero le compró el collar de inmediato. Tenía un cliente para él, y de todos modos sabía que si no conseguía venderlo rápidamente en Boston, lo haría en Nueva York. Y el dinero que le dio por la joya fue ingresado en la cuenta que Sarah tenía en el banco. Para finales de noviembre contaba con una buena suma y se sorprendía de la cantidad de gente que conocía. Todo el mundo se había portado maravillosamente con ella, y pese a sus esfuerzos por evitarlo, había causado un verdadero revuelo entre la gente más distinguida de la ciudad. Era imposible no reparar en su linaje aristocrático, y su belleza enseguida fue tema de conversación entre los solteros prósperos de Boston que se reunían en la Royal Exchange Tavern. Casi de la noche al día, Sarah Ferguson se había convertido en el objeto de atención de todos, y eso le hizo desear aún más abandonar la ciudad y llevar una vida tranquila, antes de que los informes sobre su paradero cruzaran el Atlántico y llegaran a oídos de Edward. Pese a la enorme distancia que los separaba, aún le temía.

Celebró el día de Acción de Gracias con los Blake y dos días más tarde los ilustres Bowdoin la invitaron a una cena que señalaba su aceptación en los principales círculos sociales de Boston. Como no quería llamar la atención, decidió no ir, pero Belinda se enfadó tanto que acabó por aceptar.

—¿Cómo vas a encontrar marido si no? —le reprendió Belinda, que ya la trataba como a una hija.

Sarah se limitó a sacudir la cabeza con una sonrisa triste, consciente de todas las cosas que nunca podría contarle.

—No tengo intención de volverme a casar —repuso con firmeza, y Belinda vio en sus ojos que la decisión era irreversible.

—Sé que ahora lo ves de ese modo. —Le dio una palmadita tranquilizadora en el brazo—, y que el señor Ferguson era un hombre amable y encantador. —Sarah sintió una punzada en el estómago. Su marido nunca tuvo nada de amable o encantador. Se había casado con ella por interés, eso era todo. Y poco a poco fue convirtiéndose en un monstruo—. Pero estoy segura de que algún día conocerás a alguien como él. Debes volver a casarte, Sarah. Eres muy joven. No puedes pasarte el resto de tu vida sola. Y puede que esta vez consigas tener hijos.

Belinda advirtió que la mirada de Sarah se apagaba.

—No puedo tener hijos —respondió fríamente, y Belinda no se atrevió a preguntarle por qué lo decía.

—A lo mejor te equivocas —repuso con voz suave mientras le cogía la mano—. Tengo una prima que fue estéril durante muchos años y a los cuarenta y dos descubrió que estaba embarazada. Tuvo gemelos. —Sonrió—. Y viven los dos. Era la mujer más feliz de la tierra, y tú eres mucho más joven que ella. No debes perder la esperanza. Aquí podrás comenzar una nueva vida.

Para eso había ido a América, para iniciar una nueva vida, pero no para casarse y tener hijos. Ya había tenido un matrimonio espantoso. Y se cuidaba mucho de coquetear con los hombres o darles esperanzas. Durante las cenas a las que asistía, conversaba principalmente con las mujeres. Pero los hombres, pese a todo, no paraban de dirigirle la palabra, y Sarah tenía que reconocer que encontraba sus conversaciones más interesantes. No obstante, lo único que quería de ellos era aprender sobre negocios, tierras y granjas, y eso aumentaba su atractivo. Las demás mujeres sólo hablaban de ropa e hijos. Y el hecho de que Sarah se negara a seducirles sólo la hacía aún más deseable. Sarah constituía un reto para los hombres, y algunos incluso se presentaban en el Ingersoll's y le dejaban flores, tarjetas con florituras o cestas de fruta cuando era posible encontrarla, y hasta un librito de poesía obsequio de un joven teniente que había conocido en casa de los Aubuck. Pero por muy generosos que fueran los regalos o muy grandes los ramos, ella se negaba a recibirles. No tenía ningún interés en perseguir a los hombres o en ser perseguida. El teniente Parker era especialmente insistente, y Sarah había tropezado varias veces con él en el vestíbulo, donde solía esperarla para llevarle los paquetes o acompañarla a donde fuera en ese momento. Tenía veinticinco años, había venido a Boston desde Virginia hacía un año y estaba perdidamente enamorado de Sarah. Pero, pese a sus interminables atenciones, Sarah lo encontraba exasperante. El teniente no la dejaba tranquila y sólo conseguía hacer de sí mismo una molestia intolerable. Sarah estaba deseando que encontrara una joven adecuada. Ya le había explicado que estaba de luto y no tenía intención de volver a casarse, pero él no la creía ni le importaba su edad.

—No puedes saber cómo te sentirás dentro de seis meses o un año —le aseguraba Parker, pero Sarah siempre negaba con la cabeza e intentaba dejar claro su rechazo.

—Sé perfectamente cómo me sentiré dentro de uno, dos y diez años.

Mientras Edward siguiera vivo, se sentiría casada. Y aunque muriera, no tendría ganas de casarse otra vez. Sus años de matrimonio con Edward habían sido demasiado amargos para intentarlo de nuevo. No volvería a correr el riesgo de convertirse en el objeto de la violencia de un hombre o en una propiedad que podía ser utilizada y maltratada. Le costaba creer que otras personas lo soportaran. Desde luego había muchos maridos buenos, pero no quería volver a arriesgarse. No le importaba estar sola el resto de su vida, pero aún tenía que convencer de ello al teniente Parker y a muchos hombres que había conocido en Boston.

—¡Deberías alegrarte de tener tantos pretendientes! —decía Belinda Blake cada vez que Sarah se irritaba.

—No quiero pretendientes. ¡Soy una mujer casada! —dijo un día sin pensar, y enseguida se dio cuenta del error—. O lo era... El matrimonio es una cosa muy seria —dijo con recato.

—Te comprendo. El matrimonio es una bendición y el mero cortejo no es nada a su lado. Pero aun así, no puedes tener lo uno sin lo otro.

Era imposible hacérselo entender y Sarah acabó por rendirse.

Fue a principios de diciembre cuando conoció a Amelia Stockbridge y posteriormente a su marido. El coronel Stockbridge era el comandante del fuerte de Deerfield y de la línea de fuertes instalados a lo largo del río Connecticut, y Sarah disfrutaba hablando con él. Le interrogaba ampliamente sobre la región y el coronel se mostraba encantado de compartir sus conocimientos con ella. Sarah sentía especial curiosidad por las tribus indias y se sorprendió cuando Stockbridge le dijo que la mayoría eran muy pacíficas.

—En Deerfield sólo quedan algunos nonotucks y wampanoags, y hace mucho que no dan problemas. Siempre hay algún conflicto que otro, como es natural (demasiado aguardiente o alguna discusión por un trozo de tierra), pero la mayoría son apacibles.

De hecho, hablaba como si le cayeran bien, y Sarah le comentó que todo el mundo le había advertido que las zonas periféricas eran muy peligrosas a causa de los indios y otros problemas.

—Es cierto —respondió él con una sonrisa, sorprendido de que Sarah estuviera interesada en el tema—. En primavera, durante la época del salmón, se ven algunos iroqueses. Y siempre existe el riesgo de tropezar con una banda de renegados o de guerreros mohawks procedentes del norte. Se sabe que han dado problemas a los colonos. —Un año antes habían asesinado a toda una familia, al marido, la mujer y los siete hijos, justo al norte de Deerfield. El coronel, no obstante, se ahorró ese comentario. Además, se trataba de sucesos muy aislados—. Pero los más peligrosos están en el Oeste. Existe la preocupación de que los problemas con los shawnees y los miamis se extiendan hacia el Este, pero dudo que alcancen Massachusetts. Es evidente que han causado muchos problemas en el Oeste. El presidente está muy indignado. Piensa que hemos gastado demasiado dinero en la lucha contra los indios y lamenta que éstos hayan perdido tierras, pero no pueden pasarse la vida matando colonos porque estén enfadados. Se lo están haciendo pasar muy mal a nuestra gente.

A Sarah le habían llegado rumores al respecto, pero era más emocionante oírlo de primera mano.

El coronel había ido a Boston para pasar las Navidades con su familia. Los Stockbridge tenían una casa en la ciudad, donde la esposa del coronel pasaba la mayor parte del tiempo. Detestaba vivir en el fuerte de Deerfield, así que su marido venía a verla cuando podía, lo cual no era muy a menudo, pues Deerfield estaba a cuatro días de viaje.

Unos días más tarde los Stockbridge la invitaron a una pequeña fiesta de Navidad que ofrecían para sus amigos y para algunos hombres del coronel que estaban de permiso en Boston, y Sarah aceptó encantada. Era un grupo muy agradable y todos acompañaron a Amelia al piano con sus voces.

Sarah disfrutó mucho de la velada. El único problema era que también habían invitado al teniente Parker, que se pasó la noche rondándola como un perrito faldero mientras ella intentaba evitarle. Estaba más interesada en hablar con el coronel, y al final de la velada tuvo la suerte de disponer de unos minutos a solas con él, que se mostró desconcertado con la pregunta de Sarah.

—Supongo que es posible —dijo con el entrecejo fruncido—. Es un viaje muy duro, sobre todo ahora, con tanta nieve. No podría viajar sola. Tendría que contratar un par de guías. El viaje dura cuatro días. —Sonrió con tristeza—. Hasta mi mujer se niega a hacerlo. Las esposas de algunos de mis hombres viven en el fuerte o cerca de él, y estamos rodeados de colonos. Somos gente civilizada, pero escasean las comodidades. Dudo mucho que Deerfield le guste. —El coronel sentía la obligación de desanimarla, pero ella estaba decidida a ir—. ¿Tiene amigos allí?

No se le ocurría otra razón para dejar atrás las comodidades de Boston. Era una ciudad muy agradable y Sarah parecía una mujer demasiado refinada para hacer semejante viaje. El coronel, no obstante, sabía que ella había llegado a América en un barco pequeño e incómodo y sin acompañante. Estaba claro que Sarah Ferguson era más fuerte de lo que parecía, y el coronel la respetaba por ello.

—Si al final decide ir, me gustaría elegirle los guías personalmente. No me agradaría que acabara en manos de unos rufianes que pudieran perderse o emborracharse. Comuníqueme cuándo desea partir y le encontraré algunos hombres. Necesitará dos guías, un conductor y un carruaje sólido. Dudo que disfrute del trayecto, pero llegará sana y salva.

—Gracias, coronel —dijo Sarah con la mirada brillante, y él comprendió que nada la detendría.

Intentó explicárselo a su mujer cuando le mencionó su conversación con Sarah, pero ella le reprendió sin miramientos.

—¿Cómo se te ocurre dejar que una chica como

Sarah vaya a Deerfield? No tiene ni idea de lo duro que es ese lugar. Además, podría sufrir un accidente, o perderse o enfermar a causa del largo viaje. —Le indignaba que su marido le permitiera ir y encima se ofreciera a buscarle los guías.

—Vino desde Inglaterra sola y en un barco pequeño. Dudo que Sarah Ferguson sea la flor de salón que imaginas, querida. De hecho, después de hablar con ella esta noche estoy seguro de que no lo es. Creo que hay mucho de esa muchacha que no sabemos.

El coronel era un hombre inteligente y podía ver en la mirada de Sarah que su vida no había sido un lecho de rosas y que nada iba a detenerla. Tenía la clase de determinación que había visto en la gente que se dirigía al Oeste para ganarse la vida con la tierra, enfrentarse a lo desconocido e incluso luchar contra los indios. Los que habían sobrevivido eran como Sarah.

—Estoy seguro de que todo irá bien. De lo contrario no le habría ofrecido mi ayuda.

—Eres un viejo estúpido —gruñó Amelia, y luego se fue a la cama y besó a su marido, aunque seguía pensando que se equivocaba con respecto a Sarah y que su plan de ir a Deerfield era una locura. Confió en que Sarah conociera pronto a un hombre de la ciudad y se olvidara de esa idea descabellada.

Pero Sarah regresó a casa del coronel al día siguiente. Se había pasado la noche pensando en lo que él le había dicho. Estaba tan ilusionada que no había pegado ojo. Y quería aceptar su amable ofrecimiento de buscarle guías de confianza. Preguntó a Stockbridge cuándo tenía previsto regresar a Deerfield y él le dijo que después de Año Nuevo y que esta vez se quedaría hasta la primavera. Amelia estaría muy ocupada a pesar de su ausencia, pues su hija mayor estaba a punto de dar a luz.

—La acompañaría —dijo el coronel Stockbridge—, pero voy con algunos de mis hombres y cabalgamos muy deprisa. Estará más cómoda si viaja a un ritmo más lento. —Sonrió y le hizo una sugerencia—: Si lo desea, puedo ordenar al teniente Parker que la acompañe.

Ella se apresuró a rechazar la oferta.

—No, gracias. Preferiría contratar unos guías, como me aconsejó anoche. ¿Cree que podrá ayudarme?

—Desde luego. ¿Le gustaría partir el mes que viene? —preguntó él mientras recorría mentalmente una lista de hombres de confianza.

—Me encantaría —respondió ella, e intercambiaron una afectuosa sonrisa.

Ninguna de las hijas del coronel se había ofrecido nunca a visitarle. Iban a verle con sus familias una vez cada varios años por obligación, y lo consideraban toda una aventura. Sarah, por el contrario, actuaba como si fuera la oportunidad de su vida. Y lo era. No quería otra cosa.

El coronel prometió ponerse en contacto con ella durante los próximos días y acordaron no mencionarle el tema a Amelia. Ambos sabían que se pondría furiosa. Pero el coronel sabía que Sarah no corría peligro, o de lo contrario no le habría ofrecido su ayuda.

Ella le dio las gracias y regresó al hotel caminando. Estaba tan emocionada que necesitaba un poco de aire, y cuando el viento le azotó la cara y le hizo entrecerrar los ojos, simplemente sonrió y se ciñó un poco más la capa.

13

Sarah emprendió el viaje el 4 de enero de 1790 en un carruaje alquilado, viejo pero resistente. El cochero, aunque joven, llevaba muchos años recorriendo la región. De hecho, había nacido a un día de viaje de Deerfield. Conocía todos los caminos y su hermano vivía en el fuerte de Deerfield. El coronel Stockbridge se había alegrado de dar con él en Boston. Se llamaba Johnny Drum y era poco mayor que Sarah. Los otros dos hombres viajaban a caballo al lado del carruaje. Uno era George Henderson, un viejo trampero que había pasado muchos años viajando a Canadá para comerciar con pieles. Dos años de su juventud los pasó como prisionero de los hurones y al final acabó casándose con una hurona, pero de eso hacía mucho tiempo. Ahora estaba viejo, pero la gente aún lo consideraba uno de los mejores guías de Massachusetts. El otro guía era un wampanoag. Se llamaba Tom Viento Que Canta y su padre era el jefe de la tribu, hombre santo y líder. Tom trabajaba de guía en el fuerte, pero había venido a Boston con intención de comprar equipo agrícola para su tribu, y el coronel Stockbridge le había pedido como un favor que regresara a Deerfield con Sarah. El joven, de semblante serio, tenía el pelo largo y negro y los rasgos afilados. Vestía pantalones de ante y un abrigo de búfalo, y nunca hablaba con Sarah si podía evitarlo. Era un signo de respeto hacia ella, pero Sarah no podía quitarle los ojos de encima. Era el primer indio que veía en su vida, y tenía el mismo aspecto noble, severo e inquietante que había imaginado. Con todo, no estaba asustada y sabía por el coronel que los wampanoags eran una pacífica tribu de agricultores.

Nevaba cuando dejaron la ciudad en dirección oeste, y para entonces Boston ya había despertado. Llevaban consigo todo lo que necesitaban: mantas, comida, utensilios y agua. Los dos guías serían los encargados de cocinar, pero Sarah estaba más que dispuesta a ayudarles.

Salieron de la plaza Scollay a primera hora de la mañana. Sarah contempló por la ventanilla del carruaje la nieve que caía. En su vida había estado tan ilusionada, ni siquiera cuando zarpó de Falmouth a bordo del *Concord*. Presentía que éste era uno de los viajes más importantes de su vida. No sabía bien por qué, pero algo le decía que ése era su destino.

Viajaron cinco horas antes de detenerse para que los caballos descansaran. Sarah bajó del coche para estirar las piernas y la belleza del paisaje la maravilló. Habían dejado atrás Concord, y después de media hora reanudaron la marcha. Para entonces había dejado de nevar, pero cuando llegaron al Mohawk Trail y apuntaron al oeste, hacia su destino, lo encontraron todo cubierto de una nieve blanca y espesa. Sarah hubiera preferido ir a caballo, pero el coronel había insistido en que viajara en carruaje. El terreno era demasiado abrupto.

Esa noche comieron conejo asado preparado por Henderson. Lo habían traído desde Boston envuelto en nieve y tras el largo y agotador día de viaje sabía delicioso. Como siempre, Viento Que Canta habló poco pero su ánimo fue agradable y jovial. Cocinó una calabaza y la compartió con los demás. Sarah nunca había probado nada tan delicado y dulce. Y después de comer y atender necesidades varias, se tumbó dentro del carruaje, hecha un ovillo debajo de las gruesas pieles del trampero, y durmió plácidamente como un bebé.

Despertó al alba, cuando oyó a los demás trajinar. Había dejado de nevar y el amanecer iluminaba el día como un fuego celestial. Tras ponerse en camino, Johnny Drum y Henderson empezaron a cantar. Y pese a los bandazos del carruaje, Sarah les acompañó.

Esa noche, cuando se detuvieron a cenar, Viento Que Canta volvió a sacar verduras secas y las cocinó de formas que habrían satisfecho el paladar de cualquier colono. Mientras Johnny cuidaba de los caballos, Henderson abatió tres pájaros y también se los comieron, y fue otra comida que Sarah nunca habría de olvidar. Todo era tan sencillo allí, tan real, tan genuino e infinitamente valioso.

Durante el tercer día de camino, Henderson les contó historias de su época con los hurones. Ahora vivían en Canadá, pero cuando fueron aliados de los franceses contra los ingleses se hallaban por todas partes y constituían una auténtica amenaza. Henderson aseguró que le habían raptado cerca de Deerfield. Pero Sarah sabía que los hurones ya no rondaban la región y no estaba asustada. Hablaron de los problemas que Camisa Azul, el jefe de los shawnees, estaba causando en el Oeste, y las historias que Viento Que Canta contaba de él eran bastante desconcertantes. Fue entonces cuando Sarah empezó a hacerle preguntas acerca de su tribu y de sus costumbres y creyó ver en los ojos del indio el destello de una sonrisa. Viento Que Canta le contó que provenía de una familia de agricultores y que su padre era el jefe de la tribu. Su abuelo había sido un powwaw o líder espiritual, aún más importante que el jefe. Explicó que su tribu tenía un vínculo especial con todas las cosas del universo, que cuanto les rodeaba tenía espíritu propio y era, a su manera, sagrado. Le contó que Kiehtan, la palabra que utilizaban para Dios, controlaba todas las cosas del universo, todas sus criaturas, y que siempre había que darle gracias por los alimentos y por la vida. Le habló del Festival del Maíz Verde con el que celebraban las cosechas tempranas. Sarah le escuchaba embobada, con los ojos bien abiertos. Viento Que Canta le explicó que todos los seres deben ser justos entre sí y dejarse guiar por Kiehtan, y que en su tribu si un hombre maltrataba a su mujer ésta podía dejarle. Sarah contempló la figura orgullosa y fuerte de Tom sobre el caballo y se preguntó por qué le había contado eso, si sabía o intuía que ella había sido maltratada. Era un joven extraordinariamente sabio para su edad, y Sarah consideraba muy juiciosos los valores que describía. De hecho, los encontraba sumamente civilizados y bastante modernos, y en ciertos aspectos casi perfectos. Le costaba creer que se tratara de la misma gente que los primeros viajeros llamaron «salvajes» y que aún se utilizara ese término, sobre todo en el Oeste. En opinión de Sarah, los indios no tenían nada de salvajes. Y le fascinaba pensar que un día ese joven sería el jefe de su tribu y lo mucho que sabría de las costumbres de los colonos después de vivir tanto tiempo con ellos. Su padre había hecho bien en nombrarle embajador de su tribu. Y mientras Sarah observaba la figura de Viento Que Canta sobre el caballo, supo que nunca olvidaría este momento.

El cuarto día fue el más largo. Dejaron atrás Millers Falls y pasaron cerca de varios fuertes; se detuvieron en uno y allí les dieron agua y comida. Sabían que quedaba poco, pero al caer la noche todavía no habían llegado a Deerfield y se plantearon si continuar o esperar a la mañana siguiente. Todos anhelaban llegar a su destino, pero no se atrevían a apretar la marcha con una mujer entre ellos. Mas fue la propia Sarah la que dijo que debían continuar si no había peligro.

—Siempre lo hay —dijo Johnny, el joven conductor—. Podríamos tropezar con un grupo de guerreros indios o perder una rueda.

El camino se helaba por la noche. Johnny se sentía responsable de Sarah y no quería correr riesgos.

—También podría ocurrir de día —le recordó Sarah, y al final decidieron seguir unas horas más. Los dos guías calcularon que podrían estar en el fuerte para la medianoche.

Apretaron la marcha y Sarah soportó los bandazos del viejo carruaje sin rechistar. A veces se movía tanto como el *Concord* en plena tormenta, pero jamás se habría quejado. Lo único que quería era llegar a su destino. Y poco después de las once divisaron las luces del fuerte. Los cuatro soltaron un grito de alegría y azuzaron aún más los caballos. Sarah estaba segura de que iban a perder una rueda, pero llegaron al fuerte sin incidentes mientras Johnny lanzaba gritos al centinela. Las puertas se abrieron y el carruaje entró lentamente.

Con piernas temblorosas, Sarah bajó del vehículo y miró alrededor. Había media docena de hombres caminando y hablando en voz queda, algunos fumando, y vio varios caballos atados a unos postes y cubiertos con mantas. El fuerte comprendía diversos barracones sencillos y alargados donde residían los hombres, algunas cabañas para las familias, tiendas donde obtener provisiones y una plaza mayor. De hecho, parecía un pueblo autosuficiente, bien vigilado y protegido. Los colonos vivían alrededor del fuerte. Llegaban aquí en busca de ayuda y protección. Incluso a esa hora de la noche, con las calles vacías, Sarah tuvo la sensación de pertenecer a ese lugar y los ojos se le llenaron de lágrimas cuando estrechó la mano de sus compañeros de viaje. Había sido una experiencia inolvidable. Los cuatro días habían pasado volando, y cuando lo dijo todos se echaron a reír, incluso Viento Que Canta, que había encontrado la marcha demasiado lenta a causa de la mujer.

Johnny llevó el carruaje a los establos y dio de beber a los caballos, y los dos guías se fueron a buscar a sus amigos y dejaron a Sarah con un soldado. El coronel había ordenado dos días antes, tras un raudo viaje, que la llevaran con una de las mujeres. En el fuerte vivían varias familias y Sarah debía alojarse con una de ellas. El coronel estaba seguro de que se encontraría a gusto con las mujeres y los niños. Y cuando el joven soldado llamó a la puerta, le abrió una mujer joven con cara de sueño, vestida con un camisón, una bata de franela y un gorro de dormir. En la habitación había dos cunas de madera. Las familias del fuerte vivían en cabañas de una o dos estancias, y esta mujer había llegado dos años atrás, justo después de casarse.

El joven soldado le presentó a Sarah y la muchacha sonrió y dijo que se llamaba Rebecca. Sarah entró en la cabaña y contempló el espacio iluminado por la vela que sostenía la joven. Era una habitación pequeña y sencilla, y cuando Sarah miró a Rebecca advirtió que estaba embarazada. Por un instante casi la envidió por su vida sencilla, en ese lugar ideal, rodeada de sus hijos. Cómo le habría gustado vivir así y no en un castillo maltratada por un hombre al que odiaba. Pero todo eso había quedado atrás, tanto el dolor como la esperanza de clemencia o felicidad. Sarah tenía lo que Viento Que Canta había descrito como comunión con el universo. Estaba, como él había explicado, en manos de Kiehtan. Y Kiehtan, según Viento Que Canta, era justo con todas las criaturas, y lo había sido con Sarah al dejarle encontrar su libertad. No deseaba otra cosa.

Rebecca la condujo hasta el único dormitorio de la vivienda. Era un cuarto muy pequeño, casi del tamaño de su camarote del *Concord*, con una cama tosca en la que apenas cabían dos personas. Era la cama que la muchacha compartía con su marido, y Sarah se dio cuenta de que había estado durmiendo en ella. Pero ahora se la ofrecía a Sarah. Dijo que ella podía dormir sobre una manta en la habitación contigua, con los niños. Su marido estaba cazando y tardaría varios días en volver. Y no le importaba ceder su habitación a su invitada.

—No puedo aceptarlo —dijo Sarah, conmovida por la generosidad de Rebecca—. No me importa en absoluto dormir en el suelo. He estado cuatro días durmiendo en un carruaje y no me ha pasado nada.

—Ni hablar —repuso Rebecca con firmeza, y finalmente las dos mujeres decidieron dormir juntas en la única cama.

Sarah se desvistió a oscuras para no molestar a Rebecca y cinco minutos después las dos mujeres yacían juntas como si fueran hermanas.

—¿Por qué has venido a Deerfield? —le preguntó Rebecca en un susurro. A lo mejor estaba enamorada de un hombre del fuerte. Rebecca encontraba a Sarah muy bonita y no la creía muy mayor. Ella acababa de cumplir veinte años.

—Quería conocerlo —respondió Sarah con franqueza—. Llegué de Inglaterra hace dos meses para empezar una nueva vida... —Entonces pensó que más valía seguir con la misma mentira—. Soy viuda.

—Lo siento —dijo Rebecca.

Andrew, su marido, tenía veintiún años y se querían desde que eran niños. No podía imaginar que un marido y una esposa compartieran menos que eso, y aún menos una vida como la que había obligado a Sarah a huir de Inglaterra.

—No te preocupes. —Y Sarah decidió sincerarse un poco. Le parecía injusto no hacerlo—. Nunca le amé.

—Qué horror —exclamó Rebecca. Estaban compartiendo secretos que no habrían compartido en un salón, y estaban en la misma cama, en un lugar mágico que parecía muy cercano a Dios... y a Kiehtan. Sarah

sonrió al recordar las leyendas de Viento Que Canta—.
¿Piensas quedarte en el fuerte mucho tiempo? —preguntó Rebecca, y bostezó.

Notaba el bebé que llevaba en el vientre y sabía que los otros dos no tardarían en despertarla. Los días eran largos para ella, sobre todo cuando Andrew salía a cazar, porque entonces no tenía a nadie que le echara una mano. Su familia vivía en Carolina del Norte.

—No lo sé —dijo Sarah con otro bostezo—. Me gustaría quedarme para siempre.

La muchacha sonrió y enseguida se durmió. Poco después Sarah hizo otro tanto, todavía sorprendida de su buena fortuna.

Rebecca se levantó antes del amanecer, cuando oyó a su hijo más pequeño moverse. Sabía, por la pesadez de sus pechos, que era hora de amamantarlo. A veces le hacía daño y temía que el bebé que esperaba naciera antes de tiempo, pero el niño era aún tan pequeño que le parecía injusto no darle el pecho. Apenas tenía ocho meses y era una criatura delicada. Rebecca creía que estaba embarazada de cinco meses, pero no podía asegurarlo. Se veía más gorda que la anterior vez. El primer bebé había sido una niña que ahora tenía año y medio.

Rebecca no paró desde que se levantó. Trató de evitar que los pequeños despertaran a su invitada y los mantuvo distraídos con un cuenco de gachas y un trozo de pan. Para ella era más fácil vivir en el fuerte que en una granja. Le era imposible labrar la tierra y allí disponían de protección y alimentos, de modo que Andrew no tenía que preocuparse por ella cada vez que se marchaba.

A las nueve, cuando Sarah despertó, Rebecca ya había bañado y vestido a los niños y hecho la colada, y había una hogaza de pan cociéndose en el horno. Viéndola trajinar por la alegre estancia, con el fuego ya encendido en el hogar, Sarah se sintió avergonzada de haber dormido tanto. Debía de estar más cansada de lo que pensaba. Había dormido como un tronco hasta que el ruido de los caballos y las carretas la despertó. Sabía que su carruaje ya estaba camino de Boston. Y ambos guías habían dicho que tenían previsto partir a primera hora de la mañana. Viento Que Canta tenía que presentarse ante su padre e informarle de los utensilios agrícolas que había comprado, y George, el trampero, debía dirigirse al norte para comerciar con los colonos de la frontera canadiense. Esa zona era más peligrosa, pero no le importaba. Conocía todas las tribus y la mayoría eran amistosas.

—¿Te gustaría comer algo? —le preguntó Rebecca mientras sostenía a su hijo con un brazo y con el otro intentaba apartar a su hija de la cesta de la costura.

—No te preocupes por mí. Me temo que tienes las manos un poco llenas.

—Y que lo digas —sonrió Rebecca. Era menuda y llevaba el pelo recogido en dos trenzas, y aparentaba doce años en lugar de veinte—. Andrew me ayuda con los niños cuando puede, pero pasa mucho tiempo fuera, visitando a los colonos y otros fuertes. Tiene mucho trabajo.

—¿Para cuándo esperas el bebé? —preguntó Sarah mientras se servía una taza de café. Parecía que podía llegar en cualquier momento.

—Todavía faltan unos cuatro meses, creo… No estoy segura —respondió sonrojándose.

Sus hijos habían venido muy seguidos, pero ella parecía contenta y sana. No obstante, hasta Sarah se daba cuenta de que no era fácil. Llevaba una vida sencilla y severa, carente de comodidades. Boston, al lado de Deerfield, parecía otro mundo. La vida aquí era muy diferente, y Sarah sólo tenía que aspirar el aire para saber que era justamente lo que quería.

Después de hacer la cama preguntó a Rebecca si

podía ayudarla en algo, pero ésta le dijo que no y que tenía previsto visitar a una amiga de una granja vecina que acababa de tener un hijo.

Sarah salió en busca del coronel. Encontró el despacho enseguida, pero el coronel no estaba, así que se paseó por el fuerte observándolo todo: los herreros herrando a los caballos, los hombres riendo y contando historias y los indios que iban y venían. No se parecían a Viento Que Canta y Sarah supuso que eran nonotucks, una tribu tan pacífica como los wampanoags. Ya no quedaban indios feroces en la región, o eso creyó Sarah hasta que un grupo de jinetes atravesó como un rayo las puertas del fuerte. Eran unos doce, la mayoría indios, y se diría que venían de un largo viaje. Les seguían cuatro caballos de repuesto y el hombre que dirigía el grupo se detuvo sin un motivo aparente. No guardaban ningún parecido con Viento Que Canta o con los nonotucks que Sarah acababa de ver. Había algo feroz y severo en ellos, incluso en la forma en que manejaban los caballos. Tenían el pelo largo y negro, lucían cuentas y plumas, y uno de ellos llevaba una armadura en el pecho. Hasta la forma en que hablaban atemorizó a Sarah. Y cuando detuvieron los caballos no lejos de donde ella estaba, notó que las piernas le temblaban. Se irritó consigo misma por reaccionar de ese modo, pero esos indios eran tan fuertes e imponentes que tenía la sensación de que una tormenta acababa de pasar por su lado. Uno de los hombres gritó algo y los demás se echaron a reír. Había entre ellos una camaradería que, curiosamente, parecía incluir a los hombres blancos. Entonces desmontaron. Algunos soldados les observaban pero nadie decía nada, y los indios hablaban tranquilamente entre ellos. Estaba claro que no venían en son de guerra, sino que era una delegación de alguna clase. Sarah les observó en silencio, preguntándose quiénes eran. El jefe era el más subyugante. Tenía una oscura melena brillante que le ondeaba sobre la espalda al caminar y vestía unos pantalones y unas botas de ante muy bonitas. Casi parecía europeo, pero poseía el porte noble y las facciones angulosas de los indios y hablaba con sus compañeros en un dialecto indio. Por la forma en que se movía y en que los demás le respondían, se notaba que era muy respetado. Era un líder nato. Parecía un príncipe con esa dignidad belicosa, y Sarah supuso que era el jefe de la tribu o su hijo, y le echó unos treinta y ocho años.

En ese momento el hombre se volvió bruscamente hacia ella, con su enorme mosquete en la mano y su arco cruzado a la espalda, y Sarah se sobresaltó. Verle moverse y hablar era como escuchar música. Nunca había conocido a un hombre tan fuerte y elegante. Pero su aspecto también resultaba amenazador y Sarah permaneció quieta mientras él la miraba enigmáticamente. Era como el príncipe de lo desconocido, representaba un mundo en el que Sarah sólo podía soñar. Después de mirarla se dio la vuelta y entró en un despacho. A ella las rodillas le temblaban tanto que apenas podía sostenerse en pie, y finalmente se dejó caer en los escalones del edificio y observó cómo el resto del grupo descargaba sus cosas y se alejaba. Sarah seguía preguntándose de qué tribu eran y por qué habían irrumpido en el fuerte como si les persiguiera el diablo.

Tardó diez minutos en tranquilizarse y, camino del despacho del coronel, preguntó a un soldado a qué tribu pertenecían esos indios.

—Son iroqueses —explicó el joven con indiferencia. Los había visto muchas veces, pero ella no. Su entrada había sido espectacular y Sarah nunca la olvidaría—. En realidad son senecas, pero uno de ellos es cayuga. Hay seis tribus iroquesas: ondaga, cayuga, oneida, seneca, mohawk y tuscarora. Estos últimos se unieron a la confederación iroquesa hace sólo setenta años y son originarios de Carolina del Norte. Pero éstos son senecas, y el más bajo es cayuga.

—Su líder es un tipo bastante impresionante —comentó Sarah, todavía aturdida.

Tenía la sensación de haberse enfrentado a todos los terrores del Nuevo Mundo encarnados en un solo hombre, pero sin que éstos hubiesen conseguido vencerla. Él se había comportado de forma intimidatoria, pero Sarah no había flaqueado. Además, sabía que dentro del fuerte nadie se atrevería a hacerle daño. También la había tranquilizado el hecho de que nadie más pareciera inquieto.

—¿Quién los guiaba? —preguntó el soldado, pero Sarah ignoraba su nombre—. Probablemente era un hijo del jefe. Tal vez fuera mohawk, pues tienen un aspecto más terrorífico que los senecas, sobre todo cuando se ponen pintura de guerra.

Pero no iban pintados. De haberlo hecho Sarah sabía que se habría desmayado.

Agradeció al hombre la información y fue en busca del coronel. Stockbridge acababa de regresar de su recorrido matutino y estaba muy contento con lo que había visto. Su territorio estaba tranquilo. Y se alegró de ver a Sarah. Tenía la sensación de que hacía años que no la veía. Respiró aliviado al oír que el viaje había ido bien. Era imposible no reparar en lo guapa que estaba. Su belleza resultaba excepcional hasta con un sencillo vestido de lana marrón y un vulgar gorro de lana. Su piel parecía hecha de nieve, sus ojos tenían el color del cielo en verano y sus labios pedían ser besados. El comportamiento de Sarah, no obstante, era del todo recatado, y el brillo que el coronel vio en sus ojos se debía únicamente a la alegría de estar allí. Sarah poseía una gran sensualidad, pero la mantenía tan oculta que todo lo que uno percibía de ella era afecto y amistad. Sarah agradeció al coronel que le hubiera dejado venir y éste se echó a reír.

—Amelia siempre ha calificado sus visitas al fuerte de tortura.

En los últimos cinco años apenas le había visitado. A los cuarenta y nueve se sentía demasiado vieja para esos trotes. Era más fácil que el coronel la visitara a ella en Boston. Pero Sarah era otra cosa. Tenía la tierra en las venas. Y Stockbridge le dijo que había nacido para ser colona, pero se aseguró de que Sarah se diera cuenta de que bromeaba. Sólo pretendía ser un cumplido.

El coronel había organizado una pequeña cena en su honor para esa noche. Confiaba en que Sarah estuviera a gusto con su alojamiento. Carecían de habitaciones para invitados y tenían que contar con las esposas de los soldados para acoger a las visitas. Hasta su esposa tenía que compartir con él el cuarto, otro detalle que Amelia detestaba. Sarah le dijo que estaba muy a gusto y que ya le había cogido cariño a Rebecca.

Por la noche descubrió que el teniente Parker también había sido invitado a la cena y que seguía tan enamorado como siempre. Sarah hizo lo posible por desalentarle, hasta el extremo de mostrarse grosera, pero al teniente no parecía importarle. De hecho, ella empezó a sospechar que el joven interpretaba su frialdad como una forma de ocultar su interés. Y se desconcertó aún más cuando descubrió que algunos de los invitados pensaban que había venido a Deerfield para ver al teniente.

—Ni mucho menos —dijo a la esposa de un comandante—. Como bien sabe, soy viuda —añadió con seriedad.

De haberse visto, se habría echado a reír. Pero su interlocutora no se desalentó.

—No puede quedarse sola el resto de su vida, señora Ferguson —dijo dulcemente mientras miraba al joven teniente con aprobación.

—Pues ésa es mi intención —repuso secamente Sarah.

El coronel escuchaba con una sonrisa. Y entonces bajó la voz cuando Sarah se preparó para irse. El teniente se estaba demorando con la esperanza de acompañarla a casa de Rebecca.

—¿Puedo ofrecerle mi protección? —preguntó cortésmente el coronel, y Sarah asintió.

El hombre había entendido su situación y no quería que Sarah se sintiera incómoda. Después de todo, era su invitada y estaba claro que no compartía los tiernos sentimientos del teniente.

—Se lo agradezco —susurró ella.

El coronel sonrió y comunicó al teniente Parker que había sido muy amable al esperar a la señora Ferguson, pero que él mismo la acompañaría a casa. Volvió a darle las gracias y le dijo que le vería por la mañana. Sarah sabía que tenían una reunión con una importante delegación del Oeste que había venido a negociar la paz con los seguidores de Tortuga Pequeña. El teniente se marchó con aspecto abatido.

—Siento que la haya molestado, querida. Me temo que es muy joven y que usted le tiene hechizado. Y no puedo culparle. Si yo tuviera treinta años menos, también estaría tentado de comportarme como un idiota. Tiene suerte de que esté casado.

Sarah rió y agradeció el cumplido con rubor.

—El teniente Parker se niega a aceptar que no pienso volver a casarme. Se lo he dicho, pero sigue creyendo que no hablo en serio.

—Eso espero —dijo el coronel mientras le ayudaba a ponerse la capa. Acababa de irse el último invitado—. Porque si habla en serio, debo decirle que está muy equivocada. Es demasiado joven para cerrar esa puerta. Todavía tiene media vida o más por delante.

El coronel volvió a sonreír y le ofreció el brazo. Pero Sarah no quería discutir con él, y para cambiar de tema le preguntó sobre la reunión del día siguiente y el malestar causado por los shawnees y los miamis, y el coronel enseguida se vio arrastrado por sus preguntas.

Casi lamentó dejarla en casa de Rebecca. Le habría gustado que sus hijas mostraran el mismo interés que Sarah por su trabajo, pero estaban demasiado ocupadas con sus familias y con la vida social de Boston. Sarah tenía más curiosidad por el mundo en ciernes que les rodeaba, y era obvio que se sentía feliz de estar en Deerfield.

Sarah dio las gracias al coronel por la velada y la excelente comida. Habían cenado carne de venado preparada por el cocinero nonotuck, acompañada de verduras procedentes de las granjas vecinas. Y le prometió que iría a verle al día siguiente por la tarde. Tenía intención de dar un paseo por los alrededores si encontraba a alguien dispuesto a acompañarla. Alguien que no fuera el teniente Parker. El coronel le dijo que le buscaría un acompañante y le pidió que tuviera cuidado.

Cuando entró en la cabaña, Rebecca y los niños ya dormían y el fuego estaba apagado, pero Sarah estaba demasiado desvelada para querer acostarse. Salió fuera y se puso a pensar en su paseo del día siguiente, en las cosas que se habían dicho esa noche en la cena y en el fiero aspecto de los indios que había visto esa tarde. Se estremeció sólo de pensar en ellos. Por mucho que le fascinara esta parte del mundo, no tenía ningún deseo de ir al Oeste y convertirse en una pionera. Era una vida demasiado dura incluso para ella, y sabía que sería feliz quedándose en Deerfield.

Se alejó un poco de la casa para que le diera el aire. Todo estaba tranquilo y sabía que no corría ningún peligro. La mayoría de los hombres se habían ido a dormir y los centinelas vigilaban las puertas. Embargada por una sensación de felicidad, sintió la nieve bajo sus pies y contempló el intenso brillo de las estrellas sobre su cabeza. Entonces se acordó de lo que Viento Que Canta había dicho acerca de que cada criatura era parte del universo, y cuando bajó de nuevo la vista se llevó un susto de muerte. Había un hombre a menos de un metro de ella mirándola con la frente arrugada y el rostro tenso. Era el jefe de la delegación iroquesa. Era la segunda vez que la asustaba en un día. El hombre siguió mirándola en silencio mientras el corazón de Sarah latía con fuerza. Ignoraba si tenía intención de atacarla, pero la ferocidad de sus ojos le hizo temer esa posibilidad.

Permanecieron inmóviles en un silencio interminable, y Sarah pensó en echar a correr hacia la casa de Rebecca, pero sabía que él le daría alcance y no quería poner en peligro a la muchacha y los niños. Y si intentaba gritar, podría matarla antes de que alguien la oyera. No podía hacer nada salvo quedarse donde estaba y no dejarse intimidar, pero no era fácil. El hombre tenía cara de halcón, y pese a su aterradora severidad Sarah apreció su belleza.

—¿Qué está haciendo aquí? —le preguntó con voz queda, en un inglés claro pero con un extraño acento.

Sarah estaba paralizada y contestó sin apartar sus ojos de él.

—He venido a ver al coronel —dijo con la esperanza de que el nombre del comandante le disuadiera de la idea de matarla. El cuerpo le temblaba, pero confió en que no se notara con la oscuridad.

—¿Para qué ha venido? —preguntó él, como si le molestara su presencia. Para él era una intrusa más.

Sarah notó un acento ligeramente francés y se preguntó si el indio había aprendido inglés con los soldados franceses. A lo mejor era hurón, no iroqués.

—He venido desde Inglaterra para empezar una nueva vida —dijo con valentía como si él pudiera entenderla, aunque estaba segura de que no podía. Pero no había llegado hasta allí para que un indio la asesinara bajo un cielo estrellado en el lugar más bonito del mundo. No se lo permitiría, como tampoco se lo había permitido a Edward.

—Usted no pertenece a este lugar —dijo él con calma, y parte de la tensión de su rostro desapareció. Era la conversación más extraña que Sarah había tenido nunca—. Debe volver a su país. Ya hay demasiados hombres blancos aquí. —Había visto durante años el daño que habían hecho, pero muy poca gente lo comprendía—. Aquí corre peligro.

Las rodillas de Sarah dejaron de temblar un poco. ¿Por qué le decía eso? ¿Por qué la advertía? ¿Qué le importaba a él? Pero la tierra era de los indios, no de los blancos. Quizá tenía derecho a decirlo.

—Lo sé —respondió con calma—, pero no tengo adónde ir. No tengo familia ni hogar, y amo este lugar. Quiero quedarme aquí.

Sarah hablaba con pesar. No quería hacer enfadar al indio más de lo que ya estaba, pero quería que supiera lo mucho que le gustaba su país. No había venido únicamente a explotar la tierra ni a arrebatársela. Había venido para entregarse a ella. Era lo único que quería. Él la miró con dureza pero no dijo nada, y finalmente le hizo otra pregunta.

—¿Quién cuidará de usted? No tiene hombre. No puede vivir aquí sola.

Como si eso importara. Todavía importaría menos que la matara, pero ahora Sarah estaba casi segura de que no iba a hacerlo. Lo que no sabía era que todo el fuerte hablaba de ella y que ese hombre se había pasado la tarde oyendo comentarios y no aprobaba su llegada.

—Quizá encuentre la forma de vivir sola —dijo con voz queda.

Pero él volvió a negar con la cabeza, nuevamente sorprendido por la estupidez y la ingenuidad de los colonos. Pensaban que podían presentarse allí, apropiarse de la tierra y no pagar el precio final por ella. Los indios habían muerto por su tierra. Y los colonos también, aunque más de lo que reconocían. Una mujer sola era una locura. Se preguntó si Sarah estaba loca o era simplemente una imprudente, pero bajo la luz de la luna, con su tez pálida y el pelo oscuro bajo la capucha de la capa, parecía casi un espíritu. Y eso era lo que había contemplado la primera vez que la vio. Para él era como un fantasma, una aparición de una belleza excepcional, y le había sobresaltado mientras se hallaba paseando y meditando sobre su reunión del día siguiente con el coronel.

—Vuelva a casa —dijo—. Es una locura caminar sola por aquí.

Sarah sonrió y él se sorprendió de la pasión que vio en sus ojos. Sólo había conocido a una mujer como Sarah. Era iroquesa y se llamaba Gorrión Triste. El único nombre que se le ocurría para esta mujer era Paloma Blanca, pero no se lo dijo. Sólo se limitó a observarla. Y luego, sin decir palabra, sabedor de que ella no se atrevería a moverse hasta que él lo hiciera, giró sobre sus talones y se marchó. Sarah respiró aliviada y echó a correr hacia la casa de Rebecca.

14

Sarah no contó a nadie lo de su encuentro con el guerrero indio por miedo a que no volvieran a dejarla pasear sola por el fuerte. Y se alegró mucho cuando averiguó que el coronel le había asignado un explorador para su excursión del día siguiente. Era un soldado raso y su comandante podía prescindir de él por un día. El joven era tímido y nuevo en la región, y no estaba seguro de lo que Sarah quería ver. Nadie le había explicado qué se esperaba de él, sólo que fuera educado, de modo que preguntó a Sarah adónde deseaba ir y ella respondió que quería visitar los alrededores del fuerte. Dijo que la noche anterior, durante la cena, una mujer había mencionado un lugar llamado Shelburne que tenía una hermosa cascada, si bien en esta época del año estaría prácticamente helada. Will Hutchins, sin embargo, no la conocía, así que partieron hacia el norte sin un itinerario fijo mientras Sarah contemplaba maravillada el hermoso paisaje, las colinas ondulantes, la frondosidad de los árboles, los ciervos que corrían por todas partes. Era como un país de ensueño y se sentía eufórica.

A la hora del almuerzo Will opinó que debían regresar porque el cielo empezaba a ponerse negro, pero todavía no habían visto la cascada y Sarah quería avanzar un poco más. Como los caballos no estaban cansados, el muchacho aceptó. Todavía podrían llegar al fuerte antes del crepúsculo.

Comieron el almuerzo que portaban en las alforjas y poco después de las dos la vieron: una cascada espectacular que caía desde muy alto y en cuya base descansaban enormes cantos rodados con grandes agujeros. Sarah exclamó entusiasmada que era el lugar que había mencionado la mujer. Estaba segura. Se hallaban en Shelburne Falls. El joven soldado se alegró por Sarah, pero estaba bastante menos ilusionado que ella. Habían cabalgado durante cuatro horas por un camino escabroso y quería estar de vuelta en el fuerte antes del anochecer, pues el coronel y su comandante se pondrían furiosos si le pasaba algo malo a la mujer. Y todos sabían que no era prudente pasearse por fuera de los muros del fuerte después del crepúsculo. Por muy pacíficos que fueran los indios de los alrededores, siempre se producía algún que otro incidente, por no mencionar lo fácil que resultaba perderse en la oscuridad. Y Will no conocía la región mucho mejor que Sarah. Había llegado a Deerfield en noviembre y con las fuertes nevadas apenas había tenido oportunidad de explorar la zona. A diferencia del coronel, que conocía las intenciones de Sarah, el comandante había creído que la mujer sólo quería cabalgar alrededor del fuerte para hacer un poco de ejercicio. Ignoraba cuán intenso era su deseo de explorar y cuán lejos había de llevarles éste. Habían recorrido cerca de veinte kilómetros y, efectivamente, estaban en Shelburne, una comunidad pequeña situada al norte de Deerfield.

En cuanto Sarah vio la cascada insistió en bajar del caballo y acercarse. Le parecía el lugar más bello de la tierra y le hubiera gustado disponer de tiempo para dibujarlo.

Cuando emprendieron el camino de regreso a Deerfield, a kilómetro y medio de la cascada Sarah se detuvo en seco.

—¿Qué ocurre? —preguntó Hutchins.

Sarah miraba en derredor y parecía aguzar el oído. El joven soldado se inquietó. No quería tropezar con un grupo de guerreros indios en compañía de esa mujer. Pero Sarah no había oído ningún ruido, aunque él estaba seguro de que había visto algo que la había hecho detenerse como si la hubiera alcanzado un rayo. El soldado sólo veía un gran claro, algunos árboles viejos y una amplia vista sobre el valle.

—¿Qué ocurre? —repitió. Tenía frío y quería llegar al fuerte cuanto antes.

Sarah había visto exactamente lo que buscaba.

—¿De quién son estas tierras? —preguntó.

Contemplaba el claro como si estuviera encantado, pero en realidad lo había visto en su mente mil veces. Era el lugar perfecto.

—Del gobierno, creo. Debería preguntárselo al coronel.

En otros tiempos habían pertenecido a los indios, pero se las habían arrebatado. Era un lugar mágico y Sarah imaginó una casa en él. Disponía de un manantial y la cascada estaba cerca, y si aguzaba el oído podía oírla. En el claro había una familia de ciervos mirándola fijamente. Era un mensaje del rey del universo. Viento Que Canta le había hablado de él... Estaba segura de que aquél era su sitio en el mundo. Y mientras lo contemplaba, a horcajadas sobre su caballo, empezó a oscurecer.

—Debemos irnos, señora Ferguson —advirtió el soldado. Se estaba haciendo tarde y tenía miedo. Tenía diecisiete años y por algún motivo esa mujer le asustaba.

—Sólo tenemos que descender por esas colinas y cruzar el valle en dirección sudeste —dijo Sarah.

Poseía un gran sentido de la orientación, mas eso no

consiguió tranquilizar al muchacho. Sarah no quería abandonar el claro, pero estaba segura de que podría encontrarlo de nuevo. Sólo tenía que regresar a la cascada. Y para calmar al soldado, reanudó la marcha. El joven tenía razón, estaba oscureciendo, pero Sarah no tenía miedo.

Viajaron durante dos horas en silencio. El trayecto, aunque duro, era agradable. Iban más deprisa de lo normal, pero los caballos eran fuertes y la mayor parte del tiempo el camino aparecía despejado. Sólo en dos ocasiones tropezaron con un desvío o un claro que les hizo dudar sobre qué dirección tomar. No obstante, el sentido de orientación de Sarah les llevó casi hasta Deerfield. Supo que estaban en el pie del valle cuando llegaron a un claro, pero al verlo por segunda vez se dio cuenta de que habían estado allí veinte minutos antes. Anochecía y Sarah empezó a dudar de su habilidad para orientarse. Cuando llegaron al claro por tercera vez, titubeó.

—No podemos estar lejos del fuerte —dijo mientras miraba alrededor tratando de recordar las mellas de los árboles, un pequeño truco que le había enseñado su padre cuando era niña para que no se perdiera en el bosque. Siempre había encontrado útiles las cosas que aprendía de él, pero esta vez su instinto le falló.

—Nos hemos perdido, ¿verdad? —preguntó Will con expresión de susto.

—No del todo. Encontraremos el camino. Es sólo cuestión de observación.

Pero la nieve y el cambio de luz la habían confundido, y se hallaba en un terreno que no conocía. Durante la mañana había memorizado algunas marcas del camino, pero ahora, con la inminente oscuridad, parecían diferentes. Y se oían ruidos muy extraños, misteriosos. El muchacho temía que fueran indios, si bien no había visto ninguno en los tres meses que llevaba en Deerfield.

—Enseguida daremos con el camino correcto —dijo Sarah, y le ofreció un sorbo de agua de la cantimplora.

A pesar de la penumbra, Sarah advirtió que estaba pálido y asustado. A ella tampoco le agradaba la situación, pero estaba más serena.

Esta vez enfilaron otro sendero, pero desembocaron en el mismo lugar. Era como un tiovivo del que no podían escapar. Daban vueltas y más vueltas para acabar siempre en el mismo claro.

—Muy bien —dijo Sarah después de tomar tres caminos distintos. Quedaba uno por probar, y aunque parecía que iba hacia el norte en lugar de al sur, estaba dispuesta a tomarlo—. Iremos por aquí. Aunque no nos lleve a Deerfield, por lo menos nos conducirá a uno de los fuertes del río o a una granja donde pasar la noche.

Al soldado no le hizo ninguna gracia la idea, pero no quería discutir. Sarah Ferguson era una mujer obstinada, y había sido ella la que les había metido en aquel apuro, empeñada en encontrar la cascada y luego en detenerse en el claro como si estuviera buscando oro o algo parecido. Empezaba a creer que estaba un poco loca, y la idea no le gustaba. Pero tampoco tenía ninguna sugerencia que hacer.

Sarah señaló la dirección que quería tomar y el soldado la siguió de mala gana. Ahora ella llevaba el mando y no desembocaron de nuevo en el claro, pero Sarah sabía por las estrellas que tampoco iban en la dirección correcta. No obstante, por lo menos ya no describían círculos, y si conseguían llegar al río no tardarían en dar con la civilización. Cabalgaron durante largo rato sin ver nada. Sarah comprendió que estaban totalmente extraviados. Habían pasado más de dos horas desde que oscureciera. Se preguntó si el coronel enviaría un pelotón de búsqueda y en ese momento reparó en que se les había terminado el agua. Siempre les quedaría la nieve, desde luego, mas no llevaban consigo lo necesario para viajar de noche y cada vez hacía más frío. Estaban tiritando, pero no les quedaba más remedio que seguir.

Mientras avanzaban lentamente y los caballos empezaban a dar traspiés, Sarah oyó un revuelo de cascos a lo lejos. Él también lo oyó y miró a Sarah aterrorizado, decidido a escapar en cualquier dirección.

—Quieto —espetó ella al tiempo que le agarraba las riendas y arrastraba ambos caballos hacia los matorrales.

Ahí la oscuridad era aún mayor y confió en que los otros caballos estuviesen demasiado lejos para descubrirlos. Sólo le cabía rezar, y estaba tan asustada como Will, pero sabía que tenía que disimular. Se habían perdido por su culpa y lamentaba haber metido al muchacho en esta situación, pero poco podía hacer ahora para salvarle.

El sonido de los cascos aumentó y los caballos se agitaron en silencio con unos ojos casi tan asustados como los del muchacho. Fue entonces cuando Sarah divisó un grupo de jinetes. Debían de ser una docena, todos indios, y cabalgaban raudamente por el bosque, como si fuera de día? Debían de conocer el camino como la palma de la mano, y justo delante de ellos uno dio un grito y todos se detuvieron. Estaban a treinta metros. Sarah ignoraba si les habían visto y tuvo ganas de echar a correr, pero estaba segura de que la encontrarían. Se llevó un dedo a los labios y el muchacho asintió. Los indios cabalgaban ahora lentamente hacia ellos, en fila de a uno, mirando a ambos lados. Casi los tenían encima y el impulso de gritar era abrumador, pero Sarah se obligó a callar y aferró el brazo del soldado. Quería cerrar los ojos para no ver cómo la mataban, pero no pudo. En lugar de eso observó aterrorizada cómo los indios se acercaban cada vez más. Ahora los tenían tan cerca que divisaba las raquetas de nieve atadas a sus sillas de montar. Uno de los hombres dio el alto y el grupo se detuvo a menos de tres metros de ellos. Luego, ese mismo hombre se aproximó lentamente hacia los matorrales. Sarah notó que el vello de la nuca se le erizaba cuando sus ojos y los de él se encontraron. Lo reconoció enseguida. Esta vez no tenía escapatoria. Sabía que no la dejaría huir. Era el jefe de los iroqueses que había visto en el fuerte. Ignoraba su nombre, pero no necesitaba saberlo. Aferrando todavía el brazo del muchacho, mantuvo la mirada clavada en el rostro imperturbable del guerrero. Sus hombres permanecían quietos mientras los caballos piafaban. Sarah estaba dispuesta a morir sin pedir clemencia. Ya nada le importaba. Pero también estaba dispuesta a implorar por la vida del muchacho. Era demasiado joven para morir.

El guerrero tenía el aspecto feroz de siempre, y cuando habló, Sarah se echó a temblar.

—Le dije que usted no pertenecía a este lugar —le espetó indignado—. No conoce estas tierras. Aquí corre peligro.

—Lo sé —respondió ella con voz trémula. Sus ojos, no obstante, no temblaron ni un ápice, y mantuvo su postura erguida sobre el caballo. El hombre advirtió que el muchacho estaba llorando, pero no le prestó atención—. Lamento haber venido. Esta tierra es suya, no mía. Sólo quería verla —prosiguió Sarah con fingida serenidad, aunque estaba segura de que al indio le traían sin cuidado sus explicaciones—. Deje ir al chico —dijo con una firmeza inesperada—. No puede hacerles ningún daño. Es muy joven.

El guerrero seguía mirándola fijamente a los ojos. Si Sarah hubiese alargado un brazo, habría podido tocarle.

—¿Sacrificaría su vida por él? —preguntó el indio. Su inglés era muy perfecto y estaba claro que había vivido y estudiado con el hombre blanco. No obstante, el rostro, el pelo y la indumentaria proclamaban su orgullosa herencia india—. ¿Por qué no salvarla a usted y matar al chico? —preguntó, exigiendo una explicación que Sarah no tenía.

—Estamos aquí por mi culpa.

A Sarah le habría gustado saber su nombre. Se miraron durante un largo momento y luego él retrocedió. Sarah ignoraba sus intenciones, pero ahora que se había alejado un poco respiró mejor.

—El coronel está muy preocupado por usted —dijo el guerrero sin dejar de mirarla—. Últimamente se han visto mohawks por la zona. Podría provocar una guerra con su estúpido comportamiento. No sabe lo que hace. Los indios necesitan paz, no conflictos ocasionados por gente imprudente. Ya hay bastante de eso por aquí.

Sarah asintió en silencio, conmovida por lo que acababa de oír. Él dijo algo a sus hombres en su dialecto y éstos miraron a la mujer y al muchacho con curiosidad. Su voz sonó más tranquila cuando le habló de nuevo, y Sarah se dispuso a oír el veredicto.

—Les llevaremos al fuerte —dijo—. No está lejos de aquí.

Se dio la vuelta y envió por delante a todos sus hombres menos a uno, que se colocó detrás de Sarah y del chico para que no volvieran a perderse.

—Todo irá bien —dijo Sarah en voz baja al muchacho, que por fin había dejado de sollozar—. No nos harán daño.

El chico asintió, atónito por lo que Sarah acababa de hacer por él. Estaba avergonzado pero también profundamente agradecido. Esa mujer había ofrecido su vida por salvarle. No podía imaginar a ninguna otra mujer haciendo una cosa así por él.

Apenas una hora después el fuerte apareció a lo lejos. Los indios se detuvieron y, tras una breve deliberación, decidieron acompañar a Sarah y a Will hasta el final. Ya habían perdido varias horas, así que lo mismo les daba pernoctar en el fuerte y salir por la mañana. Cuando cruzaron las puertas, el agotamiento se apoderó repentinamente de Sarah. Se oyó un cuerno y el coronel salió de su despacho con una expresión de pánico que enseguida se tornó en alivio.

—Enviamos a dos pelotones a buscarles —dijo mientras miraba a Sarah y al soldado raso Hutchins—. Creíamos que habían sufrido un accidente.

El coronel miró a los indios. Algunos de ellos habían empezado a desmontar, y el jefe se acercó. Sarah no se atrevía a desmontar por miedo a que las piernas no la sostuvieran. Finalmente, el coronel la ayudó a bajar y ella rezó para que el guerrero no reparara en lo débil y asustada que estaba.

—¿Dónde la encontró? —preguntó el coronel.

Había un respeto obvio entre los dos hombres, que además parecían conocerse bien, pero Sarah todavía dudaba de la benevolencia del guerrero. Su actitud había sido sumamente belicosa desde el primer momento, si bien, por otro lado, parecía un hombre cultivado, y el coronel parecía apreciarle.

—Los encontré a menos de una hora de aquí, perdidos en el bosque —respondió irritado el indio, y luego miró a Sarah—. Es usted una mujer muy valiente —dijo. Era la primera señal de respeto que mostraba hacia ella. Luego se volvió hacia el coronel—. Pensaba que íbamos a matarla. Ofreció su vida a cambio de la del chico.

El guerrero no conocía a otra mujer que hubiese hecho una cosa así y dudaba que hubiese muchas como ella. No obstante, todavía opinaba que no pertenecía a ese lugar.

—¿Por qué hizo eso, Sarah? El soldado Hutchins estaba allí para protegerla.

El coronel estaba consternado y al mismo tiempo lleno de admiración por Sarah, en cuyos ojos empezaron a asomar las lágrimas. Había sido un día duro y, al fin y al cabo, sólo era una mujer.

—No es más que un muchacho —respondió Sarah—. Nos perdimos por culpa mía... Me entretuve en la cascada y confundí las señales del camino... Pensé que recordaba por dónde habíamos venido, pero no fue así.

De repente se sintió confusa, y entonces recordó la causa de su demora y mencionó lo del claro. Pero no dijo que quería comprarlo. Eso tendría que esperar.

El coronel dio las gracias al indio y luego, como si hubiese recordado sus modales, se volvió hacia Sarah.

—Se han conocido en circunstancias un poco peculiares, así que dudo que les hayan presentado —sonrió, como si se hallaran en un salón de baile—. Señora Ferguson, le presento a François de Pellerin... ¿o debería decir conde?

El hombre le clavó una mirada feroz y Sarah miró perpleja a uno y otro.

—Pero... yo pensaba que usted era... ¿cómo ha podido? —preguntó, súbitamente lívida—. Sabía perfectamente lo que pensaba. Hubiera podido decir algo ayer noche, o por lo menos hoy.

Sarah no podía creer que ese hombre les hubiera dejado pensar que iba a matarlos y le dieron ganas de abofetearle por su cruel comportamiento.

—Pero hubiera podido serlo —repuso François de Pellerin con aquel acento, y entonces ella comprendió que no era hurón sino francés.

¿Cómo había ido a parar allí? A ella le parecía un guerrero indio, pero si se esforzaba podía imaginarlo con calzones y todo lo demás. Tal como vestía ahora parecía iroqués, pero con otra indumentaria podría pasar por un francés muy atractivo. Con todo, nunca le perdonaría su cruel engaño.

—Podría haber sido mohawk —prosiguió François

sin disculparse. Esa mujer tenía que comprender los peligros de ese territorio. No era ningún juego. Ahora hubiera podido hallarse camino de Canadá, maniatada o asesinada por no caminar lo bastante rápido—. O algo peor... —Durante su viaje al Oeste había visto lo que los shawnees eran capaces de hacer, y no resultaba agradable. Estaban descontrolados y el gobierno era incapaz de detenerlos—. Anoche hubiera podido saltar el muro cuando los centinelas dormitaban. No está segura aquí. No debería haber venido. Esto no es Inglaterra. Aquí no tiene derechos.

—En ese caso, ¿qué hace usted aquí? —le desafió Sarah mientras el coronel seguía la conversación con interés.

Para entonces Will ya se hallaba en su barracón con dos whiskis en el estómago.

—Vine con mi primo hace trece años, durante la revolución —respondió François, aunque no creía deberle ninguna explicación. Tampoco le dijo que su primo era Lafayette y que el rey les había prohibido venir. Lafayette había regresado a Francia diez años atrás, pero François sabía que su destino estaba en América y se había quedado con sus amigos indios—. He luchado por este país. He vivido con los iroqueses. Tengo muchas razones para estar aquí.

—El conde ha estado negociando con las tribus del Oeste en nuestro nombre durante los últimos dos meses. Camisa Roja, el jefe de los iroqueses, le considera casi como un hijo —explicó el coronel, pero no mencionó que François había sido el yerno del jefe hasta que los hurones asesinaron a Gorrión Triste y su hijo—. Esta noche se dirigía a Montreal para reunirse con el jefe mohawk y se comprometió a buscarla por el camino. Nos preocupamos mucho cuando vimos que no llegaba al anochecer.

—Lo siento de veras, señor —dijo Sarah, contrita,

pero la paz con el conde francés que se hacía pasar por un guerrero indio todavía no estaba firmada.

Consideraba una cruel descortesía que no le hubiera contado quién era la noche antes o cuando la encontró en el bosque. La había aterrorizado y él lo sabía.

—Debería volver a Boston —dijo el francés.

Él tampoco parecía contento, pero era evidente que Sarah le tenía impresionado.

—Iré exactamente a donde yo quiera, señor —respondió Sarah secamente—, y gracias por escoltarnos hasta el fuerte.

Hizo una elegante reverencia y estrechó la mano del coronel. Luego volvió a disculparse por el trastorno causado y echó a andar hacia la cabaña de Rebecca sin mirar atrás y con unas piernas que apenas la sostenían.

Entró sigilosamente en la habitación oscura, cerró la puerta y se echó a llorar de alivio y angustia.

François de Pellerin había observado en silencio cómo se alejaba mientras el coronel le contemplaba con curiosidad. Era un hombre difícil de descifrar. Su alma tenía algo de salvaje. Stockbridge sabía cómo se comportaban los indios y François actuaba a veces como ellos. Había vivido con los iroqueses varios años y sólo se le volvió a ver cuando su mujer india murió. El coronel comprendía que nunca hablara de ella, pero todos en la región conocían la historia.

—Es una mujer extraordinaria —dijo el coronel con un suspiro, todavía perplejo por la carta que había recibido de su esposa esa mañana—. Dice que es viuda, pero Amelia oyó contar a una mujer recién llegada de Inglaterra una historia increíble sobre la señora Ferguson. Al parecer llegó aquí huyendo de su marido, el conde de Balfour, el cual está muy vivo y por lo visto no es un tipo muy agradable. Eso la convierte en condesa, ¿verdad? Qué coincidencia, usted conde y ella condesa. A veces pienso que la mitad de la nobleza de Europa ronda por estas tierras.

François sonrió con tristeza al pensar en su primo y en los hombres con quienes había luchado, y ahora esta chica, dispuesta a dar su vida para salvar a un extraño, había demostrado un coraje increíble. Nunca había visto nada igual.

—No todos vienen aquí, coronel... —repuso François—. Sólo los mejores.

Dio las buenas noches y regresó con sus hombres. Éstos dormían a la intemperie, bajo la protección del fuerte, y François se unió a ellos silenciosamente.

Para entonces Sarah ya se encontraba en la cama, pensando en él. No podía quitarse de la cabeza sus ojos oscuros y feroces cuando la miró en el bosque, los brincos de su caballo, la fuerza de sus brazos al controlarlo, las pistolas bajo la luz de la luna... Se preguntó si sus caminos volverían a encontrarse, y cuando cerró los ojos e intentó apartarlo de su mente, confió en que no.

15

Charlie estuvo leyendo el diario de Sarah durante horas, y tras cerrarlo sonrió. Sarah no podía imaginar lo que aún le esperaba. Y Charlie, al igual que François, estaba impresionado por el valor que ella había mostrado durante su encuentro en el bosque.

Charlie no concebía la posibilidad de conocer a una mujer como Sarah, y el solo hecho de pensar en ella le hacía sentirse aún más solo. Entonces cayó en la cuenta de que no había telefoneado a Carole desde su desastrosa conversación del día de Navidad. Y su sensación de soledad aumentó, de modo que decidió salir a tomar el aire.

Era una noche fría y diáfana, con el cielo lleno de estrellas. Pero todo lo que hacía le llevaba a sentirse más solo. Ya no tenía a nadie con quien compartir sus pensamientos, nadie a quien hablar de Sarah. Ni siquiera deseaba volver a ver su espíritu, si es que existía. Quería algo más real, y cuando regresó a casa sintió una fuerte congoja al recordar lo que había dejado en Inglaterra. A veces temía que fuera a pasarse el resto de su vida llorando por su pérdida. No se imaginaba amando a otra mujer, compartiendo su vida con ella. Y no podía evitar desear que Carole se hartara de Simon. Sabía que la dejaría volver sin el menor titubeo.

Cuando subía a su habitación, pensó de nuevo en Sarah y François. El hecho de que sus caminos se hubiesen cruzado era una bendición. Quizá eran personas especiales y merecían su buena fortuna. Y cuando se tumbó en la cama, deseó oír algún ruido o sentir que los tenía cerca. Pero no oyó nada ni percibió la presencia de ningún espíritu. Quizá le bastaba con tener las palabras de Sarah… con poder leer sus diarios.

Finalmente se durmió y soñó con ellos. Los vio riendo y persiguiéndose por un bosque… Oyó un ruido extraño y pensó que provenía de una cascada, y entonces la encontró: era el lugar donde Sarah había estado el día que se perdió… Cuando despertó por la mañana observó que estaba lloviendo. Pensó en las cosas que podía hacer pero luego se dio cuenta de que no quería hacerlas. Así pues, se preparó una taza de café y regresó a la cama con los diarios.

Empezaba a inquietarse. Los diarios de Sarah se estaban convirtiendo en una obsesión. Quería enterarse de todo lo que había pasado. Abrió el diario y se sumergió de nuevo en él.

El regreso de Sarah a Boston transcurrió sin novedades. Y el coronel Stockbridge, como si pretendiera castigarla por haberle tenido tan preocupado, le asignó como escolta al teniente Parker. El joven, no obstante, tuvo un comportamiento impecable y esta vez Sarah se mostró más amable con él. Antes de salir del fuerte Sarah había mantenido una larga conversación con el coronel, y aunque éste desaprobaba su decisión, había conseguido de él exactamente lo que quería.

Regresó a Ingersoll's llena de optimismo y tardó varios días en enterarse de que alguien había difundido rumores sobre ella. Las historias iban de lo impreciso a lo absurdo, y una de ellas la relacionaba con el rey Jorge III de Inglaterra. Pero no había duda de que por la ciudad había pasado alguien que sabía que Sarah había estado casada con el conde de Balfour. Algunos decían que había muerto, otros que todavía vivía. Unos que lo habían asesinado unos salteadores de caminos, otros que estaba loco y había intentado matar a su esposa. La ciudad hervía de historias, la mayoría bastante románticas, y conseguían hacer de Sarah una mujer aún más deseable, pero ella no reconocía nada a nadie y seguía presentándose como señora Ferguson. No obstante, sabía que tarde o temprano Edward se enteraría de su paradero y eso la fortalecía aún más en sus planes. El coronel le había presentado a algunos hombres honrados que se comprometieron a empezar el trabajo en primavera. Antes de abandonar Deerfield Sarah había cabalgado en compañía de algunos hombres hasta el claro. Y esta vez el regreso al fuerte fue más corto y tranquilo. Todavía no había perdonado a François de Pellerin por su engaño.

Los hombres que había contratado en Shelburne prometieron terminarle la casa a finales de la primavera, dado que Sarah quería algo muy sencillo: una cabaña de troncos alargada, con una sala de estar, un pequeño comedor, un dormitorio y una cocina. Necesitaba cobertizos y otras dependencias, pero eso vendría más tarde, y una casa destinada a los dos o tres hombres que necesitaría para que la ayudaran. Nada más. Todo se haría localmente. Los constructores utilizarían materiales de la región. Sólo las ventanas tendrían que hacerse en Boston y trasladarse a Shelburne en carreta de bueyes. De hecho, en la zona había otras casas, pero eran demasiado elegantes para su gusto. Sarah quería algo sencillo. No necesitaba ni deseaba lujos.

Durante esa primavera sólo pensó en la casa que le estaban construyendo en Shelburne. Había pasado el invierno en Boston, leyendo, escribiendo su diario y visitando a amigos. Se enteró de que Rebecca había dado a luz una niña y le hizo un gorrito y un jersey de punto. Finalmente, en mayo, ya no pudo más y regresó a Deerfield para supervisar las obras en Shelburne. Los constructores cumplieron su palabra. El primer día de junio la cabaña estaba terminada y Sarah lamentó tener que volver a Boston para recoger sus cosas. Tardó dos semanas en conseguir todo lo que necesitaba, y a mediados de junio se puso de nuevo en camino con un carruaje, una carreta cargada hasta arriba y dos guías. Llegó sana y salva primero a Deerfield y luego a Shelburne. Y mientras desempaquetaba sus cosas, se maravilló de lo hermoso que era el paisaje en verano. El claro era exuberante y verde y los frondosos árboles se alzaban para dar sombra a la cabaña construida para ella siguiendo sus indicaciones al pie de la letra. Tenía media docena de caballos, algunas ovejas, una cabra y dos vacas. Y había contratado a dos muchachos para que la ayudaran.

Hasta el momento habían sembrado sólo maíz. Sarah necesitaba tiempo para estudiar la tierra y aprender de ella. Uno de los chicos había pedido consejo a los iroqueses de la zona sobre qué otros productos plantar.

En julio el coronel fue a visitarla y ella le preparó una cena exquisita. Cada noche cocinaba para sus dos ayudantes, a los que trataba como si fueran sus hijos. Al coronel le conmovió la hermosa sencillez de su casa, y las pocas y bellas cosas que había elegido para alhajarla, pero no entendía por qué había renunciado a su vida privilegiada en Inglaterra. A Sarah le habría resultado imposible explicárselo. Su horrible vida con Edward todavía le provocaba pesadillas. Y agradecía cada momento, cada hora de libertad.

Si disponía de tiempo, solía caminar hasta la cascada, de la que se fue enamorando cada vez más. A veces se pasaba horas sentada en una roca, con los pies metidos en el agua, dibujando, escribiendo o pensando. Le encantaba saltar de piedra en piedra e imaginar cómo se habían formado los enormes agujeros. Sabía que los indios tenían leyendas maravillosas al respecto, y se imaginaba a seres celestiales jugando con las rocas y lanzándolas por el aire. Quizá en otros tiempos habían sido cometas. Sarah encontraba en la cascada una plácida paz y notaba que las viejas heridas empezaban a cicatrizar. Su aspecto era más saludable que nunca. Por fin había dejado atrás todos sus demonios y aflicciones. Su vida en Inglaterra le parecía un mal sueño.

Una tarde soleada de julio, regresaba a casa cantando para sus adentros y de pronto lo vio. Pero esta vez no se asustó. Estaba montado a pelo sobre el caballo, con el torso desnudo y los pantalones de ante, observándola con su aspecto fiero. Era el francés.

Ninguno de los dos dijo nada y ella supuso que se dirigía al fuerte. En realidad venía de allí; él y el coronel habían hablado de ella.

El coronel seguía pensando que era una mujer excepcional, y su esposa seguía lamentando no haber podido convencerla de que se quedara en Boston.

—Insiste en vivir en el campo —decía—, no me pregunte por qué. En mi opinión, debería volver a Inglaterra. Éste no es lugar para ella.

François estaba de acuerdo con Stockbridge, aunque por otras razones. En su opinión, la vida que Sarah había elegido era peligrosa, pero su indómito coraje mostrado seis meses atrás le tenía impresionado. Desde entonces había pensado en ella en más de una ocasión, y se dirigía hacia el norte para visitar a los iroqueses cuando de repente decidió pasar a verla. Uno de los muchachos le había dicho dónde estaba, aunque al principio temió que fuera un mohawk. Pero François había sido sumamente cortés con el chico. Le dijo que él y la señora Ferguson eran viejos amigos, aunque a Sarah le habría sorprendido oírlo.

—Buenas tardes —dijo finalmente François. Bajó del caballo, preguntándose si a ella le molestaría la desnudez de su torso. Pero Sarah no reparó en ello. Lo que realmente le molestaba era que la espiaran, y no entendía qué hacía François allí—. El coronel le envía saludos —prosiguió mientras ella le miraba, todavía con sorpresa.

—¿A qué ha venido? —le preguntó secamente, indignada aún por el miedo que le había hecho pasar el invierno pasado en el bosque. Pensaba que nunca volverían a verse.

François la miró y luego inclinó la cabeza. Llevaba mucho tiempo deseando disculparse y ahora lamentaba no haber ido antes. Uno de sus amigos senecas le había contado que Sarah vivía cerca de Shelburne, en un claro del bosque. No existían los secretos en esta parte del mundo, el mundo indio estaba lleno de rumores.

—He venido para disculparme —respondió él mirando al frente, y luego la miró.

Sarah llevaba puesto un vestido azul, una camisa blanca y un delantal, ropas muy parecidas a las que vestían los sirvientes de la granja de su padre cuando era niña. Ahora llevaba una vida sencilla, como la que habían llevado los sirvientes de su padre. Pero para François ella parecía un espíritu venido de otro mundo, la clase de mujer con la que siempre había soñado.

—Sé que el invierno pasado la atemoricé. No debí hacerlo, pero pensé que usted hacía mal en venir aquí. Éste no es lugar para una mujer. La vida es dura, el invierno largo… y hay muchos peligros.

Sarah volvió a oír su acento peculiar y tuvo que reconocer, a su pesar, que le agradaba. Era un acento francés con un deje indio adquirido tras muchos años de hablar los dialectos de la zona. François había aprendido inglés cuando era niño y lo hablaba bien, y apenas tenía ya la oportunidad de hablar francés.

—Los cementerios están llenos de gente que nunca debió haber venido, pero quizá usted, mi valiente amiga —añadió François con una lenta sonrisa que le iluminó el rostro de una forma que Sarah no había visto antes, como el sol ilumina las montañas—, sí deba estar aquí.

François había cambiado de parecer con respecto a Sarah desde la noche que la encontró en el bosque, y lamentó durante meses no habérselo dicho. Ahora se alegraba de poder hacerlo, y todavía más de ver que ella estaba dispuesta a escucharle. Se había enfadado tanto con él aquella noche que temía que nunca más le dejara acercarse.

—Hay una leyenda india que habla de una mujer que sacrificó su vida por salvar el honor de su hijo… y vivió para siempre entre las estrellas, como un fanal para que los guerreros encontraran su camino en la oscuridad. —Era de día, pero François contempló el cielo como si tuviera estrellas y sonrió de nuevo—. Los indios creen que todas las almas van al cielo cuando morimos. Esa creencia me tranquiliza cuando pienso en la gente que he conocido y que ha dejado este mundo.

Sarah no quiso preguntarle a quién se refería.

—A mí también me tranquiliza —dijo suavemente, y miró a François con una sonrisa tímida. A lo mejor no era tan malvado como creía, pero todavía no se fiaba de él.

—El coronel me dijo que tenemos algo en común —comentó él mientras caminaban juntos—. Ambos hemos dejado una vida en Europa. —Sarah se preguntó si el coronel le había contado algo más, aunque dudaba que sus conocimientos fueran más allá de los rumores que corrían por Boston—. Debe haber una razón muy poderosa para haber venido sola hasta aquí… Todavía es muy joven. Debió de resultarle muy difícil dejar su vida en Europa.

Por mucho que el coronel dijera, François presentía que hacía falta algo más que un marido «desagradable» para llegar hasta Deerfield. Y se preguntó si Sarah era feliz con una vida tan sencilla y apartada. No obstante, sólo tenía que mirarla para saber que, por lo menos, allí se sentía en paz.

La acompañó hasta la casa y Sarah le miró titubeante. En su opinión, no creía que tuvieran mucho en común. Él vivía entre los indios y ella vivía sola en una granja. Pero en cierto modo, podría haber sido un amigo interesante. A Sarah le fascinaban las leyendas y tradiciones indias y deseaba saber más sobre ellas.

Sarah sonrió mientras recordaba lo feroz que le había parecido medio año atrás. Ahora sus pantalones de ante, sus mocasines y su melena suelta le daban un aspecto realmente exótico pero inofensivo.

—¿Le gustaría quedarse a cenar? No he preparado nada especial, sólo estofado. Los chicos y yo solemos comer platos sencillos.

Había tenido una olla de estofado al fuego toda la tarde; Patrick y John, sus jóvenes ayudantes, eran de familia irlandesa y sólo les importaba que la comida fuera abundante, y Sarah los mantenía bien alojados y alimentados y les agradecía su ayuda. Ambos tenían quince años y eran buenos amigos. François asintió con la cabeza.

—Si se tratara de una familia india, se esperaría de mí que llegara con un regalo. He venido con las manos vacías —dijo, disculpándose de nuevo.

En realidad sólo había ido para comprobar si Sarah estaba bien y transmitirle los saludos del coronel. Pero algo en ella, su voz suave, su porte amable y las cosas interesantes que decía le hacían desear quedarse.

Esa noche, cuando entró en la cabaña, llevaba puesta una camisa de ante. Había dado de comer y de beber a su caballo y se había lavado las manos y la cara. Llevaba el pelo recogido en una coleta con una tira de cuero y un collar de uñas de oso. Y se sentaron a la mesa juntos, como si estuvieran en Boston y se conocieran de toda la vida. Los muchachos ya habían cenado y Sarah había preparado la mesa con un mantel de encaje y la vajilla que había comprado a una mujer de Deerfield. Provenía de Gloucester y había viajado desde Inglaterra muchos años atrás. Las velas, sobre los candelabros de peltre, iluminaban sus caras con calidez y proyectaban sombras en la pared.

Hablaron de las antiguas guerras indias, y él le explicó cosas de algunas tribus, principalmente de las iroquesas, pero también le habló de los algonquines y las tribus locales. Le contó lo diferentes que eran las cosas cuando él llegó por primera vez, que allí había muchos más indios antes de que el gobierno les obligara a trasladarse al norte y el oeste. La mayoría estaban ahora en Canadá y muchos habían muerto durante el largo viaje. Por eso las tribus luchaban tan encarnizadamente por sus tierras contra el ejército y los colonos. En cierto modo François los defendía, pero por otro lado no admitía lo que estaban haciendo a los colonos. Le hubiera gustado ver un tratado de paz firmado para que las cosas se calmaran. Pero hasta ahora no se había conseguido nada.

—Nadie gana en estas guerras. No son una respuesta al problema. Todo el mundo sale perjudicado... y al final siempre pierden los indios.

La situación le entristecía. François sentía un gran respeto por los indios, y a Sarah le encantaba oír hablar de ellos. Pero más le gustaba observar a François mientras hablaba. Era un hombre de muchas vidas, muchos intereses, muchas pasiones. Había dado mucho de sí mismo al Nuevo Mundo y ella sabía que se había ganado el respeto tanto de los colonos como de los indios. Y mientras charlaban, los ojos de François estaban llenos de preguntas sobre ella.

—Sarah, ¿por qué viniste realmente? —preguntó al fin.

Ella le había pedido que la tuteara nada más sentarse a cenar.

—Habría muerto si me hubiese quedado en Inglaterra —respondió con tristeza—. Era una prisionera en mi propia casa... o mejor dicho en casa de mi marido. Me vendieron a los dieciséis años por un trozo de tierra. Digamos que fue un tratado. —Sonrió por un instante pero su rostro se entristeció de nuevo—. Durante ocho años me trató de forma abominable. Un día sufrió un accidente y todos creyeron que iba a morir. Por primera vez empecé a pensar en volver a ser libre, en no tener a nadie que me pegara y me hiciera daño... pero mi marido se recuperó y todo volvió a ser como antes. Fui a Falmouth y compré un pasaje en un pequeño bergantín con destino a Boston que zarpaba tres semanas más tarde. La espera se me hizo interminable. —Sonrió y luego frunció el entrecejo—. Antes de irme me pegó de nuevo... y me hizo cosas horribles. Entonces comprendí que, aunque pereciera en el mar, tenía que irme. No podía quedarme un momento más. Creo que de haberme quedado me habría matado. —Si no de una paliza, casi seguro que al dar a luz a su siguiente hijo.

Pero esto último no lo mencionó. En cambio le preguntó por qué no había regresado a Francia. Sarah quería saber cosas de él y agradecía su compañía. Leía tanto y pasaba tanto tiempo sola que era un placer tener a alguien inteligente con quien hablar. Los muchachos que trabajaban para ella eran encantadores pero poco instruidos, y hablar con ellos era como hablar con niños. François era diferente. Él era culto e inteligente.

—Me quedé porque amo esta tierra... y aquí soy útil —respondió—. Si hubiese vuelto a Francia no habría hecho nada provechoso. Y a estas alturas, con la revolución en marcha, ya estaría muerto. Mi vida es ésta. Lo ha sido durante mucho tiempo. —Era evidente que no quería hablar de sí mismo. Sarah asintió, pues le comprendía perfectamente. Ella tampoco se imaginaba volviendo a Inglaterra. Su vida ya no estaba allí—. ¿Y tú, mi querida amiga? —preguntó François. Así, sentado a su mesa comiendo la cena que ella había preparado, era fácil olvidar cómo se habían conocido—. ¿Qué harás ahora? No puedes vivir aquí sola eternamente. No es vida para una joven.

Él era catorce años mayor que ella. Sarah, no obstante, se rió de sus últimas palabras.

—Ya no soy tan joven. Tengo veinticinco años. Y sí puedo vivir sola el resto de mi vida, y eso es justamente lo que pretendo. Quiero ampliar la casa el año que viene y todavía hemos de hacerle algunas cosas antes de que llegue el invierno. Aquí tendré una buena vida —dijo con firmeza, pero François arrugó la frente.

—¿Y si llega un grupo de guerreros indios? ¿Qué harás entonces? ¿Ofrecer tu vida por la de esos muchachos, como hiciste el año pasado? —Todavía estaba impresionado. Nunca olvidaría la mirada de Sarah cuando le ofreció su vida a cambio de la del soldado.

—No somos ninguna amenaza y tú mismo dijiste que los indios de por aquí son gente pacífica. Pronto se darán cuenta de que no les deseo ningún mal.

—Los nonotucks y los wampanoags puede, pero ¿qué harás si vienen los shawnees, los hurones o incluso los mohawks?

—Rezar o reunirme con el Creador —respondió Sarah con una sonrisa.

No iba a preocuparse por eso. Se sentía segura, y los demás colonos aseguraban que casi nunca pasaba nada. Además, habían prometido a Sarah que si veían indios por los alrededores se lo dirían.

—¿Sabes disparar? —preguntó François, todavía preocupado, y ella sonrió.

Ya no la asustaba. Ahora era su amigo.

—Cazaba con mi padre cuando era niña, pero de eso hace mucho.

Él asintió, sabedor de lo que tenía que enseñarle. Había muchas cosas de los indios que Sarah debía aprender. También haría correr la voz entre sus amigos de las tribus vecinas de que allí había una mujer sola que estaba bajo su protección. El rumor se extendería. Los indios mostrarían curiosidad por ella, algunos la observarían de lejos y otros se acercarían para verla mejor. Puede que incluso la visitaran para hacer negocios con ella. Pero conociendo su relación con François, no le harían ningún daño. Él era el Oso Blanco de los iroqueses. Había estado en sus sudaderos y bailado con ellos después de las guerras. Había participado en sus ceremonias. Y Camisa Roja, jefe de los iroqueses, le había aceptado como su hijo muchos años atrás. Y cuando la esposa y el hijo de François murieron a manos de los hurones, fueron enterrados con sus antepasados y recibidos por los dioses mientras él lloraba su muerte.

Después de cenar salieron a dar un paseo. Hacía calor y François se sentía extraño al lado de Sarah. Hacía mucho tiempo que no visitaba a una mujer blanca de ese modo. No había habido mujeres importantes en su vida desde Gorrión Triste, y ahora que tenía a Sarah a su lado, temía por ella. Le habría gustado protegerla, enseñarle muchas cosas, deslizarse con ella en las largas canoas, llevarla a otros ríos, cabalgar juntos durante días, pero era incapaz de explicarle sus sentimientos y su preocupación por ella. Sarah era una mujer ingenua en un mundo difícil.

Durmió fuera, bajo las estrellas. Y pensó en Sarah durante mucho rato. Había venido de muy lejos, como él. Pero lo de ella había requerido más esfuerzo y valor. Sarah, sin embargo, parecía totalmente ajena a los pensamientos de François cuando a la mañana siguiente salió de la cocina y el comedor se llenó del aroma a tocino frito. Le había preparado pan de maíz y café. Era la primera vez en mucho tiempo que él disfrutaba de un desayuno preparado por una mujer.

—Me estás malacostumbrando —dijo con una sonrisa.

Y después de desayunar salieron con el mosquete y los rifles y él se sorprendió de lo bien que disparaba Sarah. Rieron a placer cuando derribó varios pájaros, y él le dijo que le dejaría un mosquete con munición y que comprara pistolas para los muchachos.

—Dudo que las necesitemos —respondió Sarah, y le preguntó si le gustaría acompañarla hasta la cascada.

Pasearon en silencio durante un rato, cada uno absorto en sus pensamientos, y cuando llegaron a la cascada la contemplaron admirados. Sarah sentía que su alma renacía cada vez que veía la cascada y oía su sonido. El correr del agua la emocionaba profundamente. François miró a Sarah y sonrió, pero esta vez parecía distante, y al igual que sus amigos indios, era difícil saber qué estaba pensando.

—Si me necesitas, comunícalo al fuerte. Ellos sabrán dónde estoy y enviarán un explorador indio a buscarme.

Jamás hacía esa clase de ofrecimiento, pero esta vez hablaba muy en serio. Sarah le dio las gracias pero sacudió la cabeza.

—No nos ocurrirá nada malo —aseguró.

—¿Y si te equivocas?

—Te enterarás por tus amigos —sonrió—. Presiento que entre los soldados y los indios de esta parte del mundo no hay secretos.

Era verdad, y François se echó a reír. Pese a lo alejados que vivían unos de otros, todo el mundo parecía saber lo que hacían los demás. No era muy diferente de Boston, aunque aquí las noticias tardaban más en difundirse.

—Volveré el mes que viene para ver si estás bien y si necesitas ayuda con la casa —dijo él sin esperar una invitación.

—¿Dónde estarás hasta entonces?

Le intrigaba la vida de François. Se lo imaginaba viviendo en las casas comunales de los iroqueses o navegando en canoa por los ríos.

—Estaré en el norte —respondió. Y luego dijo algo muy extraño, algo relacionado con lo que Sarah había comentado la noche anterior—: No estarás sola el resto de tu vida, Sarah.

No sólo lo pensaba, también lo presentía. Ella, no obstante, le sorprendió con su respuesta, confirmada por la serenidad de sus ojos.

—La soledad no me preocupa, François —dijo, y hablaba en serio. Había aceptado ese hecho en su vida. Y prefería la soledad a estar atada a un hombre como Edward. Hasta los indios daban a sus mujeres el derecho de abandonar a sus maridos si éstos las maltrataban, no como en su supuesto mundo civilizado—. No temo nada estando aquí —añadió con una sonrisa mientras hacía equilibrios sobre sus amadas rocas y él la miraba.

A veces parecía casi una niña. Y por muy vieja que Sarah se creyera, para François apenas era una muchacha y además lo parecía. Su mirada todavía era joven y confiada.

—¿De qué tienes miedo entonces? —preguntó él al tiempo que ella se sentaba en una roca que el sol había calentado.

—Lo tenía de ti. —Rió—. De hecho estaba aterrorizada... Te portaste como un granuja —le reprendió. Se sentía lo bastante cómoda con él para confesarle el miedo que había pasado—. Creía que ibas a matarme.

—Estaba enfadado contigo. Quería asustarte —admitió él, avergonzado por su comportamiento—. No quería ni imaginar qué habría pasado si aquella noche hubieses tropezado con un grupo de mohawks. Quería asustarte para que regresaras a Boston. Pero ahora comprendo que eres demasiado obstinada para dejarte influenciar por los sensatos argumentos de un hombre honrado.

—¡Sensato! ¡Honrado! —aulló Sarah con sarcasmo—. Un hombre honrado no se hace pasar por un guerrero indio para aterrorizarme. Ese argumento no tiene nada de sensato, ¿o sí lo tiene?

Mientras él chapoteaba en el agua con los pies junto a los de ella, sus brazos estuvieron muy juntos pero no llegaron a tocarse. A François le habría resultado fácil atraer a Sarah hacia sí y abrazarla, pero percibía el muro protector que había levantado a su alrededor y no osaba saltarlo.

—Algún día me las pagarás. Me pondré una máscara terrorífica e iré a tu casa para asustarte.

—Me encantaría —respondió François.

Estaba apoyado contra la roca, mirando a Sarah y asoleándose.

—En ese caso, tendré que pensar en algo peor.

Pero nada podía ser peor que perder a su esposa y su hijo. A François le traía sin cuidado que su matrimonio no hubiese sido reconocido por un tribunal, por su Francia nativa o por los colonos. Para él, la ceremonia iroquesa que le había unido a Gorrión Triste era lo bastante sagrada para durar toda una vida.

—En Inglaterra no tenías hijos, ¿verdad? —preguntó François despreocupadamente, casi seguro de que no los tenía y convencido de que no era un tema peligroso. Pero estaba equivocado. Enseguida percibió dolor en sus ojos y se maldijo—. Lo siento, Sarah… no quería…

—No te preocupes —dijo ella con todo un mundo de sabiduría y dolor en la mirada—. Todos mis hijos murieron, unos antes de nacer y otros durante el parto. Quizá por eso mi marido me odiaba tanto. Era incapaz de darle un heredero. Tiene bastardos por toda Inglaterra, creo, pero yo nunca le di un hijo legítimo. De los seis que murieron —dijo con voz angustiada mientras contemplaba el agua—, tres eran varones.

—Lo siento muchísimo —musitó François, incapaz de imaginar todo el dolor que había soportado Sarah.

—Yo también lo sentí. —Sarah sonrió con tristeza—. Mi marido quería un heredero a cualquier precio y me temo que me habría sacudido hasta dejarme sin sentido con tal de que le diera uno. Me dejaba embarazada una y otra vez y también entonces me pegaba, pero no lo bastante para herir al bebé, sólo para recordarme que yo era escoria bajo sus pies. A veces pensaba que estaba loco y otras veces pensaba que la loca era yo… Solía sentarme en la iglesia y rezar para que muriera…

François se estremeció y, como si quisiera compartir el dolor con ella, le habló de Gorrión Triste y de su bebé, y de lo mucho que los había querido. Le contó que cuando los asesinaron, durante un ataque a su pueblo, creyó que moriría de dolor. Pensó que nunca volvería a querer a nadie, pero ahora ya no estaba tan seguro, aunque Sarah era muy diferente de la gente que conocía. No obstante, le sorprendía lo mucho que le importaba pese a lo poco que sabía de ella. Esto último no se lo dijo. Cada uno, sin embargo, tenía su propia pena, cada uno llevaba una pesada carga en el corazón. En su caso había pasado mucho tiempo, pero en Sarah las heridas no habían cicatrizado aún, podía verlo en su mirada. Había perdido el último bebé hacía apenas un año, aunque el dolor ya no era tan punzante. Desde su llegada al Nuevo Mundo había tenido una vida fácil y feliz.

Disfrutaron del sol un rato más mientras pensaban en las confidencias que habían compartido. A Sarah le maravillaba el hecho de que el hombre que tanto la había atemorizado seis meses atrás se hubiese convertido en su mejor amigo en esta parte del mundo. Casi lamentaba que tuviera que irse, y de regreso a casa, al atardecer, le preguntó si quería quedarse a cenar. Él le dijo que no podía, que debía partir cuanto antes pues aún tenía un largo camino por delante. Además, había prometido reunirse con sus hombres en el norte, pero lo cierto era que no se fiaba de sí mismo si se quedaba más tiempo cerca de ella. Y sabía que Sarah todavía no estaba preparada para aceptar a un hombre en su vida. Si quería estar cerca de ella, sólo debía esperar su amistad.

Sarah le preparó un paquete con pan de maíz, jamón y tocino, y él le recordó que comprara pistolas y munición. Luego se alejó en su caballo agitando una mano con el torso nuevamente desnudo y el cabello ondeando al viento. Lo único que le diferenciaba de sus hermanos adoptivos era que en lugar de llevar calembés, llevaba pantalones y mocasines, pero caminaba con sigilo, como hacían ellos.

Sarah lo vio alejarse por el claro y cuando entró de nuevo en la casa divisó algo brillante sobre la mesa del comedor. Era el collar de uñas de oso y la cinta de cuentas verdes que François había lucido la noche antes, durante la cena.

Cuando Charlie cerró el diario, el teléfono sonó y por la luz dedujo que estaba atardeciendo. Se sentía desorientado, pues acababa de volver de una época situada doscientos años atrás. Supuso que era la señora Palmer. Cuando le instalaron el teléfono, dio el número a Gladys y a la oficina de Nueva York. También envió un fax a Carole, pero ella no tenía motivos para llamarle.

No obstante, cuando descolgó el auricular se llevó una sorpresa. Carole no había llamado a Charlie desde que éste se marchó de Londres. Y hacía dos semanas que él no la llamaba. Era ella, y Charlie rogó que hubiese recobrado el juicio. Tal vez Simon había hecho algo horrible o ella simplemente le echaba de menos. Pero independientemente del motivo de la llamada, oír su voz ya era una delicia.

—Hola —dijo Charlie, todavía tumbado en la cama, donde llevaba instalado desde la mañana. Acababa de cerrar el diario y todavía veía las cuentas verdes que François había dejado sobre la mesa—. ¿Cómo estás? —preguntó con calidez.

—Tienes una voz rara. ¿Te encuentras bien? —Carole se preocupaba por él más de lo que Charlie imaginaba.

—Sí. Estoy en la cama.

Tenía la cabeza sobre la almohada y hablaba con voz relajada. Seguía pensando que a Carole le habría encantado la casa. Había querido hablarle de ella desde el primer día que la vio. Pero primero quería conocer el motivo de su llamada.

—¿No haces absolutamente nada? —Carole parecía nerviosa y todavía no comprendía del todo qué había sucedido en Nueva York.

Aún se preguntaba si Charlie había sufrido una crisis nerviosa. No era propio de él dejar el trabajo y tomarse seis meses de vacaciones, y ahora le contaba que estaba en la cama a las cuatro de la tarde. Para ella, semejante comportamiento era muy sospechoso.

—Estaba leyendo —explicó Charlie, pero no le dijo qué—. Me estoy tomando un tiempo para mí, eso es todo. Ya no recuerdo la última vez que hice algo así.

Y teniendo en cuenta lo que Carole le había hecho durante el último año, hubiera debido ser más comprensiva, pero no era la clase de cosas que hacía la gente normal del mundo de la abogacía. Uno no dejaba un trabajo importante y se pasaba los seis meses siguientes leyendo en la cama.

—Me temo que no comprendo lo que te pasa, Charlie —dijo con tristeza, y él rió. Estaba de muy buen humor por su llamada.

—Yo tampoco. Dime, ¿para qué me has llamado?

—En Londres eran las nueve de la noche. Charlie supuso que acababa de salir del trabajo. En realidad Carole seguía en su despacho y le había dicho a Simon que tenía intención de telefonear a Charlie. Habían quedado en reunirse en Annabel's a las diez y sabía que le preguntaría acerca de la conversación—. ¿Estás bien?

No quería estropearle el día, pero quería decírselo personalmente. No quería que se enterara a través de terceras personas. Las noticias en Londres volaban.

—Estoy bien. Charlie, la mejor forma de decírtelo es sin rodeos… Simon y yo vamos a casarnos en junio, cuando el divorcio sea definitivo.

Hubo un silencio interminable y Carole cerró los ojos y se mordió el labio. Charlie tenía la sensación de que le habían propinado un puñetazo en el estómago, sensación que, a estas alturas, conocía bien.

—¿Qué quieres que diga? —respondió, y de repente tuvo ganas de vomitar—. ¿Suplicarte que no lo hagas? ¿Para eso has llamado? Podrías habérmelo comunicado por escrito.

—No quería que te enteraras por otras personas.

Carole estaba llorando. Le estaba resultando más difícil de lo que había imaginado. Y aunque no podía oírle, Charlie también estaba llorando y deseando que Carole no le hubiese llamado.

—¿Qué más da si me entero por otros? ¿Y por qué demonios quieres casarte con él? Es lo bastante viejo para ser tu padre, maldita sea, y al final te abandonará como hizo con sus otras mujeres —le espetó, presa de la desesperación.

No podía dejar que lo hiciera. Tenía la sensación de estar precipitándose por una montaña, incapaz de frenar.

—Dos de sus mujeres le abandonaron a él —le corrigió Carole—. Él sólo dejó a la tercera.

—Menudo consuelo. ¿En qué te convierte eso? ¿En la número cuatro? Qué maravilla. ¿Es eso lo que quieres? ¿Por qué no te limitas a tener un lío con él? Ya lo hiciste antes.

Empezaba a ponerse desagradable.

—¿Y luego qué? —replicó ella. Charlie se lo estaba poniendo muy difícil. No estaba obligada a llamarle. Lo había hecho por deferencia—. ¿Qué quieres de mí, Charlie? ¿Que vuelva y empecemos donde lo dejamos? ¿Te darías cuenta siquiera de que he vuelto? Ninguno de los dos estábamos donde había que estar, sólo éramos dos ejecutivos que compartían una casa y un fax. Aquello no era un matrimonio. ¿Tienes idea de lo sola que me sentía? —Hablaba con voz angustiada y Charlie sintió náuseas. No, nunca se había dado cuenta.

—¿Por qué no me lo dijiste? ¿Por qué no dijiste algo en lugar de follarte a otro? ¿Cómo iba a saber lo que rondaba por tu cabeza si no me lo contabas?

Carole lloraba y Charlie tenía las mejillas anegadas en lágrimas.

—Creo que no me conocí bien hasta que terminó —respondió ella con franqueza—. Creo que estábamos tan ocupados huyendo el uno del otro que al final dejé de sentir. No era más que un robot, una máquina, una abogada... y de tanto en tanto, cuando los dos teníamos tiempo, era tu esposa.

—¿Y ahora? —Charlie se estaba torturando, pero tenía que saberlo por su propio bien—. ¿Eres más feliz con él?

—Sí, lo soy. Es una relación diferente. Cenamos juntos cada noche, me llama tres o cuatro veces al día cuando estamos separados. Siempre quiere saber cómo estoy. Busca tiempo para nosotros y me hace buscar tiempo. Si sale de viaje me lleva con él, y si salgo yo viene conmigo si puede, aunque eso signifique volar a París o Bruselas o Roma para pasar la noche. —Era infinitamente más atento.

—No es justo. Trabajáis para la misma firma. Yo ni siquiera estaba en París. La mitad del tiempo la pasaba en Hong Kong o Taipei.

Tenía razón. Pero eso no era todo, y ambos lo sabían. Habían dejado que algo muriese y se desvaneciera cuando no estaban atentos.

—No eran sólo los viajes, Charlie... lo sabes muy bien. Dejamos de hablar... nunca teníamos tiempo para hacer el amor... Cuando yo no estaba trabajando, tú estabas agotado por tu último viaje.

Era más cierto de lo que Charlie estaba dispuesto a admitir, y la alusión a la ausencia de vida sexual sólo consiguió empeorar las cosas.

—¿Debo creerme que un viejo de sesenta años te hace el amor cada noche? ¿Qué tiene? ¿Un implante? Venga ya, Carole.

—Charlie, por Dios...

Charlie se enderezó, dispuesto a contraatacar.

—Fuiste tú la que se lió con él. Nunca me dijiste lo infeliz que eras, simplemente saliste a la calle y contrataste a otro para el trabajo sin comunicarme siquiera que estaba despedido. Jamás me diste la oportunidad de arreglarlo, y ahora me vienes con esa chorrada de que él es más atento y romántico. Y encima me sueltas que vas a casarte con él. ¿Cuánto crees que va a durar? Te estás engañando, Carole. Tienes treinta y nueve años. Simon sesenta y uno. Os doy un año, como mucho dos.

—Gracias por el voto de confianza y tus buenos deseos —respondió Carole. Estaba realmente enfadada—. Sabía que no reaccionarías bien. Simon creía que debía llamarte, dijo que era lo correcto. Y yo le dije que reaccionarías como un cretino, y es evidente que no me equivocaba.

Estaba siendo malvada, pero no soportaba saber que Charlie seguía sintiéndose tan herido. ¿Y si nunca lo superaba y Carole tenía que vivir con el sentimiento de culpa el resto de su vida? Pero ni esa posibilidad le haría volver con él. Sólo quería casarse con Simon.

—¿Por qué no le pediste a Simon que me llamara? —preguntó él con malicia—. Hubiera sido más fácil. Nos habríamos ahorrado toda esta mierda. Sólo habría tenido que oír lo típico de podemos-ser-buenos-amigos y ven-a-visitarnos y Dios salve a la reina… —Estaba llorando otra vez, y luego hubo un largo silencio. Su voz sonaba horrible cuando habló de nuevo—. No puedo creer que vayas a casarte en junio. La tinta del divorcio aún no estará seca.

—Lo siento, Charlie —dijo ella con calma—. No puedo evitarlo. Es lo que quiero.

Charlie se había tranquilizado y estaba recordando ahora lo mucho que había amado a Carole, y deseó que le hubiera dado otra oportunidad. Pero no había sido así. Y ahora le tocaba el turno a Simon. Carole había tirado por la borda cuanto había compartido con Charlie. Todavía le costaba creerlo.

—Lo siento, pequeña —dijo Charlie, y la dulzura de su voz desgarró el corazón de Carole. Era más efectiva que la rabia, pero no se lo dijo—. Supongo que sólo me queda desearte buena suerte.

—Gracias. —Ella lloraba en silencio. Anhelaba decirle que todavía le quería, mas no era justo. Pero en cierto modo siempre sería así. La situación resultaba demasiado confusa y dolorosa, pero sabía que había hecho lo correcto llamándole—. Debo colgar.

—Cuídate —dijo Charlie con voz ronca, y ambos colgaron.

Se recostó sobre el cabezal de la cama y cerró los ojos. No podía creerlo. Por un ingenuo instante había creído que llamaba para decirle que había terminado con Simon. ¿Cómo podía ser tan estúpido? Y ahora no daba crédito al dolor que le taladraba el alma.

Se levantó, se enjugó las lágrimas y miró por la ventana. Era una tarde soleada. Y de repente hasta los diarios de Sarah perdieron importancia. Sólo quería salir fuera y gritar. Se peinó, se puso un jersey grueso y unos tejanos, unos calcetines, unas botas y un chaquetón y subió al coche. Ignoraba adónde iba, sólo sabía que tenía que salir. A lo mejor Carole tenía razón, tal vez no era normal tomarse tantos meses de vacaciones. Pero las cosas en Nueva York iban muy mal.

Condujo por el pueblo sin rumbo y comprobó por el retrovisor que tenía un aspecto horrible. Llevaba una barba de dos días y tenía los ojos hundidos, como si Carole los hubiese golpeado con un ladrillo. Con todo, sabía que en algún momento tendría que superarlo. No podía pasarse el resto de su vida llorando, ¿o sí? Y si se sentía así ahora, ¿cómo iba a sentirse en junio, cuando se casaran?

Haciéndose mil preguntas, pasó por delante del archivo histórico y, sin saber por qué, se detuvo. Francesca no era la persona adecuada para hablar. Ella estaba mucho más herida, pero él tenía que charlar con alguien. No podía quedarse en casa leyendo los diarios, e intuía que esta vez Gladys no podría ayudarle. Pensó en ir a un bar y tomarse una copa. Necesitaba oír ruido y ver gente, hacer algo para aplacar el dolor.

Estaba sentado en el coche, tratando de decidir si entrar o no, cuando la vio. Francesca acababa de echar la llave a la puerta y estaba bajando por la escalinata, y de repente, como si intuyera que alguien la observaba, se volvió y le vio. Vaciló un instante, preguntándose si el encuentro era casual o intencionado, y luego echó a andar hacia el otro lado. Charlie bajó del coche y corrió tras ella, y mientras lo hacía sólo pudo pensar en Sarah y François. En algún momento François tuvo que encontrar el valor para estar ahí. Había vuelto, a pesar de haber atemorizado a Sarah, para darle las cuentas verdes y las uñas de oso. Él ni siquiera había atemorizado a Francesca, se dijo, pero ella no había hecho otra cosa que rehuirle desde el día que se conocieron. Estaba asustada de la vida, de los hombres, de la gente.

—¡Espera! —gritó Charlie, y ella se volvió con ceño. ¿Qué quería de ella? ¿Por qué la seguía? No tenía nada que darle. No tenía nada que dar a nadie nunca más—. Lo siento —dijo, súbitamente avergonzado, y Francesca reparó en su aspecto.

—Puedes devolverme los libros mañana —dijo. Como si Charlie hubiera echado a correr como un poseso por dos libros que había olvidado devolver.

—Olvídate de los libros. Necesito hablar contigo. Necesito hablar con alguien… —Desesperado, dejó caer los brazos. Francesca advirtió que estaba a punto de llorar.

—¿Ocurre algo? —Muy a su pesar, lo compadeció. Se dio cuenta de que estaba sufriendo mucho. Charlie se sentó en los escalones de una casa y ella le miró como si fuera su hija—. ¿Qué ocurre? —preguntó con suavidad al tiempo que se sentaba a su lado—. Cuéntame qué ha pasado.

Charlie miró al frente y sintió deseos de coger la mano de Francesca, pero no se atrevió.

—No debería molestarte con esto, pero acabo de hablar con mi ex mujer… Lleva un año saliendo con ese tipo, bueno, diecisiete meses para ser exactos. Es el socio más antiguo de su firma de abogados, tiene sesenta años y ha estado casado tres veces… y ella me dejó por él hace diez meses. El otoño pasado solicitamos el divorcio. Es una larga historia, pero el caso es que me trasladaron a Nueva York y la cosa no funcionó, así que me tomé unas vacaciones… Y ahora ella me ha llamado… pensaba que iba a decirme que había recobrado el juicio.

Soltó una risa quebradiza. Francesca podía adivinar el resto.

—Pero en realidad te llamó para decirte que iba a casarse con él —dijo, y Charlie la miró estupefacto.

—¿También te llamó a ti? —Esbozó una triste sonrisa.

—No hizo falta. A mí también me telefonearon por el mismo motivo, hace ya algún tiempo —explicó Francesca con mirada sombría.

—¿Tu marido?

Ella asintió.

—Su historia fue un poco más sofisticada. Tuvo un lío transmitido por la televisión nacional francesa durante unas Olimpiadas. Mi ex marido es locutor deportivo y se lió con la campeona de esquí de Francia. La gente enseguida se enamoró de Pierre y Marie-Lise. El hecho de que él estuviera casado y fuese padre de una hija carecía de importancia. Ella era una monada. Tenía dieciocho años y él treinta y tres. Posaron para las revistas y aparecieron en la portada de *Paris-Match*. Incluso ofrecían entrevistas juntos, y Pierre me decía que no tenía importancia, que era publicidad para el equipo de esquí. Todo estaba justificado si se hacía por Dios y por la patria. Pero cuando ella se quedó embarazada, empecé a enojarme de veras. También esa noticia salió en televisión. La gente empezó a regalarle ropa de bebé, pero lo malo es que la enviaban a mi casa. Pierre seguía diciendo que me quería…

—Y te pasabas los días llorando —añadió Charlie.

—¿Cómo lo sabes? —preguntó Francesca.

—Me lo contó Monique. Pero no pasó de ahí.

No quería causar problemas a la pequeña y Francesca lo sabía. Sonrió y se encogió de hombros.

—En fin, el caso es que me quedé, y ella estaba cada día más gorda. Más entrevistas, más portadas, más reseñas en televisión del locutor deportivo nacional y la ganadora de la medalla de oro olímpica. Era perfecto. Para colmo esperaba gemelos. Otra riada de patucos en la casa. Monique pensaba que era yo la que iba a tener un bebé. Intenta explicárselo a una niña de cinco años. Pierre no paraba de llamarme neurótica y anticuada. Según él, yo era una americana estreñida, esas cosas ocurrían en Francia y yo me resistía a entenderlo. Lo malo es que no me sorprendió. Mi padre es italiano y le hizo lo mismo a mi madre cuando yo tenía seis años. En aquella ocasión lo pasé mal, pero esta vez fue mucho peor. —Francesca hacía que la historia sonara casi divertida, pero no había que imaginar mucho para saber que lo suyo había sido una pesadilla. Tener un marido que la engañaba delante de las cámaras de televisión tuvo que ser más duro que lo que Carole le había hecho a él—. El caso es que los gemelos nacieron y, naturalmente, eran adorables. Un niño y una niña. Jean-Pierre y Marie-Lise, dos encantadoras réplicas en miniatura de sus padres. Aguanté dos semanas más y al final decidí largarme. Cogí a Monique y le dije a Pierre que si tenía más niños me lo comunicara, pero que entretanto me iba a Nueva York, a casa de mi madre. Una vez allí, reflexioné durante un tiempo sobre lo ocurrido, pero mi madre no hacía otra cosa que despotricar contra Pierre. Era como si estuviera reviviendo su propio divorcio. Al final no pude más y lo solicité. La prensa francesa dijo que yo era una mala perdedora. Supongo que tenían razón. El divorcio se hizo efectivo hace un año, justo antes de Navidad. El día de Navidad recibí la misma llamada que tú has recibido hoy. Querían compartir la buena noticia conmigo. Acababan de casarse en Courchevelles, en las pistas, con los bebés a la espalda. Monique me ha contado que Marie-Lise está embarazada otra vez. Quiere tener otro hijo antes de empezar a entrenar para las próximas Olimpiadas. Todo les ha salido redondo. Pero no dejo de preguntarme por qué Pierre perdió el tiempo conmigo. Podría haber esperado a que Marie-Lise apareciera en escena y haberse ahorrado el episodio en que participo yo. Nunca hice muy buen papel delante de la televisión. Como decían los franceses, era muy americana y muy aburrida.

Francesca hablaba con indignación y dolor y Charlie la entendía. Estaba profundamente herida a causa del abandono y la humillación sufridos. Charlie se preguntó qué significaría eso para Monique. ¿Estaba destinada a un fracaso matrimonial, a ser una perdedora de tercera generación? Era difícil saber cómo estas cosas afectaban a la gente. Sus padres habían sido un matrimonio feliz, y también los de Carole. Pero aún así, a ellos les había ocurrido. ¿Significaba eso que todo el mundo fracasaba en el matrimonio o sólo algunos? ¿Qué significaba realmente?

—¿Cuánto tiempo estuviste casada?

—Seis años —respondió Francesca, apoyándose ligeramente en Charlie. No era consciente de lo que hacía, pero le había sentado muy bien contar su historia. Y al escuchar la de él, ya no se sentía tan sola. A Charlie le pasaba lo mismo—. ¿Y tú? —preguntó.

De repente tenían mucho en común. Ambos habían sido abandonados.

—Estuvimos casados casi diez años. Creía que éramos tremendamente felices. Menuda torre de observación estoy hecho. No me di cuenta de que teníamos problemas hasta que ella estaba prácticamente viviendo con otro. No entiendo cómo no lo vi antes. Ella dice que trabajábamos y viajábamos demasiado y no prestábamos atención al otro. A veces pienso que deberíamos haber tenido hijos.

—¿Por qué no los tuvisteis?

—No lo sé. Supongo que ella tiene razón —reconoció Charlie. Era más fácil admitirlo delante de Francesca que delante de Carole—. Puede que trabajáramos demasiado. No nos parecía necesario, y ahora lo lamento, sobre todo viendo a tu hija. No tengo nada que enseñar después de nueve años de matrimonio.

Francesca sonrió y a Charlie le gustó lo que vio en su sonrisa. Se alegraba de haberla parado en la calle. Necesitaba hablar con alguien y ella era la persona idónea, porque podía entenderle.

—Pierre dice que nuestro matrimonio fracasó porque yo estaba demasiado absorta en Monique. Después de tenerla dejé de trabajar. Cuando Pierre y yo nos conocimos, yo era modelo en París. Luego nos casamos, abandoné mi carrera, estudié arte e historia en la Sorbona y me doctoré. Después tuve a Monique y descubrí que me encantaba ser madre. Quería estar siempre con ella, cuidarla yo misma, y creía que Pierre también lo quería. No sé, Charlie… supongo que no siempre podemos ganar. Quizá algunos matrimonios están condenados al fracaso desde el principio. —Ella lo creía así.

—Sobre eso mismo he estado meditando últimamente —convino Charlie—. Pensaba que tenía un matrimonio feliz y ahora resulta que estaba equivocado, y tú pensabas que estabas casada con la versión francesa del Príncipe Encantado pero estabas equivocada. ¿Cómo se llamaría en francés? *Prince Charmant?* —Francesca asintió con una sonrisa—. Ahora Carole va a casarse con un vejestorio que colecciona mujeres y tu ex marido está casado con una cría… ¿Cómo demonios podemos saber si hemos acertado? Quizá no podamos. Quizá no nos quede más remedio que arriesgarnos y descubrirlo con el tiempo. Pero te aseguro una cosa, la próxima vez, si la hay, pienso escuchar como un loco, pienso pasarme el día preguntando: ¿Cómo estás? ¿Cómo estoy? ¿Cómo estamos? ¿Eres feliz? ¿Te gusta esto? ¿Me engañas ya?

Francesca sonrió, pero Charlie no bromeaba del todo. Había aprendido algunas cosas con lo ocurrido. Ella, no obstante, sacudió la cabeza con tristeza.

—Eres más valiente que yo. Para mí no habrá una próxima vez, Charlie. Lo tengo bien decidido. —Se lo decía en ese momento porque deseaba ser su amiga, nada más. El romance no estaba en su lista de prioridades.

—Esas cosas no se pueden decidir.

—Sí se puede —le contradijo ella—. Yo lo he hecho. No quiero que nadie vuelva a desgarrarme el corazón.

—¿Qué tal sin titulares ni cámaras la próxima vez? —bromeó Charlie—. ¿O prefieres un porcentaje de las ventas?

Francesca sonrió con poco entusiasmo.

—No te haces una idea de lo que fue —dijo.

Pero Charlie lo imaginaba sólo con mirarle a los ojos. En ellos sólo quedaba dolor y recordó lo que Monique le había dicho sobre su llanto. Por eso había sido tan desagradable con él al principio. Debió de sentirse muy sola en Francia. Y sin pensarlo, la rodeó con un brazo y la atrajo hacia sí. Charlie sólo quería ser su amigo y Francesca no opuso resistencia.

—Te propongo una cosa —dijo él con ternura—. Si alguna vez decides probarlo de nuevo, yo seré tu agente.

Francesca rió y negó con la cabeza.

—Ni lo sueñes, Charlie. No pienso volver a casarme.

—En ese caso te propongo un pacto. Ninguno de los dos volverá a casarse, pero si uno lo hace, el otro tendrá que casarse también, como una especie de suicidio solidario, un matrimonio kamikaze... —Charlie bromeaba, pero ella no se enfadó. Era la primera vez que se reía de su situación y descubrió que le hacía bien, aunque no creía haber hecho mucho por él, pero cuando lo dijo Charlie negó con la cabeza—. Necesitaba hablar con alguien, Francesca, y me alegro de que fueras tú.

Se levantaron. Ella consultó su reloj y explicó que tenía que recoger a su hija.

—Siento dejarte. ¿Estarás bien? —preguntó, y Charlie vio esta vez en Francesca una persona mucho más amable y abierta.

—Estaré bien —le mintió. Quería volver a casa, pensar en Carole y Simon y tratar de hacerse a la idea de que iban a casarse. Necesitaba más tiempo para llorar su pérdida, pero al mirar a Francesca se le ocurrió una idea—. ¿Qué te parece si salimos a cenar los tres mañana por la noche? —No quería asustarle con una cita a solas—. Te traeré los libros, te lo prometo —añadió a modo de incentivo mientras ella le acompañaba al coche. El suyo estaba un poco más lejos—. Podríamos comer una pizza o unos espaguetis. A todos nos iría bien salir.

Francesca titubeó y Charlie pensó que no iba a aceptar. Pero ella le miró a los ojos y enseguida comprendió que él no iba a hacerle ningún daño. Había dejado las cosas claras. Y él sabía que Francesca sólo podía ofrecerle su amistad, y si estaba dispuesto a aceptarlo, ella estaba dispuesta a cenar con él.

—De acuerdo —respondió, y Charlie sonrió.

—Os recogeré a las seis —dijo, sintiéndose casi humano otra vez, y luego la miró con dulzura—. Francesca... ¡gracias!

Charlie se alejó en el coche mientras pensaba en las cosas que ella le había contado. Debió de ser duro, desgarrador... y humillante. La gente podía comportarse a veces de forma despreciable. Carole no se había comportado de forma despreciable, se dijo Charlie, sólo le había roto el corazón. Eso era todo, por el momento.

Cuando abrió la puerta de su casa, pensó en Sarah, en lo mucho que le hizo sufrir Edward y en la felicidad que debió de encontrar con François. Se preguntó cómo era posible tender un puente entre ambas vidas, cómo podía pasarse del dolor y la desconfianza a ser de nuevo uno mismo, a perdonar y empezar una nueva vida.

Todavía no tenía la respuesta, se dijo cuando encendió la luz. Incluso después de hablar con Francesca sólo podía pensar en Carole. Y esa noche, en la cama, volvió a pensar en ella. Y mientras meditaba sobre los misterios de la vida, decidió dejar a un lado los diarios durante unos días. Necesitaba encontrar una respuesta, volver al mundo real y cuidar de su vida presente.

16

Charlie las recogió en coche a las seis en punto y las llevó al restaurante Di Maio de Deerfield. Monique charló animadamente durante todo el viaje. Habló de sus amigos del colegio, del perro que le gustaría tener y del hámster que su madre le había prometido. Dijo que quería patinar sobre hielo y se quejó de los deberes.

—Me ponían muchos más en Francia —dijo al fin, haciendo referencia a su vida en París, y Charlie miró a Francesca.

Estaba mirando por la ventanilla.

—Quizá deberíamos ponerte a estudiar alemán o chino para mantenerte ocupada —bromeó Charlie.

Monique torció el gesto. Con dos idiomas tenía suficiente, aunque los hablaba a la perfección.

—Mamá habla italiano. Mi abuelo era de Venecia. —Y según Francesca, un cabrón como su marido, recordó Charlie. Estaban tocando sus temas favoritos. Iba a ser una noche encantadora. Francesca, sin embargo, seguía callada—. En Venecia hay muchos barcos —prosiguió Monique, y él, para cambiar de tema, le preguntó qué clase de perro quería—. Uno pequeño y muy mono —respondió la niña. Había pensado mucho en ello—. Un chihuahua, por ejemplo.

—¿Un chihuahua? Es tan pequeño que lo confundirías con el hámster.

Monique soltó una carcajada. Charlie le habló de la simpática setter irlandesa de Gladys y le prometió que un día la llevaría para que la conociera. A la pequeña le gustó la idea y Francesca casi sonrió. Estaba muy seria, y a veces ponía una expresión tan triste que a Charlie le partía el corazón. Pero por lo menos Monique era feliz. Eso decía mucho en favor de Francesca. Estaba claro que quería a su hija y que la había protegido con éxito de la horrible experiencia en París.

Unos minutos después llegaron a Deerfield.

El restaurante estaba lleno y animado. Monique pidió espaguetis y albóndigas nada más sentarse a la mesa. Los adultos se lo tomaron con más calma y finalmente eligieron capellini con albahaca y tomate. Charlie pidió vino para los dos. Entonces advirtió que Francesca hablaba al camarero en italiano. El hombre estaba encantado y Charlie escuchó con deleite.

—Me encanta el italiano —dijo Charlie con una sonrisa—. ¿Viviste alguna vez en Italia?

—Hasta los nueve años, pero siempre he hablado italiano con mi padre. Me gustaría que Monique lo aprendiera. Siempre es útil saber idiomas. —Aunque ahora que vivían en Estados Unidos, parecía menos importante—. Puede que algún día decida vivir en Europa —añadió Francesca, pero en el fondo de su corazón no lo deseaba. Y entonces se volvió hacia Charlie con mirada inquisitiva. Le había contado muchas cosas sobre sí mismo el día anterior, mas sólo en lo referente a su matrimonio—. Y tú, ¿qué harás? ¿Piensas regresar a Londres?

—No lo sé. En realidad sólo me detuve aquí a pasar la noche. Iba camino de Vermont para esquiar. Entonces conocí a Gladys Palmer, vi la casa y me enamoré de ella. La he alquilado por un año, pero aunque regrese a Europa siempre puedo venir aquí de vacaciones. Por ahora, no obstante, estoy bien aquí, aunque me remuerde un poco la conciencia. Es la primera vez en mi vida que hago una cosa así. Tarde o temprano tendré que volver a ser arquitecto, y espero que sea en Londres.

—¿Por qué? —preguntó Francesca. ¿Para perseguir a su mujer?, pensó.

—Allí tengo una vida —aseguró él, y tras reflexionar mientras Monique atacaba las albóndigas, añadió—: O por lo menos la tenía. Vendí mi casa antes de irme. —Y ahora ni siquiera sabía si tenía trabajo—. Además, amo Londres.

Pero también amaba a Carole. Quizá siempre la amaría, incluso después de que ella se casara con Simon, pero no lo mencionó. Sólo de pensarlo se deprimía.

—Yo amaba París —musitó Francesca—. Intenté quedarme, pero no pude. Era demasiado doloroso. Me hubiera vuelto loca, siempre esperando encontrármelo al doblar una esquina y odiándole cada vez que ocurriese. Cuando ponía el telediario y le veía me echaba a llorar, pero no podía dejar de hacerlo. Estaba enferma, así que al final me fui. Ya no me imagino viviendo de nuevo en París. —Suspiró y sonrió a Charlie.

—¿Piensas quedarte aquí? —Le gustaba hablar con ella. Le aliviaba poder charlar con alguien y airear las cosas que habían estado a punto de matarle. De ese modo perdían dramatismo.

—Puede —respondió ella. Todavía no lo había decidido—. Mi madre piensa que debería llevar a Monique a Nueva York para darle una educación «decente», pero aquí somos felices y el colegio está bien. Además le encanta esquiar. Y a mí me gusta nuestra casita a las afueras del pueblo y la tranquilidad que allí se respira. Primero quiero terminar mi tesis y luego tomaré una decisión. Shelburne sería un buen lugar para escribir.

O leer. Charlie pensó en los diarios de Sarah.

—Es cierto. A mí me gustaría pintar. —Su estilo se parecía al de Wyeth, y el paisaje de Shelburne Falls, sobre todo con la nieve, era idóneo.

—Ya veo que eres un hombre de múltiples talentos —comentó Francesca maliciosamente.

Charlie sonrió. Le gustaba que se burlara de él. Y poco a poco incluyeron en la conversación a Monique, que hasta entonces había disfrutado escuchándoles y comiendo sus espaguetis. Monique habló de su vida en París y del apartamento que tanto le gustaba, de sus paseos diarios por el Bois de Boulogne después del colegio y los viajes que había hecho con sus padres a estaciones de esquí. Al escucharla, su madre se puso nostálgica, hecho que inquietó a Charlie. No quería que Francesca le cerrara de nuevo las puertas. Lo que estaban haciendo era bueno para los dos, y ella se relajó de nuevo cuando él cambió de tema.

—¿Os gustaría esquiar el sábado que viene? Podríamos ir a Charlemont.

Monique brincó de entusiasmo.

—Venga, mami... porfaaaa...

Francesca sonrió.

—Estoy segura de que estás muy ocupado, y yo tengo que trabajar en mi tesis. No creo...

—Seguro que nos sienta bien —insistió Charlie. Estaba pensando en la terrible noticia que le había dado Carole y en las cosas que Francesca le había contado. Ambos necesitaban un poco de diversión—. Puedes tomarte un día libre. Los dos podemos. —No tenía nada que hacer salvo leer los diarios de Sarah—. Venga, di que sí.

Hablaba con un tono tan dulce y persuasivo que Francesca no tuvo más remedio que aceptar, aunque le incomodaba la idea de estar en deuda con él. Charlie podría esperar algo que ella no podía darle.

—De acuerdo, pero sólo a pasar el día.

El ánimo de Monique se levantó ostensiblemente a partir de ese momento. Rió, bromeó y habló de las pistas de Charlemont y las comparó con Courchevelle y Val d'Isère mientras Francesca y Charlie reían. Y cuando regresaron a Shelburne Falls los tres estaban deseando que llegara el sábado.

Charlie se detuvo delante de la casa de Francesca y Monique y ellas bajaron del coche. Era una casa de madera pintada de blanco, con postigos verdes y una valla de estacas. Francesca le dio las gracias por la cena.

—Lo he pasado muy bien —dijo con cautela.

—Y yo —aseguró Monique—. Gracias, Charlie.

—De nada. Nos veremos el sábado. ¿A qué hora paso a recogeros?

Charlie no hizo ademán de entrar en la casa, pues eso habría asustado a Francesca. Todavía tenía la expresión de una cervatilla dispuesta a echar a correr, sobre todo ahora que estaban en su territorio. Era evidente que no quería a Charlie demasiado cerca, por muy agradables que fueran sus conversaciones.

—A las ocho —sugirió Francesca—. Así podríamos estar en las pistas a las nueve.

—Estupendo. Entonces, hasta el sábado —dijo él.

Esperó a que entraran en la casa, y vio cómo se encendían las luces y el lugar se llenaba de un aire cálido y acogedor. Mientras regresaba al castillo se dio cuenta de lo solo que se sentía. Últimamente siempre parecía hallarse al otro lado de la ventana, observando a Francesca y Monique, oyendo hablar de Carole y Simon, leyendo sobre Sarah y François... Ya no era de nadie y comprendió lo mucho que echaba eso de menos. Entonces decidió pasar por casa de Gladys Palmer. La mujer estaba de muy buen humor, tenía un aspecto excelente y se mostró encantada con la visita de Charlie. Le preparó una manzanilla y le ofreció un plato de galletas de jengibre recién hechas.

—¿Cómo van las cosas por la casa? —preguntó, y él sonrió.

Estaba pensando en Sarah y los diarios que todavía mantenía en secreto. Quería terminarlos antes de hablarle de ellos.

—Bien —respondió y le habló de la velada que acababa de pasar con Francesca y su hija.

—Suena prometedor —comentó Gladys, contenta por él.

—Ya veremos.

Terminó su segunda taza de manzanilla y se marchó. Y para su sorpresa, se dio cuenta de que se sentía menos solo. Gladys parecía ejercer sobre él un poder fortalecedor. Era casi como una madre.

Al entrar en casa creyó oír un sonido en el piso de arriba. Se quedó quieto, aguzando el oído, deseando que fuera ella, convencido de que había oído una pisada. Tras un largo silencio, encendió la luz.

Una vez en su habitación pensó en reanudar la lectura de los diarios, pero necesitaba un respiro. Estaba demasiado afectado por Sarah y François. Se estaban convirtiendo en personajes demasiado reales y sólo quería estar con ellos. No era sano.

Esa noche se obligó a leer una novela. No obstante, le pareció tan insípida en comparación con los diarios de Sarah que a las diez ya dormía profundamente. Al cabo de un rato oyó un ruido en la estancia y abrió los ojos, pero estaba demasiado adormilado y no la vio.

Cuando el sábado salió de casa para recoger a Francesca y Monique, llevaba una semana sin leer los diarios. Por el camino se detuvo en casa de Gladys y le entregó un libro que había llevado para ella. Tomaron una taza de té y volvieron a hablar de Francesca, y Gladys se alegró de que se vieran otra vez, de que Charlie tuviera una amiga, y confió en conocerla algún día.

Cuando Charlie llegó a casa de Francesca, Monique apareció con un mono de color rojo y su madre con un conjunto elástico negro. Estaba despampanante y no era de extrañar que hubiese sido modelo. Cargaron los esquís en el coche y quince minutos más tarde ya estaban en Charlemont. Entonces Francesca amenazó a Monique con inscribirla en la escuela de esquí. No quería que se paseara por toda la montaña hablando con extraños. Charlie lo comprendía, pero Monique se enfadó mucho.

—Esa escuela es un rollo —protestó la niña entre sollozos—. No quiero ir.

A Charlie le dio tanta pena que se ofreció a esquiar con ella. Después de todo, así era como se habían conocido. Pero Francesca no quería abusar de su amabilidad.

—¿Seguro que no quieres esquiar solo? —le preguntó, y él no pudo evitar reparar en el verde profundo de sus ojos.

—Monique esquía mejor yo —sonrió—. Casi no puedo seguirla.

—No es verdad —repuso la pequeña con una sonrisa—. Eres bastante bueno. Bajas muy bien, incluso en los baches.

Charlie rió. Monique tenía los genes de su padre, por lo menos en lo que a esquí se refería.

—Gracias, señorita. Bueno, ¿qué me dices? ¿Quieres esquiar conmigo? —Entonces se volvió hacia su madre—. ¿Quieres unirte al grupo o eres demasiado buena para nosotros? —En realidad nunca había visto esquiar a Francesca.

—No lo hace mal —dijo Monique, y su madre rió.

El trío decidió esquiar unido esa mañana y Charlie se quedó impresionado cuando vio a Francesca surcar la montaña. Ignoraba si su ex marido olímpico le había enseñado o ya esquiaba así antes de conocerle, pero era mucho más buena de lo que había dicho. Esquiaba con una elegancia tal que atraía las miradas.

—Eres muy buena —dijo Charlie cuando llegaron abajo.

—Me gusta —respondió Francesca—. Cuando era niña solíamos ir a Cortina. Mi padre era un gran esquiador, pero yo siempre he sido demasiado cauta.

Monique asintió con vehemencia. A ella le gustaba esquiar mucho más deprisa. Francesca era una mujer llena de encantos y talentos, la mayoría desconocidos u ocultos. Tenía mucho que ofrecer pero no estaba dispuesta a hacerlo. A Charlie le parecía un terrible desperdicio. Y a medida que transcurría el día se dio cuenta de que le encantaba estar con ella. La frialdad que tanto le irritara al principio no volvió a aparecer. Francesca parecía feliz y relajada y era evidente que adoraba el esquí. Y a ella también le gustaba estar con él. Para cuando hicieron el último descenso, se sentían como viejos amigos y parecían una familia con Monique esquiando delante de ellos. Francesca no la perdía de vista, pero la mayor parte del tiempo esquiaba junto a Charlie. Al finalizar el día, tras quitarse los esquís, fueron al restaurante de la estación para tomar unas magdalenas con chocolate caliente. Monique parecía cansada, pero Francesca estaba radiante. Su piel cremosa había adquirido un cálido tono rosado y tenía la mirada brillante.

—Lo he pasado de maravilla —dijo—. Antes me quejaba de que aquí el esquí no era tan bueno como en Europa, pero ya no me importa. Disfruto igual. Gracias por traernos. —Tomó un sorbo de su chocolate caliente y miró a Charlie con dulzura.

—Deberíamos probar otras estaciones de la zona, o Vermont. Sugarbush tampoco está mal.

—Sería estupendo —respondió Francesca, que se sentía muy cómoda en presencia de Charlie.

Estaba sentada muy cerca de él. Charlie notaba el

contacto de sus largas y elegantes piernas y un escalofrío le recorrió el cuerpo. No había sentido nada parecido desde que Carole le dejó. Le habían propuesto un par de citas en Londres, pero ambas sonaban horribles. Y él no había invitado a salir a nadie. Sabía que no estaba preparado. Pero esta mujer, con su inteligencia, su timidez y su profundo dolor estaba empezando a enternecerle.

De hecho, no quería volver a Shelburne Falls, así que propuso cenar por el camino. Monique aceptó en nombre de su madre. Se detuvieron en el hotel Charlemont, donde comieron deliciosos emparedados de pavo con puré de patatas y charlaron animadamente sobre temas diversos, entre ellos la arquitectura, y Charlie descubrió que también a Francesca le apasionaban los castillos medievales. Monique estaba muy cansada para entonces y cuando llegaron al coche bostezaba. Había sido un día largo y feliz para los tres. Y esta vez, cuando llegaron a casa, Francesca le preguntó si quería entrar y tomar una copa o una taza de café. Sentía que debía hacer algo para demostrarle su agradecimiento.

—Voy a acostar a Monique —susurró por encima de la cabeza de la pequeña, y se la llevó al acogedor cuarto mientras Charlie esperaba en la sala y contemplaba la pared llena de libros que Francesca había traído de Europa.

Había volúmenes maravillosos, la mayoría sobre historia de Europa y arte. Algunos eran incluso primeras ediciones.

—¿Dirías que soy una chiflada de los libros? —preguntó Francesca cuando regresó a la sala, donde Charlie había encendido la chimenea.

Era una estancia pequeña y acogedora, llena de objetos con significado para ella, la mayoría traídos de Europa. Para Charlie era otra forma de conocerla. Al principio había sido muy fría con él, pero esa habitación decía algo muy diferente de Francesca, así como sus ojos cuando él se volvió para mirarla. Charlie se sentía un poco torpe. Algo extraño y poderoso estaba sucediendo entre los dos, pero sabía que si hablaba de ello ella podría negarse a verle otra vez, así que decidió ignorarlo. Y para confirmar sus sospechas, ella huyó a la cocina para preparar café. Charlie la siguió. Debía tener cuidado con lo que decía y decidió que Sarah Ferguson era un tema seguro.

—He estado leyendo cosas sobre Sarah Ferguson —dijo—. Era una mujer extraordinaria, y muy valiente. Llegó a Estados Unidos desde Falmouth en un bergantín que transportaba doce pasajeros, y la travesía duró siete semanas. Me entran mareos sólo de pensarlo. Pero lo consiguió y empezó una nueva vida aquí.

No dijo nada más, pues aún era pronto para hablar de los diarios. Francesca, no obstante, le miró con perplejidad.

—¿Dónde leíste todo eso? He registrado toda la biblioteca del archivo histórico y jamás he dado con nada parecido. ¿Lo encontraste en Deerfield?

—Yo… sí, así es. Y la señora Palmer me dio algunos artículos. —Le hubiera encantado contarle su descubrimiento, pero todavía no se atrevía. Por ahora se contentaba con comentarlo someramente, y conversaron sobre el coraje de Sarah y los paralelismos que existían con sus respectivas vidas—. Aquí tuvo una nueva vida. Por lo visto, dejó a un marido terrible en Inglaterra.

Ambos se miraron mientras ella asentía pensativamente. Francesca había dejado a un marido terrible en París. Terrible quizá no, sólo estúpido, como Carole. O tal vez lo que sus respectivos cónyuges habían encontrado en otro lugar era lo que necesitaban para completar sus vidas. Charlie se puso triste al pensar en Carole y Simon.

—¿Todavía la echas de menos? —preguntó Francesca con dulzura, adivinando lo que él estaba pensando.

—A veces. Creo que echo de menos lo que pensaba que teníamos, no lo que teníamos en realidad.

Francesca le comprendía perfectamente. Después de dejar a Pierre sólo podía pensar en la felicidad del principio y el sufrimiento del final, nunca en el período intermedio de ordinaria rutina, que fue de hecho el más largo.

—Creo que nos pasa a todos. Recordamos la fantasía que hemos creado, ya sea hermosa o desagradable, en lugar de la realidad en la que vivíamos. Ni siquiera sé si recuerdo al auténtico Pierre. Sólo recuerdo al hombre que acabé odiando.

—Supongo que con el tiempo acabaré viéndolo también de ese modo. Incluso ahora todo me resulta un poco borroso. —Las cosas parecían mejores o peores de como habían sido. Charlie pensó de nuevo en Sarah—. Lo más extraordinario de esa mujer —dijo con tono pensativo— fue el hecho de que se enamorara otra vez. Por lo que he oído, la parte realmente importante de su vida la tuvo con el francés. Pese a lo mucho que había sufrido, no tuvo miedo de volver a empezar. Es admirable —añadió con un suspiro—, pero no resulta fácil seguir su ejemplo.

—Yo no podría. Me conozco lo suficiente para saber que no podría.

—Eres demasiado joven para tomar una decisión como ésa —repuso Charlie con tristeza.

—Tengo treinta y un años. Soy bastante mayor para saber que no quiero volver a jugar. No sobreviviría al dolor una segunda vez.

Aunque Charlie todavía notaba una fuerte atracción entre los dos, sabía que Francesca le estaba diciendo que no lo intentara y que si lo hacía, desaparecería de su vida para siempre.

—Creo que deberías meditarlo, Francesca.

Le entraron ganas de hacerle leer los diarios, pero aún no estaba preparado para hablarle de ellos. Y entonces se dio cuenta de que quizá nunca lo estaría. Todavía los sentía como suyos, y tendría que estar muy unido a Francesca para querer compartirlos con ella.

—Créeme, no he meditado sobre otra cosa durante los últimos dos años —aseguró ella, y entonces formuló una extraña pregunta—: ¿Estás seguro de que no la has visto... me refiero a Sarah? Con todas esas historias que corren por esta parte del mundo sobre fantasmas y espíritus que viven en las casas, me extraña que no hayas visto ninguno. ¿Lo has visto? —insistió con una sonrisa, mirándolo a los ojos mientras él negaba con la cabeza.

—No, no lo he visto... yo... —Lamentaba tener que mentirle, pero tenía miedo de que le tomara por un loco—. He... he oído algunos ruidos un par de veces, pero dudo que sea un fantasma. Creo que no son más que leyendas.

Francesca buscó la mirada de Charlie con una sonrisa extrañamente cómica, y a él le dieron ganas de inclinarse y besarla.

—Me temo que no te creo. Pareces saber mucho de ella. Tengo la sensación de que me estás ocultando algo —añadió con voz seductora, y Charlie soltó una risa nerviosa y se preguntó cómo era posible que lo supiera.

—Si te estoy ocultando algo, te aseguro que no tiene nada que ver con Sarah —dijo con voz ronca, y ambos rieron. Y después de eso volvió a asegurarle que no había visto nada—. No obstante, si veo algo serás la primera en saberlo. A partir de ahora me pasaré las noches buscando fantasmas.

Francesca rió y él la encontró más preciosa que nunca. Cuando se relajaba era tremendamente dulce y atractiva, pero la puerta siempre se cerraba de golpe antes de que él pudiera alcanzarla. Eso le desesperaba.

—Hablo en serio —insistió ella—. Yo creo en esas

cosas. A veces los espíritus nos rondan pero no somos conscientes de su presencia. Podríamos serlo si prestáramos atención.

A Charlie le sorprendió la seriedad con que hablaba.

—En ese caso, tendré que ir a casa y concentrarme —dijo, todavía bromeando—. ¿Alguna sugerencia? ¿Qué tal una mesa de espiritismo? ¿O bastaría con un poco de meditación?

—Eres incorregible —replicó Francesca—. Espero que un día el fantasma de Sarah te despierte y te dé un buen susto.

—Qué idea tan agradable. Si sigues atemorizándome así, esta noche tendré que dormir en tu sala de estar.

Pero Francesca dudaba que Charlie se dejara atemorizar por esas cosas, aunque a él le habría encantado una invitación. Y cuando llegó la hora de irse, no supo muy bien qué decir. Volvía a sentir una fuerte atracción entre los dos.

Entonces decidió echarle valor y la invitó a pasar el día siguiente con él y con Monique. Era domingo. Pero Francesca rechazó la invitación. Estaban intimando demasiado.

—No puedo. Tengo que trabajar en mi tesis —dijo, desviando la mirada.

—No suena muy divertido —repuso él, decepcionado.

—No lo es —reconoció Francesca, y hubiera podido aplazarlo. Pero no quería. Charlie empezaba a ser una amenaza—. Pero tengo que hacerlo.

—Podrías venir a mi casa a cazar fantasmas —bromeó él, y ella se echó a reír.

—Es una proposición muy tentadora, pero será mejor que me dedique a mis libros. Últimamente no he adelantado mucho. Quizá otro día. Gracias.

Francesca observó cómo se alejaba y Charlie pensó en ella durante todo el camino mientras lamentaba no haberla abrazado y besado allí mismo. Pero sabía que de haberlo hecho no habría vuelto a verla. Sin embargo notaba una increíble tensión entre los dos.

Cuando llegó a casa y se paseó por las habitaciones vacías, pensando por una vez en Francesca y no en Sarah, le irritó que no hubiera aceptado su invitación para el domingo. Lo pasaban tan bien juntos que ella no tenía derecho a cerrarle la puerta. Además, Charlie adoraba a Monique, y era evidente que la pequeña se divertía mucho con él. Después de meditarlo, al final no pudo más. Agarró el teléfono y la llamó. Era medianoche y no le hubiera importado despertarla, aunque intuía que no dormía.

—¿Sí? —preguntó Francesca con voz preocupada. Nadie la llamaba a esas horas. De hecho, el teléfono nunca sonaba salvo cuando era para Monique.

—Acabo de ver un fantasma y estoy muerto de miedo. Medía tres metros de alto, tenía cuernos y ojos muy rojos, y creo que llevaba puesta mi sábana. ¿Quieres venir a verlo? —Hablaba como un niño travieso y Francesca se echó a reír.

—Eres tremendo. Hay gente que ha visto fantasmas. En el archivo histórico se habla mucho de ellos y algunos hasta han sido identificados. Yo misma he indagado sobre el tema. —Francesca intentaba hablar con seriedad, pero todavía se le escapaba la risa.

—Estupendo. Entonces ven a identificar a éste. Estoy encerrado en el baño.

—Eres incurable —dijo ella, sonriendo.

—Tienes razón. He ahí el problema. Escribiré a Ann Landers y firmaré la carta con el nombre «Incurable». He conocido a una mujer y quiero ser su amigo… y creo que existe una atracción entre los dos, pero si se lo digo me odiará.

Hubo un largo silencio y Charlie se preguntó si había estropeado la relación para siempre.

—No te odiará —respondió Francesca con ternura—. Pero no puede hacer nada. Está demasiado asustada por lo que le ha ocurrido.

Charlie sintió deseos de abrazarla.

—Me temo que no lo creo, aunque sé que tú sí lo crees —repuso con dulzura—. Yo tampoco soy ningún chollo. Ni siquiera sé qué estoy haciendo. He pasado los últimos diez años desconectado del mundo, y me he dicho esas mismas cosas… pero tan pronto estoy llorando por Carole como hablando contigo, sintiendo algo que hacía mucho que no sentía… Estoy aturdido. Quizá no lleguemos a ser más que amigos. Quizá sólo tenga derecho a eso. Pero quería que supieras… —Volvía a sentirse como un crío y se estaba sonrojando, pero ella también—. Solo quiero que sepas que me gustas mucho —dijo con torpeza.

Era más que eso, pero no se atrevía a decirlo.

—Tú también me gustas —admitió Francesca—, y no quiero hacerte daño.

—No podrías. Ya he estado en manos de expertos. A su lado tú serías una aficionada.

Francesca sonrió.

—Tú también, Charlie. Te agradezco lo bien que te has portado con nosotras. Eres una buena persona. —Pierre no lo era. La había utilizado y se había aprovechado de su bondad y sus sentimientos. Y nadie volvería a hacerle una cosa así si podía evitarlo. ¿No podríamos ser sólo amigos? —preguntó con voz triste. No quería perderle.

—Claro que sí —respondió suavemente él. Y entonces se le ocurrió otra idea—. ¿Por qué no dejas que tu amigo os invite a ti y a Monique a cenar el lunes? Ya me has rechazado una vez y no permitiré que lo hagas una segunda. Una cena rápida después del trabajo el lunes por la noche. Podríamos comer una pizza en Shelburne Falls.

Francesca no supo qué excusa poner, y además él estaba aceptando sus condiciones.

—De acuerdo —cedió al fin. Charlie era un buen negociante.

—Os recogeré a las seis, ¿de acuerdo?

—De acuerdo. —Francesca sonreía. Habían sobrevivido a la primera escaramuza—. Hasta el lunes.

—Te telefonearé si veo otro fantasma. —Se alegraba de haberla llamado, y justo antes de colgar añadió—: Por cierto…

—¿Sí? —preguntó Francesca con voz jadeante, y a Charlie le encantó.

—Gracias —dijo.

Francesca sabía a qué se refería y aún sonreía cuando colgó el auricular. Sólo eran amigos, se dijo. Nada más. Charlie lo había entendido perfectamente… ¿o no?

Él, por su parte, se recostó en la butaca esbozando una amplia sonrisa. Francesca le gustaba mucho. No era fácil de tratar, pero valía la pena el esfuerzo. Y estaba tan satisfecho consigo mismo y con el hecho de que ella hubiese aceptado volver a verle, que para recompensarse cogió el diario. Quería saber qué le había ocurrido a Sarah. Y al abrir el cuaderno y ver su letra, vivió la experiencia como una celebración.

17

Fiel a su palabra, François de Pellerin pasó de nuevo por Shelburne en agosto y fue a ver a Sarah. Ella estaba trabajando en el huerto y no lo oyó llegar. François se acercó por detrás con paso sigiloso, como hacía siempre. Ella se volvió sobresaltada y le miró, con alegre sorpresa.

—Tendré que atarte un cascabel al cuello si sigues asustándome de ese modo —dijo, pero se ruborizó ligeramente. Se limpió la cara con el delantal al tiempo que le daba las gracias por las uñas de oso—. ¿Estás bien? —preguntó mientras François le miraba sonriente.

Sarah tenía el rostro moreno y llevaba su cabello negro como el azabache recogido en una larga trenza. Parecía una piel roja. Mientras se dirigían a casa, François observó que poseía el mismo andar regio que Gorrión Triste.

—¿Dónde has estado todo este tiempo? —preguntó ella cuando se detuvieron en el pozo para coger agua.

—Con mis hermanos, comerciando con los hurones en Canadá. —No le contó que había estado en la capital para hablar con George Washington de los constantes conflictos con los indios miami de Ohio. Le interesaba mucho más ella y lo que había hecho durante su ausencia. Cada día estaba más guapa—. ¿Fuiste a ver al coronel Stockbridge? —preguntó cuando Sarah le sirvió una taza de agua fría.

—He estado demasiado ocupada para ir al fuerte. Llevamos tres semanas sembrando.

Habían sembrado tomates, calabacines y calabazas en grandes cantidades y esperaban obtener una buena cosecha antes del invierno. Sarah había recibido una carta de la señora Stockbridge donde le rogaba que regresara a la civilización, y otra de los Blake poniéndole al corriente de todas las novedades de Boston. Ella, no obstante, era más feliz en Shelburne y François lo sabía.

—¿Cuál es tu próximo destino? —preguntó ella cuando entraron en la sala, más fresca que el exterior gracias a la sombra de los olmos.

Los hombres que construyeron la casa hicieron una buena planificación y Sarah estaba encantada.

—Tengo una reunión en el fuerte con el coronel Stockbridge.

El coronel seguía preocupado por los voluntarios de Kentucky que un año antes habían saqueado y quemado varios pueblos shawnees y también por Fort Washington, que habían construido violando varios tratados. Stockbridge estaba seguro de que los shawnees se tomarían la revancha. Camisa Azul ya se había vengado cruzando el río Ohio hasta Kentucky para atacar a los colonos. El coronel, al igual que François, temía que la guerra se extendiera, y este último así se lo había dicho a George Washington. Sarah escuchaba con interés.

—¿Puedes hacer algo para detenerla? —preguntó.

—Ahora mismo muy poco. Camisa Azul aún no ha dado la venganza por terminada. Es un hombre difícil de tratar. Yo lo he intentado algunas veces, pero detesta a los iroqueses tanto como al hombre blanco. —Lo había averiguado por propia experiencia en una reunión de la que más tarde informó a Stockbridge, el mismo día que conoció a Sarah—. Sólo nos queda esperar que se canse y decida que ya tiene suficientes cabelleras para compensar los hombres perdidos. No veo la forma de detenerle, a menos que se produzca una guerra con varias tribus implicadas, pero nadie quiere eso.

François parecía tener una visión acertada sobre el asunto y comprendía a ambos bandos, aunque la mayoría de las veces su apoyo se inclinaba hacia los indios. Habían sufrido más y, en su opinión, eran más honestos.

—¿No es peligroso para ti negociar con Camisa Azul? —preguntó Sarah con visible preocupación—. Es probable que te considere más blanco que iroqués.

—Dudo que eso le importe. No soy shawnee, y eso basta para irritarle. Es un gran guerrero lleno de fuego y rabia —explicó François con respeto y temor fundado. A Camisa Azul no le preocupaba hacer estallar otra guerra india.

Hablaron de ello durante un largo rato. Cuando salieron fuera el aire ya había refrescado y Sarah le preguntó, como siempre, si quería acompañarla a la cascada. Era un rito diario que nunca se perdía. Durante el kilómetro y medio que les separaba del lugar donde la cascada caía con toda su belleza y esplendor, no hablaron. Y François observó con deleite cómo Sarah se sentaba en su roca favorita y contemplaba el jubiloso caer del agua. Quería decirle que había pensado mucho en ella y en todo lo que le había contado. Quería decirle que había estado preocupado por ella e impaciente por verla, pero no lo hizo. Simplemente se limitó a mirarla en silencio.

Permanecieron así sentados durante una hora, cada uno absorto en sus pensamientos, comunicándose en silencio. Ella sonrió cuando sus ojos se encontraron. Se alegraba de verle. François tenía la piel morena y un aspecto saludable tras su última reunión con los iroqueses, y resultaba difícil creer que no fuese uno de ellos.

Cuando regresaban lentamente a la granja, Sarah notó el roce de su brazo desnudo.

—¿Piensas quedarte en el fuerte esta vez? —le preguntó al llegar a casa.

—Sí. Debo reunirme allí con mis hombres.

Sarah le invitó a cenar y él aceptó. François sabía que siempre podía pasar la noche en el bosque o en el granero de Sarah y salir hacia el fuerte al amanecer. No tenía una hora fijada para reunirse con el coronel.

François cazó varios conejos y Sarah hizo un guiso con la carne y con verduras del huerto. Estaba delicioso y los muchachos se lo agradecieron con entusiasmo antes de salir a terminar sus tareas. Ella y François se quedaron sentados en la acogedora cocina, hablando en voz queda. Luego salieron a ver la luna y divisaron un cometa.

—Los indios dicen que es una buena señal —explicó François—. Es un buen presagio. Aquí serás bienaventurada.

—Ya lo soy —respondió Sarah. No quería nada más. Tenía cuanto había soñado en su vida.

—Éste es sólo el principio de tu vida aquí —le aseguró François—. Has de seguir avanzando, hacer muchas cosas, comunicar tu sabiduría a los demás.

Hablaba como los iroqueses y Sarah sonrió sin entender muy bien sus palabras.

—No tengo sabiduría que ofrecer, François. Aquí llevo una vida sencilla. —Había venido hasta aquí para curarse, no para enseñar a los demás. Pero François no parecía entenderlo.

—Cruzaste un océano inmenso. Eres una mujer valiente, Sarah. No debes ocultarte aquí.

¿Qué esperaba de ella? No podía negociar con los indios ni dar consejos al presidente. No tenía nada importante que decir. No comprendía lo que François pretendía. Y entonces él le dijo que un día le gustaría presentarla a los iroqueses, y Sarah se sorprendió.

—Camisa Roja es un gran hombre. Creo que te gustará.

A ella le atemorizaba la idea, pero tenía que reconocer que sentía curiosidad por los iroqueses y sabía que al lado de François no corría peligro.

—Me encantará —dijo pensativamente.

—Su medicina es muy sabia —declaró él con aire misterioso—, como tú.

Sonaba muy místico, y allí, bajo la luna, Sarah sintió un extraño vínculo con él, tan fuerte que acabó por inquietarla. Era como si François, sin una palabra, sin un sonido, sin siquiera tocarla, tirase lentamente de ella. Y Sarah sabía que debía oponer resistencia, pero no podía. Ni siquiera sabía de dónde provenía esa fuerza que tiraba de ella. Era como si una energía mística la hubiese rodeado con una cuerda y la arrastrara hacia François.

Entonces le acompañó hasta el granero y, una vez en la puerta, él le tomó la mano y la besó. Era un gesto de una vida pasada, algo que habría hecho si se hubiesen conocido en Francia. François era la mezcla más extraña de iroqués y francés, de guerrero y hombre de paz, de ser místico y humano. Sarah le vio entrar silenciosamente en el granero y volvió a casa.

Y por la mañana, cuando él se hubo marchado, regresó a la cocina y encontró sobre la mesa una pulsera india hecha con conchas de vivos colores. Era preciosa. Se la puso y sintió una sensación extraña al comprender que él había estado en su cocina mientras ella dormía. Era tan sigiloso y tan fuerte, se veía tan guapo con su melena oscura y brillante, y ya se había acostumbrado a los pantalones de ante y los mocasines. Vistos en él, resultaban totalmente naturales.

Ese día, mientras trabajaba en el campo de maíz, Sarah se dio cuenta de que lo echaba de menos. Ignoraba cuándo volvería a verle y tampoco tenía razones para desearle aquí. A fin de cuentas, sólo eran amigos. De hecho, se dijo, apenas le conocía. Pero daba gusto hablar con él y su presencia la tranquilizaba. Podían pasear codo con codo durante horas sin hablar. Y Sarah tenía a veces la sensación de que cada uno sabía lo que estaba pensando el otro. Casi diría que François poseía poderes mentales, y cuando regresó a la cascada esa tarde, pensó en las cosas espirituales que le había dicho.

Estaba columpiando los pies en el agua, pensando en él, cuando el sol se cubrió y Sarah levantó la cabeza para ver de dónde provenía la sombra. Entonces vio a François de pie, a unos centímetros de ella, delante del sol, y dio un brinco.

—Supongo que siempre me sorprenderás —dijo con una sonrisa, protegiéndose los ojos con una mano, incapaz de ocultar el placer que le producía verle—. Te creía en el fuerte.

—He hablado con el coronel —dijo François, y Sarah intuyó que pasaba algo.

François parecía estar luchando contra algo muy poderoso y perturbador.

—¿Ocurre algo? —preguntó ella, dispuesta a escuchar cualquier problema.

—Puede —respondió él. No sabía si seguir o no. Temía su reacción, pero llevaba toda la mañana atormentado por la idea y tenía que decírselo—. No puedo dejar de pensar en ti, Sarah. —Ella asintió con la cabeza—. Sé que al decirte esto corro un gran riesgo.

—¿Qué riesgo?

François estaba tan nervioso e inquieto que conmovió a Sarah. Ella había estado tan atormentada como él.

—El riesgo de que no me dejes volver. Sé lo mucho que has sufrido en el pasado, sé que te da pánico que vuelvan a herirte… pero yo te prometo que nunca te haré daño. —Ella lo sabía, pero también sabía que no se lo permitiría—. Sólo quiero ser tu amigo.

Quería mucho más que eso, pero no podía decírselo. Todavía no. Además, primero necesitaba saber qué sentía ella. Pero en contra de sus temores, Sarah no parecía asustada, sino más bien meditabunda.

—Yo también he pensado mucho en ti —confesó con rubor—, incluso antes de tu última visita. —Levantó la vista con la inocencia de una niña y sonrió—. No tengo a nadie más con quien hablar.

—¿Sólo por eso has pensado en mí? —preguntó François con una sonrisa mientras la miraba intensamente y se sentaba junto a ella.

Sarah sintió el calor de su cuerpo. Era imposible no notar su poder de atracción.

—Me gusta hablar contigo —dijo—. Me gustan muchas cosas de ti —añadió con timidez.

Él le tomó la mano y, una vez más, permanecieron en silencio un largo rato. Finalmente regresaron a casa. Él le propuso dar un paseo a caballo por el valle.

—Me gusta cabalgar cuando necesito despejar la mente —explicó mientras sacaba a su caballo del granero sólo con la brida, pues prefería montar a pelo.

Subió a Sarah detrás, a horcajadas. Ella le rodeó la cintura con los brazos y se adentraron en el valle. La tierra era verde y fértil. Sarah notó que su cabeza se despejaba mientras galopaban siguiendo el río.

Regresaron a la hora de la cena y Sarah cocinó para todos, como siempre hacía. Y después François se levantó para irse. Ella no le preguntó si quería quedarse. Ambos sabían que no podía. Algo había cambiado entre ellos.

—¿Cuándo volverás? —preguntó Sarah con tristeza.

—Tal vez dentro de un mes, si puedo.

Entonces miró a Sarah con dureza, y ella recordó la noche que se lo encontró en el bosque. Pero ahora ya no le asustaba y sólo pensaba en lo mucho que iba a echarle de menos. Pero lo que más le inquietaba era que no quería ser arrastrada hacia él de ese modo, y él lo sabía. Pero ninguno de los dos podía evitarlo.

—Cuídate mucho —dijo François—. No hagas ninguna tontería.

—¿Qué hay de esa enorme sabiduría que poseo? —bromeó ella, y él rió.

—Una sabiduría que empleas con todos menos contigo. Cuídate, Sarah —dijo con más ternura esta vez, y le besó la mano como había hecho la noche anterior.

Luego subió al caballo y se alejó por el claro agitando un brazo mientras ella le seguía con la mirada.

Transcurrió un mes antes de su regreso, a principios de septiembre. Tenía varias reuniones concertadas durante la semana con el coronel Stockbridge y otros comandantes que se hallaban de visita en el fuerte. El tema, como siempre, serían los shawnees y los miamis, una preocupación constante para el ejército.

François no se alojó en Shelburne esta vez, pero visitaba a Sarah en secreto con frecuencia, y cuando por mera formalidad preguntó al coronel cómo estaba, éste recordó que hacía meses que no la veía y la invitó a cenar.

Sarah y François fingieron sorpresa al verse y mostraron poco interés el uno por el otro. Pero Stockbridge creyó ver algo en los ojos del francés y empezó a sospechar. No obstante, tenía asuntos más importantes en que pensar y para cuando terminó la velada ya lo había olvidado. Al día siguiente, cuando François cenó en la granja con Sarah, comentaron el asunto con risas. Esta vez él se instaló en el granero, y pasaron un rato muy agradable disfrutando de los últimos vestigios del verano. Fueron a la cascada, como siempre hacían. Y cabalgaron juntos, esta vez en caballos diferentes. Sarah era una excelente amazona y no se detenía ante nada, aunque, a diferencia de François, prefería montar con silla. Temía resbalar del caballo con sus amplios faldones. Y ambos rieron cuando ella mencionó esa posibilidad. Mas no hubo ningún contratiempo y los días transcurrían felices. Su amistad era cada vez más fuerte y François no osó cruzar en ningún momento la línea que Sarah había trazado entre ellos.

Un día, sin embargo, cuando regresaban de la cascada, le preguntó si temía que Edward viniese a América a buscarla. Era algo que le preocupaba.

—Dudo mucho que venga —respondió Sarah con tranquilidad—. Para serte sincera, no creo que yo le guste tanto como para eso. Además, la travesía es muy dura. —Lo sabía por experiencia.

—Pero quizá piense que valga la pena hacerla si ello supone recuperar su propiedad, una propiedad muy valiosa, debo añadir. —François sonrió, pero su rostro todavía denotaba preocupación.

—No lo creo. Sabe que nunca regresaría a Inglaterra con él. Para sacarme de aquí tendría que pegarme hasta dejarme sin sentido, y me temo que sería una cautiva demasiado problemática. Estoy segura de que las cosas le van muy bien sin mí.

A François le costaba creerlo. No concebía que un hombre pudiera dejar ir a una mujer como Sarah. Su marido tenía que ser un tipo muy extraño, además de un bestia. Durante un breve y desagradable instante sintió deseos de conocerle. Pero independientemente de lo que hubiese ocurrido en el pasado, se alegraba de que ahora Sarah fuera libre.

Cuando llegó el momento de dejarla se sintió, como siempre, inquieto. Cada vez le resultaba más difícil irse.

—¿Volveré a verte? —preguntó Sarah mientras él se preparaba para partir.

Le llenó la cantimplora de agua. Era de gamuza y

tenía un elaborado bordado de cuentas. La había hecho Gorrión Triste para él.

—No. Ya nunca vendré a verte —dijo François con una firmeza que sorprendió a Sarah.

—¿Por qué? —inquirió como una niña apenada, y él se alegró de verla así.

Sarah pensó que a lo mejor tenía intención de trasladarse a las tierras del Oeste.

—Porque me resulta demasiado difícil dejarte. Y después de estar contigo, el resto de la gente me parece mortalmente aburrida.

Sarah se echó a reír. A ella le pasaba lo mismo.

—Me alegro de oír eso —dijo, y entonces François la miró con el semblante muy serio. Sarah tembló ligeramente.

—¿De veras? ¿No te preocupa? —le preguntó.

Sabía que a Sarah le daba miedo volver a tener una relación con un hombre y que no podía casarse. Pero en opinión de François, no tenía sentido que pasara sola el resto de su vida. Era un exilio autoimpuesto, una soledad innecesaria y absurda. No obstante, creía que eso era lo que Sarah quería.

—No quiero asustarte —dijo con dulzura—. No quiero volver a asustarte nunca.

Sarah asintió en silencio. No tenía respuestas para él. Y François se marchó preocupado. Le había dicho que volvería pronto, pero no sabía exactamente cuándo. Debía ir al norte, y a veces esos viajes duraban más de lo previsto.

Pero esta vez también Sarah se quedó preocupada. Sabía que estaban cada vez más unidos, y notaba una especie de intimidad tácita entre ellos. Podían decírselo todo y encontraban divertidas o interesantes las mismas cosas. Era aterrador, sobre todo si tenía en cuenta las implicaciones. Y en más de una ocasión decidió que la próxima vez le diría que no volviera. Pero al ver que François llevaba tanto tiempo fuera empezó a inquietarse. No volvió a verle hasta octubre. Para entonces las hojas se habían dorado y el valle entero, teñido de rojo y amarillo, parecía en llamas. Habían pasado seis semanas y esta vez Sarah sí le vio llegar. Vestía una camisa de ante con mangas de lince, un manto de gamuza y unos pantalones también de gamuza con flecos. Estaba guapísimo sobre su caballo galopando hacia el claro, con el pelo suelto y en la cabeza una cinta con plumas de águila. En cuanto vio a Sarah, sonrió. Detuvo el caballo y desmontó con elegancia.

—¿Dónde has estado? —preguntó Sarah con cara de preocupación, y él se alegró.

Durante semanas había temido haberla asustado la última vez que se vieron. Sarah había pasado el último mes tan atormentada como él, y tenía previsto decirle que no quería volver a verle, pero en cuanto lo tuvo delante olvidó todas sus buenas intenciones.

—Me temo que he estado demasiado ocupado —dijo François, disculpándose por su ausencia, y luego le dio la mala noticia—. No puedo quedarme. He de reunirme con mis hombres en el fuerte para partir esta noche hacia Ohio.

Sarah se inquietó.

—¿Otra vez Camisa Azul? —preguntó.

Él sonrió. La había echado mucho de menos y se alegraba enormemente de verla aunque sólo fuera unos minutos.

—Empezaron la batalla hace una semana. Stockbridge me ha pedido que intervenga con algunos de sus hombres y una delegación de los míos. Dudo que podamos hacer algo, salvo apoyar al ejército. Haremos lo que esté en nuestra mano —explicó François, cautivando a Sarah con la mirada, pero no se atrevió a tocarla.

—Es muy peligroso para ti —repuso ella.

Deseaba que se quedara y se reprendió por haber

pensado en pedirle que no volviera. Se preguntó si François le había leído el pensamiento y por eso había tardado tanto en volver. Ahora lo lamentaba y no soportaba la idea de que lo hirieran.

—¿Puedes quedarte a cenar? —preguntó con voz trémula.

—Sí, pero no tengo mucho tiempo. He de ver al coronel.

—Seré rápida. —Y se metió corriendo en la cocina.

Media hora después tenía lista una cena muy loable. Había sobrado un poco de pollo del día anterior y había enviado a los muchachos a buscarlo a la cámara refrigeradora que tenía junto al río, y también preparó trucha pescada esa misma mañana. Había calabacines frescos y calabazas, y pan de maíz. Esta vez ella pidió a los chicos que comieran fuera para poder estar a solas con François. Y mientras él disfrutaba de la deliciosa comida, contempló a Sarah con satisfacción.

—No volveré a comer tan bien en mucho tiempo —dijo.

Ella sonrió. Cualquier otra persona habría pensado que estaba alimentando a un indio. Nada en François indicaba que fuera un hombre blanco. Pero a Sarah le traía sin cuidado lo que dijera la gente.

—Debes tener mucho cuidado a partir de ahora —le advirtió él—. Los guerreros de Ohio podrían adentrarse en Deerfield.

Aunque poco probable, siempre existía esa posibilidad. No quería que le pasara nada a Sarah mientras él cabalgaba con el ejército.

—Estaremos bien.

Sarah había comprado pistolas, tal como había prometido. Y se sentía segura en su granja.

—Si oyes rumores al respecto entre los colonos, quiero que vayas al fuerte y te quedes allí.

Ella escuchó con calma sus instrucciones. Y mientras intercambiaban ideas, temores y preocupaciones y ella intentaba recordar cuanto había olvidado mientras él estaba fuera, el tiempo voló.

Había oscurecido para cuando François fue en busca de su caballo. Miró a Sarah y sin decir una palabra la rodeó con sus brazos. Sólo necesitaba sentirla, sin hablar, y ella guardó silencio y le abrazó también, y se preguntó cómo había podido ser tan estúpida, como había podido querer huir de él. ¿Qué importaba si su vida pasada estaba llena de sufrimiento? ¿Qué más daba si todavía estaba casada con Edward? Nunca volvería a verlo. Para ella estaba muerto y se estaba enamorando de este hombre hermoso e impulsivo que parecía indio y que iba a luchar junto al ejército. ¿Y si no volvía a verle? Cuánto habrían desperdiciado. Sus ojos estaban llenos de lágrimas cuando se apartó de él para mirarle. No hablaron, pero con la mirada se lo dijeron todo.

—Ten cuidado —susurró Sarah, y él asintió mientras saltaba al caballo con la agilidad de un guerrero indio.

Sarah quería decirle que le amaba, pero no lo hizo, y comprendió que si le pasaba algo lamentaría toda su vida no haberlo hecho.

Esta vez él no miró atrás cuando se alejó. No podía. No quería que Sarah se diera cuenta de que estaba llorando.

18

La espera se le estaba haciendo interminable, y el día de Acción de Gracias Sarah todavía no tenía noticias de François. Visitaba el fuerte a menudo con la esperanza de averiguar algo. El trayecto era largo y le ocupaba casi todo el día, pero valía la pena. De tanto en tanto llegaban noticias sobre los combates entre los indios y el ejército. Los shawnees y los miamis habían atacado casas y granjas, asesinado familias y capturado rehenes. Ahora también atacaban las barcazas del río. Y los chickasaws se habían unido a ellos.

El general de brigada Josiah Harmer estaba al mando, pero hasta ahora sólo conocían la derrota. Sus tropas habían sufrido dos emboscadas donde perecieron cerca de doscientos hombres. Pero según pudo averiguar Sarah, François no estaba entre ellos. Y el día de Acción de Gracias, en el fuerte, cuando se sentó a cenar con el coronel Stockbridge y varias familias de Deerfield, estaba terriblemente preocupada. Sin embargo, no podía compartir su angustia con nadie, y le resultaba difícil mantener una conversación coherente con los demás invitados.

Cuando partió hacia su granja al día siguiente, se alegró de no tener que hablar con nadie. Le acompañaba un guía wampanoag, así que tampoco tenía que soportar al teniente Parker. Por fortuna, le habían trasladado.

Estaba absorta en sus pensamientos cuando llegaron a Shelburne. Dio las gracias al indio y le entregó una alforja con comida para el viaje de vuelta. Tras despedirse de él, acurrucada en su capa para protegerse del frío, oyó un ruido en el bosque, al otro lado del claro. Algo nerviosa, echó a andar rápidamente hacia la cocina donde guardaba el mosquete de François. Pero antes de alcanzar la puerta, un hombre apareció galopando en el claro con la melena suelta y una cinta de plumas de águila en la cabeza. Era una insignia honoraria, obsequio de los iroqueses años atrás, y entonces Sarah reconoció a François. Sonreía triunfalmente, y con un aullido de alegría saltó del caballo y corrió hacia ella. Esta vez Sarah no vaciló cuando él la estrechó entre sus brazos y la besó.

—Dios, cuánto te he echado de menos... —dijo Sarah con la respiración entrecortada cuando François la soltó al fin. Ya no había ninguna razón para tener dudas sobre él—. Estaba muy preocupada... han muerto muchos hombres...

—Demasiados —dijo François sin dejar de abrazarla, y luego la miró con tristeza—. La lucha no ha terminado. Los guerreros indios están ahora muy contentos, pero el ejército volverá con más hombres. Tortuga Pequeña y Camisa Azul no ganarán esta guerra. Se han comportado como unos necios. —François sabía que habría más muertes, más familias asesinadas, más esclavos, más destrucción, más rabia, y al final los indios lo perderían todo. Odiaba ver cómo ocurría, pero ni siquiera podía pensar en eso ahora que tenía a Sarah en sus brazos—. Nunca sabrás cuánto te he echado de menos —dijo, y la besó de nuevo.

La alzó en sus brazos y la llevó al interior de la casa. En la cocina hacía frío. Sarah llevaba fuera dos días y los muchachos estaban pasando la fiesta de Acción de Gracias con una familia vecina que tenía siete hijas. Los chicos habían aceptado encantados la invitación.

François se dispuso a preparar un fuego nada más dejar a Sarah en el suelo, mientras ella se quitaba la capa. Debajo llevaba el vestido de terciopelo azul comprado en Boston. Lo había lucido en la cena de Acción de Gracias. François se dio cuenta de que era del mismo color que sus ojos, y se dijo que nunca había visto una mujer tan hermosa, ni en París ni en Boston ni Deerfield, ni entre las iroquesas, ni siquiera Gorrión Triste, por mucho que la hubiese amado. Ahora sólo existía una mujer para él, esta joven valiente, la mujer de la que se había enamorado desesperadamente. Jamás pensó que a su edad pudiera ocurrirle una cosa así. Había visto casi cuarenta veranos, como decían los indios, y sin embargo amaba a Sarah como si su vida acabara de empezar. La estrechó de nuevo entre sus brazos y mientras la besaba notó que ella se abandonaba. Hacía mucho tiempo que Sarah le había dado su corazón y su alma. Y cada día rezaba para que François regresara sano y salvo, y se había odiado a sí misma por no haberse entregado a él antes de su marcha o, cuando menos, por no haberle dicho lo mucho que le amaba. Y ahora no cesaba de repetírselo mientras él la conducía al dormitorio. Nunca había amado a otro hombre, y cuando él la sentó suavemente sobre la cama para contemplarla, ella extendió los brazos y se estremeció al sentir su abrazo. Sarah desconocía la suave caricia de un hombre, y nadie había sido tan dulce con ella como François. Le quitó el vestido de terciopelo con infinita ternura y la tendió bajo las sábanas. Luego se volvió rápidamente, dejó caer los pantalones y se acostó junto a ella.

—Te amo, Sarah —susurró.

Y a ella ya no le pareció un indio, sino simplemente un hombre, el hombre que amaba. Con dulzura y delicadeza, François se acercó lentamente y exploró su cuerpo con la magia invisible de sus dedos mientras ella gemía suavemente. Finalmente, siempre con suma ternura, él la tomó y, fundidos en un abrazo, fue incapaz de controlarse por mucho tiempo, tanto la había deseado, casi desde el día que la conoció, y François supo con certeza que ésa era la vida para la que ambos habían nacido, y sintió que su cuerpo y su alma estallaban en una lluvia de estrellas.

Saciada de placer, Sarah descansó en los brazos de François, y cuando levantó la cabeza para mirarle, sonrió.

—Nunca imaginé que pudiera ser así —susurró.

—No puede serlo —respondió François—. Es un regalo que nos hacen los dioses del universo. Nunca ha sido así para nadie. —Sonrió al tiempo que la atraía hacia sí.

Esa noche durmieron abrazados, y a la mañana siguiente, cuando despertaron, Sarah le miró y supo que eran un solo ser y siempre lo serían.

Las siguientes semanas fueron mágicas. Caminaban hasta la cascada cada día. Él le enseñó a andar con raquetas de nieve, le contaba leyendas indias que Sarah desconocía y pasaban horas en la cama abrazándose, haciendo el amor y descubriéndose el uno al otro. Ninguno de los dos había conocido antes una vida igual. Y él le dijo que después de las nieves la llevaría a conocer a los iroqueses. Para él, Sarah era ahora su esposa.

A las dos semanas de haber iniciado su vida juntos él la llevó a la cascada. Sarah advirtió cierta solemnidad en su comportamiento. François caminaba en silencio mientras ella se preguntaba en qué estaría pensando. A lo mejor en su hijo o en Gorrión Triste, aunque en realidad parecía preocupado por algo. Cuando llegaron a la cascada, François le reveló sus pensamientos.

En esa época la cascada estaba helada por fuera, pero todavía resultaba espectacular, y cuanto les rodeaba aparecía cubierto de nieve. François le tomó la mano y habló con suavidad.

—Estamos casados a nuestros ojos, pequeña mía, y a los de Dios… No puedes haber estado casada con ese hombre horrible de Inglaterra, ningún Dios en el cielo desearía que pasaras toda una vida bajo semejante tortura. A los ojos de Dios eres libre. Te has ganado tu libertad.

»No te haré mi esclava —prosiguió—, sino que tomaré tu corazón y te daré el mío si lo quieres. Seré tu marido desde hoy y hasta la muerte. Mi vida y mi honor son tuyos. —Hizo una reverencia y extrajo una sortija de oro de su bolsillo. La había comprado en Canadá durante el verano, pero no se había atrevido a dársela. Ahora sabía que era el momento—. Si pudiera te daría mi título y mis tierras. No tengo más heredero que tú, pero ahora sólo puedo darte lo que soy y lo que aquí tengo. Y todo lo que soy y todo lo que tengo es ahora tuyo —dijo, y le introdujo el anillo en el dedo.

Le iba a la medida. La sortija, una estrecha banda de oro con diminutos diamantes incrustados, era un auténtico anillo de boda y Sarah confió en que su anterior propietaria hubiese sido feliz. Y al mirar a François supo que él era cuanto decía ser, y también supo que, en su corazón, desde ese día sería su marido.

—Te amo tanto que no hay palabras para describirlo —susurró Sarah con lágrimas en los ojos, triste por no tener un anillo que darle. Sólo tenía su ser, su corazón, su vida, su confianza, cosas que no había dado a nadie salvo a François. Y Sarah confiaba en él plenamente.

Tras intercambiar solemnes promesas en la cascada, regresaron lentamente a casa e hicieron el amor. Y cuando Sarah despertó abrazada a él, contempló el hermoso anillo que adornaba su dedo con el corazón lleno de júbilo.

—Me haces tan feliz —dijo juguetonamente, y él fue incapaz de resistirse.

Más tarde, mientras tomaban té y pan de maíz en la cama, François le preguntó si le importaba lo que la gente pudiera decir cuando supiera que estaban viviendo juntos.

—La verdad es que no —dijo Sarah—. Si me importara no habría abandonado Inglaterra.

Con todo, François opinaba que debían ser prudentes. No había necesidad de granjearse la hostilidad de la comunidad. Y si algún día lo descubrían, vivirían con ella. Pero no ganaban nada contando a los cuatro vientos su relación, aunque ninguno de los dos se consideraba capaz de mantener el secreto por mucho tiempo.

Tuvieron su primera oportunidad de comprobarlo en la cena de Navidad celebrada en el fuerte, cuando llegaron por separado y fingieron sorpresa al verse. Pero, inocentemente, se miraron con demasiada frecuencia. Si la astuta señora Stockbridge hubiese estado allí, les habría calado de inmediato. Esa vez salieron impunes, pero Sarah sabía que a la gente no se la podía engañar por mucho tiempo. No obstante, y así se lo dijo a François, mientras se tuvieran el uno al otro poco importaba.

Sus vidas transcurrieron con tranquilidad hasta después del Año Nuevo. Pero una tarde, mientras Sarah intentaba romper el hielo del pozo para sacar agua, un hombre vestido con ropas de ciudad se acercó a caballo por el claro. Le acompañaba un viejo guía nonotuck, y el hombre blanco tiritaba de frío. Sin saber por qué, Sarah tuvo un mal presagio y miró alrededor en busca de ayuda, pero François y los muchachos habían ido a un fuerte del río a buscar munición.

El hombre se detuvo frente a ella y la miró con ceño.

—¿Es usted la condesa de Balfour?

Era una pregunta extraña, y aunque habían corrido rumores al respecto, nadie había osado hacérsela directamente. Sarah estuvo a punto de negarlo, pero decidió que no valía la pena.

—Lo soy. ¿Y usted, señor?

—Me llamo Walker Johnston y soy un abogado de Boston —respondió el hombre mientras bajaba del caballo. Parecía entumecido y cansado, pero Sarah no quería invitarle a entrar mientras no supiera a qué había venido—. ¿Le importa si entramos?

—¿A qué ha venido, señor? —Sarah ignoraba por qué, pero las manos le temblaban.

—Traigo una carta de su marido.

Sarah pensó que se refería a François y que algo malo le había ocurrido, pero al punto comprendió que hablaba de Edward.

—¿Se encuentra en Boston? —preguntó con voz trémula.

—Por supuesto que no. Está en Inglaterra. Me ha contratado un despacho de Nueva York. Sabían que usted estaba en América, si bien me ha costado mucho localizarla. —Hablaba como si esperara una disculpa por parte de Sarah por haberle causado tantos problemas.

—¿Qué quiere mi marido de mí?

Sarah temió que intentaran subirla al caballo para llevársela a Boston, pero conociendo a Edward, no era probable. Antes habría contratado al hombre para que la matara. Pero quizá no, dado que era abogado. ¿O no lo era? Sarah sentía un miedo instintivo, pero estaba decidida a no perder la compostura.

—Estoy aquí para leerle la carta del conde. ¿Puedo entrar? —insistió el abogado y Sarah advirtió que tiritaba.

—De acuerdo —cedió al fin.

Una vez en la cocina, el hombre se quitó el abrigo

y Sarah le ofreció una taza de té. Luego entregó pan de maíz al viejo indio, que prefirió esperar fuera. Iba arropado con gruesas pieles y el frío no le molestaba.

El abogado miró ferozmente a Sarah mientras desplegaba la carta de Edward y ella le dirigía una mirada digna de su título.

—¿Le importa si la leo yo misma? —preguntó, y cuando el hombre le tendió la carta, Sarah rezó para que el temblor de la mano no la delatara.

Reconoció la letra de Edward enseguida, y la virulencia de sus palabras no le sorprendió. Estaba furioso y la colmaba de toda clase de insultos. Le decía que era una zorra y que nadie había lamentado su ausencia en el condado. Hablaba de su penosa incapacidad para darle un heredero, y al final de la primera página le comunicaba que la repudiaba. En el segundo folio le notificaba que no pensaba darle un solo penique, que no se le ocurriera reclamar lo que hubiera podido ser suyo o lo que le había dejado su padre, y que no heredaría nada de él, lo cual no le extrañó. Edward la amenazaba con demandarla por robar las joyas de su propia madre o, peor aún, por robar a un par del reino. Pero Sarah sabía que no podía hacerle nada salvo insultarla, pues los británicos ya no gobernaban en Massachusetts. No obstante, sí podía demandarla en Inglaterra, y él le advertía que no volvería a poner los pies en la isla.

Luego le recordaba con crueldad que dondequiera que fuera, hiciera lo que hiciera, no podría volver a casarse a menos que quisiera ser acusada de bigamia, y si tenía hijos y éstos vivían, lo cual era bastante improbable dado su patético historial, serían bastardos. No era un panorama alentador, pero Sarah ya lo había asumido. Tanto ella como François sabían perfectamente que no podría volver a casarse mientras Edward viviera, pero ambos habían aceptado la situación y sus amenazas caían en saco roto.

Pero en la tercera página Edward sí consiguió sorprenderla. En ella hablaba de Haversham y comentaba lo asombrado que estaba de que no hubiese escapado con ella. Llamaba a su hermano «gusano cobarde» y luego hacía referencia a «su estúpida viuda y sus afligidas hijas». Sarah no comprendió lo que quería decir hasta que leyó un poco más. Al parecer Haversham había muerto seis meses atrás en lo que Edward calificó de «accidente» mientras cazaban juntos. Pero sabiendo lo mucho que Edward lo odiaba y que jamás habría ido a ningún lugar con él salvo bajo coacción, Sarah comprendió lo sucedido: llevado por el aburrimiento, la rabia o simplemente la avaricia, Edward le había matado. Y a Sarah se le rompió el corazón al leerlo.

En el último párrafo Edward le aseguraba que uno de sus bastardos heredaría no sólo toda su fortuna, sino también el título. Y le deseaba que ardiera eternamente en el infierno. La firmaba él mismo, Edward, conde de Balfour. Sarah conocía todas las atrocidades de que era capaz, y ahora le odió más aún por lo que le había hecho a su hermano.

—Su cliente es un asesino, señor —dijo con calma mientras le devolvía la carta al abogado.

—No le conozco —espetó él, irritado por haber tenido que venir hasta Shelburne. Y nada más guardarse la carta, extrajo otro papel—. Tiene que firmar esto —dijo.

Era un documento por medio del cual ella renunciaba a todo el patrimonio de Edward, a sus tierras, su título y cualquier posible legado, independientemente de su procedencia. Sarah no tenía el menor interés en todo eso. El documento también decía que renunciaba al título de condesa, hecho que le divirtió. Como si lo hubiera estado difundiendo a los cuatro vientos por todo Deerfield.

—Muy bien. —Fue hasta el escritorio de la sala y

firmó. Luego regresó a la cocina y entregó el documento a Jonhston—. Creo que ya está todo —dijo, impaciente por que el hombre se marchara.

De repente, algo pasó volando frente a la ventana. Sarah se asustó y corrió a coger el mosquete. Presa del pánico, el abogado brincó de la silla.

—No, por favor... no es culpa mía... Seguro que hizo algo a su marido para enfadarle tanto...

Sarah le indicó que callara y aguzó el oído. En ese momento François irrumpió en la cocina y ella y el abogado se sobresaltaron. Tenía un aspecto terrorífico con su indumentaria india, una cabeza de lince en cada hombro y las pieles bajo los brazos. Llevaba puesto un gorro de piel y una pechera de cuentas y huesos que le habían regalado en Ohio. Sarah no recordaba haberle visto con semejante atuendo, y de repente comprendió que se lo había puesto para asustar al extraño. Probablemente el viejo indio le había dicho algo sobre la misión de Johnston. O quizá François simplemente lo supuso. En cualquier caso, estaba interpretando el papel a la perfección. Apartó a Sarah con brusquedad, como si no la conociera, mientras el abogado temblaba con los brazos en alto.

—Dispare —suplicó a Sarah, pero ella estaba paralizada. Temía echarse a reír y estropear la representación.

—Tengo miedo —susurró.

—¡Fuera! —gruñó François al abogado indicando la puerta—. ¡Fuera de aquí!

El abogado agarró el abrigo y salió de la casa como un rayo. El viejo nonotuck sonreía. Conocía a François, todos le conocían, y como la mayoría de los de su tribu, poseía un buen sentido del humor. Había contado a François que el abogado parecía una mala persona. Durante el viaje apenas le había dejado detenerse para comer o descansar.

—¡Monte!

François señaló los caballos y el abogado montó a trompicones. Luego sacó su arco y una flecha.

—¡Maldita sea! ¿Es que no lleva mosquete? —preguntó Johnston al nonotuck, pero el viejo guía se encogió de hombros y Sarah se dio cuenta de que se estaba riendo.

—No puedo disparar. Él hermano indio —explicó mientras François se subía a su caballo y le hacía dar corcovos como si fuera a cargar contra ellos.

El abogado espoleó violentamente a su rocín de alquiler y se alejó a todo galope por el claro mientras el viejo indio le seguía riendo. François les persiguió durante unos minutos y luego regresó con una amplia sonrisa.

—Has sido un imprudente —le reprendió Sarah cuando desmontó—. ¿Y si hubiese tenido una pistola?

—Le habría matado —dijo François—. El guía dijo que había venido a hacerte daño, pero no sabía exactamente cómo. Espero que no haya tenido tiempo. —Estaba preocupado—. Lamento no haber llegado antes.

—Ha sido mejor así —respondió ella, riendo aún de la charada. Había estado muy convincente—. Seguro que ese pobre idiota dirá que vio a un grupo de guerreros indios por los alrededores de Shelburne.

—Estupendo. Puede que así decida quedarse en Boston. ¿Qué quería?

—Arrebatarme el título —respondió Sarah con una amplia sonrisa—. Vuelvo a ser plebeya, o mejor dicho a ostentar mi título de soltera. Ahora sólo soy lady Sarah. Lamento decepcionarte.

François arrugó el entrecejo y dijo:

—Un día serás mi condesa. ¿Quién era?

—Un abogado contratado por Edward. Llegó con una carta suya en la que me amenazaba y me advertía que no podría heredar nada de él, lo cual, de todos modos, nunca habría ocurrido, así que no importa.

Lo único que importaba era que había matado a su hermano. Se lo contó a François.

—¡Menudo desgraciado! No quiero que sepa dónde estás.

—No vendrá —le aseguró Sarah—. Sólo quería humillarme y arrebatarme algo que creía era importante para mí... y supongo —añadió con tristeza— que pensaba que la muerte de Haversham me desgarraría el corazón. Lo siento por él y por la pobre Alice y sus hijas. Pero no estoy sorprendida. Siempre temí que Edward haría una cosa así y creo que Haversham lo intuía.

—Tuviste suerte de que no te matara —dijo François, y luego sonrió con dulzura a la mujer que llamaba su esposa—. Tuve suerte de que no te matara.

La tomó entre sus brazos y la estrechó. Odiaba que Sarah tuviera el menor contacto con Edward, y lamentaba no haber estado en casa cuando llegó el abogado. Pero Sarah, en realidad, sólo estaba trastornada por la muerte de su cuñado. Lo que Edward había hecho era imperdonable.

El siguiente mes transcurrió sin sobresaltos y en febrero, aunque la nieve todavía cubría el suelo, François y Sarah visitaron a los iroqueses. Para ella fue una experiencia inolvidable. Llevaban consigo algunas cosas para intercambiar y regalos para Camisa Roja, y Sarah congenió muy bien con las mujeres. Ahora comprendía por qué a François le gustaba tanto vivir con ellos. El honor y la integridad de esa gente hicieron mella en Sarah. Les encantaba reír y contar historias, y estaban fascinados con ella. Sarah, por su parte, estaba fascinada con su cultura, sus leyendas y su sabiduría.

Una noche, una de las mujeres sabias de la tribu le habló quedamente sosteniéndole una mano. François estaba fumando la pipa con los hombres, y cuando regresó explicó a Sarah que era la hermana del powwaw, un ser espiritual. Sarah, sin embargo, no entendía lo que la mujer le había dicho y se lo repitió a François para que se lo tradujera. Éste lo escuchó atentamente y la miró consternado.

—¿Qué ha dicho?

A juzgar por la cara de François, debía de ser terrible.

—Dice que estás muy preocupada... que tienes miedo... ¿Es cierto? —Se preguntó si tenía miedo de Edward, aunque difícilmente podía ya hacerle daño. Y ambos sabían que Sarah nunca regresaría a Inglaterra—. Dice que has venido de lejos y dejado atrás mucho sufrimiento. —Sarah sintió un escalofrío. Vestía una falda y unos pantalones de gamuza, regalo de los iroqueses, y se sentía muy a gusto en la vivienda comunal que usaban en invierno—. ¿Es cierto que estás preocupada, mi amor? —preguntó François con dulzura, y Sarah sonrió al tiempo que negaba con la cabeza.

La mujer, no obstante, era más sabia de lo que François imaginaba. Los tres se hallaban sentados junto al fuego, y ella continuó hablando.

—Dice que pronto cruzarás un río —tradujo él—, un río que siempre has temido... en el pasado te hundiste en él muchas veces, pero esta vez no morirás. Esta vez conseguirás cruzarlo. Dice que comprenderás su visión cuando medites sobre ella, que tú entiendes lo que ella está viendo.

Entonces la mujer calló. Y cuando François y Sarah se fueron a dar un paseo, él le preguntó consternado a qué se refería la mujer. Era una profeta en su tribu y sus visiones casi siempre eran acertadas.

—¿De qué tienes miedo? —preguntó François mientras la atraía hacia sí.

Parecía una hermosa piel roja con su manto de piel, y hacían una pareja muy bella, pero François intuía que le estaba ocultando algo.

—De nada —respondió Sarah con poca firmeza, pero él sabía que mentía.

—Me estás ocultando algo —dijo, estrechándola aún más, deseoso de sentir su calor. Sarah no respondió—. ¿Qué ocurre? ¿No eres feliz aquí?

Iban a marcharse en pocos días. Llevaban varias semanas con los iroqueses y François creía que Sarah era feliz con ellos.

—Me encanta estar aquí. Lo sabes muy bien.

—¿He hecho algo que te ha molestado?

Tenía que reconocer que llevaban una vida poco usual. A lo mejor Sarah echaba de menos otros mundos... como Inglaterra o Boston. Con todo, no parecía que fuera eso. En realidad se diría que lo que le preocupaba era algo mucho más serio. François la abrazó con fuerza mientras ella sonreía satisfecha.

—No te soltaré hasta que me lo digas. No permitiré que haya secretos entre nosotros.

—Pensaba decírtelo tarde o temprano —dijo ella, y François empezó a temer que se tratara de algo que pudiera separarles. Sabía que no podría soportarlo. ¿Y si Sarah se iba? Pero ¿adónde iba a ir?—. Ha ocurrido algo —prosiguió con voz acongojada.

Así pues, la hermana del powwaw tenía razón.

—¿Qué ha sido? —La voz de François era apenas un susurro, tan aterrado estaba.

—No sé... no sé qué decirte —comenzó Sarah con lágrimas en los ojos mientras él la observaba, angustiado por su dolor—. No puedo... no puedo... —François no sabía qué hacer. Finalmente, en un susurro desgarrador, Sarah prosiguió—. No puedo darte hijos... tú no tienes hijos... y deberías tenerlos... pero yo no puedo darte lo que mereces...

Sarah rompió a llorar en los brazos de François, que estaba profundamente conmovido.

—No me importa, amor mío... sabes que no me importa... No, por favor, cariño, no llores... Oh, te quiero tanto, amor mío. No llores más, te lo ruego...

—Pero ella no podía parar—. No tiene importancia.

—Todos mis hijos han muerto —prosiguió Sarah mientras se aferraba a él, y François le dijo lo mucho que lamentaba el sufrimiento que había tenido que soportar. Pero ella le dejó atónito con sus siguientes palabras—: Y sé que éste también morirá...

De repente François comprendió y, lleno de incredulidad y terror, apartó a Sarah para mirarla.

—¿Estás embarazada? —preguntó casi sin aliento, y ella asintió—. Oh, Dios mío... mi pobre Sarah... no, esta vez no morirá. No lo permitiré. —La abrazó con fuerza y los ojos se le llenaron de lágrimas al comprender la angustia de su amada. Entonces recordó las palabras de la mujer sabia—. ¿Recuerdas lo que dijo? Que esta vez cruzarías el río... No volverá a ocurrir, amor mío.

—Dijo que yo sobreviviría... —le recordó Sarah— pero ¿y el bebé? ¿Por qué iba a vivir éste y los demás no? No puedo creer que esta vez vaya a ser diferente.

—Yo cuidaré de ti. Te daremos hierbas, te pondrás gorda y redonda y tendrás un bebé precioso —dijo François mientras ella se acurrucaba en sus brazos—. Ésta es una nueva vida para ti, para nosotros y para nuestro bebé. ¿Para cuándo lo esperas?

—Creo que para septiembre.

Pensaba que probablemente había ocurrido la primera vez, porque había experimentado los primeros síntomas en torno a Navidad. Estaba casi de tres meses, pero no había tenido el valor de decírselo a François. Había vivido con esa angustia durante mucho tiempo. La hermana del powwaw lo sabía.

Regresaron lentamente a la vivienda comunal con los demás, y él se tumbó junto a Sarah y la abrazó, y cuando ella ya dormía, la contempló con el corazón rebosante de amor y suplicó a los dioses que tuvieran misericordia de su amada. Y del bebé.

19

Era lunes y caía la tarde cuando Charlie cerró el diario de Sarah. Tenía que vestirse para llevar a Francesca y Monique a comer una pizza. Se sentía rebosante de amor y ternura cuando dejó el libro a un lado y pensó en el bebé de Sarah. Se preguntó qué ocurriría después. Era como un misterio en su vida que se iba desvelando poco a poco, día a día. Le costaba creer que esa historia le resultara tan real, más real incluso que la gente que conocía en el pueblo. Estaba impaciente por contársela a Francesca.

Y a las seis, cuando recogió a las chicas, todavía se veía pensativo. Monique, como siempre, estaba de excelente humor. Y también Francesca. Dijo que el domingo había adelantado mucho en su tesis.

Pasaron una velada muy agradable, y luego Francesca le invitó a su casa para tomar helado y café. A Monique le encantaba su compañía; echaba de menos una figura paterna. Y a Charlie el hecho de estar con ella le hacía pensar en los hijos.

Una vez Monique se hubo acostado, él y Francesca se sentaron en la cocina con una taza de café.

—Es una niña extraordinaria —dijo Charlie, y Francesca sonrió orgullosa. Adoraba a su hija—. ¿En algún momento pensaste en tener más hijos? —preguntó, recordando a Sarah.

—Sí, hace tiempo. Pero Pierre dejó de interesarse por mí cuando su pichoncito se quedó embarazada. Y ahora es demasiado tarde —dijo casi con pesar, lo cual intrigó a Charlie.

—Sólo tienes treinta y un años, ya es hora de que dejes de decir que es demasiado tarde para todo. Sarah Ferguson tenía veinticuatro años cuando llegó a este país en una época en que esa edad se consideraba madura. Y consiguió iniciar una nueva vida con el hombre que amaba y quedarse embarazada.

—Me dejas impresionada —respondió Francesca con cierto sarcasmo—. Creo que esa mujer se está convirtiendo en una obsesión.

Esas palabras hicieron que Charlie se decidiera al fin. Rezó para que fuera la decisión correcta. No obstante, confiaba en Francesca y ella lo necesitaba más que él.

—Hay algo que quiero que leas —dijo, y ella se echó a reír.

—Lo sé, lo sé. Durante el primer año también yo leí libros de psicología y autoayuda. Cómo superar un divorcio, cómo liberarse del pasado, cómo conseguir no odiar a su marido. Pero en esos libros no hay recetas que te enseñen a volver a confiar en alguien. No hay libros que te ayuden a recuperar el coraje.

—Pues yo tengo uno —dijo Charlie.

Y entonces la invitó a cenar en su casa el miércoles. Francesca vaciló y Charlie le dijo que quería enseñarle la casa.

—A Monique le encantará.

Insistió tanto que Francesca tuvo que aceptar. Y esa noche, al irse, Charlie dijo muy poco, pero estaba deseando volver a verlas.

Se pasó dos días quitando polvo, lavando, pasando la aspiradora, ahuecando cojines, comprando vino y comida y haciendo galletas para Monique. Ni siquiera tenía tiempo de leer el periódico. Quería que todo estuviera impecable.

El miércoles por la noche, al entrar en la casa, Francesca se quedó atónita, no por la decoración, prácticamente inexistente, sino por el edificio en sí y por el trabajo que Charlie se había tomado. Y al igual que él, percibió en la casa una energía especial. Era como si sintiera una presencia llena de amor.

—¿De quién es esta casa? —preguntó Monique, como si también lo sintiera, y miró alrededor con curiosidad.

Charlie le explicó que pertenecía a una encantadora amiga suya que vivía en Shelburne Falls, pero que antes había pertenecido a alguien muy especial, una mujer llamada Sarah, de Inglaterra.

—¿Es ahora un fantasma? —preguntó Monique impávida, y Charlie se echó a reír y dijo que no, para no asustarla. Había comprado lápices y unos cuadernos para colorear, y se ofreció a encenderle la tele. Luego Charlie le enseñó los detalles de la casa a Francesca, salvo los diarios. Y al igual que hiciera él, Francesca se quedó frente a la ventana contemplando el valle. Parecía un cuadro.

—Es precioso, ¿verdad? —dijo Charlie, feliz de que a ella también le gustara.

—Ahora entiendo por qué te enamoraste de este lugar —dijo Francesca, agradecida por todas las cosas que Charlie había hecho por ellas, los cuadernos para Monique, el pastel, el vino preferido de ella. Y estaba preparando la pasta favorita de Monique. Pese a sus reservas, no le quedaba más remedio que reconocer que Charlie era un encanto.

Tuvieron una cena maravillosa en la cocina, y él les contó algunas cosas de Sarah. Pero al cabo de un rato Monique perdió interés. Francesca no.

—Me encantaría ver los libros que has encontrado

sobre ella —dijo—. De hecho, creo que el tema tiene puntos en común con mi investigación sobre los indios. François de Pellegrin ejerció un papel muy importante en la negociación de algunos tratados firmados a finales del siglo XVIII. Me gustaría conocer tu fuente de información.

Charlie sonrió. Estaba impaciente por enseñársela. Esperó a que Monique se enfrascara en un programa de la tele y subió a su estudio. El baúl seguía allí, bien guardado. Cogió el primer diario y lo contempló con cariño. Esos libros se habían convertido en algo sumamente valioso para él. Habían llenado sus días y sus noches con sabiduría. Le habían dado el valor de seguir adelante y conocer a Francesca, e incluso de aceptar la pérdida de Carole, y sabía que Francesca los necesitaba tanto como él. Eran un obsequio no de él, sino de Sarah.

Bajó lentamente las escaleras con el diario en la mano. Francesca estaba en el salón de estilo francés admirando el suelo de madera, la elegancia de los techos y las largas ventanas. Era fácil creer que Sarah había sido una condesa. Francesca sonrió al verle y Charlie se dio cuenta de que también ella percibía la magia de la casa. Era imposible no sentirla. El amor de Sarah y François debió de ser tan fuerte que había durado doscientos años.

—Tengo un regalo para ti —dijo él—, algo muy especial. Bueno, en realidad es un préstamo. Nadie más conoce su existencia.

Francesca sonrió con perplejidad. Y si Charlie se hubiera atrevido, la habría rodeado con sus brazos y besado. Pero todavía era pronto. Primero tenía que leer los diarios.

—¿Qué es? —preguntó ella con expectación.

Estaba a gusto con Charlie en esa casa, hasta tal punto que le sorprendía. No había esperado sentirse así, pero la atracción era innegable.

Charlie le tendió el libro y ella lo sostuvo para observarlo. Era muy antiguo y en el lomo no aparecía ningún nombre. Lo trataba con delicadeza y el brillo de sus ojos delató su pasión por los libros antiguos. Entonces lo abrió y vio el nombre de Sarah en la guarda. Era el primer diario, el que había traído consigo de Inglaterra. Lo había empezado antes de zarpar en el *Concord*.

—¿Qué es, Charlie? —preguntó Francesca desconcertada, pero al volver las primeras páginas cayó en la cuenta de lo que tenía en sus manos—. Dios mío, es su diario, ¿verdad? —susurró.

—Lo es —asintió él con gesto solemne, y le explicó cómo lo había encontrado.

—Es increíble.

Charlie se alegró de que Francesca estuviese tan ilusionada como él.

—¿Los has leído todos?

—Todavía no, pero estoy en ello. Son muchos y abarcan toda la vida de Sarah, desde antes de abandonar Inglaterra hasta su muerte. Pero son fascinantes. Durante un tiempo pensé que me estaba enamorando de ella —dijo sonriendo—, pero es un poco mayor para mí, además está loca por François. Me temo que no tendría ninguna posibilidad.

Ella seguía algo aturdida cuando regresaron a la cocina. Monique estaba todavía enfrascada en los cuadernos para colorear y el programa de televisión, así que Francesca y Charlie se sentaron y hablaron de Sarah.

—Lo que más me impresiona de ella es lo valiente que era y lo dispuesta que estaba a intentarlo de nuevo. Creo que en cierto momento sintió, como nosotros, que le habían hecho mucho daño y que nunca volvería a querer a nadie. Y te aseguro que tu marido al lado del suyo es un primor. El conde de Balfour le pegaba, la violaba, la obligaba a tener un hijo detrás de otro. Y todos murieron, o por lo menos seis, pero aún así Sarah empezó una nueva vida y le dio una oportunidad a François. Sé que te parecerá una locura, tratándose de una mujer que no conozco y que lleva muerta cerca de dos siglos, pero te aseguro que Sarah me devolvió la esperanza y me inyectó valor... y eso es lo que quería compartir contigo.

Francesca estaba tan conmovida que no sabía qué decir. Miró a Charlie y no pudo evitar hacerle otra pregunta, aunque esta vez creía conocer la respuesta.

—La has visto, ¿verdad? —susurró para que Monique no la oyera. Charlie la miró y luego, lentamente, asintió con la cabeza—. ¡Lo sabía, lo sabía! ¿Cuándo? —Sus ojos verdes brillaron de la emoción, y estaba tan hermosa que él casi no podía soportar mirarla.

—La primera noche que pasé aquí. Era Nochebuena. En aquel momento apenas sabía nada de Sarah. Venía de cenar en casa de la señora Palmer, y cuando subí a la habitación me la encontré allí. Al principio pensé que alguien me estaba gastando una broma y me enfadé. Registré toda la casa y los alrededores. Pensé que alguna mujer se estaba burlando de mí y la busqué por todas partes, hasta que caí en la cuenta de quién era. Pero, por desgracia, no he vuelto a verla. Era una mujer bellísima, y parecía muy real, muy humana...

Se sentía un poco estúpido contando esas cosas a Francesca, pero ella era todo oídos y estaba impaciente por llegar a casa y leer el diario. Charlie confiaba en que le hiciera tanto bien como a él.

Hablaron un poco más y a las diez Charlie las acompañó a casa. Había sido una velada fantástica. Monique dijo que lo había pasado muy bien y los ojos de Francesca fulguraban por lo que él le había entregado y contado.

—Llámame cuando lo hayas terminado —pidió Charlie—. Tengo más, así que más te vale ser amable conmigo —le advirtió, y Francesca rió.

—Tengo la sospecha de que estos diarios crean dependencia —dijo, impaciente por empezar la lectura.

—Desde que llegué aquí prácticamente no he hecho otra cosa que leerlos. Debería escribir una tesis —bromeó él.

—Quizá deberías escribir un libro sobre ella —opinó Francesca, pero Charlie negó con la cabeza.

—Ése es tu campo. El mío son las casas.

François ya había construido un monumento a Sarah, y Charlie estaba viviendo en él.

—Alguien tendría que escribir algo sobre ella, o por lo menos publicar sus diarios —dijo Francesca.

—Ya veremos. Primero léelos. Cuando los terminemos me gustaría entregárselos a la señora Palmer. Técnicamente son suyos.

Aunque a Charlie le hubiera encantado quedárselos, no podía hacerlo. Le bastaba con haberlos leído. Le habían dado más gozo que todos los libros que había leído en su vida. Y ahora lo estaba compartiendo con Francesca.

—Te llamaré —dijo ella, y Charlie sabía que lo haría.

Antes de irse, Francesca le dio las gracias por la encantadora velada, pero por el momento seguía sin dejarle entrar en su fortaleza.

Una vez a solas, Charlie sólo podía pensar en lo mucho que le habría gustado ofrecerse a ella… en tener con alguien lo que François había tenido con Sarah.

20

Antes de dejar a los iroqueses, François pidió consejo a las mujeres sabias de la tribu sobre qué hacer con Sarah. Le dieron varias hierbas, una de ellas especialmente potente, y algunas infusiones dulces, y se ofrecieron a estar con ella durante el parto. Sarah, conmovida por su amabilidad, prometió que empezaría a tomarse las hierbas nada más llegar a Shelburne.

Entonces iniciaron el largo regreso a casa, que hicieron más lentamente que la ida. Por la noche dormían bajo las estrellas abrigados por gruesos mantos de piel.

Llegaron a casa a mediados de marzo y a finales de abril Sarah ya notaba los movimientos del bebé. Era una sensación dulce y familiar, pero pese a las hierbas, que tomaba religiosamente, y los constantes ánimos de François, seguía temiendo lo peor.

Para entonces la gente había empezado a sospechar que vivían juntos. Las mujeres de Shelburne que pasaban a verla tropezaban casi siempre con François. El rumor había llegado al fuerte y Sarah incluso recibió una carta de la señora Stockbridge donde le suplicaba que negara el terrible rumor de que estaba viviendo con un salvaje. Con cara sonriente, Sarah se apresuró a escribirle para asegurarle que no era cierto. Pero a esas alturas hasta el coronel Stockbridge conocía la verdad, a pesar de que ella y François nunca la confirmaron. Y para junio, todo el mundo sabía que Sarah estaba encinta. Algunos colonos reaccionaron bien y algunas mujeres se ofrecieron a ayudarla cuando llegara el momento, mientras que otras dijeron que era un hecho vergonzoso. Después de todo, no estaban casados. Pero a François y Sarah les importaba un pimiento lo que pensara la gente. Lo único importante eran ellos y el bebé. Eran más felices que nunca y Sarah irradiaba salud. Para ella los problemas solían llegar más tarde. Esta vez, sin embargo, se encontraba mucho mejor y se preguntó si sería un buen presagio.

Durante el verano continuaron con sus visitas diarias a la cascada. Las mujeres iroquesas habían aconsejado a Sarah que anduviese mucho, pues eso fortalecería al bebé y el parto sería más rápido. Pero en agosto a Sarah cada vez le costaba más cubrir la distancia hasta la cascada y tenía que hacerlo muy lentamente. François sufría por ella y hacía frecuentes paradas para que descansara, pero Sarah insistía en llegar hasta el final. Se apoyaba en el brazo de su amado y hablaban durante todo el camino. François le contaba las noticias que oía en el fuerte y ella se preocupó cuando se enteró de que los conflictos en Ohio continuaban.

—Uno de estos días te llamarán —se lamentó.

Sarah quería estar con François en todo momento y le preocupaba que se ausentara aunque sólo fuera para visitar el fuerte. Él sabía que se debía a su inminente parto, pero también se preguntaba qué ocurriría el día que tuviera que ausentarse durante un largo período, pues ambos sabían que tarde o temprano sucedería. Él preferiría dejarla en una casa menos aislada y más sólida. Llevaba tiempo soñando en construir un pequeño *château* y ahora hablaba continuamente sobre la idea de regalárselo a ella. Sarah, no obstante, insistía en que tenía bastante con su casa actual y no necesitaba ningún castillo. Ya había vivido en uno.

—Pienso construírtelo de todos modos —decía François, y ambos se echaban a reír.

Un día que salieron a dar un paseo a caballo, ella sentada delante, se detuvieron en un hermoso paraje que dominaba el valle. La vista abarcaba varios kilómetros a la redonda y François miró a Sarah con la misma sonrisa que esbozaba al llegar a casa, y ella supo lo que estaba pensando.

—Es una maravilla —reconoció.

—Será precioso —dijo él, y esta vez Sarah no le contradijo.

Estaba demasiado cansada, y el bebé no tardaría en llegar. Lo notaba. Había pasado por ello muchas veces y sabía que no faltaba mucho, y ahora se pasaba las noches tumbada en la cama, aterrorizada, rogando que François no la oyera llorar. A veces se levantaba y salía a tomar el aire y contemplar las estrellas, y pensaba en sus malogrados pequeños. Le costaba creer que éste no fuera a reunirse con ellos. Pero aún sentía vida dentro de su barriga. De hecho, este bebé se movía mucho más que los otros, claro que Edward ya no estaba allí y ella era infinitamente feliz con François. La cuidaba con sumo esmero, le hablaba y le restregaba aceites tal como le habían enseñado las mujeres iroquesas. François tenía toda clase de pócimas, pero Sarah dudaba que pudieran salvar al bebé. Nada de lo que habían hecho antes por ella había funcionado. Con todo, el momento se acercaba, agosto estaba dando paso a septiembre, y Sarah procuraba no pensar en ello. Habían transcurrido exactamente dos años desde que embarcó en el *Concord*. Le costaba creerlo. Y ni ella ni François podían dar crédito a su buena fortuna. Sarah, no obstante, intentaba hacerse a la idea del dolor que estaba por llegar, si bien nunca confesó sus miedos al hombre que llamaba su marido.

Y tras pasar un largo día recogiendo maíz para el invierno, ella le pidió que la acompañara a la cascada. Estaba cansada pero ansiaba verla.

—¿No crees que es demasiado esfuerzo? —preguntó François con ternura. Si los cálculos de Sarah eran correctos, el bebé podía llegar de un momento a otro—. ¿Por qué no nos quedamos aquí o damos un paseo por la granja? —sugirió.

—Echaría de menos el agua.

François aceptó finalmente acompañarla, pues sabía que ella iría con o sin él. Llegaron a la cascada a paso muy lento. Sarah parecía sana y feliz y él la contemplaba sonriente. Tenía una barriga enorme. Él nunca había visto nada igual, pero no quería preguntarle si siempre le había ocurrido así. No quería traerle a la memoria los horrores del pasado, y aunque Sarah no lo dijese, él sabía que estaba asustada.

Hablaron de otras cosas. François no quería mencionarle la inquietante situación del Oeste para no preocuparla y las conversaciones se ciñeron a temas más suaves. Y cuando regresaban de la cascada, recogió flores para ella y Sarah las llevó a la cocina.

Sarah estaba preparando la cena, como hacía cada noche, cuando François oyó un gemido y corrió hasta la cocina. Enseguida comprendió lo que estaba ocurriendo. Las convulsiones habían empezado y se sorprendió de que fueran tan fuertes desde el principio. Pero Sarah había dado a luz a muchos hijos. Éste era el séptimo. Con Gorrión Triste, recordó François, todo había sido lento y tranquilo. Su madre y sus hermanas estaban con ella y sólo gritó una vez. Sarah, en cambio, apenas podía hablar cuando se apoyó en la silla.

—No te preocupes, mi amor, todo saldrá bien… —dijo François con dulzura. La levantó y la trasladó al dormitorio. Sarah ya había apartado la olla del fuego y él sabía que la cena quedaría pronto olvidada. Los muchachos tendrían que comer fruta del huerto, pero seguro que no les importaba—. ¿Quieres que avise a alguien?

Algunas mujeres se habían ofrecido a ayudarla, pero Sarah siempre había dicho que sólo quería a François a su lado. Ninguno de los dos había ayudado antes en un parto. Sarah siempre había parido con ayuda de un médico. Pero los médicos no consiguieron salvar a sus pequeños, de modo que esta vez estaba decidida a intentarlo sólo con François.

—Sólo quiero estar contigo —repitió Sarah con la cara desencajada de dolor y las manos aferradas a François.

Ambos sabían que el bebé era muy grande y que el parto no sería fácil. Sus otros bebés habían sido más pequeños. Sarah apenas hablaba. Sólo se retorcía de dolor, esforzándose por no gritar, mientras él le acariciaba las manos y le colocaba toallas frías sobre la frente. A medianoche Sarah empezó a empujar, pero sin éxito. Y al cabo de dos horas estaba agotada. Cada vez que sentía dolor tenía necesidad de apretar, pero el niño no salía. François parecía casi tan cansado como ella, y empezaba a preguntarse qué podía hacer cuando Sarah comenzó a gritar de dolor.

—No te preocupes, pequeña mía… Grita cuanto quieras…

François estaba a punto de llorar y ella ya no podía hablar. Respiraba entrecortadamente y él sólo podía abrazarla y cerrar los ojos para intentar recordar lo que los indios le habían enseñado. Entonces le vino a la memoria algo que Gorrión Triste le había dicho.

—Intenta levantarte —le dijo a Sarah.

Ella le miró como si estuviera loco, pero las mujeres indias decían que los niños llegaban antes si la madre se ponía en cuclillas. A esas alturas François habría intentado cualquier cosa y ni siquiera le importaba ya el niño. Lo único que quería era no perder a Sarah.

Puso a Sarah de cuclillas en el suelo y le apoyó las piernas contra él, y notó que de esa manera le costaba menos empujar. Sostenida por los fuertes brazos de su amado, Sarah gritaba cada vez que empujaba, pero el bebé comenzó a salir, podía notarlo. François seguía sujetándola y pidiéndole que no dejara de empujar. Entonces ella emitió un grito largo y angustioso, el mismo que Gorrión Triste había proferido cuando su bebé nació. Y entonces, junto con los gritos de Sarah, François oyó los de la criatura y colocó una colcha india debajo de la madre. Un segundo después ambos bajaron la vista y ahí estaba el bebé, mirándoles. Tenía unos enormes ojos azules, como los de Sarah, y la tez muy blanca. A ambos les pareció grande, y comprobaron que era varón. Y mientras lo contemplaban, el pequeño cerró los ojos y dejó de respirar. Sarah soltó un grito de pánico y recogió al niño, todavía unido a ella por el cordón umbilical. François levantó a su amada y la tendió en la cama, y con delicadeza le colocó el bebé encima. No sabía qué hacer, pero no tenía intención de dejar que a Sarah volviera a ocurrirle lo mismo después de tanto esfuerzo. Alzó al niño por los pies y le dio unas palmaditas en la espalda para inyectarle vida. Sarah, entretanto, sollozaba y le miraba aturdida.

—François... —repetía, suplicándole que hiciera algo. Sabía que el niño estaba muerto, como los demás.

Con lágrimas en los ojos, François golpeó la espalda del bebé con fuerza y éste empezó a toser y a sacar mucosidad por la boca, y de repente comenzó a respirar.

—Santo Dios... —fue cuanto Sarah pudo susurrar, y el bebé rompió a llorar enérgicamente mientras sus padres le miraban estupefactos.

Era una hermosura, y cuando François lo colocó sobre el pecho de la madre y ella le sonrió agradecida, pensó que nunca había visto una imagen tan bonita.

—Tú le has salvado... tú le devolviste la vida —le dijo Sarah con la mirada llena de amor.

—Creo que lo hicieron los espíritus —respondió él, profundamente emocionado.

Habían estado muy cerca de perderlo. François jamás se había sentido tan asustado. Hubiera preferido enfrentarse a mil guerreros que perder al bebé. Y no podía dejar de mirar a Sarah y a su hijo. Para él eran como un milagro.

Después de cortar el cordón umbilical con su cuchillo de caza, François ayudó a Sarah a lavarse y salió fuera a enterrar la placenta. Los indios decían que era sagrada. Y cuando el sol apareció en el horizonte, dio gracias a los dioses. Luego entró en casa y les contempló con el corazón rebosando amor y gratitud mientras Sarah le sonreía y le tendía una mano. Cuando él se acercó, ella le besó.

—Te amo con todo mi corazón... Gracias...

Estaba radiante acunando al bebé. La vida, después de tanto sufrimiento, había sido buena con ella.

—La hermana del powwaw te dijo que esta vez cruzarías el río —le recordó François, aunque hubo un momento en que ambos lo habían dudado—. Pensé que me ahogaría en ese río antes que tú —bromeó.

Había sido una noche muy larga y Sarah había hecho un esfuerzo enorme. Pero ahora ya no se quejaba, sólo rebosaba felicidad.

Poco después le llevó algo de comer y luego, mientras ella y el bebé dormían, fue a Deerfield a recoger unos documentos. Cuando Sarah despertó, él acababa de regresar y entró en el dormitorio con una amplia sonrisa.

—¿Dónde estabas? —preguntó ella.

—Tenía que recoger unos documentos —respondió él con una mirada triunfal.

—¿Qué clase de documentos? —inquirió Sarah mientras intentaba reajustar al bebé sobre su pecho.

Todo era nuevo para ella y se sentía un poco torpe. François era más experto en el tema. Le colocó una almohada debajo del brazo para que sostuviese al niño sin cansarse.

—¿Qué clase de documentos? —insistió ella.

Él sonrió y le tendió un rollo de pergamino atado con una cinta de cuero. Sarah lo abrió lentamente y sonrió también.

—De modo que has comprado el terreno —dijo, mirándolo con ternura.

—Es un regalo para ti, Sarah. Construiremos una casa en él.

—Aquí soy feliz —repuso ella, pero la ubicación de las tierras que François acababa de adquirir era espectacular.

—Te mereces algo mejor.

Aun así, ambos sabían que Sarah no necesitaba más de lo que ya tenía. Nunca había sido tan feliz y nunca podría serlo más. Aquello era el paraíso.

21

El bebé creció visiblemente durante las primeras dos semanas. Para entonces Sarah ya estaba levantada y volvía a cocinar para François y a cuidar el huerto. Todavía no había visitado la cascada, pero pronto podría hacerlo. Aparte de notarse un poco cansada de amamantar al pequeño, se encontraba perfectamente.

—Fue bastante fácil, ¿no te parece? —dijo un día a François, y él le arrojó un puñado de bayas.

—¿Cómo puedes decir eso? —bromeó—. Estuviste empujando doce horas. En mi vida había visto a nadie hacer semejante esfuerzo. He visto a hombres empujando carretas montaña arriba y te aseguro que parecía más fácil.

No obstante, el recuerdo de la ardua experiencia comenzaba a desvanecerse en la memoria de Sarah, y así debía ser según las indias iroquesas. La mujer no debía recordar el parto, pues si lo hacía tendría miedo de dar a luz otro hijo. Pero a François le bastaba con uno. No quería ser ambicioso y empujar a Sarah a un posible desastre. No quería hacer nada que pudiera estropear la felicidad de su amada.

No obstante, a finales de septiembre las cosas se torcieron. El coronel Stockbridge fue a verle personalmente. Tenía previsto enviar una expedición a Ohio para intentar someter a las tribus rebeldes. Siempre eran los mismos, los shawnees, los chickasaws y los miamis dirigidos por Camisa Azul y Tortuga Pequeña. El conflicto duraba ya dos años. Todo el mundo temía que estallara una guerra india general si no hacían algo para evitarlo. Y no podían esperar más. François estaba de acuerdo con el coronel, pero sabía que Sarah iba a estar muy preocupada durante su ausencia. El niño apenas tenía tres semanas y Sarah siempre había temido este momento. Y supo que había llegado en cuanto vio a Stockbridge. Necesitaban a François en Ohio.

Cuando el coronel se hubo marchado, François fue a buscar a Sarah y la encontró en el huerto recogiendo judías con el niño sujeto a la espalda. El bebé dormía y sólo despertaba cuando era hora de comer.

—Te vas, ¿verdad? —dijo ella con la mirada angustiada.

François llevaba en casa cerca de diez meses. Había transcurrido un año desde el último intento fallido de someter a Camisa Azul, el cual había costado la vida a 183 hombres.

—Odio a Camisa Azul —dijo Sarah poniendo morros, y François no pudo por menos que sonreír.

Parecía tan dulce, tan joven y tan feliz. Lamentaba tener que dejarla, pero por lo menos le había dado un hijo. Le habían puesto los nombres del abuelo y del padre de François, Alexandre André de Pellerin, y sería el decimoctavo conde de Pellerin. Su nombre indio era Poni Veloz.

—¿Cuándo te marchas? —preguntó Sarah.

—Dentro de cinco días. Necesito tiempo para prepararme.

Tenía que reunir mosquetes, munición, provisiones y ropa de abrigo. Conocía a muchos de los hombres que iban a acompañarle, tanto indios como soldados. Pero para Sarah era como una sentencia de muerte. Sólo le quedaban cinco días con François. Parecía destrozada.

Y cuando François la dejó, estaba acongojada. Habían permanecido despiertos toda la noche, tendidos en la cama. Él le había hecho el amor aun sabiendo que la leyenda india decía que debía esperar cuarenta días después del parto y habían pasado menos de treinta, pero no pudo contenerse, y a ella no pareció importarle. Muy al contrario. Le deseaba tanto como a él le entristecía dejarla.

Sarah se quedó llorando en la puerta cuando él se marchó, y de pronto tuvo una terrible premonición. Tenía que ver con Camisa Azul y Tortuga Pequeña, y estaba convencida de que algo horrible iba a ocurrir. Y así fue, pero no a François. Tres semanas más tarde los shawnees y los miamis asaltaron el campamento del comandante St. Clair, donde mataron a 630 hombres e hirieron a casi trescientos, el peor desastre que el ejército había sufrido. Y todo el mundo culpó a St. Clair. Había sido una estrategia pobre y mal dirigida. Y durante más de un mes Sarah vivió sin saber si François había sobrevivido. Estaba histérica. Finalmente, después del día de Acción de Gracias, oyó que estaba vivo. Un pelotón de hombres había llegado al fuerte de Deerfield antes que él y le aseguraron que no estaba herido y que llegaría a casa antes de Navidad.

Sarah portaba al pequeño atado a la espalda el día que François regresó a casa, y parecía un piel roja cuando salió del ahumadero. Él ya había desmontado y la rodeó con sus brazos. Parecía cansado y había adelgazado, pero estaba vivo y tenía terribles historias que contar. François ignoraba qué podía hacerse para acabar con el conflicto. Y para complicar las cosas, los británicos habían construido un nuevo fuerte al sur de Detroit, en el río Maumee, violando de ese modo el Tratado de París. Pero estaba tan contento de ver a su mujer que ya no le importaba lo que Camisa Azul pudiera hacer para vengarse. Había vuelto a casa y ella estaba feliz de tenerlo de nuevo a su lado.

En Navidad, Sarah le comunicó la noticia, aunque él ya lo sospechaba. Esperaban otro hijo. Nacería en julio, y François quería comenzar a construir la casa mucho antes que eso. Había pasado horas y horas frente a las hogueras de los campamentos dibujando planos y haciendo bosquejos, y empezó a contratar a hombres en Shelburne en cuanto llegó a casa. Empezarían tan pronto la nieve se derritiera y confiaban en terminar antes del invierno.

Para entonces el pequeño Alexandre tenía casi cuatro meses y Sarah nunca había sido tan feliz. A François le encantaba jugar con su hijo y a veces se lo colgaba de la espalda, sobre todo cuando lo llevaba a cabalgar. Pasaba mucho tiempo en Shelburne, encargando objetos para su nueva casa y escribiendo a ebanistas de Connecticut, Delaware y Boston para encomendarles los muebles. Se tomó el proyecto muy en serio y para primavera ya había conseguido ilusionar a Sarah.

Acababan de poner manos a la obra cuando un hombre llegó a Shelburne preguntando por ella. Apareció en la granja inesperadamente cuando François y Sarah regresaban con el bebé del nuevo solar, y su aspecto no era agradable. A Sarah le recordaba al abogado de Boston, y no sin razón. Se trataba del socio de Walker Johnston. Éste aún hablaba del ataque indio que había sufrido durante su visita a la granja. Aseguraba que había estado a punto de perder la cabellera, pero nunca explicó por qué había huido dejando a Sarah sola o cómo era posible que ésta hubiese logrado sobrevivir. Este hombre, no obstante, era aún más desagradable. Se llamaba Sebastian Mosley y Sarah se preguntó si su visita tendría que ver con la epidemia de viruela que estaba azotando Boston. Su visita, no obstante, no tenía nada que ver con la epidemia ni traía papeles que firmar.

Simplemente había venido para comunicarle que su marido había muerto. Y nada más decirlo Sarah miró a François. Él era su marido. Para ella, Edward ya no existía. Sebastian Mosley le contó que el conde de Balfour había muerto en un desgraciado accidente de caza, y aunque había ordenado preparar los documentos para reconocer a uno de sus hijos ilegítimos, aún no los había firmado cuando se produjo su inesperada muerte. Se hallaban, por tanto, en una situación legal complicada, pues Sarah había renunciado a su derecho de heredar, pero al morir él intestado no había nadie más a quien dejar sus tierras y su fortuna, dado que no tenía hijos legítimos. El abogado no le dijo que el conde tenía catorce bastardos. Quería saber si Sarah deseaba impugnar el documento firmado por ella año y medio atrás, pero para ella la respuesta era sencilla. No tenía mucho, pero tenía todo lo que deseaba.

—Le sugiero que se lo dé todo a la cuñada y las cuatro sobrinas del conde. Son sus herederas más directas.

No quería nada de Edward, ni un penique, ni una pluma, ni un recuerdo. Y así se lo dijo al abogado.

—Entiendo —respondió Mosley consternado.

Había esperado llevarse un bocado del pastel si Sarah decidía impugnar el documento. De acuerdo con su homólogo de Inglaterra, el conde poseía una enorme fortuna. Pero Sarah no la quería. Y el abogado se marchó en cuanto ella así se lo dijo.

Le vieron alejarse y luego Sarah se quedó fuera durante un rato pensando en Edward, pero no sintió nada. Había sido demasiado tiempo, sufrimiento y horror. Y ahora era demasiado feliz para sentir pena por Edward. Todo había terminado.

Pero en opinión de François, éste no era más que el principio. Lo supo nada más oír al abogado. Y en cuanto Sarah entró en la casa, le preguntó:

—¿Quieres casarte conmigo, Sarah Ferguson?

Ella no vaciló y rió suavemente mientras asentía.

Se casaron el 1 de abril en la pequeña iglesia de troncos de Shelburne. Fue una ceremonia sencilla a la que sólo asistieron los dos muchachos que trabajaban para ellos y Alexandre, que ahora tenía siete meses. El otro bebé nacería tres meses después.

Y esta vez, cuando visitaron el fuerte de Deerfield, François se inclinó formalmente ante el coronel y, con una sonrisa, dijo:

—Le presento a la condesa de Pellerin, coronel... Creo que aún no se conocen.

—¿Significa lo que creo que significa? —preguntó Stockbridge con el rostro sonriente.

François y Sarah siempre le habían caído bien y sentía pena por su situación. La señora Stockbridge, en cambio, la encontraba vergonzosa, y había dejado de escribir a Sarah en cuanto supo que había tenido un hijo, y no fue la única en reaccionar de ese modo. Pero ahora, de repente, todo el mundo quería conocerles y recibían invitaciones de la gente más distinguida de Deerfield. Se quedaron en el fuerte una temporada y Sarah fue a ver a Rebecca, que ya tenía cuatro hijos y estaba esperando el quinto también para ese verano.

Esta vez, no obstante, François estaba inquieto por volver a Shelburne y supervisar las obras de su nueva casa. Y a la vuelta, trabajó febrilmente en ella junto con los hombres que había contratado, y enseñó a los indios a hacer la clase de trabajo que había visto en París. Todo el mundo comentaba que la casa iba a ser preciosa y Sarah sonreía con admiración cada vez que la visitaba. Le encantaba verla crecer, pues se había convertido en una pasión también para ella y ya estaba imaginando cómo sería el huerto. Confiaban en tener la fachada terminada para agosto e instalarse en octubre, antes de las primeras nieves. Podrían trabajar en los detalles interiores durante el invierno. Sarah ardía en deseos de ver la casa acabada, y pese a su avanzado estado de gestación trabajó en ella durante todo junio. Pero esta vez no tenía tanto miedo. Tomaba las hierbas religiosamente, descansaba mucho y caminaba, tal como las indias le habían aconsejado. Todo iba bien y tenía al pequeño Alexandre para demostrarle que los milagros existían.

Pero el primer día de julio el bebé no dio señales de querer salir y Sarah empezó a impacientarse. Estaba deseando tenerlo en sus brazos y poder moverse con más facilidad. El embarazo se le estaba haciendo eterno y así se lo dijo a su marido.

—No seas impaciente —le regañó François—. Las grandes obras toman su tiempo.

Esta vez él estaba más nervioso que ella. El primer parto no había sido fácil y estuvieron en un tris de perder al bebé. Temía que la horrible experiencia se repitiera, aunque estaba tan ilusionado como Sarah. Rogaba que esta vez las cosas fueran mejor. Había considerado la posibilidad de avisar al médico de Shelburne, pero Sarah le aseguró que no le necesitaban. Y durante la primera semana de julio parecía rebosar de energía, así que pensaron que aún no había llegado el momento. La primera vez Sarah se había notado más cansada a medida que el momento se acercaba. Pero esta vez, aunque estaba harta de cargar con su enorme vientre, era un pozo de energía inagotable. François tuvo que pedirle que dejara de visitar la casa nueva para ocuparse de algún detalle.

—No quiero que vuelvas a cabalgar sola hasta allí —le reprendió una tarde cuando la vio regresar a la granja—. Es peligroso. Podrías tener el niño por el camino.

Sarah se echó a reír. La anterior vez el bebé la había avisado con mucho tiempo. El parto duró doce horas, y los otros todavía más.

—Yo nunca haría una cosa así —respondió Sarah con gazmoñería, como una auténtica condesa.

—¡Más te vale!

François la amenazó con un dedo y Sarah se fue a preparar la cena. Los dos estaban entusiasmados con la casa. Y todo el mundo hablaba de ella. La encontraban demasiado elegante para Shelburne, pero eso no parecía molestarles. Al contrario, les gustaba. Pensaban que daba importancia a la zona y que suponía un triunfo para Shelburne.

Esa noche, después de la cena, Sarah se puso a recoger la cocina y François fue a la sala a estudiar algunos planos. Después de limpiar se dio cuenta de que todavía había luz e intentó convencer a François de que la acompañara a la cascada.

—No hemos ido en toda la semana —dijo Sarah, y sonrió mientras le besaba.

—Estoy cansado —protestó él—. Voy a tener un hijo —añadió con una sonrisa.

—Soy yo la que va a tenerlo. Y quiero dar un paseo. Recuerda lo que dijeron las mujeres iroquesas. Tengo que caminar para darle fuerza al bebé.

Sarah se echó a reír y François soltó un gemido.

—Y a mí me dejas exhausto. Soy un hombre viejo.

Acababa de cumplir cuarenta y un años pero aparentaba menos. Y Sarah tenía veintisiete. François la siguió al exterior. Cuando llevaban cinco minutos caminando, Sarah aminoró el paso y se detuvo. Él pensó que tenía una piedra en el zapato, pero cuando Sarah se aferró con fuerza a su brazo comprendió lo que estaba pasando: estaba dando a luz. Aliviado de hallarse a sólo cinco minutos de casa, se disponía a decir que volvieran cuando Sarah se desplomó sobre la hierba. En su vida había sentido un dolor tan fuerte. Apenas podía respirar. François se arrodilló a su lado.

—Sarah, ¿qué te ocurre? —Temió que se tratase de una mala señal—. ¿Estás bien?

François estaba aterrorizado y no se hallaba lo bastante cerca de la casa para gritar a los muchachos que fueran a buscar al médico. Se sentía impotente.

—François... no puedo moverme... —gimió Sarah con el miedo en el rostro, presa de un dolor desgarrador.

Pero no se trataba del principio, sino del final. Sarah no recordaba un padecimiento como ése, y de repente reconoció la sensación.

—François... es el bebé... ya viene...

Le miró horrorizada mientras se aferraba a él.

—No, amor mío, todavía no... —Ojalá resultara siempre tan fácil, se dijo François, pero ella sabía lo que decía—. La última vez tardó mucho, recuérdalo —dijo, tratando de convencerla.

Quería levantarla y llevarla a casa, pero ella se negó a que la moviera.

—¡No! —gritó, retorciéndose de dolor, y él se arrodilló a su lado.

—Sarah, no puedes quedarte aquí. No puedes tener el bebé tan pronto. ¿Cuándo empezó?

—No lo sé. —Empezó a llorar—. Llevo todo el día con dolor de espalda y he notado molestias en el estómago, pero pensaba que era de cargar con Alexandre.

El pequeño había crecido mucho en diez meses y todavía le gustaba que le llevaran en brazos.

—¡Oh, Dios! —exclamó François con cara de pánico—. Probablemente llevas de parto todo el día. ¿Cómo es posible que no te dieras cuenta?

Sarah parecía una niña asustada y François la compadeció, pero quería trasladarla a la casa por mucho que ella protestara. No iba a permitir que tuviera al bebé sobre la hierba. Intentó levantarla de nuevo, pero Sarah aulló de dolor y se rebeló, y de repente se le contrajo la cara y empezó a empujar. François no había visto nada igual. Sarah estaba dando a luz y él no podía hacer nada para detenerla o ayudarla, y entonces se dio cuenta de lo mucho que ella le necesitaba y la levantó por los hombros para facilitarle las cosas. Sarah estaba decidida a dar a luz allí mismo. Se encontraba emitiendo pequeños gemidos para combatir el dolor cuando de repente empezó a gritar como si una fuerza sobrenatural la desgarrara por dentro. François conocía bien ese sonido. La depositó suavemente sobre la hierba, le levantó las faldas y le desgarró los calzones. Sarah volvió a gritar y François vio que el bebé salía y caía en sus manos con la carita brillante y berreando enérgicamente. Era una niña perfecta y respiraba bien.

—A este paso acabarás matándome —dijo François a su esposa, que estaba tendida sobre la hierba, envuelta por la luz del crepúsculo, y sonreía con serenidad—. ¡No vuelvas a hacerme una cosa así! ¡Soy demasiado viejo!

François se inclinó sobre ella y la besó, y ella le dijo lo mucho que le amaba.

—Esta vez ha sido muy fácil —declaró.

François se sentó a su lado y rió mientras le ponía el bebé sobre el pecho. Había vuelto a utilizar su cuchillo de caza y atado el cordón con un nudo pulcro.

—¿Cómo es posible que no te dieras cuenta de que venía?

François todavía se sentía abrumado por la experiencia y le sorprendía que Sarah estuviera tan serena después de tanto dolor. Ella y el bebé parecían plenamente felices, pero a él todavía le temblaban las piernas.

—Supongo que estaba demasiado atareada. Tenía mucho que hacer en la casa nueva —explicó sonriendo a su marido.

Se abrió la blusa y el bebé encontró fácilmente el pecho.

—Nunca volveré a fiarme de ti —dijo François—. La próxima vez te ataré a la cama las últimas semanas, así me aseguraré de que no tienes el bebé en medio del camino. —Luego la besó y la dejó descansar un rato mientras contemplaban las estrellas que acababan de aparecer en el cielo, pero empezaba a refrescar—. Y ahora, madame la Comtesse, ¿me permite que la lleve a casa o prefiere dormir aquí? —No quería que el bebé se resfriara.

—Puede llevarme a casa, monsieur le Comte —declaró Sarah con tono gradilocuente.

François le recogió en sus brazos y la trasladó hasta la casa. A Sarah la postura le resultaba incómoda y hubiera preferido andar, pero él no la dejó.

—Los indios dicen que estas cosas ocurren —dijo François con voz queda—, pero nunca creí que fuera cierto.

Los muchachos les vieron acercarse y preguntaron qué había ocurrido. Pensaban que Sarah se había caído o torcido un tobillo, y no se dieron cuenta de que llevaba un bebé entre los brazos. La pequeña dormía profundamente, agotada por su precipitada llegada.

—Encontramos a la criatura en el camino —bromeó François—. Curiosamente, es igualita que Sarah —rió.

Los muchachos se quedaron boquiabiertos.

—¿Lo tuvo camino de la cascada? —preguntó uno de ellos sin dar crédito a sus ojos.

—Así es —respondió François—. Y no tropezó ni una vez. Es toda una artista —dijo mientras guiñaba un ojo a su mujer.

—Verás cuando se lo cuenta a mi madre —dijo el más joven—. Ella tarda tanto que para cuando el niño sale mi padre ya está tan borracho que se ha dormido. Entonces mi madre se enfada porque no puede ver al bebé.

—Afortunado diablo —dijo François mientras entraba en casa con su esposa y su hija.

Los muchachos estaban cuidando de Alexandre, pero éste se había dormido y no pudo ver a su hermanita.

—¿Cómo la llamaremos? —preguntó Sarah cuando François se tumbó en la cama junto a ella.

—Siempre quise una hija que se llamara Eugénie, pero en inglés no es tan bonito.

—¿Y Françoise? —propuso ella, feliz de encontrarse en su cama. Se sentía algo mareada, pues había perdido mucha sangre.

—No es muy original —dijo François pero, conmovido por la propuesta, aceptó.

La llamaron Françoise Eugénie Sarah de Pellerin. Y en agosto la bautizaron en la pequeña iglesia de Shelburne junto con su hermano.

Para entonces la casa estaba casi terminada, y aunque Sarah estaba muy ocupada con sus dos pequeños, la visitaba siempre que podía. Y para octubre ya se habían instalado.

Ese día, en su diario, Sarah describió con regocijo cada detalle de su nueva morada y Charlie sonrió. De acuerdo con lo escrito, la casa apenas había cambiado desde su construcción, y cuando Charlie cerró el diario pensó en los hijos con melancolía. Qué afortunados eran Sarah y François. Qué vida tan plena habían tenido. Le habría gustado haber sido tan sabio y afortunado como ellos.

Estaba un poco alicaído, así que cuando el teléfono sonó, decidió no contestar. Pero entonces pensó que era Francesca y que le llamaba para hablarle del primer diario. Y con una leve sonrisa, levantó el auricular.

—Hola, Francesca. ¿Qué te ha parecido?

Pero era Carole y Charlie se quedó estupefacto al oír su voz.

—¿Quién es Francesca? —preguntó.

—Una amiga. ¿Por qué? ¿Qué ocurre? —Estaba desconcertado. ¿Qué podía querer Carole de él? Ya le había llamado para decirle que iba a casarse con Simon—. ¿A qué se debe tu llamada? —preguntó, todavía incómodo.

—Quiero decirte algo —dijo Carole con voz tensa, y Charlie tuvo la sensación de haber vivido ya esa situación.

—Me parece que ya hemos hablado de ese asunto. —La llamada no le hacía demasiada gracia y Carole lo notó. Pero seguía con esa obsesión suya de ser honesta con él, por mucho que Simon le dijera que estaba loca y que ya no le debía nada a Charlie—. Ya me dijiste que ibas a casarte. ¿Lo recuerdas?

—Lo sé, pero ha ocurrido algo más.

Charlie no estaba seguro de querer saberlo. No deseaba escuchar los detalles íntimos de su vida con Simon.

—¿Estás enferma?

—No exactamente —respondió Carole, y de repente él empezó a preocuparse. ¿Y si le había ocurrido algo malo? Estaba seguro de que Simon no la cuidaría tan bien como él—. Estoy embarazada —anunció, y Charlie se quedó de una piedra—. Y me encuentro fatal, pero eso no viene al caso. Pensé que debías saberlo. Ignoraba cómo ibas a tomártelo. Empezará a notarse antes de la boda.

Charlie no sabía si la odiaba o la amaba por habérselo dicho, quizá las dos cosas, pero estaba atónito y ciertamente dolido.

—¿Por qué con Simon? —preguntó con tristeza—. ¿Por qué no conmigo? Nunca quisiste tener hijos, y de repente te buscas un novio de sesenta años y te quedas embarazada. A lo mejor soy estéril.

Carole rió suavemente.

—Lo dudo —dijo. Había sufrido un aborto antes de casarse—. No sé, Charlie, acabo de cumplir cuarenta años y temía perder el tren. No sé qué decirte, salvo que esta vez sé que lo deseo. Quizá habría sentido lo mismo si nos hubiese ocurrido a nosotros, pero no ocurrió.

—Pero había algo más y Carole lo sabía. Ella no era feliz con Charlie. Simon era el hombre con quien quería casarse y tener hijos. Simon era todo lo que Charlie no era—. No era mi intención herirte, Charlie, pero pensé que debías saberlo.

—Gracias —respondió él, tratando de asimilar la noticia y pensando en el futuro—. Quizá, si nos hubiera ocurrido a nosotros, aún estaríamos casados.

—Quizá —dijo ella— o quizá no. Quizá todo esto ocurrió por algún motivo. Quién sabe.

—¿Estás contenta? —preguntó Charlie, pensando de repente en Sarah y en los hijos que había tenido con François.

A lo mejor había una Sarah ahí fuera, esperándole, pero era un cuento de hadas en el que no creía.

—Sí, la verdad es que sí —dijo Carole—. Ojalá no me encontrara tan mal, pero me ilusiona la idea de tener un bebé.

Algo en la forma en que lo dijo conmovió profundamente a Charlie. Sabía que era importante para ella y, por un instante, Carole le pareció una persona diferente.

—Debes cuidarte —le dijo—. ¿Qué opina Simon de todo esto? Debe de hacerle sentir muy viejo eso de empezar a poner pañales otra vez. ¿O acaso le hace sentirse joven?

Era un comentario malicioso, pero Charlie no pudo reprimirse. Tenía celos de Simon. Le había quitado la mujer y ahora iba a tener un hijo con ella. Esas cosas no se digerirían fácilmente.

—Está que se sube por las paredes de contento —dijo ella con una sonrisa, y de pronto sintió náuseas—. Tengo que dejarte. En fin, sólo deseaba decírtelo personalmente antes de que te llegara el rumor.

En cierto modo, Londres era una ciudad pequeña, y también Nueva York, pero Charlie había sido desterrado de ambas.

—Los rumores no llegan a Shelburne Falls. Probablemente no me habría enterado hasta que regresara a Londres.

—¿Y cuándo será eso?

—Todavía no lo sé. —La voz de Charlie sonaba distraída, pero lo cierto era que no tenía nada más que decirle. Ella le había soltado la noticia y ahora él necesitaba tiempo para digerirla—. Cuídate, Carole. Te llamaré algún día.

Pero lo dudaba. Ya no tenían nada que decirse o de qué discutir. Carole iba a casarse, iba a tener un hijo. Y él tenía ahora su propia vida. Era la primera vez que lo sentía de ese modo, y cuando colgó se dio cuenta de que esa sensación tenía mucho que ver con Sarah. De forma extraña y sutil, la lectura de los diarios le había cambiado. Estaba meditando sobre ello cuando el teléfono sonó de nuevo y pensó que era Carole.

—Hola, Carole. ¿Qué pasa ahora? ¿Gemelos?

—Soy Francesca. ¿Interrumpo algo?

Charlie soltó un gemido.

—Mi ex mujer acaba de telefonearme. Cuando descolgué el auricular dije: «Hola, Francesca.» Luego me llamas tú y me creo que es Carole. En fin, me llamaba para darme otra gran noticia.

Charlie hablaba casi con frialdad y él mismo se sorprendió de ello. Esta vez su reacción era muy diferente de la que tuvo cuando Carole le llamó para decirle que se casaba.

—¿Ha dejado a su novio? —preguntó Francesca.

—Ni mucho menos. Va a tener un niño. Carole estará de seis meses cuando se casen. Son muy modernos.

—¿Y cómo te sientes?

—Creo que es muy difícil encontrar un vestido de novia en ese estado. Es mejor casarse unos meses antes. Si me apuras, incluso antes de quedarse encinta.

Charlie bromeaba, pero Francesca no estaba segura de si la noticia le había dejado dolido o indiferente. Y Charlie tampoco.

—Hablo en serio. ¿Cómo te sientes?

—¿Cómo me siento? —Pensó durante un largo instante y luego suspiró—. Un poco cabreado, la verdad, y decepcionado. Ojalá hubiésemos tenido un hijo. Pero si he de serte sincero, yo no quería tener hijos con ella y ella no quería tenerlos conmigo. Quizá era nuestra forma de reconocer que algo iba mal entre nosotros antes incluso de que Carole encontrara a Simon. Supongo que, en cierto sentido, me siento libre. Ahora ya sé que todo ha terminado definitivamente. Carole ya no volverá. Ahora es de él. Por un lado me duele y por otro no. Y después de leer los diarios de Sarah, realmente quiero tener un hijo mío... o quizá fue al conocer a Monique. ¿Y sabes otra cosa?

La voz de Charlie sonaba alegre y a Francesca le gustaba lo que estaba diciendo.

—¿Qué? —preguntó ella con voz queda. Era tarde y Monique dormía.

—Te echo de menos. Esperaba oír tu voz cuando Carole llamó. Estaba deseando conocer tu opinión sobre el diario de Sarah.

—Para eso te llamaba. He leído todo lo que Edward le hizo y lo de los bebés muertos. No pude dejar de llorar. ¿Cómo pudo soportarlo?

—Ya te dije que era muy valiente —respondió él con orgullo—. Tú también lo eres. Y yo. Todos hemos sufrido mucho, pero tenemos mucho camino por delante. —Después de leer los diarios de Sarah, realmente lo sentía así—. ¿Por dónde vas?

Envidiaba a Francesca por encontrarse al principio, pero se imaginaba releyendo los diarios algún día, dentro de mucho tiempo, cuando ya estuvieran en manos de Gladys Palmer.

—Está en el barco.

—Pues lo que viene es aún mejor.

Era como si pertenecieran a un club secreto. Francesca le estaba muy agradecida por el hecho de que compartiera los diarios con ella. Charlie, no obstante, tenía otra idea. Llevaba dándole vueltas desde la última vez que se vieron, pero temía que ella no estuviera preparada.

—¿Qué te parece si un día de éstos tenemos una cita como es debido? Una cena de verdad los dos solos. Yo pago la niñera.

—No hace falta —sonrió Francesca. Sentía que estaba en deuda con él por dejarle leer los diarios de Sarah—. Será un placer.

—¿Qué tal el sábado? —preguntó él, ilusionado y sorprendido a la vez. No creyó que fuera a aceptar.

—Estupendo.

—Te recogeré a las seis. Que sigas disfrutando de la lectura.

Y ambos colgaron. Había sido un día largo. Sarah había tenido dos hijos. Carole iba a tener otro. Y él tenía una cita con Francesca, y sólo de pensarlo le daban ganas de ponerse a saltar.

22

Charlie recogió a Francesca el sábado a las ocho. Estaba preciosa. Lucía un vestido negro y un collar de perlas, y el pelo le caía liso y brillante sobre los hombros. Era un estilo que la favorecía mucho. Pero a Charlie se le rompió el corazón cuando Monique le miró desconsolada. Estaba en su habitación con la niñera y no le hacía ninguna gracia que la hubiesen excluido. Su madre le había explicado con delicadeza que las personas mayores a veces necesitaban verse a solas. A Monique le parecía una estupidez y confió en que no se lo volvieran a hacer. Para colmo, la niñera era bastante fea. No obstante, Monique parecía entretenida con el Monopoly y la televisión cuando su madre y Charlie se marcharon.

Charlie llevó a Francesca a Andiamo, un restaurante de Bernardston, y luego fueron a bailar. Era una auténtica cita, y por vez primera Francesca no se comportó como si fuera a salir corriendo cada cinco minutos. Charlie se preguntaba qué había ocurrido.

—No lo sé, supongo que estoy madurando —respondió Francesca cuando él se lo comentó—. A veces yo misma me canso de mis heridas. Llevar todo el día las cicatrices colgando resulta un poco aburrido.

Charlie estaba impresionado. Se preguntó si el cambio se debía a los diarios de Sarah o simplemente al tiempo. Francesca, probablemente, estaba cicatrizando. Y entonces ella le sorprendió diciéndole que se iba a París la semana entrante. Su abogado la había llamado. Ella y Pierre iban a vender la última propiedad que les quedaba y tenía que firmar los documentos.

—¿No pueden enviártelos? —preguntó él—. Me parece un viaje muy largo sólo para firmar unos papeles.

—Pierre quiere que firme con los abogados delante, no vaya a ser que un día declare que me obligó a firmar o que no sabía lo que hacía. Supongo que cree que si lo hacemos cara a cara no habrá malentendidos.

—Espero que sea él quien te pague el viaje.

Ella sonrió.

—Saldrá de mis ganancias. Eso no me preocupa. Lo que de verdad me preocupa es volver a ver a Pierre y a la madrecita. Antes me enfermaba verlos juntos. Quizá sea una buena prueba para mí. Puede que ya no me moleste tanto como antes.

Miró a Charlie pensativamente.

—¿Te asusta volver a París? —preguntó Charlie mientras le cogía la mano.

A veces resultaba difícil volver. A él, por ejemplo, por mucho que deseara regresar a Londres, la idea le asustaba.

—Un poco —admitió Francesca—. Pero voy por poco tiempo. Saldré el lunes y volveré el viernes. Y ya que voy, me gustaría visitar a algunos amigos y hacer algunas compras.

—¿Te llevas a Monique? —Charlie estaba preocupado por ambas. Sabía que el viaje era todo un reto.

—No. Tiene colegio, y además prefiero que no venga. No quiero que se sienta dividida entre su padre y yo. Se quedará en casa de una amiga.

Charlie asintió.

—La llamaré.

—Le encantará —dijo Francesca.

Y entonces bailaron un rato, sin hablar. Charlie adoraba sentirla entre sus brazos, pero no osó ir más allá. Sabía que Francesca no estaba preparada aún. Y tampoco estaba seguro de estarlo él. Durante los últimos días habían pasado muchas cosas por su cabeza, muchos cambios, muchas ideas nuevas, como el deseo de tener hijos y notar que ya no estaba tan enfadado con Carole. De hecho, ya no creía estarlo en absoluto. Le deseaba lo mejor, pero le habría gustado tener en su vida tanto como tenía ella. Como Sarah y François.

Mientras regresaban a Shelburne hablaron de los diarios, y de la casa. Charlie deseaba poder encontrar algún día los planos elaborados por François. Sería muy interesante para él. Pero los diarios eran aún mejor. Finalmente llegaron a casa de Francesca.

—Te echaré de menos —dijo Charlie con franqueza—. Me gusta hablar contigo.

Hacía mucho tiempo que no tenía un amigo y últimamente Francesca se había comportado como tal. Charlie ignoraba si se convertiría en algo más, pero el solo hecho de tener a alguien con quien hablar era un regalo muy valioso.

—Yo también te echaré de menos —dijo ella—. Te llamaré desde París.

Charlie confió en que así fuera, y Francesca le dijo dónde se alojaría. Era un pequeño hotel de la orilla izquierda. A Charlie le habría gustado acompañarla. Habría sido muy romántico, y le habría dado apoyo moral para enfrentarse a Pierre, del mismo modo que François protegía a Sarah de Edward. Se lo dijo y ambos se echaron a reír.

—Podrías ser mi caballero y vestirte con armadura —musitó Francesca, muy cerca de él.

—Creo que estoy un poco oxidado para eso —respondió él, ardiendo en deseos de besarla. Entonces, recordando el gesto de François, le cogió la mano y le besó los dedos—. Cuídate —dijo.

Debía irse si no quería cometer una tontería. Y ella le vio alejarse desde la ventana.

Esa noche Charlie leyó durante un rato, pero la mayor parte del diario hablaba de la casa y de todo lo que le habían hecho ese invierno. Y se quedó dormido pensando en Francesca.

Al día siguiente se le ocurrió pasar a verla, pero en el último momento cambió de parecer. En lugar de eso invitó a almorzar a la señora Palmer, y tuvo que hacer verdaderos esfuerzos para no hablarle de los diarios. Quería dejar que Francesca los terminara antes de entregárselos. Gladys Palmer estaba feliz con la atención que le dispensaba Charlie, y tenían mucho que decirse. Él quería hablarle de Carole y Francesca.

Después de eso, no hizo otra cosa que pensar en Francesca. Llamó a su casa para saber si ella y Monique podían cenar con él, pero estaban patinando sobre hielo y cuando al fin consiguió hablar con ellas, ya habían cenado. Pero Francesca se alegró de que llamara. Parecía un poco melancólica y Charlie sospechó que estaba preocupada por el viaje a París. Debía partir al día siguiente, después de dejar a Monique en el colegio, y él se ofreció a llevarla al aeropuerto en su coche, pero Francesca ya había hecho los arreglos.

—Te llamaré desde París —le prometió otra vez, y Charlie confió en ello. Se sentía como un niño abandonado.

—Buena suerte —dijo antes de colgar, y ella le dio las gracias y le dijo que saludara a Sarah de su parte.

Ojalá pudiera, se dijo Charlie, y esa noche aguzó el oído pero no oyó nada.

La semana se le estaba haciendo interminable y le costaba concentrarse. Intentó trabajar un poco, empezó a pintar, leyó algo del diario de Sarah y hojeó todas las revistas de arquitectura que encontró a su paso. Llamó a Monique un par de veces, pero no supo nada de Francesca hasta el jueves, cuando ella, finalmente, le llamó.

—¿Cómo ha ido?

—Genial. Sigue siendo un impresentable, pero he ganado mucho dinero. —Francesca rió. Estaba de muy buen humor—. Y la campeona olímpica cada día está más gorda. Pierre odia a las mujeres gordas.

—Él se lo ha buscado. Espero que pese doscientos kilos en las próximas Olimpiadas. —Francesca se echó a reír, pero había algo más en su voz. Debía coger el avión a Boston en pocas horas. No se había dado mucha prisa en llamarle—. ¿Quieres que vaya a recogerte al aeropuerto?

Francesca vaciló un instante y luego objetó:

—Es un viaje muy largo.

—Creo que podré hacerlo. Alquilaré un carruaje y contrataré a un par de guías indios. Estaré ahí el domingo.

—De acuerdo —dijo ella—. Ahora tengo que hacer las maletas. Hasta mañana.

Estaba previsto que llegara a las doce del mediodía, hora local.

—Allí estaré —le aseguró Charlie.

Y al día siguiente partió hacia Boston sintiéndose como un chiquillo. ¿Y si ella sólo quería una amistad con él? ¿Y si continuaba asustada el resto de su vida? ¿Y si Sarah nunca hubiese superado su experiencia con Edward? Sonriendo, Charlie se dijo que hubiera debido aparecer en el aeropuerto con pantalones de ante y plumas de águila.

Francesca pasó la aduana y era algo más de la una cuando cruzó la puerta y Charlie la vio. Tenía mejor aspecto que nunca. Vestía un abrigo rojo de Dior y se había cortado el pelo. Parecía muy francesa y estaba despampanante.

—Me alegro de verte —dijo él mientras le cogía el equipaje y caminaba hacia el aparcamiento.

El trayecto a Deerfield duraba una hora y diez minutos, y luego había otros diez minutos hasta Shelburne. Costaba creer que doscientos años atrás Sarah hubiera tardado cuatro días en hacer el mismo trayecto. Durante el viaje charlaron animadamente y Francesca le dijo que había terminado el primer diario. Hablaron de él durante un rato y ella le preguntó si había leído algo más. Charlie negó con la cabeza.

—Estaba demasiado nervioso —confesó.

—¿Por qué? —preguntó Francesca, sorprendida.

—No podía dejar de pensar en ti. No quería que Pierre te hiciera daño.

—Dudo que siga teniendo ese poder sobre mí —respondió ella, mirando por la ventanilla del coche—. Hacía mucho tiempo que no nos veíamos, pero yo seguía otorgándole el poder mágico de arruinarme la vida. Y casi lo consigue. Pero no sé qué ocurrió desde la última vez que le vi. Algo cambió eso. Simplemente sigue siendo el mismo tipo egocéntrico, no tan atractivo como antes, del que me enamoré. Es cierto que me hizo mucho daño, pero creo que ya lo he superado. Estoy realmente sorprendida.

—Ya eres libre —dijo Charlie con suavidad—. Creo que eso fue lo que me pasó con Carole. No nos hemos visto, pero ¿qué puedo esperar de una mujer que va a casarse y a tener un hijo de otro, cuando nunca quiso tener hijos conmigo? Es una apuesta perdedora.

Ahí estaba la diferencia. Ellos eran los perdedores. Pierre y Carole lo habían estropeado todo, o simplemente habían ido en busca de lo que querían. Pero Francesca y Charlie querían ser ganadores.

Sarah, al final, había triunfado. Había encontrado

cuanto deseaba junto a François después de tener el valor de abandonar a Edward. Francesca asintió y guardaron silencio hasta que Charlie detuvo el coche delante de su casa y la ayudó a bajar el equipaje.

—¿Cuándo volveré a verte? —le preguntó cuando llegaron a la puerta, y ella le miró directamente a los ojos con una sonrisa—. ¿Quieres que cenemos con tu hija mañana por la noche? —propuso para no presionarla demasiado.

—Mañana duerme en casa de una amiga que celebra su cumpleaños —explicó Francesca con cierto nerviosismo.

—¿Te apetece cenar en mi casa?

Ella asintió. A ambos les asustaba la idea. Pero Sarah estaría ahí, por lo menos en espíritu. Entonces Charlie la besó en la mejilla. Francesca era muy diferente de la mujer que había conocido al principio. Todavía reaccionaba de forma cauta y asustada, pero ya no estaba enfadada ni destrozada por lo que le había ocurrido. Y Charlie tampoco.

—Te recogeré a las siete —dijo, y ella le dio las gracias por el viaje.

Una vez en casa, Charlie se puso a leer el último diario de puro nerviosismo. Les había dejado cómodamente instalados en su nueva casa y François llevaba mucho tiempo sin cabalgar con el ejército, pero Sarah seguía escribiendo sobre la situación en el Oeste entre los shawnees y miamis y los colonos invasores. La cosa iba de mal en peor.

En el verano de 1793, al año de nacer Françoise, tuvieron otra niña, y ésta nació casi con tanta rapidez como su hermana. Y mientras leía, Charlie se dio cuenta de que había nacido en la habitación donde él dormía. La llamaron Marie-Ange porque Sarah dijo que parecía un ángel.

Sarah no cabía de gozo con su pequeña familia y con

el hecho de que François estuviese en casa. Éste seguía perfeccionándola y Sarah anotaba todos los detalles arquitectónicos en su diario. A Charlie le daban ganas de recorrer el castillo y buscar cada rincón del que hablaba. Sospechaba que la mayoría de los detalles que describía habían sobrevivido.

Sarah también contaba que el coronel Stockbridge murió ese año y todos lamentaron su pérdida. El nuevo comandante era mucho más ambicioso. Amigo del general Wayne, el nuevo jefe del ejército del Oeste llevaba un año adiestrando soldados para combatir contra Tortuga Pequeña. Mas nada había ocurrido desde la aplastante derrota que llevó al general St. Clair a dimitir.

Sarah parecía tranquila pero atareada, y cada vez escribía menos. Se diría que tenía las manos muy ocupadas con sus tres hijos, la granja y su marido.

Pero en el otoño de 1793 mencionó con preocupación que Árbol Grande, un iroqués amigo de François, había intentado negociar la paz con los shawnees, sin éxito. El problema residía en que los shawnees se habían aliado anteriormente con los británicos, y cuando éstos fueron derrotados el ejército americano decidió que los shawnees de Ohio también debían marcharse y ceder sus tierras a los colonos. Pero los shawnees no quisieron seguir la suerte de los británicos y se negaron a ceder su territorio. Exigían el pago de cincuenta mil dólares y una anualidad de diez mil dólares. Era una propuesta impensable y el general Wayne no estaba dispuesto a considerarla siquiera.

Siguió adiestrando a sus soldados en Fort Washington y en los fuertes Recovery y Greenville de Ohio durante el invierno. Nada conseguiría detenerle y para entonces todo el mundo le apoyaba. Camisa Azul y Tortuga Pequeña, los dos guerreros más orgullosos, tenían que ser derrotados.

En mayo de 1794 se habló de una campaña organizada por el general Wayne, pero ésta no llegó a cuajar y Sarah respiró aliviada. Deseaba un verano tranquilo y ya empezaba a gastarle bromas a François. Le decía que se había convertido en un colono, en un «anciano», en un «agricultor», y estaba encantada con la idea. Escribió que con cuarenta y tres años François no había perdido un ápice de su atractivo y se alegraba de que no siguiera arriesgando su vida con el ejército. De hecho, estaban pensando en visitar a los iroqueses ese verano, con los tres niños, aprovechando que Sarah no estaba encinta. Era el primer respiro que tenía desde que diera a luz a Alexandre. Y era evidente que adoraba a sus hijos y a su marido. François era el amor de su vida y lo que más deseaba en este mundo era envejecer junto a él y disfrutar de su familia. A veces lo veía inquieto y se preocupaba, pero era normal en un hombre como él, y la mayor parte del tiempo François era feliz dedicándose a su familia.

Pero cuando Charlie leyó los apuntes de principios de julio de ese año, notó que la mano de Sarah temblaba. El 30 de junio Camisa Azul y Tecumseh habían asaltado en Ohio un tren de carga escoltado por ciento cuarenta hombres, y los ottawas habían hecho otro tanto con el fuerte Recovery. A los pocos días François recibió una nota del nuevo comandante del fuerte de Deerfield, donde le comunicaba que cuatro mil hombres del ejército y la milicia de Kentucky iban a salir hacia el fuerte Recovery en agosto para intentar solucionar el problema. Nunca se había oído hablar de semejante contingente. Y como era de esperar, el general Wayne quería que François les acompañara. Su vasto conocimiento de las tribus indias, su habilidad para tratar con todas salvo con las más belicosas, era de incalculable valor para el ejército. Sarah, no obstante, hizo lo posible por detenerle, le suplicó que no fuera por el bien de los niños y hasta le insultó diciéndole que era demasiado viejo para soportarlo. François se limitó a intentar tranquilizarla.

—¿Cómo quieres que me ocurra algo con tantos hombres? Ni siquiera me verán —decía con calma, consciente de su sentido del deber.

—Eso es absurdo y lo sabes —protestó Sarah—. Habrá miles de muertos. Nadie puede derrotar a Camisa Azul, y ahora que Tecumseh se ha unido a él, todavía menos.

Gracias a todo lo que François le había contado, Sarah era ahora una entendida en el tema. Tecumseh estaba considerado el guerrero más temerario de todos. Sarah quería a François muy lejos de él.

Pero a finales de julio ya había perdido la batalla. François le prometió que era la última vez que iba, pero que no podía dejar plantado al general Wayne.

—No estaría bien que abandonara a mis amigos ahora, cariño.

Era, ante todo, un hombre de honor. Y aunque Sarah no paraba de discutir, sabía que no podría detenerle. La noche previa a su partida la pasó llorando desconsoladamente. François sólo podía besarla y abrazarla con fuerza. Y justo antes del alba le hizo el amor y Sarah se descubrió rezando para que la dejase embarazada. Esta vez tenía un terrible presentimiento, pero François la besó con dulzura y le recordó que lo mismo le pasaba cada vez que iba a Deerfield.

—Me quieres pegado a tus faldas, como a tus hijos —dijo con una sonrisa.

En parte era cierto, pero Sarah sabía que si a François le sucedía algo, no podría soportarlo. Y cuando subió al caballo, se acordó del guerrero que tanto la había atemorizado cuatro años y medio atrás, pero ahora sabía quién era y lo mucho que le amaba. Era un águila orgullosa en las alturas, y Sarah sabía que no podría hacerla bajar tan fácilmente.

—Ten mucho cuidado —le susurró cuando él la besó por última vez—. Vuelve pronto... Te echaré mucho de menos.

—Te amo, mi valiente piel roja —sonrió François desde lo alto del caballo—. Estaré de vuelta antes de que nazca nuestro próximo hijo —rió, y luego se alejó al galope por el valle.

Sarah se quedó quieta durante un rato, y todavía podía oír los cascos del caballo en su corazón cuando entró en casa para reunirse con sus hijos. Ese día se pasó horas tumbada en la cama, pensando en él y deseando haber podido detenerle. Pero él habría ido de todos modos. Tenía que hacerlo.

En agosto oyó en el fuerte que los soldados habían llegado a Recovery sanos y salvos y construido dos fuertes más, Defiance y Adams. Los espías del ejército contaron que Tortuga Pequeña estaba dispuesto a negociar la paz, pero que Tecumseh y Camisa Azul no querían ni oír hablar del tema. Estaban decididos a derrotar al ejército. No obstante, el hecho de que al menos uno de los grandes guerreros deseara ceder era una buena señal, y los hombres del fuerte estaban seguros de que con cuatro mil hombres el general Wayne no tardaría en derrotar a Tecumseh y Camisa Azul. Pero Sarah no encontró la paz en todo el mes. Agosto zumbaba en torno a su cabeza como un enjambre de abejas que la picaban constantemente con sus propios temores. Y cuando el mes llegó a su fin su preocupación era aún mayor. Llevaban muchos días sin recibir noticias. Pero finalmente el fuerte estalló de alegría. El 20 de agosto el general Wayne había atacado con éxito a Camisa Azul en Fallen Timbers. Hubo cuarenta bajas indias, entre muertos y heridos, y muy pocas pérdidas en el bando del ejército. Habían llevado a cabo una brillante estrategia y derrotado a los indios sin piedad, y tres días después Camisa Azul se había batido en retirada. El general Wayne se estaba acercando victoriosamente a casa a través de Ohio. Era un motivo de celebración, y sin embargo Sarah se sintió casi enferma cuando lo oyó. Sabía que no encontraría la paz hasta que François regresara a casa sano y salvo.

Esperó que regresara pronto o por lo menos que los hombres que volvían a Deerfield trajeran noticias de él. Muchos se habían quedado en el Oeste para seguir luchando. Camisa Azul había sido derrotado pero todavía no se había rendido, y tampoco Tecumseh. Quizá François también había elegido quedarse hasta el final de la batalla, pero eso podía representar años o, como mínimo, meses, y Sarah dudaba que hubiese hecho una cosa así.

Pero a mediados de septiembre aún no había recibido noticias de él y estaba desesperada, y rogó al coronel Hinkley, comandante del fuerte de Deerfield, que intentara obtener información acerca de su marido de los hombres que regresaban de Fallen Timbers. Llevaba cerca de dos meses sin saber de él. El coronel le prometió hacer lo posible por aliviar su angustia.

Sarah regresó a casa esa tarde acompañada únicamente de uno de sus ayudantes, y cuando llegó encontró a los niños riendo y jugando, y mientras se sentaba a contemplarles, creyó ver a un hombre que les observaba desde la linde del bosque. Vestía ropa india, mas Sarah advirtió que no era indio, sino blanco. El hombre, no obstante, desapareció antes de que ella pudiera acercarse. Y ese día Sarah se quedó mirando el atardecer durante largo rato. Tenía un mal presentimiento.

Dos días más tarde vio de nuevo al hombre. Pero esta vez parecía observarla sólo a ella, y luego desapareció aún más deprisa. Y a la semana de su visita al fuerte, el comandante vino a verla en persona. Le acababa de dar la noticia un explorador recién llegado de Ohio. Y Sarah lo supo antes de que el hombre lo dijera. François había muerto en Fallen Timbers.

Sólo treinta y tres hombres perecieron, y él había estado entre ellos. Sarah, no obstante, lo había sabido desde el principio. Siempre supo que Camisa Azul le mataría. Lo había presentido. Y entonces comprendió quién era el hombre del claro. El hombre que había estado observándola y que había desaparecido como por arte de magia... era François, que había venido a despedirse.

Sarah permaneció inmóvil cuando el coronel Hinkley le dio la noticia que hacía pedazos su mundo. Cuando el hombre se marchó, ella se quedó contemplando el valle que François tanto amaba, el lugar donde se habían conocido, y su corazón le dijo que él nunca la abandonaría. Y al día siguiente, al atardecer, cabalgó con calma hasta la cascada donde él la había besado por primera vez. Guardaba tantos recuerdos, tantas cosas que aún quería decirle... Y para entonces Sarah ya sabía que no habría más hijos... Marie-Ange era la última.

François había sido un gran guerrero, un gran hombre, el único hombre que Sarah había amado. Oso Blanco, François de Pellerin... Sarah sabía que tenía que decírselo a los iroqueses. Y de pie, frente a la cascada, sonrió a través de las lágrimas, recordando todo lo que él había sido, todo lo que ella le había amado... y supo que nunca le abandonaría.

Mientras Charlie leía esta última página, las lágrimas rodaron por sus mejillas. ¿Por qué había ocurrido así? Sólo habían tenido cuatro años juntos. ¿Cómo era posible? ¿Cómo podía una mujer dar tanto y recibir tan poco a cambio, sólo cuatro años con el hombre que amaba? Sarah, no obstante, no lo veía así. Ella estaba agradecida por cada día, por cada minuto, y por sus tres hijos.

En lo sucesivo, los apuntes fueron cada vez más escasos y breves, pero Charlie pudo comprobar que Sarah había tenido una vida agradable. Parecía en paz consigo misma. Había vivido hasta los ochenta años en la casa que François había construido para ella. Nunca amó a otro hombre ni olvidó a François, que permanecía vivo en sus hijos. Sarah no volvió a ver al hombre del claro. Era François, que había venido a despedirse, y ella lo sabía.

Y la última anotación en el último diario pertenecía a otra mano. La había escrito su hija. Decía que su madre había tenido una vida larga y tranquila, y aunque ella no conoció a su padre, sabía que había sido un gran hombre. Decía que el amor y el coraje que compartieron fue un ejemplo para quienes les conocieron. Lo había escrito el día que Sarah murió, cuando encontró el baúl con los diarios en su habitación. Y había firmado la nota en la última página: «Françoise Pellerin Carver.» Y luego añadió: «Que Dios les tenga en su gloria.» Era el año 1845, y la letra se parecía mucho a la de Sarah. Y eso era todo. No había forma de saber qué había sido de los hijos.

—Adiós —susurró Charlie mientras seguía llorando.

Por un momento pensó que no podría vivir sin ellos. Sarah había sido una bendición en su vida. Qué mujer tan extraordinaria… Y François, cuánto le había dado en tan poco tiempo… Charlie estaba profundamente conmovido.

Esa noche, cuando se dirigía a su dormitorio pensando en Sarah, oyó el frufrú de una falda de seda rozando el suelo y levantó la vista. Entonces vio una figura con un vestido azul que cruzaba rápidamente la estancia y desaparecía. Charlie no sabía si la imagen era real o fruto de su imaginación. ¿O era como el hombre que Sarah había visto en el claro? ¿Había venido Sarah a decirle adiós? ¿Acaso sabía que Charlie había encontrado sus diarios? Parecía imposible. Y el verla de nuevo fue para él como un último regalo.

Charlie quería contarle a alguien que Sarah había

muerto, llamar a Francesca y hablarle de ella y de François. Pero eso no sería justo. No podía contarle el final. Además, eran las tres de la mañana. En lugar de eso se tumbó en la cama mientras pensaba en todo lo que había leído y lloraba la muerte de François y la de Sarah. La casa estaba en silencio y poco después Charlie dormía profundamente.

23

Charlie despertó al día siguiente con una fuerte opresión en el pecho, como si hubiese sucedido algo horrible. Cuando Carole le dejó, se pasó meses despertando con esa misma sensación, pero esta vez intuía que se debía a otra cosa... Entonces lo recordó. Era por Sarah. François había muerto. Y ella también, casi cincuenta años después. Una vida demasiado larga para vivirla sin él.

Y lo peor era que ya no tenía nada que leer. Sarah le había dejado. Pero le había enseñado otra lección: que la felicidad era corta y los momentos muy valiosos. ¿Y si nunca hubiese abierto su corazón a François? Sólo compartieron cuatro años, y sin embargo fue la mejor etapa de sus vidas, y ella le había dado tres hijos.

Eso hacía que todo lo que le había ocurrido a Sarah con anterioridad careciera de importancia. Y esa mañana, mientras se duchaba, Charlie pensó en Francesca. Había cambiado desde su viaje a París. Lo había visto en sus ojos cuando la recogió en el aeropuerto. Y de repente, mientras se vestía, ardió en deseos de verla. Se dio cuenta de que una nueva vida podía estar aguardándoles. El día iba a hacérsele interminable hasta las siete. Y mientras pensaba en ello, alguien llamó a la puerta. Supuso que era Gladys Palmer. No conocía a nadie más en el pueblo, salvo a Francesca, pero a ella no la vería hasta la hora de la cena. No entendía por qué no le había pedido que pasaran el día juntos. Qué estupidez. Pero cuando bajó y miró por la ventana, vio a Francesca, y parecía preocupada.

—Lo siento —dijo ella con nerviosismo. Tenía el rostro contraído, pero estaba tan hermosa como siempre cuando Charlie la invitó a pasar y ella se detuvo en el vestíbulo—. Acabo de dejar a Monique en casa de su amiga. No estaba lejos de aquí y pensé que... —Tenía lágrimas en los ojos y de repente se arrepintió de haber venido—. Ayer terminé el diario. Sarah se encuentra en Boston y está a punto de ir a Deerfield.

—Para ti es sólo el principio —dijo Charlie pensativamente—. Quizá también para mí. Ayer terminé el último diario... Me sentía como si hubiese muerto alguien. —Y así era, sólo que había sucedido mucho tiempo atrás—. Me alegro de que hayas venido. Al principio pensé que era la policía o mi casera... Estoy encantado de que seas tú. —La miró dulcemente y de repente tuvo una idea. Quizá eso les trajera suerte o adquiriera un significado especial para ambos más adelante—. ¿Quieres dar un paseo en coche?

—De acuerdo —dijo Francesca, aliviada. Había necesitado tanto valor para presentarse en su casa que todavía temblaba—. ¿Adónde vamos?

—Ya lo verás.

Recorrieron en coche la corta distancia que Sarah había recorrido a pie tantas veces, incluso cuando estaba embarazada. Francesca enseguida la reconoció. La había visitado en una ocasión con Monique y les había encantado. Pero sólo Charlie sabía que era la cascada de la que Sarah hablaba en sus diarios.

—Es preciosa, ¿verdad? —dijo. La cascada estaba helada, pero su aspecto seguía siendo majestuoso—. Fue un lugar muy especial para ellos.

Pero Francesca todavía no podía saber por qué. Y sin decir más, Charlie la atrajo hacia sí y la besó. Se habían dicho muchas cosas desde que se conocieron, sobre el pasado, el presente y el futuro, lo que harían y lo que no soportaban, sobre la gente que les había traicionado y las cicatrices que llevarían toda la vida. Quizá era hora de dejar de hablar y seguir el ejemplo de Sarah y François.

Francesca sentía el corazón de Charlie palpitando contra su pecho, y cuando finalmente él se apartó, sonrió y posó un dedo tierno en sus labios.

—Me alegro de que lo hayas hecho —susurró.

—Y yo —dijo Charlie con la voz entrecortada—. Dudo que hubiera podido contenerme mucho más tiempo.

—He sido una estúpida —dijo ella mientras se sentaba en una roca. Charlie se preguntó si era la misma donde François besó a Sarah. Confió en que sí—. Al lado de Sarah, lo que yo he pasado parece insignificante. —Francesca estaba ahora mucho más relajada.

—No lo es —la corrigió él, y volvió a besarla—. Simplemente es historia. Lo has superado.

Y Francesca comprendió que Sarah también le había ayudado a ella. Asintió con la cabeza y pasearon durante un rato, abrazados.

—Me alegro mucho de que hayas venido —dijo Charlie.

—Y yo.

Francesca sonrió. Parecía mucho más joven que cuando Charlie la conoció. Él tenía cuarenta y dos años y ella treinta y uno, y tenían toda una vida por delante. Tenían más o menos las mismas edades que François y Sarah cuando su vida compartida tocó a su fin, pero la de ellos acababa de empezar. Era una sensación embriagadora, sobre todo porque hasta ahora ambos habían creído que ya no podían esperar nada de la vida. Y ahora tenían tanto en que pensar y soñar, tanto que desear...

Regresaron al coche y, camino de casa, él le preguntó si aún quería que cocinara para ella esa noche, y Francesca se echó a reír.

—Temía que para entonces ya te hubieses cansado de mí —dijo Charlie.

—Si eso fuera posible, tendríamos un grave problema. Pero sospecho que no es el caso... —repuso Francesca, y él la besó.

Y volvió a besarla al bajar del coche, y de repente ella se dio cuenta de que no podía apartar sus brazos de él, y toda la soledad, el dolor y la rabia se desvanecieron, y ya sólo quedaba ternura, alivio y felicidad, y un amor mutuo. Se quedaron un rato en el jardín, hablando y besándose, y Charlie le dijo que hablaría con Gladys sobre la posibilidad de comprarle la casa, y que durante los últimos días había estado barajando la posibilidad de abrir un despacho en Shelburne para restaurar casas antiguas. Y Francesca le escuchaba sonriente. Estaban tan absortos hablando que no vieron a la mujer que les sonreía desde la ventana de arriba. Estaba observándoles con cara de satisfacción, y desapareció lentamente por detrás de la cortina cuando Charlie abrió la puerta y entró en la casa con Francesca. Él le estaba diciendo algo sobre la casa y ella asentía. Y luego subieron cogidos de la mano, algo temblorosos, y entraron en el dormitorio de Sarah sin hablar. No había nadie. Pero no habían venido a buscarla. Habían venido a buscarse el uno al otro. Para ellos, sólo era el principio.

Esta edición de 8.000 ejemplares
se terminó de imprimir en
Encuadernación Araoz S.R.L.,
Avda. San Martín 1265, Ramos Mejía, Bs. As.,
en el mes de febrero de 2004.